주홍글자

주홍 글자
The Scarlet Letter

너새니얼 호손 장편소설 곽영미 옮김

THE SCARLET LETTER
by NATHANIEL HAWTHORNE (1850)

이 책은 실로 꿰매어 제본하는 정통적인 사철 방식으로 만들어졌습니다.
사철 방식으로 제본된 책은 오랫동안 보관해도 손상되지 않습니다.

세관

7

주홍 글자

61

역자 해설
가장 통속적인 것에서 피어난 가장 숭고한 이야기

327

너새니얼 호손 연보

343

세관
『주홍 글자』에 붙이는 서문

　친한 벗들과 난롯가에 앉아서도 나 자신과 신상에 대해 시시콜콜 떠들어 대는 걸 좋아하지 않는 나라는 사람이 살면서 자전적인 글을 쓰고 싶은 충동을 두 번이나 느꼈다는 것은 다소 놀라운 일이다. 그 첫 충동을 느낀 것은 서너 해 전이었는데 당시 나는 아무런 해명도 없이, 너그러운 독자나 주제넘은 작가가 짐작할 만한 별 근거도 없이 옛 목사관에서 보낸 아주 평온한 삶을 독자들에게 이야기했다.[1] 그때 과분하게도 한두 명의 독자를 얻어 기분이 좋아진 나머지 이제 또다시 독자들을 붙들고서 어떤 세관Custom House에서 보낸 3년의 경험을 이야기하려는 것이다. 이번에는 그 유명한 『이 교구의 서기 P. P.』[2]의 전형을 더할 나위 없이 충실히 따랐다. 그러나 사

1　호손은 1841년 소피아 피바디Sophia Peabody와 결혼한 뒤 에머슨가(家)가 대를 이어 살아온 〈옛 목사관*old manse*〉으로 이사했다. 이 집에서 『옛 목사관의 이끼*Mosses from an Old Manse*』(1846)라는 단편집을 완성했는데, 그 책 서문에 「옛 목사관The Old Manse」이라는 자전적 수필이 실려 있다.

2　*P. P., Clerk of this Parish*. 18세기 영국에서 알렉산더 포프Alexander Pope, 조너선 스위프트Jonathan Swift, 토머스 파넬Thomas Parnell, 존 게이John Gay 등을 중심으로 꾸려진 〈글쓰기 모임Scriblerus Club〉의 일원이 쓴 익명의 풍자적 자서전.

실 작가가 작품을 세상에 내놓을 때는 자기 책을 어딘가에 던져 놓고 한 번도 들여다보지 않을 다수의 독자가 아닌, 동창이나 죽마고우보다도 자신을 더 잘 이해해 줄 소수의 독자에게 이야기를 전하고자 할 것이다. 물론 어떤 작가들은 그 이상으로 가슴과 머리가 완벽히 교감하는 단 한 사람에게만 털어놓을 법한 이야기를 숨김없이 마음껏 하기도 한다. 마치 인쇄된 책이 넓은 세상에 마구 뿌려지면 작가 자신의 본성 중 잘려 나간 조각이 발견되고, 작가는 그것과 영적 교감을 나눔으로써 작가로서의 참모습을 완성할 수 있기라도 한 듯이 말이다. 그러나 사사로운 감정을 배제하고 말한다 해도 모든 것을 다 이야기하는 것은 그다지 예의 바른 일이 아니다. 그렇긴 해도 화자가 듣는 사람과 아무런 친분도 없는 경우라면 생각이 얼어붙고 혀가 굳을 수 있기에, 절친한 벗까지는 아니더라도 상냥하고 이해심 많은 친구가 우리의 이야기를 들어주고 있다고 상상할 수는 있지 않을까? 그러면 마음이 흐뭇해지고 본래의 수줍음도 눈 녹듯 녹아, 마음 깊숙이 간직한 속내야 여전히 베일에 가려 둔다 할지라도 자신을 둘러싼 상황이며 자기 자신에 대해 재잘거릴 수 있지 않겠는가. 이런 범위 안에서라면 작가가 독자의 권리나 스스로의 권리를 침해하지 않고도 자전적인 이야기를 할 수 있을 것이다.

이 세관의 스케치 또한 문학에서 흔히 발견되는 일종의 예의, 그러니까 앞으로 펼쳐질 이야기의 많은 부분이 내 손에 들어오게 된 경로와 그 이야기가 믿을 만한 것임을 보여 주는 증거를 담고 있다. 사실 내가 독자들과 개인적인 관계를 맺으려는 진짜 이유는 다름 아닌 이것이다. 나 자신의 지위를 내 책에 들어 있는 작품들 중 가장 장황한 이야기의 편집자나 그에 버금가는 사람으로 상정하고 싶은 것이다.³ 이 목적을 달성하기 위해 별도로 지금까지 한 번도 그려지지 않은 생활 방식과 그런 생활을 한 몇몇 인물 — 본인도 그런 생활을 공유했다 — 에 대해 부족하게나마 묘사해 보아도 좋을 것 같다.

반세기 전 해운왕 더비⁴가 활약하던 때 내 고향 세일럼⁵에는 몹시 활기 넘치던 부두가 있었다. 그러나 지금은 쓰러진 목조 창고만 잔뜩 있고 상업이 성행하던 시기의 모습은 거의 남아 있지 않다. 다만 우울하게 뻗어 있는 부두를 내려가다 보면 짐승 가죽을 내리고 있는 바크⁶나 브리그⁷가 보이고, 더 가까이에는 장작을 내려놓고 있는 노바스코샤의 범선도 보인다. 이 황폐해진 부두 끝에서 이따금 넘실거리는 파도와, 부두를 따라 늘어선 건물 기슭이나 뒤켠에 무성히 자라 있는 풀들이 이곳이 얼마나 오랜 세월 침체되어 있었는지를 여실히 보여 준다. 바로 여기에, 이런 생기 없는 경치와 저 건너 항구가 정면 창문으로 내다보이는 커다란 벽돌 건물 한 채가 서 있다. 그 건물의 지붕 꼭대기에 걸린 공화국 국기는 오전 내내 세 시간 반 동안 바람 불면 펄럭이고 바람이 잠잠할 땐 축 늘어져 있다. 그러나 열세 개의 줄무늬가 가로가 아닌 세로로 그려져 있어 이 건물이 미합중국의 군사 기지가 아닌 관공서

---

3 이 서문은 원래 호손이 『주홍 글자 *The Scarlet Letter*』를 포함한 그의 작품집에 붙이기 위해 쓴 것이었다. 그러나 출판사의 권유로 『주홍 글자』는 독립적인 작품으로 출간되었다.
4 Elias Haskett Derby(1739~1799). 무역상 및 선주로 동양에 진출한 선구자로 〈해운왕 더비〉라 불렸다.
5 매사추세츠 주 북동부에 있는 항구 도시로 1626년에 개항했다.
6 *bark*. 뒤 돛대만 세로돛이고 나머지는 가로돛인 세대박이 범선.
7 *brig*. 사각형 돛을 단 쌍돛대 범선의 일종.

임을 알 수 있다. 건물 정면에는 여섯 개의 목조 기둥이 줄지어 선 주랑 현관이 발코니를 떠받치고 있고, 발코니 아래에는 널찍한 화강암 계단이 거리 쪽으로 뻗어 있다. 입구 위를 보면 미국의 국장(國章)인 거대한 흰머리 독수리 표본이 가슴에 방패를 달고 있는데, 내 기억이 틀림없다면 벼락과 가시 돋친 화살이 반반 섞인 다발을 두 발톱으로 움켜쥔 채 날개를 활짝 편 모습이다. 보통 병약한 기질을 지닌 이 불행한 새는 매서운 부리와 눈과 공격적인 태도로 무해한 마을을 덮칠 듯 위협적인 모습이다. 무엇보다 자신의 날개로 보호하고 있는 이 건물에 침입했다간 무사하지 못할 것이라고 주민들에게 경고하고 있는 것만 같다. 이렇듯 심술궂어 보임에도 불구하고 지금 이 순간에도 많은 사람들은 연방 독수리의 날개의 비호를 받으려 애쓴다. 아무래도 그 가슴이 오리 가슴의 솜털처럼 부드럽고 포근하다 여기는 듯하다. 그러나 독수리는 아무리 기분이 좋을 때라도 절대 상냥해지지 않는 법이다. 언제든 — 대체로 망설임 없이 재빨리 — 발톱으로 할퀴거나 부리로 쪼거나 가시 돋친 화살로 상처를 쑤셔 대며 새끼들을 내던지곤 한다.

위에서 묘사한 건물 — 이제는 항구의 세관이라고 불러도 되겠다 — 을 둘러싼 포장도로 틈새에 풀들이 제법 자라나 있는 것으로 보아, 잡다한 상업이 번성하던 예전과는 달리 요즘에는 사람들의 왕래가 잦지 않음을 알 수 있다. 그러나 1년 중 어떤 달에는 오전에 사람들의 발길이 좀 더 분주해지며 떠들썩해지는 때가 종종 있다. 그런 날이면 노인들은 영국과 마지막 전쟁[8]을 치르기 전, 세일럼이 무역항 노릇을 톡톡히 했

8 영국과 1812년에서 1815년 사이에 벌인 해상 전쟁.

던 시절을 떠올릴지도 모른다. 그때는 이곳의 상인들과 선주들도 세일럼을 천대하지 않았다. 지금은 이곳 부두들이 무너져 폐허가 되든 말든 뉴욕이나 보스턴으로 건너가 불필요하게, 그리고 알지 못하는 사이에 그곳의 무역만 홍수처럼 불어 넘치게 해주고 있지만 말이다. 어쩌다가 서너 척의 배 — 보통 아프리카나 남아메리카에서 온 배 — 가 동시에 입항하거나 그곳으로 출항하려는 날 아침이면 화강암 계단을 분주히 오르내리는 발소리가 자주 들린다. 이곳에 있으면 여러분은 바닷바람으로 붉게 그을린 선장이 선박 서류가 들어 있는 녹슨 양철통을 옆구리에 낀 채 막 입항하는 모습을 그의 아내보다도 먼저 맞이할 수 있다. 선주도 오곤 하는데, 그는 방금 끝난 항해 계획이 즉시 황금으로 바뀔지 아니면 아무도 거들떠보지 않아 엄청난 불편만 안길 무덤이 될지에 따라 기분 좋거나 우울하고, 호의적이거나 부루퉁할 것이다. 또한 이곳에선 영리한 점원 아이 — 주름진 이마와 희끗희끗한 턱수염에 고생에 찌든 상인으로 변모할 — 도 볼 수 있는데, 물레방아 연못에 장난감 배나 띄우며 놀 만한 나이의 이 어린애가 피 맛을 아는 늑대처럼 장사의 맛을 알아 벌써부터 자신의 상품을 선주의 배에 실어 보낸다. 이 무대에 등장하는 또 다른 인물로는 배를 타고 나가기 위해 국적 증명서를 받으러 오거나, 혈색이 나빠지고 기력이 쇠한 채 입항하자마자 병원 진료권을 구하러 오는 선원이 있다. 또한 영국 식민지들로부터 땔감을 싣고 오는 작고 녹슨 범선의 선장들도 잊지 말아야 할 것이다. 우악스럽게 생긴 그들 집단은 양키다운 기민함은 갖추지 못했으나 이 나라의 쇠퇴해 가는 무역에 적지 않은 기여를 하고 있다.

이따금씩 이 모든 개개인이 한데 모여 다른 잡다한 사람들과 섞이면 세관은 얼마 동안 떠들썩한 무대로 변한다. 그러나 돌계단을 오르자마자 더욱 자주 볼 수 있는 풍경은 나이 지긋한 사람들이 여름이면 입구에서, 겨울이나 날씨가 궂은 날이면 각자의 집무실에서 의자 뒷다리를 벽에 기대 살짝 기울인 구식 의자에 한 줄로 앉아 있는 모습이다. 그들은 종종 잠을 잤지만 때로는 말인지 코 고는 소리인지 알 수 없는, 구빈원에 있는 사람이나 자선이나 전매 사업 아니면 자신의 노력이 아닌 다른 것에 의존해 살아가는 인간들에게서나 나오는 그런 생기 없는 목소리로 이야기를 나누곤 했다. 이 늙은이들 — 세금을 받는 마태오처럼 자리에 앉아 있지만 마태오처럼 예수의 제자가 되라는 부름[9]을 받을 것 같지는 않은 — 이 바로 세관원들이었다.

세관 건물의 정문으로 들어가면 왼쪽으로 약 5제곱미터 넓이에 천장이 높은 방인지 사무실인지가 하나 있다. 두 개의 아치형 창문으로는 앞서 말한 황폐한 부두가 내려다보이고, 세 번째 창으로는 좁은 골목길과 더비 가(街)의 일부가 가로질러 보인다. 식료품점, 목재 가게, 기성복 판매점, 선구점(船具店)은 어느 창문에서나 얼핏 보인다. 이런 가게들 주위에선 숙련된 선원들이나 항구 부근의 빈민가를 어슬렁거리는 부랑자들이 삼삼오오 모여 큰 소리로 웃고 떠드는 모습을 흔히 볼 수 있다. 이 방은 거미줄이 많고, 페인트를 칠한 지 오래되어 우중충하다. 오랫동안 사용하지 않은 듯 바닥에는 잿빛

---

[9] 「마태오의 복음서」 9장 9절 참조. 〈예수께서 그곳을 떠나 길을 가시다가 마태오라는 사람이 세관에 앉아 있는 것을 보시고 《나를 따라오너라》 하고 부르셨다. 그러자 그는 일어나서 예수를 따라나섰다.〉

모래가 온통 흩어져 있다. 전체적으로 지저분한 것으로 미루어, 이곳이 여자들 마법의 도구인 빗자루와 걸레가 좀처럼 발을 들이지 않는 일종의 성역이라는 사실을 쉽게 결론지을 수 있다. 가구로는 커다란 굴뚝이 달린 난로 하나, 낡은 소나무 책상과 삼각의자 하나씩, 너무 낡아 흔들거리는 나무 걸상 두세 개가 있다. 그리고 — 서재를 빼놓지 말아야겠다 — 몇 개의 책꽂이에는 『법령집』 수십 권과 방대한 『조세 법규 요람』 한 권이 꽂혀 있다. 양철 파이프가 천장으로 뚫려 있어 이 방에서 말을 하면 다른 방에 있는 사람과 대화가 가능할 정도다. 6개월 전쯤, 이 방을 구석구석 돌아다니거나 등받이 없는 긴 의자에 앉아 팔꿈치를 책상에 올려놓고 조간신문 기사를 이리저리 훑으면서 시간을 보낸 자가 있었다. 존경하는 독자 여러분은 그자가 옛 목사관의 서쪽에 자리한 그곳, 버드나무 가지 사이로 햇살이 너무도 기분 좋게 흘러드는 유쾌한 서재로 여러분을 맞이했던 사람임을 알아차렸을지 모르겠다. 그러나 지금은 여러분이 찾아오더라도 로코포코파[10] 민주당원인 그 수출품 검사관을 찾을 수 없을 것이다. 개혁의 비질에 그는 세관에서 쓸려 나갔다. 그자보다 더 훌륭한 후임자가 그의 명성을 등에 업고 그가 받던 봉급을 챙겨 넣고 있다.

비록 소년기와 청년기라는 오랜 시간 동안 떠나 있긴 했지만, 내 고향인 이 옛 마을 세일럼은 내가 애착을 가지고 있는, 혹은 애착을 가졌던 곳이다. 그런 애착을 실제로 이곳에 사는

---

10 Locofoco. 1835년에 결성된 뉴욕 시의 민주당 내 급진파. 당시 민주당 모임에서 의견 조정이 불가능하자 의장이 등불을 끄고 해산시키려 했는데 급진 당원이 로코포코 성냥으로 초에 불을 붙이고 회의를 진행시켜서 이러한 이름이 붙게 되었다.

동안에는 한 번도 깨닫지 못했다. 사실 세일럼의 지세를 보자면 단조로운 평지에다 자랑할 만한 건축미라고는 없다시피 한 목조 가옥이 대부분이며 — 들쑥날쑥 들어서 있어서 그림같이 아름답다거나 색다르기는커녕 단조롭기만 할 뿐이다 — 반도 전체를 관통하며 지루하게 뻗어 있는 길고 따분한 거리 한쪽 끝은 갤로우스 힐[11]과 뉴기니[12]를, 반대쪽 끝은 구빈원을 바라보고 있다. 이런 특징을 가진 고향 마을에 애착을 느낀다는 것은 어질러진 장기판에 애착을 느끼는 것과 비슷하리라. 그러나, 어디에 있건 늘 행복을 느끼긴 하지만 내 속에는 옛 세일럼에 대한 정이 있다. 그것을 달리 표현할 길이 없으니 〈애착〉이라고 부르는 것으로 만족하겠다. 이런 정서가 생긴 것은 아마도 우리 가문이 오랫동안 이 땅에 깊이 뿌리를 박아 왔기 때문일 것이다. 지금으로부터 두 세기하고도 사반세기 전에 나와 같은 성을 가진 영국 태생의 첫 이민자가 숲에 둘러싸인 야생의 식민지에 모습을 나타냈으며,[13] 그 땅은 차츰 도시화되었다. 그 땅에서 그의 후손들이 태어나고 죽고 그 육신을 흙과 섞어 왔으니, 그 흙이 이 세상을 잠시 어슬렁거리는 내 육신과 닮을 수밖에 없지 않겠는가. 그렇다면 내가 말한 애착이라는 것도 어찌 보면 흙으로 돌아갈 인간이 인간에 대해 가지는 감

11 Gallows Hill. 교수대 언덕. 세일럼 서쪽에 있는 낮은 바위 언덕으로 1692년 〈마녀재판〉에서 마녀라는 판결을 받은 사람들이 처형된 곳이다.

12 New Guinea. 세일럼의 에식스 스트리스 위쪽에 있는 지역을 경멸하여 부르는 이름. 남유럽에서 이민 온 사람들이 처음 정착하여 살았던 곳이다.

13 호손의 조상인 윌리엄 호손William Hathorne은 1630년에 존 윈스롭 John Winthrop과 매사추세츠 베이에 이주했다가 1636년에 세일럼으로 이사했다. 세일럼의 유력 인사였고 세일럼 시민군의 소령을 지냈으며 퀘이커교도를 박해했다. 호손은 「메인 스트리트Main Street」라는 단편에서 이 조상을 그렸다.

각적 공감에 지나지 않는 것이 아닐까. 내 고향 사람들 가운데 이런 정서가 어떤 것인지 아는 이는 거의 없다. 아마도 가문을 위해서는 이주가 잦은 편이 좋을 테니 그들은 그런 정서를 아는 것이 바람직하다고 여길 필요조차 못 느낄지 모른다.

그러나 정서도 도덕적 특성을 갖기 마련이다. 희미하고 어슴푸레하지만 구전되어 오면서 위엄이 덧칠된 1대 조상의 모습이, 내 기억으로는 소년 시절부터 머릿속에 있었다. 그 모습이 지금까지도 나를 따라다니며 오늘날의 세일럼에서는 거의 느낄 수 없는 일종의 친숙감을 불러일으킨다. 턱수염이 나고 흑색 외투에 고깔모자를 쓴 이 근엄한 조상 — 일찍이 성경과 칼을 들고 와서 아무도 밟지 않은 길을 당당히 걸으며 전쟁과 평화의 인물로 큰 두각을 드러냈던 분 — 때문에 나는 이곳에 살 권리가 있다고 더 당당히 주장하는 것인지 모른다. 이름도 얼굴도 거의 알려지지 않은 나 자신보다 이런 조상 때문에 말이다. 그분은 군인이자 입법자이자 재판관이었다. 교회의 목사이기도 했다. 좋든 나쁘든 청교도의 특성을 두루 갖춘 분이었다. 또한 냉엄한 박해자이기도 했다. 예컨대 퀘이커교도[14]들은 대대로 그의 이름을 기억하며 그가 자기네 종파에 속한 한 여인을 얼마나 가혹하게 다뤘는지를 지금까지 이야기할 정도다. 그분이 좋은 일도 많이 했다고는 하지만, 그런 선행의 기록보다 이 사건이 더욱 오래 기억될까 염려스럽다. 그분의 아들[15] 또한 박해 정신을 물려받아 마녀재

---

14 Quaker. 17세기 중엽 조지 폭스George Fox가 창시한 프렌드회의 별칭으로 간소한 생활, 단순한 언어, 평화를 지향했지만 광신적인 경향이 있어 청교도와 대립했다.
15 존 호손John Hathorne(1641~1717)을 가리킨다. 대령이자 세일럼의 마녀재판에 참여한 판사의 하나로, 이 재판에서 열아홉 명이 교수형에 처해졌다.

판에서 큰 두각을 드러냈는데, 희생자들의 피가 그의 몸에 자국을 남겼다고 해도 지나치지 않을 것이다. 그 피가 얼마나 깊이 스며들었는지, 차터 스트리트 묘지에 말라붙어 있는 그의 뼈가 완전히 재로 변하지 않았다면 아직까지도 그 자국이 남아 있으리라! 이 조상들이 참회하고 자신들이 저지른 잔혹한 짓에 대해 하늘의 용서를 구할 생각을 했는지, 아니면 지금 저승에서 그 죄의 무거운 결과에 시달리고 있는지 나로서는 모를 일이다. 어쨌거나 그분들을 대표하여 작가인 내가 그 수치를 모두 껴안고, 그분들이 초래한 그 모든 저주가 앞으로 조금씩 풀리기만을 기도해야 하리라. 내가 지금껏 들어 온 내용도 있을뿐더러, 우리 가문이 아주 오랫동안 비참하고 불운한 상태를 벗어나지 못하는 것을 보면 그런 저주가 실제로 존재하는 듯하니 말이다.

그러나 이 준엄하고 짙은 눈썹을 가진 두 청교도 조상들이 오랜 세월이 흐른 뒤 유서 깊은 이끼로 뒤덮인 명문가의 맨 꼭대기 가지에 나와 같은 게으름뱅이가 달려 있는 것을 본다면 그것이 자기네 죄의 충분한 응보라고 생각할 것이다. 내가 지금껏 소중히 간직해 온 어떠한 목표도 그들은 기특해하지 않을 것이다. 내가 가정 밖에서 성공을 거둬 내 인생을 빛낸다 해도, 그들은 딱히 수치스럽다고는 여기지 않을지라도 내 성공을 가치 있는 것으로 생각하지 않을 것이다. 「저건 뭐 하는 놈이야?」 내 조상들 중 한 회색 유령이 다른 유령에게 나직이 묻는다. 「이야기책을 쓰는 놈이라지! 그게 대체 무슨 놈의 직업이라고. 하느님을 어떤 식으로 찬미하고, 제 놈과 같이 사는 인류에게 어떤 보탬이 된단 말인가? 에고, 저 덜떨어진 놈은 차라리 깽깽이나 켰으면 좋았을 것을!」 시간의 심연을 가로질러 먼 조상님들과 나 사이에 그런 찬사가 오고 갔나니! 그러나 그분들이 아무리 날 경멸한다 해도, 그분들이 지닌 강인한 성향이 내 본성에도 섞여 있지 않겠는가.

마을이 생기기 시작한 초창기에 이 열성적이고 정력적인 두 조상님들에 의해 깊이 뿌리내린 우리 가문은 줄곧 이곳에서 살아왔다. 또한 언제나 상당한 사회적 지위도 유지했다. 내가 아는 한 가문의 명예에 먹칠을 한 사람도 없었다. 그러나 최초의 두 세대 이후로는 기억에 남을 만한 공적을 세웠거나 세상의 이목을 끌 정도의 일을 한 후손이 거의, 혹은 아예 없었다. 우리 가문은 점점 기울어 보이지 않을 지경에 이르렀다. 마치 거리 여기저기에 새로운 흙이 쌓이고 쌓여 지붕 처마가 그 흙더미에 반쯤 파묻힌 오래된 집들처럼 말이다. 아버지와 아들이 1백 년 넘게 선원으로 일하기도 했다.[16] 세대마다 머리가 희끗희끗해진 선장이 후갑판에서 농장으로 물러나면 열네 살 된 소년이 일반 선원으로 그 자리를 이어받아 아버지와 할아버지를 향해 거세게 몰아쳤던 짜디짠 물보라와 폭풍에 맞섰다. 때가 되면 그 소년도 앞 갑판에서 1등 선실로 옮겨 와 격동의 장년기를 보낸 뒤 세상을 떠도는 일에서 물러나고 늙어 죽어서는 고향 땅의 흙 속에 묻혔다. 어떤 장소가 이렇게 탄생지와 매장지로서 오랫동안 한 가문과 관계를 맺다 보면, 그곳을 둘러싼 풍경이나 도덕적 환경에 깃든 매력과는 상관없이 인간과 장소 사이에도 일종의 혈연관계가 생성된다. 그 관계는 사랑이라기보다 본능이다. 새로 정착한 거주자 — 타지에서 직접 왔거나 기껏해야 아버지 대나

---

[16] 호손 가문의 3대는 〈농부 조지프〉로 불렸지만, 다음 두 세대인 대니얼 호손Daniel Hathorne과 너새니얼 호손은 선장이 되었다.

할아버지 대에 이주해 온 사람 — 는 세일럼 주민이라고 불릴 자격이 없는 셈이다. 옛 개척자가 뿌리를 내린 이후 3세기째에 접어든 지금 그의 후세대들이 계속 살아온 땅에 굴처럼 들러붙어 있는 끈끈함을 새로 이주해 온 자들은 알지 못한다. 그 땅에 즐거움이 없다든가 오래된 목조 가옥과 진흙과 먼지, 밋밋한 집터와 정취, 차가운 동풍, 더욱 차가운 사교계 분위기가 싫증 난다든가 하는 것은 문제가 되지 않는다. 게다가 그렇다 해도, 또한 그 밖의 결점을 상상하거나 볼 수 있다 해도 그런 끈끈함은 지워지지 않는다. 고향 땅은 마치 지상 낙원이라도 되는 듯 강력한 마력을 발휘하는 법이다. 적어도 내 경우에는 그랬다. 나는 거의 운명처럼 세일럼이 내 고향일 수밖에 없다고 느꼈다. 그러니 이곳에서는 줄곧 낯익은 것이었을 우리 가문의 풍경과 특징을, 내가 잠시 사는 동안에도 고향 사람들은 보고 알아보았을 것이다. 왜냐하면 가문을 대표하는 한 사람이 무덤 속으로 들어가면 또 다른 누군가가 마치 중심가를 따라 순찰을 돌듯 계속 등장하니까 말이다. 그렇지만 바로 이러한 정서가 병들어 버린 관계를 마침내 끊어 내야 한다는 증거이기도 하다. 인성(人性)이라는 것도 감자와 마찬가지로 너무나 오랜 세대에 걸쳐 닳고 닳은 땅에 심고 또 심으면 잘 자라지 않는 법이다. 내 아이들의 출생지는 모두 다르며,[17] 그들의 운명을 관리할 수 있는 한 나는 그들을 낯선 땅에서 뿌리내리게 할 것이다.

다른 곳으로 갈 수도 있었고 그러는 편이 더 좋았을지도

---

17 호손의 장녀 유나Una Hawthorne는 콩코드에서, 장남 줄리언Julian Hawthorne은 보스턴에서, 막내딸 로즈Rose Hawthorne는 레녹스에서 태어났다.

모르지만, 고향에 대한 이런 이상하고 안일하며 달갑잖은 애착 때문에 나는 옛 목사관을 떠나자마자 미합중국의 이 벽돌 건물에 한자리를 차지하게 되었던 것이다. 그것이 내 운명이었다. 영영 돌아오지 않을 사람처럼 고향을 떠났다가도 돌아온 적이 한두 번이 아니었다. 매번 볼일도 없이, 마치 세일럼이 내게 우주의 필연적인 중추이기나 한 듯 말이다. 그리하여 어느 날 아침, 나는 주머니에 대통령 임명장을 넣고 화강암 계단을 올라 세관의 최고 행정관이라는 중책을 맡은 나를 도와줄 신사 군단에게 소개되었다.[18]

미합중국의 관리들 가운데 문무(文武)를 통틀어 나처럼 그렇게 노련한 원로 집단을 휘하에 두었던 사람이 과연 있었을지 심히 의심스럽다. 아니, 없었을 것이라 확신한다. 그들을 만났을 때 나는 최고참의 자리를 즉각 알아볼 수 있었다. 정치 변동이 일면 재직 기간이 위태로워지기 마련인데, 그때까지 20년 넘게 독립된 지위로 남아 있던 세관원 덕에 세일럼의 세관은 그 소용돌이에서 벗어날 수 있었다. 뉴잉글랜드의 가장 출중한 군인이었던 그자는 화려한 공훈의 대좌 위에 굳건히 서 있었다. 또한 사려 깊은 역대 행정부의 관용으로 공직을 굳게 지킨 그는 위험천만하고 조마조마한 일이 터질 때마다 부하 직원들의 안전판이 되어 주었다. 밀러 장군[19]은 철저히 보수적인 인물이었다. 성품은 온화했지만 습관에 적지 않은 영향을 받았다. 가까운 사람들에게 강한 애착을 느꼈고, 변화하면 의심할 바 없이 상황이 좋아질 수 있는데도 여간해

---

18 호손은 1846년부터 1849년까지 세일럼 세관에서 검사관으로 일했다.
19 James Miller(1776~1851). 1813년과 1814년 전투에서 공을 세워 준장이 되었고 아칸소 주지사와 세일럼 항구의 세관원으로 일했다.

선 변화를 수용하지 않았다. 그런 까닭에 내가 책임을 지게 된 부서에는 나이 든 사람들이 대부분이었다. 온갖 바다를 누비고 인생의 모진 비바람에 완강히 맞서 싸운 뒤 마침내 이 조용한 구석으로 떠밀려 온 늙은 선장들이었다. 어쩌다 있는 대통령 선거를 제외하면 이곳에 그들의 마음을 어지럽히는 것은 거의 없었고, 선거가 끝나면 모두가 새로운 수명을 보장받았다. 다른 동년배들 못지않게 연로하고 쇠약한데도 그들에겐 죽음을 가까이 오지 못하게 하는 부적 비슷한 게 있는 듯했다. 확신컨대, 그들 중 두세 명은 통풍과 관절염을 앓고 있거나 아니면 몸져누워 1년 중 대부분은 세관에 나올 꿈도 못 꿀 상태였을 것이다. 그러나 나태한 겨울을 보낸 뒤 5월이나 6월이 되면 따뜻한 햇볕 속으로 기어 나와서는 대충 자신들이 의무라고 부르는 일을 하다가 한가하고 편리한 때에 또다시 몸져눕곤 했다. 나는 공화국의 이 나이 지긋한 관리들 여럿의 공직 수명을 단축시켰다는 비난을 인정한다. 내 요청에 따라 힘든 일에서 놓여난 그들은 마치 삶의 유일한 목적이 나랏일에 이바지하는 것이었다는 듯 곧바로 더 좋은 세상으로 떠나 버렸다. 내가 그나마 위안으로 삼는 것은, 내가 훼방을 놓은 탓에 그들은 세관원이라면 으레 빠져들 수밖에 없던 악하고 부패한 관행을 회개할 만한 충분한 시간적 여유를 가질 수 있었다는 점이다. 앞문이든 뒷문이든, 세관은 천국에 이르는 길로는 통하지 않으니 말이다.

내 관리들은 대부분 휘그당원[20]들이었다. 신임 검사관인

---

20 Whigs. 1834년에서 1860년까지 존재했던 정당. 앤드류 잭슨Andrew Jackson 대통령의 정책에 반대하여 조직되었으며, 왕정에 반대하는 영국의 휘그당과 정치적으로 유사하다.

내가 정치가도 아니요, 원칙적으로는 충실한 민주당원이긴 했지만 무슨 정치적 공로가 있어 재직하게 된 것이 아니라는 점이 이 나이 든 동료들에게는 다행스러운 일이었다. 만약 그게 아니라 어떤 의욕적인 정치가가 이 영향력 있는 자리에 앉아 노쇠하여 직무도 다하지 못하는 휘그당 세관원에 맞서는 쉬운 일을 떠맡기라도 했다면, 시체나 다름없는 이 늙은이들은 죽음의 천사가 세관 계단을 올라온 지 한 달도 못 되어 공직 생활에 마침표를 찍었을 것이다. 이런 일들과 관련한 흔한 관례대로 하자면, 단두대의 도끼로 이들 백발의 목을 하나하나 자르는 것이 정치가의 마땅한 의무였으리라. 늙은 동료들은 내 손에 그런 치욕을 당하지나 않을까 두려워하는 기색이 역력했다. 나의 등장으로 일어난 그런 공포를 보는 것이 나로서는 괴롭기도 했지만 동시에 재미있기도 했다. 나처럼 무해하기 짝이 없는 사람의 눈짓 한 번으로 50년 세월 동안 비바람을 맞고 살아온 주름진 얼굴들이 잿빛으로 변하는 것을 본다거나, 그 옛날에는 북풍의 신마저 놀라서 숨죽일 만큼 목이 터져라 확성기에 대고 고함을 질렀을 그 목소리가 내게 말을 건넬 때마다 떨리는 것을 감지하는 것 말이다. 관례대로 하자면, 또한 몇몇의 경우 직무 능력으로 평가하자면, 그들 자신보다 바른 정견을 가지고 있으며 미합중국을 위해 더욱 쓸모 있게 일할 수 있는 젊은이들에게 자리를 내주어야 한다는 것을 이 영리한 늙은이들은 알고 있었다. 나 또한 그것을 알았지만 그러한 논리에 따라 행동한다는 게 영 내키지 않았다. 그리하여 내게는 수치스러운 일이요 공직자의 양심에도 상당히 위배되는 일이었지만, 내 재임 기간 동안에도 그들은 계속 부둣가를 어슬렁거리고 세관 계단을 천천히 오르락내리

락할 수 있었다. 그들은 또한 늘 앉아 있는 구석진 자리에서 의자를 벽에 붙인 채 많은 시간을 잠으로 때웠다. 그러나 오전에 한두 번 잠에서 깰 때면 그 옛날 선원 시절의 이야기와 자기네들끼리 일종의 암호가 되다시피 한 케케묵은 농담을 진저리 나게 떠들어 댔다.

새로 부임해 온 검사관이 크게 해를 입힐 사람이 아니라는 사실을 그들은 이내 알아차린 듯했다. 그래서 가벼운 마음으로, 또한 사랑하는 조국을 위해서는 아니더라도 적어도 그들 자신을 위해서는 근무하는 쪽이 유용하다는 기쁜 마음으로 이들 선량한 노신사들은 각종 공식 업무에 들어갔다. 안경 너머로 선박의 화물창을 들여다볼 때 그들은 정말이지 얼마나 영리하던지! 별것 아닌 일엔 큰 법석을 떨면서 이따금 중요한 일을 손가락 사이로 빠져나가게 하는 그 우둔함은 얼마나 놀랍던지! 그런 불운이 일어났을 때 — 마차 한 대분이나 되는 귀중품이 대낮에, 그것도 수상한 낌새조차 못 채는 그들의 코앞에서 몰래 반입되었을 때 — 뒤늦게야 범죄 선박의 모든 출입구를 이중으로 잠그고 테이프와 초로 단단히 봉쇄하던 그들의 빈틈없음과 민첩함은 타의 추종을 불허했다. 앞선 태만함을 질책하기보단 재난이 일어난 뒤에 보인 그 기특한 조심성을 오히려 칭찬해 주어야 할 정도였다. 더 이상 손쓸 수 없게 되고 말았지만 그들의 기민한 열의에 대해서만큼은 기꺼이 인정해 주어야 할 것이다.

웬만큼 싫은 사람이 아닌 한 누구에게나 호의를 갖는 것이 내 어리석은 습관이다. 동료를 볼 때도 보통은 장점이 가장 먼저 보이며, 그것으로 그 사람의 됨됨이를 알아본다. 이곳의 늙은 세관원들은 대부분 선량했으며, 그들을 아버지처럼 보호해 주는 자리에 앉아 있었던 나는 자연스럽게 그들에게 우호적인 감정을 가지게 되었고 금세 그들 모두를 좋아하게 되었다. 여름날 오전 — 여느 사람들에겐 몸이 녹아내릴 것 같은 뜨거운 열기가 반쯤 마비된 그들의 몸에는 기분 좋은 온기로만 전해지는 때 — 이면 그들은 언제나처럼 뒷문 출입구 벽에 의자를 일렬로 기댄 채 잡담을 나눴는데, 나는 그 이야기를 듣는 것이 즐거웠다. 지난 세대의 얼어붙어 있던 재담들이 그들의 입에서 녹아 웃음과 함께 거품을 일으키며 터져 나왔다. 늙은이의 즐거움과 어린아이의 환희 사이에는 외견상 많은 공통점이 있다. 심오한 유머 감각도 마찬가지이지만, 지성 또한 즐거움과 별 상관이 없다. 늙은이에게나 어린아이에게나 즐거움은 겉에서 반짝거리고, 푸른 가지든 썩어 가는 잿빛 줄기든 밝고 유쾌하게 보이게 하는 섬광과도 같다. 그러나 한쪽이 진짜 빛이라면, 다른 쪽은 썩어 가는 나무에서 뿜어져 나오는 인광에 가깝다고 할 수 있겠다.

나의 이 훌륭한 늙은 친구들을 가리켜 하나같이 노쇠했다고 하는 것이 참으로 불공평한 표현임을 독자 여러분은 알아주어야 할 것이다. 무엇보다 나의 보좌관들이 모두 늙은 것은 아니었다. 그들 중에는 힘이 세고 한창때인 사람들도 있었다. 그들은 능력과 정력이 뛰어났고, 운이 나빠 오게 된 이곳의 나태하고 예속적인 생활 방식에 조금도 영향을 받지 않았다. 게다가 이따금씩 잘 손질된 초가집 지붕처럼 노년의 백발이 지혜를 드러낼 때도 있긴 했다. 그러나 내 고참병들 대부분에 대해 말할 것 같으면, 다양한 경험을 하고서도 보존할 만한 것을 하나도 그러모으지 못한 따분한 늙은이들이라 해도 틀린 표현은 아니리라. 수확의 기회가 그렇게 많았으면서도 황금빛 이삭인 유용한 지혜는 모두 내던져 버리고 기억 속에는 껍질만 애써 저장해 둔 듯했다. 그들은 40~50년 전에 난파당했던 일이나 젊은 눈으로 목격했던 온 세상의 경이로운 일들보다는 오늘의 아침 식사나, 어제와 오늘과 내일의 저녁 식사에 대해 훨씬 더 큰 흥미와 열정을 기울여 이야기했다.

이 세관의 아버지 — 이 소규모 관리 집단뿐 아니라 감히 말하건대 미합중국 전역의 존경할 만한 승선 감독관들의 가장(家長) — 는 어떤 종신 검사관이었다. 원칙에 충실한, 아니 더 정확히 말하면 귀족 집안의 자제인 듯한 그는 진실로 세무 조직의 적자라 일컬을 만했다. 왜냐하면 혁명군 대령이자 이 항구의 전직 세관원이었던 부친이 직책을 하나 만들어 아들을 그 자리에 앉혔기 때문이다. 식민지 초기에 있었던 일이라 살아 있는 사람들 중 그 일을 기억하는 이는 거의 없다. 내가 처음 보았을 때 이 검사관은 여든 살가량 되어 있었는데, 정말이지 평생 가야 한 번 볼까 말까 한 노익장의 본보기라 할 만했다. 혈색이 좋고 아담한 풍채에 반짝이는 단추가 달린 푸른 외투를 산뜻하게 입고 걸음걸이도 기운차고 외관도 정정한 것이, 실제로는 젊지 않지만 어머니 같은 대자연이 나이와 질병에 구애받지 않는 새로운 유형의 인간으로 고안해 낸 인물 같았다. 세관에 끊임없이 울려 퍼지는 그의 목소리와 웃음소리에는 노인들 특유의 떨림이라든가 꺽꺽거리는 음이 없었다. 그의 양쪽 허파에서 터져 나오는 소리는 수탉의 울음소리나 클라리온 소리 같았다. 그를 한낱 동물로 보자면 — 달리 볼 것도 없지만 — 더없이 건장하고 건강한 신체하며, 그 같은 고령에도 자신이 목표로 삼았거나 생각해 둔 즐거움을 모두 혹은 거의 누릴 수 있는 능력하며, 그는 더할 나위 없이 만족스러운 존재였다. 정기적인 수입과 잘릴 염려 없는 안정성 때문에 그는 마음 편하게 세관 생활을 하며 분명 유쾌하게 지낼 수 있었을 것이다. 그러나 더 근본적이고 설득력 있는 원인을 꼽자면 보기 드물게 완벽한 그의 동물적 본성, 적절하게 균형 잡힌 지성, 아주 소량씩 섞여 있는 도덕적·정신적 요소이리라. 이 중 조금밖에 없는 마지막 특성이 그 노신사를 동물처럼 네발로 걷지 않게 해준 셈이었다. 그에게는 사고력이나 깊은 감정이나 골치 아픈 감수성 같은 게 없었다. 요컨대 마음 대신, 신체 건강하면 어김없이 생성되는 쾌활한 기질에 힘입은 몇 가지 평범한 본능만으로 그는 본분을 훌륭히 수행했으며 세상 사람들의 호평까지 얻어 냈다. 그는 아내를 셋이나 두었으나 다들 오래전에 세상을 떠났다. 자식도 스무 명이나 보았으나 대부분 어릴 때, 혹은 성년이 되어 마찬가지로 흙으로 돌아갔다. 이쯤 되면 아무리 쾌활한 사람이라도 암울한 빛에 속속들이 물들어 슬픔에 빠져들지 않았을까 추측할 만하다. 그러나 우리의 늙은 검사관은 그러지 않았다! 그는 짧은 한숨만으로도 이 음울한 추억의 무거운 짐을 훌훌 털어 낼 수 있었다. 그런 뒤엔 바지도 입지 않고 놀러 나가려는 아이처럼 즐길 준비를 했다. 그 행동이 어찌나 재빠른지, 열아홉밖에 안 먹은 젊은 사무관이 이 늙은 검사관보다 더 어른스럽고 근엄해 보일 지경이었다.

나는 내 눈에 띄는 그 어떤 인물보다 이 가부장적인 인물을 더욱 흥미롭게 관찰하고 연구하곤 했다. 사실 그는 보기 드문 기인(奇人)이었다. 어찌 보면 그야말로 완벽했지만, 달리 보면 그야말로 천박하고 알쏭달쏭하고 감지하기 어렵고 참으로 보잘것없는 사람이었다. 내가 내린 결론은 그가 영혼도,

감정도, 마음도 없는 사람이라는 것이었다. 앞서도 말했듯이 그에게는 본능 말고는 아무것도 없었다. 그러나 한편으로는 그런 성격적 요소들이 아주 교묘히 어우러져 결함이 보여도 전혀 불쾌하지 않았고, 도리어 나로서는 그에게서 발견한 요소들이 대체로 만족스럽기까지 했다. 너무 세속적이고 감각적으로 보이는 터라 그가 저승에서는 어떻게 살지 상상하기도 어려울 것 같았다. 아니, 어려웠다. 그러나 삶이라는 것이 마지막 숨과 더불어 종지부를 찍는 것이라면 그가 이승에서 보낸 삶은 분명 나쁘지 않았다. 들짐승들만큼이나 얕은 도덕적 책임감을 지녔으면서도 쾌락은 그들보다 더 폭넓게 누리고, 들짐승들처럼 노령의 쓸쓸함이라든가 우울함을 모르는 축복까지 누렸으니 말이다.

그가 네발 달린 형제들보다 훨씬 우월한 점이 있다면, 그것은 그의 삶에서 적지 않은 행복의 비중을 차지한 훌륭한 만찬을 기억해 내는 능력이었다. 그의 식도락은 아주 기분 좋은 특성이었다. 그가 구운 고기에 대해 이야기하는 것을 들으면 피클이나 굴을 먹을 때처럼 침이 돌았다. 그에게 이것보다 더 고상한 특성도 없었고, 위장의 즐거움과 이득을 위해 온갖 정력과 창의력을 쏟더라도 정신적 재능이 희생되거나 훼손될 일이 없었기 때문에, 그가 생선이며 닭고기며 푸줏간의 고기며 그것들을 식탁에 올리는 최고의 조리법에 대해 장황하게 설명하는 소리를 듣고 있으면 늘 기쁘고 유쾌하고 흡족해지곤 했다. 아무리 오래된 연회라 해도 그가 당시의 진수성찬을 떠올려 이야기하면 코끝에 돼지나 칠면조 냄새가 풍기는 듯했다. 60년이나 70년 전에 먹은 음식까지도 그의 입천장에는 마치 오늘 아침 먹어 치운 양고기인 듯 선명하게 그 맛이 남아 있었다. 그는 지나간 만찬들을 떠올리며 입맛을 다시기도 했는데, 그때 함께했던 손님들은 이미 벌레들의 먹이가 된 지 오래였다. 그런 지난날의 망령들이 그의 눈앞에 끊임없이 떠오르는 것을 지켜보노라면 놀랍기 그지없었다. 그것들은 화를 내거나 욕을 하기 위해서가 아니라 그가 베푼 호의에 고마움을 표하고, 몽롱하면서도 육감적이던 그 즐거움을 재현하고 싶어서 다시 오는 듯했다. 소의 안심, 송아지의 뒷다리와 엉덩이 살, 돼지갈비, 명물 닭고기, 기막힌 칠면조 등등, 노(老)애덤스[21] 대통령 시절 그의 식탁을 장식했을 법한 요리들이 그에게서 되살아나곤 했다. 반면에 그 뒤에 일어난 인류의 경험, 혹은 그의 이력을 빛내거나 어둡게 했던 사건들은 스쳐 지나가는 바람처럼 그에게 별 영향을 끼치지 않고 사라져 갔다. 내가 판단하는 한, 이 노인의 삶에 있었던 중요한 비극적 사건은 20년인가 40년 전쯤 죽은 어떤 거위에 얽힌 불운이었다. 아주 먹음직스럽게 생긴 거위였는데, 막상 먹으려고 보니 고기가 어찌나 질긴지 주방 칼도 소용이 닿지 않아 도끼와 톱을 써서 겨우 잘랐다는 이야기였다.

그러나 이 스케치도 이제 접을 때가 된 듯하다. 내가 지금껏 만난 이들 가운데 이 사람만큼 세관원이 되기에 적합한 인물도 없었던 만큼 더 상세히 쓰고 싶은 마음이야 굴뚝같긴 하지만 말이다. 지면 관계상 그 이유를 밝힐 수는 없지만, 대부분의 사람들은 세관원이라는 독특한 삶의 양식으로 도덕적 손상을 입게 된다. 그 늙은 검사관은 그런 것을 몰랐다. 그는

---

21 Elder Adams. 미국의 2대 대통령을 지낸 존 애덤스John Adams (1735~1826)를 말한다. 당시 유명했던 6대 대통령 존 퀸시 애덤스John Quincy Adams와 구별하기 위해 이렇게 불렀다.

세상이 끝나는 날까지 근무를 계속하더라도 처음과 꼭 같을 것이고, 변함없는 식욕으로 만찬을 즐길 것이다.

이 검사관과 마찬가지로, 빼놓으면 세관 초상이라는 나의 화랑이 이상하게도 불완전하게 보일 인물이 또 한 명 있다. 그러나 관찰할 기회가 비교적 적었으므로 대강의 스케치만 할 수 있겠다. 그 사람은 우리의 용맹한 늙은 장군[22]인 징수관으로, 빛나는 무공을 세운 뒤 미개한 서부 지역을 통치하고서 그 파란 많고 명예로운 삶을 갈무리하기 위해 20년 전 여기로 왔다. 일흔에 가까웠거나 이미 일흔에 이르러 있던 그 용사는 기백을 돋우는 추억의 군악으로도 결코 그 무게를 덜 수 없는 노쇠라는 짐을 진 채 지상에서의 남은 행진을 계속하고 있었다. 돌격할 때 선두를 달리던 두 다리는 중풍이 들어 있었다. 하인의 부축을 받고 한 손으로는 쇠 난간을 단단히 붙잡아야만 세관 계단을 천천히 힘겹게 오를 수 있었고, 입구에서부터 난로 옆에 있는 자기 자리까지 걸음을 옮기는 데도 무진장 힘을 들여야 했다. 그는 언제나 그 자리에 앉아 오고 가는 사람들의 모습을 조금 흐릿하지만 침착한 얼굴로 응시하곤 했다. 종이 넘기는 바스락 소리, 선서하라는 소리, 업무와 관계된 토론, 이런저런 잡담으로 웅성거렸지만 그 모든 소리와 상황은 그의 감각에만 희미하게 전해질 뿐 사색의 영역으로까지는 나아가지 못하는 듯했다. 이처럼 가만히 있을 때 그의 얼굴은 온화하고 유순했지만 그러다가 누가 말이라도 붙이면 정중하면서도 흥미로운 표정을 띠며 밝게 빛났다. 마치 아직까지는 내면에 빛이 남아 있으며, 그 빛이 지성의 등불이라는 외적 수단에 가로막혀 있을 뿐임을 증명하듯이 말

[22] 제임스 밀러 장군을 일컫는다.

이다. 그의 마음의 본질을 자세히 꿰뚫을수록, 그것은 더욱 건전한 모습이었다. 말을 하는 것도, 듣는 것도 확실히 힘에 부치는 일이어서 그럴 필요가 없을 때면 그의 얼굴은 금세 이전의 기분 좋은 평온 속으로 침잠하곤 했다. 이런 표정을 보는 것이 괴롭지는 않았다. 비록 흐릿하긴 해도 그 속에서 쇠퇴해 가는 고령의 우둔함은 찾아볼 수 없었으니 말이다. 본래 강하고 올찬 그 성격의 틀은 아직 망가지지 않은 채였다.

그러나 이런 불리한 상황에서 그의 성격을 관찰하고 규정짓기란, 마치 허물어진 잿빛 폐허를 본 다음 상상만으로 티콘데로가[23] 같은 옛 요새를 새로 짓는 것만큼이나 어려운 일이었다. 여기저기 성벽이 거의 그대로 남아 있다 해도 그 밖의 다른 곳은 형체를 알 길 없는 흙무더기로 변해 있을 것이기 때문이다. 부담스러울 만큼 견고한 모습으로, 오랜 평화와 무관심 속에서 온갖 풀과 이름 모를 잡초에 뒤덮인 채 말이다.

그럼에도 불구하고 그 늙은 용사를 애정 어린 눈으로 바라보노라면 ― 우리 사이에 별다른 소통은 없었지만 그에 대한 내 감정은, 그를 아는 모든 두 발 동물 혹은 네발짐승의 감정과 마찬가지로 애정이라 불러도 부적절하지 않을 것이다 ― 나는 그의 초상에서 주된 특징을 식별할 수 있었다. 그 특징은 그가 명성을 얻은 것이 단지 우연이 아니라 지극히 당연한 결과임을 보여 주는 고귀하고 영웅적인 자질이었다. 내가 보기에 그의 정신은 불안에 떨거나 한 적이 결코 없었을 것 같았다. 인생의 어떤 시기였든 그가 움직이는 데는 분명 일종의 충동이 필요했을 것이다. 그렇지만 일단 넘어야 할 장애물이라

---

23 Ticonderoga. 미국 뉴욕 주 동부의 챔플레인 호숫가에 있던 프랑스군 요새. 1759년 영국군이 점령했다가 1775년 미군이 빼앗았다.

든가 달성해야 할 적절한 목표가 생기면 그는 지쳐 떨어져 나간다거나 실패한다거나 하는 법이 없었다. 일찍이 그의 본성에 침투하여 아직까지 꺼지지 않고 있는 그 열기는 활활 타올랐다가 명멸하는 그런 빛이 아니라, 용광로 속에서 오래도록 시뻘겋게 타오르는 빛이었다. 묵직함, 단단함, 견고함 — 이것이 내가 말하고 있는 시기에 너무 일찍 그를 슬며시 덮친 쇠잔함 속에서도 그가 쉬고 있을 때의 표정이었다. 그러나 이때조차도 그의 의식 깊숙이 어떤 흥분이 전달된다면, 죽어 있는 것이 아니라 잠자고 있을 뿐인 그의 온 정력을 깨울 수 있을 만큼 시끄러운 나팔 소리가 울려 퍼진다면, 그는 마치 환자복처럼 자신의 병약함을 벗어던지고 지팡이 대신 군도(軍刀)를 쥔 채 다시 무인으로서 일어설 수 있었을 것이다. 또한 그렇게 격앙된 순간에도 그의 태도는 여전히 침착했을 것이다. 그러나 이 모든 것은 상상으로만 그려 볼 수 있을 뿐 기대할 수도, 바랄 수도 없는 모습이었다. 내가 그에게서 본 특징 — 앞서 적절한 비유로 들먹인 옛 티콘데로가에 남아 있는 성벽처럼 분명하게 드러나는 특징 — 은 끈질기고도 답답한 인내심, 성실함, 그리고 자비심이었다. 인내심은 젊었을 때 고집불통으로 통했을 것이고, 성실함은 대부분의 다른 재능들과 마찬가지로 다소 큰 부피에 1톤짜리 철광석같이 견고하고 탄탄했으며, 그의 자비심은 당대의 그 어떤 말 많은 박애주의자도 움직이게 할 만한 진정성을 지니고 있었다. 치페와나 포트이리 요새에서 총검을 찬 돌격대를 그토록 무섭게 이끈 사람이었음에도 말이다.[24] 잘은 모르지만 그는 아마 자기 손으로 적들을 죽였을 것이다. 승리의 기운이 넘치는 돌격 앞에서 적들은 커다란 낫에 베이는 풀잎처럼 고꾸라졌으리라. 그럼에도, 나비의 날개에 붙은 솜털 하나 건드리지 못할 만큼 그의 마음에 잔인한 구석이라곤 없었다. 그는 내가 아는 이들 중 그 타고난 친절함을 믿고 기대고 싶은 유일한 사람이었다.

그러나 밀러 장군의 많은 특징들 — 또한 그를 스케치하는 데 적지 않은 도움을 주는 특징들 — 은 내가 그를 만나기 전에 이미 사라지거나 흐려진 것이 분명했다. 무릇 우아하기만 한 속성은 쉬이 시들어 버리는 법이다. 대자연은 티콘데로가 요새의 폐허에 꽃무의 씨를 뿌리고 폐허의 갈라진 틈 사이로 뿌리를 내려 적당한 양분을 취하는 꽃들로 하여금 그 땅을 장식하게 할지언정, 인간의 폐허에는 그런 새로운 아름다움을 선사하지 않는다. 그런데도 밀러 장군에게는 주목할 만한 기품이라든가 아름다움이 있었다. 때로는 유머의 빛이 베일 같은 흐릿한 장애물을 뚫고 나와 우리의 얼굴에 기분 좋게 어른거리곤 했다. 유년기나 청년기가 지난 남자들에게서 타고난 고상함을 보기란 쉽지 않은 일인데, 밀러 장군의 경우에는 꽃들의 풍경과 향기를 좋아하는 모습에서 그 고상함이 드러났다. 노병이란 모름지기 그 자신의 이마에 드리운 피투성이 월계관만을 소중히 여긴다고 생각할지 모르겠다. 그러나 이곳에는 꽃을 사랑하는 소녀의 감성을 간직한 사람이 있었다.

그 용감한 노장은 곧잘 벽난로 옆에 앉아 있었다. 한편 검사관인 나는 고난이나 다름없는 그와의 대화를 가능한 기피하면서도 멀찍이 떨어져 선 채 잠자고 있는 듯 평온한 그의 얼굴을 관찰하길 좋아했다. 몇 미터밖에 떨어져 있지 않은데도

---

24 제임스 밀러가 대령의 직위로 용맹을 떨친 런디스 레인 전투(1815)를 말한다. 당시 치페와를 탈환하려는 영국군과의 격전에서 양군의 지휘관은 중상을 입었다. 이 전투에서 승리한 뒤 전세는 미국에 유리해졌다.

그는 멀리 있는 사람 같아 보였다. 그가 앉은 의자 옆을 지나칠 때도 멀게만 느껴졌다. 손을 뻗으면 물론 그의 손이 닿았겠지만 왠지 그럴 것 같지 않았다. 어쩌면 그는 세관이라는 어울리지 않는 환경보다 자신의 생각 속에서 진짜 삶을 살고 있었는지 모른다. 열병식이라든가 떠들썩한 전투라든가 30년 전에 들은 영웅적인 군악의 팡파르, 이런 장면들과 소리들이 그의 지적 감각에 앞서 살아 꿈틀거리고 있었는지 모른다. 그러는 동안에도 상인들과 선장들, 말쑥한 차림의 사무관들과 메부수수한 선원들이 세관을 들락거렸다. 이런 통상 업무로 세관이 부산한데도 그에게는 무슨 속삭임처럼 아스라하기만 했다. 그 사람들도, 그들의 일도 그와는 아무런 상관이 없어 보였다. 지금은 녹슬었으나 한때 전장을 누비며 번뜩였고 여전히 그 날이 밝게 빛나고 있는 낡은 칼이 잉크병과 서류철과 마호가니 자와 더불어 부세관장의 책상 위에 어울리지 않게 놓여 있던 것처럼, 그도 세관에 어울리지 않는 존재였다.

나이아가라 국경에서 싸운 이 용감한 군인을, 참으로 정력적인 이 인물을 새롭게 창조하는 데 큰 도움이 되었던 것이 하나 있다. 영웅적인 필사 항전을 목전에 두었을 때 뉴잉글랜드 불굴의 정신을 흡입한 그가 모든 위험을 파악하고도 그것에 맞서려 했을 때 내뱉은 그 유명한 말에 대한 기억이었다. 그는 〈해보겠습니다, 장군!〉[25]이라고 말했다. 만약 우리 나라에서 용맹이라는 것을 문장(紋章)으로 기린다면 이 말이야말로 장군의 방패에 새길 만한 최고의 표어일 것이다. 말하기

---

25 런디스 레인 전투에서 지휘관이던 윈필드 스콧Winfield Scott 장군이 영국군 포대를 탈취하기 위해 부하인 밀러 대령에게 할 수 있겠느냐고 물었을 때, 그가 즉석에서 이렇게 대답했다고 한다.

쉬워 보이지만, 사실은 그렇게 위험하고도 명예로운 임무를 띤 그 사람만이 할 수 있는 표현이었다.

사람이 자신과 다른 부류와 어울리는 것은 지적·도덕적 건강에 큰 도움이 된다. 그런 부류는 당신이 하는 일에 대해 별 관심이 없으며, 따라서 그들의 영역과 능력을 이해하려면 당신 자신의 세계를 박차고 나가야 한다. 내 삶은 우연찮게도 이런 이점을 종종 누려 왔지만 이 세관에서 일할 때만큼 풍부하고 다양하게 겪은 적은 없었다. 내가 그 성격을 관찰함으로써 재능까지 새로이 알게 된 사람이 있었다. 그의 재능은 철저하게 사무원으로서의 재능이었다. 그는 신속하고 빈틈없고 명료했다. 온갖 복잡한 일도 꿰뚫어 보는 눈이 있었고, 마법의 지팡이라도 들고 있는 듯 그 일을 사라지게 만드는 수습 능력도 있었다. 세관에서 잔뼈를 키웠기에 이곳이 그의 활동 무대였다. 주제넘은 개입자에게는 귀찮기 짝이 없는 많은 복잡한 업무가 그의 손에만 가면 완벽하게 파악된 체계처럼 질서 정연해졌다. 내가 볼 때 그는 이런 부류의 이상적인 인물이었다. 그는 세관 그 자체이거나, 아니면 다양하게 운행하는 세관의 바퀴를 계속 돌아가게 하는 큰 태엽이었다. 업무 수행과 관련한 적합성은 거의 고려하지 않고 자기네 이익과 편의를 위해 관리를 임명하는 이런 기관에서는 자신들에게 없는 솜씨를 다른 데서라도 어떻게든 찾아내야 하기 때문이다. 그래서 자석이 쇠붙이를 끌어당기듯 우리의 사무원도 모두가 직면하는 어려운 일을 어쩔 수 없이 끌어안았다. 그는 너그러운 저자세로, 그의 정신 구조로 보면 범죄에 가까울 우리의 어리석음까지 친절히 참아 가며, 도저히 이해할 수 없는 문제를 손가락만 움직여 명약관화하게 곧바로 처리하곤 했다. 그의 내밀한 벗인 우리 못지않게 상인들도 그를 존중했다. 그는 더할 나위 없이 성실했다. 성실은 그에게 어떤 선택이나 원칙이라기보다 자연의 이치였다. 또한 정직하고 정연한 업무 처리 능력을 보면 그의 지성이 남다르게 명료하고 정확하다고밖에 말할 수 없었다. 이런 사람이 업무와 관계된 문제에서 한 치의 양심의 오점이라도 안게 된다면, 회계가 잘못됐다거나 깨끗한 장부에 잉크가 번졌다든가 했을 때처럼 몹시도 괴로워할 것이다. 물론 그 수위는 훨씬 높겠지만 말이다. 한마디로 이곳에서 나는 자신이 처한 상황에 완벽하게 적응한 사람을 만난 셈이었는데, 이는 내 삶에서 보기 드문 일이었다.

나와 인연이 되어 함께 일한 몇몇 사람들의 면면이 그러했다. 나는 하느님의 뜻에 따라 전과는 많이 다른 처지에 놓이게 된 상황을 긍정적으로 받아들이고, 이득이 되는 것이라면 무엇이든 그러모으고자 부단히 애썼다. 그리하여 브룩 농장[26]의 몽상가 형제들과 공동으로 실행 불가능한 계획을 세운 뒤에야, 에머슨 같은 지식인에게 묘하게 감화되어 3년을 보낸 뒤에야,[27] 애서베스 강가에서 떨어진 나뭇가지를 태우며 엘러

---

26 Brook Farm. 1801년에서 1807년 사이에 보스턴 근교 웨스트록스베리 가까이에 당시의 초월주의자들이 만들었던 공산주의적 실험 농장. 조지 리플리George Ripley를 중심으로 호손을 포함한 몇몇 인사들이 참여하였다. 호손은 1801년 봄부터 반년간 이곳에 머물렀으며, 이때의 경험을 소재로 장편소설 『블라인드데일 로맨스The Blithedale Romance』를 썼다.

27 브룩 농장을 떠난 호손은 소피아 피바디와 결혼하여 콩코드의 〈옛 목사관〉에서 살았다. 당시 콩코드에는 초월주의자들이 모였는데, 호손의 아내인 소피아와 그녀의 언니 엘리자베스Elizabeth Peabody도 그 집단에 속해 있었다. 브룩 농장 시대부터 〈옛 목사관〉 시대까지 호손은 초월주의자들과 활발하게 어울렸으며 이는 그의 문학 소재뿐 아니라 주제에도 적지 않은 영향을 끼쳤다.

리 채닝[28]과 멋진 공상에 빠져드는 자유분방한 나날들을 보낸 뒤에야, 월든 호숫가 오두막에서 소나무와 인디언 유적에 대해 소로[29]와 이야기를 나눈 뒤에야, 힐러드[30]식 고전적 세련미에 동화되어 안목이 한층 까다로워진 뒤에야, 그리고 롱펠로[31]의 난롯가에서 시적 감흥에 흠뻑 젖기도 한 뒤에야 마침내 내 안에 있는 또 다른 능력을 발휘하고 전에는 별반 좋아하지 않던 양식으로 나를 살지게 해야 할 때를 맞이하게 되었던 것이다. 먹는 물이 달라진 것으로 보자면, 올컷[32]을 알고 지내던 나에겐 늙은 검사관조차 호감 가는 인물일 정도였다. 기억나는 그런 친구들과 더불어 나와는 질적으로 다른 사람들과 어울리면서도 그런 변화에 아무런 불평을 하지 않았다는 사실은, 어느 정도 나라는 사람이 본디 잘 균형 잡혀 있고 완전한 생물체의 필수 요소를 빠짐없이 갖추고 있다는 증거가 아닐까.

당시의 나에게 있어 문학 작업이라든가 문학적 포부는 크

---

28 William Ellery Channing(1780~1842). 시인이자 초월주의자. 호손의 숙부인 그는 유니테리언교의 목사로도 유명했다.

29 Henry David Thoreau(1817~1879). 호손을 만났을 때 소로는 아직 작품을 내지 않은 무명의 초월주의자였다. 그는 1845년 7월 4일부터 1847년 9월 6일까지 콩코드의 월든 호숫가에 오두막을 짓고 살았다.

30 George Stillman Hillard(1808~1879). 보스턴의 변호사이자 법률 고문으로, 호손은 보스턴에 있을 때 그에게 많은 도움을 받았다.

31 Henry Wadsworth Longfellow(1807~1882). 호손의 보든 대학 동기로 재학 시절에는 별로 친하지 않았으나 호손이 『진부한 이야기들*Twice-Told Tales*』를 출판하면서부터 부단히 그를 도왔다. 당시 롱펠로는 시인이자 대학 교수이자 문예 평론가로 이름을 날리고 있었다.

32 Amos Bronson Alcott(1799~1888). 호손이 브룩 농장에서 지낼 때 알게 된 초월주의자이자 교육자. 그의 딸 루이자 메이 올컷Louisa May Alcott은 『작은 아씨들*Little Women*』의 작가로 유명하다.

게 중요한 것이 아니었다. 이 시기의 나는 책을 좋아하지 않았다. 책이 나를 멀리했다. 자연 — 〈인성*human nature*〉이 아닌, 천지에 조성되어 있는 자연 — 도 어떤 의미에서는 내가 볼 수 없게 숨어 있었다. 자연은 모름지기 상상이라는 유희를 통해 영적으로 변모하는데, 그런 상상력이 내 마음에서 사라졌던 것이다. 내 안의 어떤 재능이 완전히 죽지는 않았다 해도 정지한 채 무기력하게 있었던 것은 사실이다. 만약 과거의 소중한 기억들을 불러내는 일이 순전히 내게 달려 있다는 사실을 자각하지 못했다면, 슬프고 말로 표현할 수 없이 쓸쓸했을 것이다. 사실 그런 삶을 오래 지속하기는 힘들었으리라. 만약 그렇게 살았다면 더 나은 사람으로 변모하지 못한 채 전과는 영영 다른 내가 되어 버렸을지 모른다. 그러나 나는 이러한 삶을 잠시 머물다 가는 시간으로밖에 여기지 않았다. 머지않아 내게 새로운 습성을 요구하는 시기가 오면 언제든 변화가 일어날 것이라는 예감이 내 귀에 나직이 들리고 있었다.

그동안 나는 세관의 검사관으로 일했고, 내가 이해하는 한 제구실을 하는 괜찮은 검사관이었다. 사색과 공상과 풍류를 즐기는 사람(그런 속성을 나보다 열 배나 많이 가진 사람)일지라도 수고를 마다하지 않기로 결심만 하면 언제든 사무가가 될 수 있다. 동료 직원들은 물론 직무상 어떤 식으로든 나와 관계를 맺고 있는 상인들과 선장들도 나를 달리 보지 않았으며, 어쩌면 그런 인물로만 알았을 것이다. 그들 중 내 글을 읽은 사람은 아무도 없었을 것이고, 설령 읽었다 해도 그것 때문에 나를 더 눈여겨본다거나 하지도 않았을 것이다. 그런 무익한 글이나마 번스[33]나 초서[34] 같은 필력으로 썼을지라도 사정은 달라지지 않았을 것이다. 그 두 사람도 나와 마찬가지로 세관원으로 일했다. 문학적 명성과 그것으로 세계의 고관들과 어깨를 나란히 하는 꿈을 꾼 적이 있는 사람이라면, 자신의 주장을 인정해 주는 좁은 세계를 벗어나 자신이 성취하려 한 것이나 목표로 삼은 것이 그야말로 무의미했다는 사실을 알게 되는 경험도 비록 쓰라리긴 하나 좋은 교훈으로 작용할 것이다. 내게는 경고나 질책의 의미로 그와 같은 교훈이 특히 필요했던 것 같다. 어쨌거나 나는 철저히 체득했다. 그 진리를 깊이 터득했을 때 그것이 내게 어떤 고통도 안기지 않았고 탄식의 한숨조차 내뱉게 하지 않았다는 것을 생각하면 기쁘기 한량없다. 사실 문학적인 대화라고 할 만한 것을 꼽자면, 나와 같이 취임하여 나보다 조금 늦게 퇴임한 어느 훌륭한 해군 장교가 자신이 좋아하는 나폴레옹이나 셰익스피어를 화제로 꺼내 나를 토론에 끌어들였던 일이다. 세관원의 서기 — 젊은 신사인 그는 미합중국의 편지지에다 시처럼 보이는 것(몇 미터나 떨어진 곳에서 봤을 때)을 이따금 긁적인다는 소문이 나 있었다 — 도 아마 내가 알고 있을 것이라 여겼던지 때때로 이런저런 책들에 관해 내게 이야기하곤 했다. 나의 문학적 교류는 이것이 전부였다. 그 정도로도 내게는 충분했다.

책 표지에 내 이름이 찍혀 널리 알려지는 것을 더 이상 바라지도, 신경 쓰지도 않게 된 마당에 내 이름이 다른 방식으

33 Robert Burns(1759~1796). 스코틀랜드의 시인. 스코틀랜드 서민의 소박하고 순수한 감정을 노래했다.
34 Geoffrey Chaucer(1342?~1400). 근대 영시의 창시자로 〈영시의 아버지〉라 불리며, 중세 이야기 문학의 집대성이라 할 만한 『캔터베리 이야기 The Canterbury Tales』를 썼다.

로 알려지고 있다고 생각하니 절로 웃음이 났다. 세관의 표지 계원이 고춧가루 부대며, 붉은 색소 바구니며, 시가 상자며, 온갖 과세품 꾸러미에다 형판과 검은 페인트로 내 이름을 찍었던 것이다. 관세를 내고 세관을 정식 통과했다는 증거였다. 그런 해괴한 매개물에 실려 나는 정작 한 번도 가본 적 없고 두 번 다시 가고 싶지 않은 곳까지 다니면서 이름을 멀리멀리 퍼뜨렸다.

그러나 과거는 죽은 것이 아니었다. 그렇게나 생기 넘치고 활기차 보였지만 이제는 너무도 조용히 잠들어 있던 생각들이 드문드문 되살아나곤 했다. 가장 단적인 예로, 지난날의 습관이 내 안에서 눈을 뜰 때면 내가 지금 쓰고 있는 스케치를 대중에게 선보이는 것이야말로 문학적 타당성의 법칙에 드는 일이라는 생각이 들곤 했다.

세관의 2층에는 판자를 대지도, 벽토를 바르지도 않아 벽돌과 서까래가 고스란히 드러나 있는 커다란 방이 하나 있었다. 본래 그 옛날 항구의 상업적 기업 정신에나 맞는 규모로, 결코 현실화될 수 없는 운명이었지만 계속 번창할 것이라는 가정하에 설계된 이 건축물에는 거주자들이 어찌 써야 할지도 모를 만큼 공간이 많았다. 그리하여 세관원실 위에 자리한 통풍이 잘되는 이 널찍한 방도 오늘날까지 미완으로 남아 있으며, 거무스름한 들보 여기저기에는 오래된 거미줄이 쳐져 있는데도 여전히 목수와 석수의 손길을 기다리고 있는 듯하다. 이 방의 한쪽 구석에는 공문서 꾸러미가 들어 있는 통들이 겹겹이 쌓여 있었다. 바닥에도 마찬가지로 비슷한 잡동사니가 어수선하게 많이도 어질러져 있었다. 이제는 지상의 거추장스러운 물건이 되어, 아무도 찾지 않는 이런 방구석에 처박혀 버린 이 곰팡내 나는 서류를 만드느라 얼마나 많은 날들이 허비되었을까 생각하니 슬프기 그지없었다. 그러나 공문서처럼 따분한 내용뿐 아니라 기발한 두뇌에서 나온 생각들과 가슴 깊은 곳에서 우러난 풍부한 표현으로 가득한 원고들도 잊히기는 매한가지였다. 게다가 그런 원고들은 여기 쌓여 있는 서류들보다 더 소용이 닿지 않았으며, 무엇보다 안타까운 것은 세관의 서기들이 대충 펜만 끄적거려 얻을 수 있었던 안락한 생계를 작가들은 제공받지 못했다는 점이다. 그러나 지역 역사의 자료로 보자면 이 서류들도 가치 없는 것만은 아닐 것이다. 모르긴 해도 세일럼의 옛 무역 통계라든가 대범한 상인들 — 해운왕 더비, 왕년의 빌리 그레이,[35] 왕년의 사이먼 포레스터,[36] 그리고 한창때의 또 다른 많은 거물들 — 의 기록을 찾을 수 있을 것이다. 그러나 분[37]을 바른 그들의 머리가 무덤 속으로 들어가자마자 그 산더미 같은 재물은 줄어들기 시작했다. 오늘날 세일럼의 귀족을 이루는 대다수 가문의 시조도 이 서류에서 추적할 수 있을지 모른다. 독립 전쟁이 끝나고 한참 뒤 그들의 상거래가 소규모에다 눈에 띄지 않던 초창기에서부터, 자손들이 유서 깊은 상류 계급으로 간주하는 그 지위에 오르기까지의 조상들을 말이다.

독립 전쟁 이전의 기록은 거의 없다. 아마도 영국 왕의 관리들이 영국군을 따라 보스턴을 탈출할 당시, 이 세관에 있던

---

35 William Gray(1750~1825). 세일럼의 거상이자 선주로 동양 무역의 선구자였으며 매사추세츠 주의 부총독을 지내기도 했다.

36 Simon Forrester(1776~1851). 호손이 이 글을 쓸 당시 세일럼 최대의 부호로 알려져 있던 상인.

37 *half-powder*. 18세기에 머리나 가발에 바르는 향료에 들어 있는 분을 의미한다.

초기 문서와 고문서도 함께 핼리팩스[38]로 옮겨졌을 것이다. 이것은 내가 종종 유감스럽게 생각하는 일이었다. 호민관 시절[39]까지 거슬러 올라갈지 모를 그 문서들에는 잊히거나 기억되고 있는 사람들은 물론 옛날의 관습들도 적잖이 언급되어 있을 테니까 말이다. 그 기록들을 보았다면 나는 옛 목사관 부근 들판에서 인디언의 화살촉을 주웠을 때와 같은 기쁨을 맛보았으리라.

그런데 비 내리던 어느 한가한 날, 나는 운 좋게도 조금 흥미가 당기는 물건 하나를 발견했다. 그때 나는 그 방구석에 쌓여 있는 잡동사니를 뒤적거리며 서류를 한 장 한 장 펼쳐 보고, 오래전 바닷속에 가라앉거나 부두에서 썩어 없어진 선박들의 이름과 지금은 보스턴 거래소에서도 들어 볼 수 없고 이끼 낀 묘비에서도 쉽게 판독할 수 없는 상인들의 이름을 읽고 있었다. 죽어서 송장같이 되어 버린 역사에 대해 느껴지는 서글프면서도 따분하고 선뜻 내키지 않는 호기심으로 그런 서류들을 훑어보며, 이 말라붙은 유골들로부터 이 마을의 좀 더 찬란했던 옛 모습 — 인도가 새로이 발견되고 세일럼만이 그곳으로 가는 길을 알고 있던 때의 모습 — 을 불러내기 위해 좀처럼 쓰지 않아 녹슬어 버린 내 상상력을 가동하고 있었다. 바로 그때, 오래되어 누레진 양피지에 정성스럽게 싸인 작은 꾸러미가 내 손에 들어오게 되었다. 서기들이 지금보다 더 견고한 용지에 딱딱하고 격식에 치우친 서체를 쓰던 어느

---

38 Halifax. 캐나다의 노바스코샤 주에 있는 부동항이자 주청 소재지. 1776년 조지 워싱턴이 보스턴을 포위하자 총독 윌리엄 하우William Howe는 부하들을 이끌고 이곳으로 도망쳤다.

39 올리버 크롬웰Oliver Cromwell과 그의 아들 리처드 크롬웰Richard Cromwell에 의해 시행된 영국 공화정 시대(1653~1659)를 일컫는다.

먼 옛날의 공문서 티가 나는 물건이었다. 왠지 모를 본능적인 호기심에 이끌린 나는 이제 곧 보물을 보게 될지도 모른다는 기대감에 부풀어 그 꾸러미를 묶어 놓은 빛바랜 붉은 끈을 풀기 시작했다. 접힌 부분이 굳어서 뻣뻣해진 양피지를 펴보니 그것은 셜리 총독[40]의 서명 날인 아래 조너선 퓨[41]라는 사람을 매사추세츠 만 식민지에 있는 세일럼 항구의 왕실 세관 검사관으로 임명한다는 위임장이었다. 나는 퓨 검사관이 80년 전쯤인가 사망했다는 기사(아마도 펠트의 『연대기』였을 것이다)를 읽은 기억이 났다. 마찬가지로 최근에 읽은 한 신문에서 성 베드로 교회당을 재건하다가 작은 묘지에서 퓨 씨의 유골을 발굴했다는 기사도 기억이 났다. 내 기억이 틀리지 않았다면 내 훌륭한 전임자의 무덤에 남아 있던 것은 불완전한 해골과 다 떨어진 천 조각들과 위엄 있는 곱슬머리 가발뿐이었다. 한때 그것을 썼던 주인의 머리와는 달리 가발 자체는 더할 나위 없이 잘 보존되어 있었다. 그러나 그 양피지 임명장에 싸여 있는 문서를 검토하자마자, 나는 퓨 검사관의 두뇌와 그것의 활동 흔적을 곱슬머리 가발 속에 들어 있던 훌륭한 두개골 자체의 흔적보다 더 많이 발견하게 되었다.

한마디로 그것은 공문서라기보다 사문서의 성격을 띠는 것이거나, 적어도 개인의 자격으로 본인이 직접 쓴 것 같았다. 이런 문서가 세관의 잡동사니 더미에 파묻혀 있는 것은 퓨 검사관이 갑자기 사망한 탓이라고밖에는 설명할 길이 없

40 William Shirley(1694~1771). 영국 태생의 변호사. 1731년 매사추세츠에 와서 두 번이나 총독에 임명된 인물이다.
41 Jonathan Pue. 1752년 세일럼 세관 검사관으로 임명된 사람. 호손은 『주홍 글자』의 서문에 해당하는 이 글 「세관」을 통해 그가 쓴 원고에서 이 작품을 옮겨 왔다고 밝히고 있다.

다. 게다가 그의 책상 서랍에 들어 있었던 탓에 이 문서는 유족들에게 알려지지 않았거나 세무와 관계된 것이라 여겨진 듯했다. 공문서를 핼리팩스로 옮길 때에야 이 꾸러미가 공무용이 아니라는 것이 밝혀져 그대로 여기 남아 지금껏 방치되어 온 것이었다.

옛 검사관은 여가 시간 틈틈이— 추측건대 그 초창기에는 업무와 관계된 성가신 일이 거의 없었을 것이다 — 지역의 골동품 연구라든가 그 비슷한 성격의 다른 조사에 착수했던 것 같다. 덕분에 그런 일을 하지 않았으면 녹슬어 버렸을지 모를 자잘한 정신 활동을 이어 갈 수 있었던 것이다. 그의 자료들 중 일부가 이 작품집의 3권에 들어 있는 「메인 스트리트」라는 글을 준비하는 데 큰 도움을 주었다.[42] 나머지 자료들도 장차 귀중한 목적에 쓰일지 모른다. 아니면 고향 땅에 대한 경의(敬意)가 나를 몰아댄다면, 내가 나머지 자료를 가지고서 세일럼의 정식 역사에까지 손을 대는 그런 훌륭한 일을 하는 것도 불가능하지는 않으리라. 한편 내 손에 들어온 이 무익한 일을 떠맡고 싶어 하고 그럴 만한 역량을 가진 사람이 나타난다면 그 자료를 마음대로 쓰게 해줄 생각이며, 마지막 방안으로 자료를 에식스 역사학회에 넘겨줄까도 심사숙고하고 있다.

그러나 이 불가사의한 꾸러미에서 무엇보다 내 관심을 끈 물건은 닳아 빠지고 빛바랜 고급스러운 붉은 천이었다. 천 둘레에는 금실로 수놓은 흔적이 있었지만 무척 해지고 마모된

---

42 이 서문은 본래 호손의 작품집에 들어갈 예정이었다. 「메인 스트리트」는 세일럼의 역사를 회상한 글로 단편집 『눈 인형과 다른 진부한 이야기들 *The Snow-Image, and Other Twice-Told Tales*』에 수록되어 있다.

탓에 금실의 화려한 빛은 거의 남아 있지 않았다. 바느질 솜씨가 훌륭하다는 건 한눈에 알아볼 수 있었다. 그 바느질은 (그런 오묘한 재주에 정통한 부인들에게 확인한 바로는) 지금은 전수되지 않는 기술로, 꿰맨 실을 풀어 똑같이 바느질한다 해도 그와 같은 작품이 나오지는 않을 것이라고 했다. 자세히 살펴보니 오래되고 닳고 불경스럽게도 좀먹기까지 해서 걸레나 다름없어져 버린 이 주홍색 천 조각은 어떤 글자 형태를 띠고 있었다. 그것은 대문자 A였다. 정확히 재보니 A 자의 양쪽 다리 길이가 8센티미터였다. 분명 옷을 장식하는 물건으로 쓰려고 한 듯했다. 그러나 이것을 어떻게 달았는지, 과거에는 그것이 어떤 계급과 명예와 위엄을 나타냈는지 나로서는 풀기 힘든 수수께끼였다(이런 특이한 장식의 경우 세상의 유행이라는 것이 쉬이 변하므로). 그런데도 그것은 묘하게 내 관심을 끌었다. 내 눈은 그 낡은 주홍 글자에 붙박인 채 돌아갈 생각을 하지 않았다. 분명 해석해 볼 만한 가치가 있는 깊은 의미가 담긴 물건이었는데, 내 감성에는 미묘하게 전달되지만 머리로는 분석할 수 없는 의미가 그 신비한 상징으로부터 흘러나오고 있었다.

이런 당혹감 속에 여러 가설을 세워 보던 중 이 글자가 혹시 백인들이 인디언들의 눈을 끌기 위해 고안해 내곤 했던 그런 장식물들 중 하나가 아니었을까 생각하며 나는 그것을 가슴에 대어 보았다. 그 순간, 완전히는 아니지만 그에 가까운 육체적 감각을, 그러니까 몸이 타는 듯한 열기를 느낀 것 같았다. 독자들은 웃을지 모르겠지만 내 말을 의심하지는 말아 달라. 마치 그 글자가 주홍색 천이 아닌 뜨겁게 달군 무쇠로 만들어진 느낌이 들었다. 나는 몸을 부르르 떨며 나도 모르게 그것을 바닥에 떨어뜨렸다.

주홍 글자에만 열중한 탓에 나는 그 천에 말려 있던 우중충한 종이 두루마리를 조사해 볼 생각도 미처 못 하고 있었다. 뒤늦게야 그것을 펼쳐 본 나는 모든 사건을 흠잡을 데 없이 설명해 놓은 늙은 검사관의 필체를 발견하고 만족스러움을 느꼈다. 우리 선조의 시각에서는 다소 주목할 만한 인물이었으리라 여겨지는 헤스터 프린이라는 여자의 삶과 말이 신문지 반면보다 약간 큰 종이 몇 장에 상세히 기록되어 있었다. 그녀는 매사추세츠 초창기 시절부터 17세기 말엽까지 살던 인물이었다. 검사관 퓨 씨가 그때까지 살아 있던 노인들의 증언을 토대로 이야기를 엮었는데, 그들이 젊었을 때 본 그녀는 많은 나이에도 불구하고 노쇠하지 않았으며 당당하고 근엄한 모습을 지니고 있었다고 한다. 언제부터인지 몰라도 그녀는 자진해서 그 시골 마을을 돌아다니며 도움이 되는 일이면 무엇이든 하곤 했다. 또한 어떤 문제든, 특히 마음이 상하는 문제들에 조언을 해주기도 했다. 그렇다면 비슷한 성향을 가진 사람이 으레 그러하듯 그녀는 뭇 사람들로부터 천사들이 받는 존경을 받았을 테지만, 그녀를 침입자나 귀찮은 존재로 여긴 사람들도 있었던 것 같다. 원고를 좀 더 자세히 읽어 보니 이 기묘한 여인의 다른 활동이며 수난에 대해서도 기록되어 있었다. 그 부분은 주로 「주홍 글자」라는 제목의 이야기에 언급되어 있다. 검사관 퓨 씨의 문서가 그 이야기의 주요 사실들이 사실임을 입증해 주었음을 유념해 주기 바란다. 원본은 주홍 글자 — 아주 기묘한 유품 — 와 함께 내가 소장하고 있으며, 만약 이 이야기에 커다란 흥미를 느껴 원본을 보고 싶어 하는 사람이 있다면 기꺼이 보여 줄 생각이다. 내가 이 이야기에 옷을 입히고 등장인물들을 움직이는 감정의 동기나 양상을 상상하면서 늙은 검사관의 여섯 장 원고 범위 안에만 틀어박혀 있었을 것이라고 단정 짓지는 말아 달라. 오히려 나는 그 사실을 내가 전적으로 창작해 낸 것인 양 자유분방한 상상력을 최대한 허용했다. 다만 그 줄거리의 출처가 분명함을 주장하는 것뿐이다.

이 사건은 얼마간 내 마음을 그 옛날의 궤도로 다시 이끌었다.[43] 여기에 뭔가 이야기의 토대라 할 만한 것이 있는 것 같았다. 마치 늙은 검사관이 1백 년 전의 옷을 입고, 그와 함께 묻혔지만 무덤 속에서 썩어 없어지지 않은 가발을 그대로 쓴 채 세관의 버려진 방에서 나를 만나 준 것만 같은 느낌이었다. 그의 태도에는 국왕의 위임장을 지니고 왕좌 주위로 너무도 눈부시게 빛나는 광채를 받으며 서 있는 사람의 위엄이 서려 있었다. 아아, 국민의 봉사자로서 가장 하찮은 이보다도 못하고 가장 비천한 이보다도 하급이라고 느끼는 공화국 관리의 비굴한 모습과는 얼마나 대조적인가! 희미하긴 해도 위엄 있는 그 인물이 유령 같은 손으로 주홍 글자와 그것에 관한 설명이 들어 있는 작은 두루마리를 내게 건네준 것이다. 그리고 유령 같은 목소리로 그에 대한 나의 충성과 존경 ─ 그가 자신을 내 업무상의 조상으로 간주해도 무리는 아닐 것이다 ─ 을 높이 사 그의 곰팡내 나고 좀먹은 노작(勞作)을 세상에 내놓으라 권고한 것이다. 검사관 퓨 씨의 유령이 가발 때문에 아주 인상적인 머리를 단호하게 주억거리며 말했다. 「그렇게 해. 그렇게 하라고. 수익이 생기면 자네가 다 가지게! 머지않아 돈이 필요하게 될 테니까. 우리 때만 해도 공직에

---

43 작가의 마음이 다시 문학 세계로 되돌아갔음을 의미한다.

있으면 평생을 보장받고 때로는 세습도 됐지만 자네 시대에는 그렇지 않으니 말일세. 그러나 늙은 프린 부인의 이 문제에 대해서만은 말일세, 이 선배의 기억을 믿어 주게. 마땅히 받을 만한 신뢰니까!」 나는 검사관 퓨 씨의 유령에게 〈그러겠습니다!〉라고 대답해 주었다.

그래서 나는 헤스터 프린의 이야기에 많은 생각을 기울였다. 내 방을 왔다 갔다 하거나 세관의 정문에서 옆문까지 꽤 긴 거리를 수도 없이 가로지르며 몇 시간 동안 그 생각에만 골몰했다. 내가 그 긴 공간을 무자비할 정도로 쿵쿵거리며 오가는 바람에 낮잠을 설치게 된 늙은 검사관과 계량관들과 검량관들의 피로와 짜증은 이만저만이 아니었다. 그들은 제 버릇 개 못 준다더니 저놈의 검사관이 여기가 갑판인 줄 아는 모양이라며 투덜대곤 했다.[44] 아마도 내가 그렇게 걷는 이유를 저녁 식사를 맛있게 하기 위한 운동쯤으로 생각했으리라. 사실 제정신을 가진 인간이 자진해서 그런 행동을 한다면 그 이유밖에 더 있겠는가. 실제로도, 복도를 따라 불어오는 동풍 덕분에 증진된 식욕이 그토록 끈기 있게 행한 운동의 유일한 결과였다고 할 수 있다. 세관의 분위기라는 것이 공상과 감수성이라는 섬세한 수확물을 거두는 데는 도무지 맞지 않았기에, 설령 내가 대통령이 열 번이나 바뀔 때까지 오래도록 근무를 했다 한들 과연 주홍 글자의 이야기가 세상에 나올 수 있었을지 의심스럽다. 내 상상력은 흐릿한 거울과도 같았다. 따라서 내가 최선을 다해 사람들에게 그려 보이고자 한 인물들을 제대로 비출 수 없었을 것이며, 비추었다 해도 흐릿

44 이곳의 관리들 가운데 선장 출신이 많았기 때문에 이렇게 표현한 것이다.

하고 볼품없이 나타났으리라. 내 지식의 용광로에 아무리 불을 지펴도 그 이야기의 등장인물들을 달구어서 말랑말랑하게 만들 수가 없었다. 그들은 정열의 뜨거움도 감정의 부드러움도 없이, 시체들처럼 경직된 모습으로 경멸하고 반항하듯 섬뜩한 미소를 띠며 내 얼굴을 뚫어지게 보았다. 그 표정은 이렇게 얘기하는 듯했다.「당신이 우리와 무슨 상관이 있죠? 한때 가공의 인물들을 주물렀는지는 모르지만, 당신의 그 얕은 힘도 사라져 버렸단 말이죠! 하찮은 공무원 수당과 바꿔치기했으니까요. 그러니 그만하고 봉급이나 챙기라고요!」한마디로 내 상상이 빚어낸 무생물과도 같은 존재들이 내 무능을 조롱한 셈이었는데, 충분히 그럴 만했다.

이런 비참한 마비 증세가 내가 날마다 미합중국을 위해 쓰는 세 시간 반 동안에만 일어나는 것은 아니었다. 그것은 해변을 산책하거나 동네를 어슬렁거릴 때도 따라다녔다. 심지어 그토록 신선하고 활기 찬 생각을 불어넣어 주곤 하던 자연의 상쾌한 매력을 찾으려 옛 목사관 문턱을 넘어 밖으로 나설 때 — 그마저도 어쩌다 마지못해서였지만 — 역시 마찬가지였다. 지적 능력의 경우에도 똑같은 마비 증세가 집 안까지 쳐들어와, 서재라 하기엔 터무니없지만 어쨌든 내가 서재라 부르는 방에서 나를 짓눌러 댔다. 밤늦게 가물거리는 석탄불과 달빛만 비치는 아무도 없는 응접실에 앉아 다음 날 다채로운 묘사로 반짝이는 종이 위를 흘러다닐지 모를 가상의 장면들을 그리려 애쓸 때에도 그 마비 증세는 떠나지 않았다.

그런 시간에조차 상상력이 가동하려 하지 않는다면 절망적이라고 봐야 하지 않겠는가. 친숙한 방 안의 양탄자 위로 하얗게 내려앉아 갖은 문양을 뚜렷이 보여 주는 달빛 — 모든 사물을 아주 상세히 보여 주되 아침이나 한낮과는 전혀 다른 느낌을 주는 — 은 로맨스 작가로 하여금 자신의 상상 속 손님들과 친해질 수 있도록 하는 가장 적합한 매개이다. 익숙한 방 안에는 자잘하고 가정적인 풍경이 있기 마련이다. 저마다의 특성을 가진 의자들이며, 반짇고리가 놓여 있는 중앙 탁자, 한두 권의 책과 불 꺼진 램프, 소파와 책장과 벽에 걸린 그림 등 아주 훤히 보이던 이 모든 것이 여느 때와는 다른 빛에 의해 너무도 신묘해져 실제의 물질성을 잃고 지적인 창조물이 되는 듯하다. 아무리 작고 아무리 하찮은 것도 이런 변화를 겪고 나면 일종의 위엄을 갖추게 된다. 밤에는 아이의 신발 한 짝이라든가 작은 고리버들 세공 마차에 앉은 인형, 혹은 흔들 목마 — 다시 말해 낮에 사용했거나 가지고 놀던 것들 — 같은 것들이 대낮과 거의 다름없이 똑똑히 보이면서도 왠지 낯설고 현실감이 떨어지는 성질을 띤다. 그러하기에 익숙한 방바닥은 현실 세계와 동화의 나라 사이 어디쯤, 현실의 것과 상상의 것이 만나 서로의 성질에 물드는 중립 지대로 변모한다. 유령들이 찾아와도 놀라지 않을 것이다. 혹시 주위를 둘러보다가 사랑했지만 이미 죽고 없는 이가 지금 이 마법의 달빛 속에 조용히 앉아 있는 것을 보게 될지라도 그 형상이 이 장면과 너무도 잘 어우러져 그것이 먼 곳으로부터 돌아온 게 아닐까 하는 생각에, 혹은 한 번도 난롯가를 떠난 적이 없었던 게 아닐까 하는 생각에 놀라는 일도 없을 것이다.

약간 어스레한 석탄불도 내가 말하려는 효과를 자아내는 데 절대적인 영향을 끼친다. 석탄불은 벽과 천장에 퍼진 옅은 적색과 번들거리는 가구에서 반사되는 빛으로 방 안을 온통 은은한 색조로 물들인다. 보다 따뜻한 이 불빛은 달빛의 차가운 정령(精靈)과 뒤섞여 공상이 불러들인 형상들을 향해, 말하자면 인간다운 애정이 깃든 마음과 감성을 전해 준다. 그리하여 그것들은 눈 인형에서 보통의 사람으로 바뀐다. 거울을 들여다보면 우리는 곧잘 환영이 나타나곤 하는 저 안쪽에서 반쯤 꺼진 무연탄이 연기를 내며 벌겋게 타오르는 모습과 방바닥에 비치는 창백한 달빛, 그리고 그 모든 풍경의 되풀이되는 그림자를 볼 수 있다. 현실 세계에서는 한 걸음 멀리 있지만 상상의 세계에서는 한 걸음 가까이 간 채 말이다. 그런 시간에 이런 장면을 앞에 두고 혼자 앉아 있으면서도 기묘한 꿈을 꾸지 못하고, 그것을 진실처럼 보이게 할 수 없는 사람이라면 로맨스를 쓸 엄두도 내지 말아야 할 것이다.

그러나 나의 경우, 세관에 근무하는 동안에는 달빛이나 햇빛이나 난로의 불빛이 모두 똑같아 보이기만 했다. 어느 것도 깜박거리는 촛불보다 하등 나을 게 없었다. 온갖 감수성, 그리고 그와 관계된 재능 — 크게 풍부하거나 유용하진 않았지만 내가 가진 최고의 재능 — 이 내게서 사라져 버린 것이다.

그러나 만약 다른 종류의 글을 쓰고자 했다면 내 능력이 그렇게까지 무의미하고 무효하지만은 않았을 것이라 믿는다. 가령 검사관들 중 하나인 어떤 전직 베테랑 선장의 이야기를 썼다면 만족스럽게 되었을지도 모른다. 이야기꾼으로서의 놀라운 재주로 거의 하루도 빠짐없이 날 웃고 감탄하게 만든 그 사람을 언급하지 않는다면 나는 배은망덕한 인간이 될 것이다. 만약 내가 그 사람처럼 생생한 표현력과 묘사에 익살스러운 색채를 더하는 타고난 감각을 보존할 수 있었다면, 솔직히 말해 문학의 새로운 지평이 열리지 않았을까 싶다. 아니면 더 중대한 과업을 쉽사리 찾았을는지도 모른다.

일상의 세속성이 나를 그토록 짓누르는 상황에서 다른 시대의 사건에 투신한다는 것은 어리석은 일이었다. 또한 비누 거품처럼 손에 잡히지 않는 아름다움이 매 순간 현실의 상황에 부딪쳐 부서지고 있는 상황에서 공기 같은 질료로 현실과 비슷한 세계를 창조한다는 것 역시 어리석은 일이었다. 내가 좀 더 현명했더라면 내 생각과 상상을 현재라는 불투명한 실체 속으로 확산시켜 그것을 더욱 투명하게 만들고자 했을 것이다. 점점 무거워지기 시작하는 부담에서 벗어나 내가 지금 알고 있는 사소하고 지루한 사건들과 평범한 인물들에 숨어 있는 진정한 불멸의 가치를 단호히 찾아내려 했을 것이다. 잘못은 내게 있었다. 내 앞에 펼쳐져 있는 삶의 깊은 의미를 헤아리지 못했기 때문에 내게는 그 삶의 책장이 따분하고 평범해 보이기만 했다. 바로 거기에 내가 앞으로 쓸 훌륭한 책이 있었는데도 말이다. 한 장 한 장이 내 눈앞에 펼쳐졌지만, 마치 쏜살같이 지나가는 시간이 소모해 버리기라도 한 듯 곧바로 사라져 버렸다. 그것은 단지 내 두뇌에 통찰력이 부족하고 내 손에 그것을 베낄 솜씨가 없었기 때문이다. 어느 날엔가 내가 몇 개의 단편들과 띄엄띄엄 이어지는 단락들을 기억해 내 쓰게 된다면 그 글자들은 책장 위에서 황금으로 변하게 될지도 모를 일이다.

그러나 이러한 깨달음은 나중에야 찾아왔다. 그 무렵에는 한때 즐거웠을지 모를 일이 이제 가망 없는 고역이 되어 버렸다는 생각뿐이었다. 그런 상태에 대해 크게 불평할 이유는 없었다. 어지간히 재미없는 이야기와 수필을 쓰는 작가의 길을 접고 이제는 어지간히 괜찮은 검사관이 되어 있었으니 말이다. 그렇게 살면 그만이었다. 그러나 지성이 점점 줄어들다가 병에 든 에테르처럼 자신도 모르게 증발해 버려, 나란 사람이 휘발성 없는 찌꺼기로 전락하고 있지는 않은가 하는 느낌에 시달리는 것은 결코 유쾌한 일이 아니다. 그렇게 되리라는 건 의심의 여지가 없었다. 그리고 나 자신과 다른 사람들을 살펴볼 때, 공직 생활이 성격에 끼치는 그 영향과 관련하여 지금 문제 삼고 있는 생활 방식에 그다지 유리하지 않다는 결론이 나왔다. 내가 그 영향을 장차 어떤 다른 형식으로 발전시킬 수 있을는지는 모른다. 다만 지금은 세관원으로 오래 재직하면 여러 가지 이유로 칭찬할 만하고 존경할 만한 인물이 되기는 힘들다는 사실만 말해 두자. 그 이유 중 하나는 지위를 유지해 주는 재직 기간이고, 또 한 가지는 업무 자체의 성격이다. 세관원의 일이라는 것은 — 물론 정직한 일이라고 확신하긴 하지만 — 인류 공동의 노력에 함께하는 그런 종류의 일이 아니다.

내가 보기에 공직에 몸담고 있는 사람들한테서 어느 정도 관찰할 수 있는 인상은, 공화국의 강대한 팔에 기대면 자신만의 고유한 힘을 잃게 된다는 점이다. 천성적으로 약한 사람인지 강한 사람인지에 비례하여 자활 능력을 잃는다. 타고난 기운이 예사롭지 않은 사람, 혹은 기력을 빼앗는 마력을 지닌 그 자리에 너무 오래 붙어 있지 않은 사람이라면 몰수당한 힘을 되찾을 수 있을는지 모른다. 내쫓긴 관리의 경우, 비록 무정하게 내쳐졌지만 다행히 늦지 않게 험한 세상을 헤치고 나아가 자신으로 돌아오고 본래의 자신과 조우할는지 모른다. 그러나 이런 일은 좀처럼 일어나지 않는다. 대개는 파멸에 이를 때까지 오래오래 지위를 보전하다가 기력이 소진된 몸으로 내쳐져 험난한 인생길을 비틀대며 있는 힘껏 걸어간다. 자신이 허약해졌음을, 강철 같던 힘과 탄력을 잃게 되었음을 알아챈 사람은 자신을 지탱해 줄 외부의 힘을 찾아 간절한 눈빛으로 끊임없이 주위를 두리번거린다. 그를 계속 지배하는 희망 — 불가능을 가볍게 여기면서 실망하든 말든 평생 동안 그를 따라다니고, 내가 생각하기에는 콜레라의 경련성 고통처럼 죽고 나서도 얼마간은 그를 괴롭히는 일종의 망상 — 은 머지않아 어떤 행운에 힘입어 마침내 복직이 되리라는 것이다. 다른 무엇보다 이런 믿음은 무슨 일에든 덤벼 보리라 꿈꾸는 사람의 정력과 가능성을 빼앗는다. 얼마 안 있으면 미합중국의 강대한 팔이 그를 건져 올려 떠받쳐 줄 텐데 뭐하러 굳이 진흙 구덩이에서 빠져나오기 위해 억척같이 일하고 벌떡 일어나려는 수고를 한단 말인가? 조만간 미합중국의 주머니에서 번쩍거리는 금화가 한 달에 한 번씩 쏟아져 나와 그를 행복하게 해줄 텐데 뭐하러 굳이 이런 데서 생계를 위해 일하고, 아니면 금을 캐러 캘리포니아까지 간단 말인가? 공직의 맛을 조금만 보아도 사람이 이런 희한한 병에 걸리고 마는 것을 목격하게 되면 묘한 서글픔이 생긴다. 훌륭한 정부를 욕보이려는 의도는 아니지만, 미합중국의 금화는 이러한 점에서 악마가 주는 보수와도 같은 마력의 성격을 띤다. 그것을 만지는 사람은 스스로 조심하지 않는 한 그 계약을 통해 자신의 영혼까지는 아니더라도 영혼의 많은 훌륭한 속성들 — 강건함이라든가 용기와 지조, 진실함, 자립심 그리고 남자다운 성격에 도움을 주는 모든 것 — 을 잃는 불리한 상황에 놓이게 될지 모른다.

여기 저 멀리 전도유망한 길이 있지 않은가! 검사관인 내가 교훈을 깨달았다거나, 혹은 자리를 계속 보전하든 파직당하든 나 자신이 아주 파멸할 수 있음을 인정했다는 뜻은 아니다. 그러나 아무리 반성을 해도 내 마음은 편치가 않았다. 나는 점점 우울해지고 불안해지기 시작했다. 끊임없이 내 마음을 살피면서 보잘것없는 속성일지라도 잃은 것은 무엇인지, 다른 속성들은 어느 정도나 손상을 입었는지 찾아보기 시작했다. 얼마나 오래 세관에 머물 수 있을지, 그리고도 여전히 사내대장부로 남아 있을지 예측해 보려 애썼다. 진실을 고백하자면 내가 검사관직에 올라탄 채 머리가 허옇게 세고 몸도 쇠약해져 저 늙은 검사관과 흡사한 동물이 되지나 않을까 — 나처럼 조용하기 짝이 없는 사람을 내쫓는 것은 정책 기준에 있지도 않을 것이고, 공직의 성격상 나 같은 사람이 사임하게 되는 일도 거의 일어나지 않을 것이므로 — 하는 것이 나의 최대 걱정이요 주된 고민이었다. 내 앞에 놓인 따분한 공직 생활을 보내고 나면 결국엔 늙은 동료와 같은 꼴이 되어 있지나 않을까? 그러니까 퇴근 시간만 손꼽아 기다리고 나머지 시간에는 늙은 개처럼 양지나 그늘에서 잠이나 자고 있지 않을까? 스스로의 재능과 감수성을 최대한 사용하며 사는 것이야말로 행복의 참된 정의라고 믿는 사람에게 그러한 내일이란 얼마나 삭막한 것인가! 그러나 나중에 보니, 나는 불필요한 걱정을 하고 있던 셈이었다. 내가 나 자신을 위해 생각할 수 있는 것보다 더 좋은 일을 하느님은 나를 위해 계획해 두셨던 것이다.

내가 검사관으로 일한 지 3년째 되던 해 놀랄 만한 사건이 일어났는데, 〈P. P.〉의 말투를 빌려 표현하자면 테일러 장군[45]

---

45 Zachary Taylor(1784~1850). 휘그당의 후보로 당선된 미국의 12대 대통령.

이 대통령으로 선출된 일이었다. 공직 생활의 이점을 제대로 평가하기 위해서는, 반대 당이 들어섰을 때 현직 관리의 상황을 고찰해 볼 필요가 있다. 이 경우 그의 자리는 가증스러운 인간이나 앉아 있을 수 있는, 그야말로 넌더리 나고 어떤 경우에도 불쾌한 자리가 되고 만다. 어느 쪽으로 가든 더 좋은 대안은 없는 셈이다. 물론 최악이다 싶은 일이 최상일 수도 있겠지만 말이다. 그러나 자신을 좋아하지도 이해하지도 않는 자들, 은혜를 베풀기보다 오히려 상처를 입힐 자들의 손에 자신의 이해관계가 놓여 있는 상황이란 자존심과 감수성을 가진 사람에겐 정말 이상한 경험이다. 선거 운동 기간에는 평정을 유지했던 사람이 승리를 거둔 뒤 잔학한 모습을 드러내는 것을 지켜보면서 자신 또한 숙청 대상임을 깨닫게 되는 것도 이상한 일 아니겠는가! 인간의 특성 가운데, 단지 남을 해코지할 힘이 있다는 이유만으로 잔혹해지는 이러한 경향보다 더 추악한 것도 없으리라. 이 경향을 나는 그 당시 자기네 이웃인 반대파와 하등 다를 바 없는 사람들에게서 목격했다. 만약 공무원들에게 적용되는 단두대가 가장 적절한 은유에 그치지 않고 말 그대로 사실이 된다면, 내 솔직한 생각에 집권당의 의욕적인 의원들은 몹시 흥분하여 우리 모두의 목을 자르고 그런 기회를 주신 하느님께 감사드리지 않았을까! 이겼을 때나 졌을 때나 호기심을 가지고 차분히 지켜본 나로서는, 우리 당이 승리를 거머쥐었던 많은 경우에도 이번에 승리한 휘그당처럼 흉포하고 가차 없는 악의와 복수를 내비친 적은 없었다고 본다. 민주당[46]이 집권하게 되는 것은 대체로 그들이 권력을 원하기 때문이고, 또 한편으로 오랫동안 한 당이 집권하게 되는 경우 새로운 정치 조직이 선포되지 않는 한 불만을 표출하는 것은 나약하고 비겁한 짓으로 간주되는 것이 정쟁의 법칙이기 때문이다. 그러나 오랜 승리로 민주당은 관대해졌다. 합당한 이유가 있으면 그들은 인정을 베풀 줄 알았다. 그들이 휘두르는 도끼가 예리할지는 몰라도 그 날에 악의라는 독이 묻어 있는 일은 거의 없다. 또한 방금 내리친 목을 걷어차는 비열한 습관도 그들에겐 없다.

한마디로 내 처지는 아무리 좋게 보아도 유쾌한 것이 아니었지만, 내가 승자 편이 아닌 패자 편에 속한 것을 기뻐할 만한 이유는 충분히 있었다. 그때까지는 결코 열성 당원이 아니었던 반면, 위험과 역경의 시기를 맞고 보니 내가 어느 당을 지지하는지 확실히 깨닫게 되었으니 말이다. 더욱이, 논리적으로 따져 볼 때 유감이나 수치심을 느끼지 않을 수 없었지만, 어쨌든 나는 다른 민주당 동료들보다 자리를 보전할 가능성이 컸다. 그러나 어느 누가 한 치 앞을 내다볼 수 있으랴! 내 목이 가장 먼저 잘려 나갈 줄이야!

자기 목이 잘려 나가는 순간이 인생의 가장 유쾌한 일이 되는 법은 거의, 혹은 결코 없으리라 나는 생각한다. 그러나 우리네 많은 불행이 그렇듯, 피해자가 자신에게 일어난 사건을 최악으로만 보는 대신 최선을 다해 이용한다면 그렇게 심각한 사태 중에도 구제책과 위안이 따르기 마련이다. 내 경우에는 위안이 되는 이야깃거리들이 가까이 있었으며, 그것을 사용할 필요가 생기기 전부터 오랫동안 내 마음에 자리하고 있

---

46 Democrats. 알렉산더 해밀턴Alexander Hamilton과 존 애덤스John Adams가 있던 연방당에 대항하여 토머스 제퍼슨Thomas Jefferson을 중심으로 태어난 정당. 처음에는 민주 공화당이었다가 1828년경 민주당으로 이름을 바꾸었다.

었다. 진작부터 일이 지겨워 막연히 그만둘 생각을 품고 있었다는 사실을 고려하면, 내 운명은 자살을 생각하고 있다가 뜻하지 않게 살해당하는 행운을 만난 사람의 운명과 조금 닮은 듯도 했다. 옛 목사관에서와 마찬가지로 나는 세관에서도 3년을 보냈다. 지친 머리를 쉬게 하기에도, 낡은 지적 습관을 버리고 새로운 습관을 들이기에도 충분한 시간이었다. 어느 누구에게도 실로 이롭지도 기쁘지도 않은 일을 하면서, 내 안에서 꿈틀거리는 창조적 충동을 달래 줄 만한 수고는 자제하면서, 충분히 오랫동안, 아니 너무나 긴 시간 동안 부자연스러운 상태로 살아온 것이었다. 그리고 갑작스러운 파면에 대해서는, 휘그당이 나를 적으로 인정해 준 셈이었으므로 전(前)검사관으로서 전혀 기분 나쁜 일만은 아니었다. 나는 정치에는 거의 관여하지 않았을 뿐 아니라, 한집안의 형제들도 의견이 갈릴 수밖에 없는 그 좁은 길에 스스로를 가두지 않고 모든 인류가 만날 수 있는 문학이라는 드넓고 조용한 들판을 제멋대로 돌아다니는 성향으로 인해 때로는 민주당 형제들로부터도 아군인지 적군인지 의심받을 정도였으니 말이다. 이제는 순교의 면류관을 썼으니(비록 그것을 쓸 머리는 잘려 나가고 없지만) 그 문제는 해결된 셈이었다. 따지고 보면 나는 그리 영웅적인 사람도 아니지만, 너무나 많은 훌륭한 인간들이 쓰러지고 있을 때 홀로 쓸쓸히 살아남느니 기꺼이 지지해 온 당의 몰락과 더불어 무너지는 편이 오히려 더 품위 있어 보였다. 또한 반대 정권의 자비에 기대어 4년을 버티고 난 뒤 그때 가서 내 입장을 새롭게 밝히고 더 굴욕적인 아군의 자비를 구해야 하는 것보다도.

한편 언론이 내 문제를 기사화하는 바람에 나는 한두 주

동안 어빙의 〈목 없는 기사〉[47]처럼 목이 잘린 채 신문 지면 위를 내달렸다. 그들은 나를 소름 끼쳐 하고 무서워하며, 내가 정치적으로 매당장한 다른 이들처럼 매장되기를 바라고 있었다. 나에 대한 비유는 이쯤에서 그만두도록 하자. 지금까지도 머리를 어깨 위에 안전하게 올려두고 있는 실제 인물인 나는 모든 일이 최선의 결과로 나아간다는 마음 편한 결론에 이른 지 오래였다. 그리하여 잉크와 종이와 펜을 사서 오랫동안 사용하지 않은 책상에 앉아 다시 글쟁이로 돌아간 것이다.

그제야 내 전임자 검사관 퓨 씨의 역작이 활동을 개시했다. 오랫동안 빈둥거려 녹슬어 있던 내 지적 장치가 만족할 만한 효능을 가지고 이 이야기에 작동하기까지는 시간이 좀 필요했다. 온 심혈을 기울였음에도 이 이야기는 어쩐지 엄숙하고 음울한 양상을 띠는 것 같아 보였다. 온화한 햇살에도 좀처럼 밝지가 않았고, 자연과 실생활의 거의 모든 장면을 부드럽게 녹이며 그 모든 그림을 부드럽게 만들어 주는 그 포근하고 친근한 영향을 받고도 좀처럼 제 모습을 드러내지 않았다. 이렇듯 독자를 사로잡는 효과를 지니지 못한 것은 이 이야기가 전개되는 시기가 혁명이 아직 완성되지 않은, 여전히 소용돌이치는 혼란의 정국이었기 때문인지도 모른다. 그렇다고 해서 필자의 마음이 즐겁지 않았다거나 한 것은 아니다. 볕이 들지 않는 이 어두운 공상 속에서 헤매는 동안에도 나는 옛 목사관을 나온 이후 그 어느 때보다 행복했으니 말이다. 이

---

47 워싱턴 어빙Washington Irving(1783~1859)의 『스케치북*The Sketch Book*』에 수록된 「슬리피 할로우의 전설The Legend of Sleepy Hollow」의 주인공 이처보드 크레인은 머리 없는 기마병에 쫓겨 행방불명된다. 1999년 영화 감독 팀 버턴Tim Burton이 「슬리피 할로우Sleepy Hollow」라는 제목으로 영화화하기도 했다.

책에 수록되어 있는 몇 개의 단편도 마찬가지로 본의 아니게 공직 생활의 노고와 영예에서 물러난 뒤에 쓴 것이며, 나머지는 아주 오래 전에 여러 연대기와 잡지에 실려 독자들 사이를 한 바퀴 돌고서 새로운 이야기인 양 다시 돌아온 것을 수집한 것이다. 정치적 단두대의 비유를 다시 들어 얘기하자면, 이 책은 〈목 잘린 검사관의 유고〉 정도로 간주할 수 있으리라. 이제 곧 마감하려는 이 스케치가 너무 자전적이어서 점잖은 사람으로서는 생전에 출판할 수 없는 것이라 해도 목이 잘린 채 무덤 저편에서 글을 쓰는 사람으로서는 쉽게 용서받을 수 있으리라. 온 세상에 평화를! 내 친구들에게 축복을! 내 적들에게 용서를! 왜냐하면 나는 고요의 나라에 있으니!

세관 시절이 내게는 꿈처럼 남아 있다. 그 늙은 검사관도 — 말이 난 김에 얘기하자면, 애석하게도 그는 얼마 전 말에서 떨어져 죽었는데 그런 일이 없었다면 영원히 살았을 것이다 — 그리고 세관에서 그와 함께 앉아 있던 다른 노인 양반들도, 나의 관점에서는 그림자에 불과하다. 상상으로 놀려 주곤 했던 백발의 주름진 모습들이 지금은 전혀 떠오르지 않는다. 핀그리, 필립스, 셰퍼드, 업튼, 킴벌, 버트럼, 헌트 같은 상인들과 여섯 달 전만 해도 귀에 익었던 다른 많은 이름들, 세계적으로 너무나 중요한 위치를 차지하고 있는 듯한 무역상들, 그들 모두와의 관계가 실생활에서뿐 아니라 기억 속에서도 얼마나 재빨리 끊어지던지! 이제는 그들 중 몇몇의 얼굴과 이름조차 떠올리기 버거울 정도다. 내 고향 마을 또한 자욱이 깔린 안개처럼 몽롱한 기억을 비집고 아련히 떠오를 날도 머지않았다. 마치 실재하는 대지의 마을이 아닌, 상상 속 주민들이 목조 가옥에서 살아가며 살풍경한 오솔길과 볼품없고 지루한 중심가를 걸어다니는, 구름 나라의 초목 우거진 마을인 듯 말이다. 이제부터 그곳은 더 이상 내 삶의 현실이 아니다. 나는 다른 어느 곳의 주민이다. 선량한 마을 사람들도 내가 없다고 크게 아쉬워하지는 않을 것이다. 나는 마을 사람들 눈에 중요한 사람으로 비치는 것, 그리고 많은 조상들이 살다가 묻힌 이 땅에 유쾌한 기억을 지니는 것을 문학 작업에서 무엇보다 귀중한 목표로 삼았지만, 문학가로서 최고의 정신적 수확을 얻기 위해 필요한 온화한 분위기를 고향 땅에서는 한 번도 맛보지 못했다. 그러니 다른 얼굴들 속에 있으면 더 나아지지 않겠는가. 고향의 낯익은 얼굴들은, 두말할 나위 없이 나 없이도 잘 지내지 않겠는가.

그러나 미래의 고고학자가 마을의 공동 우물[48]이 있던 자리를 마을의 역사에 남을 만한 장소로 지정해 준다면, 현 인류의 증손들이 이따금 지난날의 글쟁이를 좋아해 줄 수도 있지 않을까. 아, 생각만으로도 황홀하고 뿌듯하여라!

---

[48] 세일럼의 에식스 스트리트와 워싱턴 스트리트의 교차점에 있는 우물. 호손은 이 우물을 의인화하여 「마을 우물에 흐르는 실개천 A Rill from the Town-Pump」이라는 독백 형식의 단편소설을 썼다.

주홍 글자

1
감옥 문

 거무칙칙한 옷에 회색 고깔모자를 쓰고 턱수염을 기른 한 무리의 남자들이 더러는 두건을 쓰고 더러는 쓰지 않은 여자들과 뒤섞여 어느 목조 건물 앞에 모여 있었다. 참나무로 만든 육중한 문에는 장식용 쇠못이 점점이 박혀 있었다.
 애초에는 인간의 미덕과 행복으로 가득 찬 유토피아를 꿈꾸었을는지 몰라도, 새로운 식민지를 건설하는 이들은 미개척지의 일부를 공동묘지로, 또 일부는 감옥 터로 지정하는 것이 가장 먼저 해야 할 일이라는 사실을 변함없이 깨달아야 했다. 그러한 관례에 따라 보스턴의 선조들 또한 아이작 존슨[49]의 땅이자 훗날 킹스 채플[50]의 묘지에 들어선 모든 무덤의 중심이 된 그의 무덤 주변 땅에 최초의 묘지를 선정하면서, 거의 동시에 콘힐 부근 어딘가에 최초의 감옥을 지었다고 생각해도 무방할 것이다. 이 마을이 세워진 지 15년이나 20년 정도

---

49 Isaac Johnson(1601~1630). 1630년에 보스턴으로 이주하였다. 이민자들 중 가장 부유했고 그의 지도로 보스턴의 식민지화가 진행되었다.
50 King's Chapel. 1749년에서 1754년 사이에 설립된 보스턴 최초의 영국 성공회 교회. 독립 후에는 미국 최초의 유니테리언 교회가 되었다.

밖에 되지 않았는데도[51] 그 목조 감옥은 벌써부터 비바람에 얼룩지고 다른 세월의 흔적들도 두드러져, 그렇지 않아도 음침하고 음울한 정면이 한층 어두워 보였다. 참나무 문에 박힌 육중한 쇠못들은 녹이 슬어 있어 이 신세계의 그 어떤 것보다 예스러워 보였다. 범죄와 관련된 것들이 으레 그러하듯, 이 감옥도 젊은 시절이라곤 모르고 지나온 듯했다. 이 험악한 건물 앞에, 그러니까 이 건물과 마찻길 사이에는 우엉, 명아주, 페루쫘리 등 볼품없는 식물들로 무성한 풀밭이 있었는데, 그들도 감옥이라는 문명사회의 검은 꽃을 일찍부터 피운 그 땅에서 어떤 동질감을 느꼈던 것이리라. 그러나 정문의 한쪽에는 6월을 맞아 보석 같은 고운 꽃을 가득 피운 들장미 덩굴이 거의 감옥 문턱까지 뿌리를 내리고 있었다. 마치 감옥에 들어가는 죄수와 최후의 심판을 받으러 나오는 사형수에게, 대자연의 깊은 마음이 그를 동정하여 베푸는 친절의 표시로 향기와 덧없는 아름다움을 선사하는 것 같았다.

이 들장미 덩굴은 이상한 우연으로 지금까지 살아남아 있다. 그러나 이것이 거대한 소나무들과 참나무들에 가려져 있다가 그것들이 죽고도 한참 뒤까지 황량한 폐허에서 살아남은 것인지, 아니면 꽤 믿을 만한 주장대로 성자 앤 허친슨[52]이

---

51 보스턴 식민지화는 1630년에 시작되었으니 15년에서 20년이 흘렀다고 한다면 1645년에서 1950년 사이이다. 그러나 이 작품에 등장하는 실제 인물을 근거로 연대를 역산하면 시대적 배경은 1642년부터 1649년까지이다. 호손은 예술적 효과를 위해 시간을 자유롭게 바꾸었다.

52 Anne Hutchinson(1591~1643). 자유주의 사상에 감화를 받아 사회와 교회의 법칙을 따르는 것은 구원의 길이 아니며, 신자 속에 깃든 성령을 통한 직관에 의하여 신의 은총을 얻을 수 있다고 믿었다. 유죄 판결을 받고 추방되었다가 인디언의 습격을 받고 죽었다.

감옥 문으로 들어갈 때 그 발자국 밑에서 피어오른 것인지에 대해서는 결론을 내리지 않도록 하자. 다만 이야기를 시작하고자 하는 초입부터 저 불길한 입구 앞에서 들장미 덩굴이 바로 보였으니, 한 송이를 꺾어 독자 여러분에게 선사할 수밖에 없겠다. 바라건대, 그 한 송이가 이야기 도중에 발견될는지 모를 향기로운 도덕의 꽃을 상징하거나, 인간의 연약함과 슬픔에 관한 이야기의 어두운 결말에 위안이 되기를.

2
장터

적어도 2백 년 전의 어느 여름날 아침, 꽤 많은 보스턴 주민들이 프리즌 레인의 감옥 앞 풀밭에 모여 꺾쇠를 박아 고정해 놓은 참나무 문을 뚫어지게 보고 있었다. 만약 다른 지역의 주민이나 뉴잉글랜드의 후세대가 이 선량한 주민들의 턱수염 난 얼굴을 돌처럼 굳게 만든 근엄한 표정을 보았다면 곧 무슨 끔찍한 일이 일어나겠구나 예견했을 것이다. 어쩌면 아주 악명 높은 죄인을 예정에 따라 처형하는 일일 수도 있었을 텐데, 그자에 대한 법적 판결은 대중의 감정적 평결을 확인하는 데 지나지 않았을 것이다. 그러나 그 성격이 엄격했던 초기 청교도의 경우라면 그런 일이라고 자신 있게 추론할 수 없다. 어쩌면 게으른 하인, 혹은 부모에 의해 관청에 넘겨진 불효자식의 버릇을 바로잡기 위해 태형을 가하는 건지도 모른다. 아니면 도덕률 폐기론자[53]나 퀘이커교도 혹은 그 밖의 이

---

53 Antinomian. 신의 은총을 받고 있으므로 부도덕한 행위를 저지른다 해도 죄가 없다고 여겨 교회나 사회의 법칙을 따르지 않는 사람. 죄악시되고 게으르며 나태한 형태의 영적 삶을 살기 위하여 은혜의 교리를 남용하는 태도로, 이들은 〈나는 율법 아래 있지 않고 은혜 아래 있다. 그러므로 내가 무엇을 행하든 율법과 아무런 상관이 없다〉라고 주장한다. 앤 허치슨과 그 동

단자가 채찍을 맞고 추방당하는 일인지도, 혹은 어떤 게으른 떠돌이 인디언이 백인의 독주를 마시고 거리에서 난동을 부리다가 매를 맞고 어두컴컴한 숲으로 쫓겨나는 일인지도 모른다. 치안 판사의 성미 고약한 미망인 히빈스 부인[54]처럼 누군가 마녀 판정을 받고 형장에서 죽는 일인지도 모른다. 어느 쪽이든 구경꾼들의 태도는 엄숙하기 짝이 없었다. 종교와 법을 거의 동일시하고 그 두 가지가 성격에 철저히 스며들어 공적인 처벌이라면 가볍든 가혹하든 똑같이 공경하고 두려워하는 사람들에게 걸맞은 태도였다. 그러니 처형대에 오른 죄인이 그런 구경꾼들로부터 동정을 기대해 본들 그 얼마나 보잘것없고 냉혹한 것이었을까. 한편으로 우리 시대라면 조롱 섞인 치욕과 조소 정도로 끝날 형벌이 당시에는 사형에 버금가는 준엄한 위엄을 띠었을지 모른다.

우리의 이야기가 시작되는 그 여름날 아침 군중 속에 섞여 있던 여자들 몇 명이 이제 곧 있을 형벌에 유달리 관심을 보였다는 사실에 특히 주목하도록 하자. 이 무렵은 그리 품위 있는 시대가 아니었던 터라 페티코트와 파딩게일을 입은 여자들이 부끄러운 줄도 모르고 거리를 돌아다녔고, 필요하다 싶으면 형이 집행될 때 처형대 바로 곁에 모인 군중 속으로 작지도 않은 몸뚱이를 밀어 넣는 것이 예사였다. 영국에서 나고 자란 그 부녀자들과 처녀들은 예닐곱 세대 뒤에 올 후손들보다 육체적으로나 정신적으로나 더 거칠었다. 대를 이어 오

조자들이 초기 미국의 대표적인 도덕률 폐기론자이다.
54 Ann Hibbins(?~1656). 영국에 주재하는 식민지 대표이자 치안 판사 윌리엄 히빈스William Hibbins의 부인. 남편이 죽고 난 뒤 말썽을 부려 1655년 마녀재판을 받고 이듬해 처형되었다.

면서 모든 어미가 자식에게 자신보다 창백한 낯빛을, 더 섬세하고 덧없는 아름다움을, 성격이야 그 강도나 견고함이 덜하지 않지만 신체적으로는 더 가냘픈 체격을 물려주었기 때문이다. 지금 감옥 문 앞에 서 있는 여자들은 사내 같은 엘리자베스 여왕이 여성을 대변한다고 해도 전혀 어색하지 않던 시대로부터 불과 반세기도 지나지 않은 때에 살고 있었다. 그들은 그런 엘리자베스 여왕의 동포였다. 또한 그들의 기질에는 고국의 고기와 술이 그것들 못지않게 조잡한 도덕적 양식과 함께 박혀 있었다. 그리하여 찬란한 아침 해는 그들의 넓은 어깨와 풍만한 가슴, 그리고 머나먼 섬나라에서 무르익어 뉴잉글랜드의 새로운 공기를 마시고도 아직까지 홀쭉해지거나 창백해지지 않은 통통하고 발그레한 뺨을 비추었다. 게다가 대부분 기혼자인 듯한 이 부녀자들이 하는 말에는 그 내용으로 보나 성량으로 보나 오늘날의 우리를 깜짝 놀라게 할 만한 대담함과 낭랑함이 있었다.

「이보게들.」 쉰 살쯤 된 무서운 얼굴을 한 여자가 말했다. 「내 생각 좀 들어들 보게. 저 헤스터 프린 같은 죄인한테는 우리같이 나이도 좀 있고 교회에서 평판도 좋은 여자들이 손을 봐주어야 하지 않겠는가? 자네들 생각은 어떤가? 저년이 여기 이렇게 모인 우리 다섯 명 앞에서 재판을 받는다면 훌륭하신 치안 판사님들이 내린 판결 정도로 끝나겠나? 아니, 어림도 없지!」

「듣자 하니 저 여자의 담당 목사인 그 독실한 딤스데일 목사님은 당신 신도에게 그런 불미스러운 일이 일어나게 되어 무척 마음 아파하신다더군요.」 또 다른 여자가 말했다.

「치안 판사님들은 신앙심 깊은 분들이긴 하지만 인정이 지나쳐. 사실이 그렇다고.」 세 번째 중년 부인이 거들었다. 「아무리 그래도 그렇지, 헤스터 프린의 이마에 달군 쇠로 낙인 정도는 찍어 주었어야지. 그래야 저 되바라진 헤스터가 주눅이 들었을 텐데, 안 그런가? 그런데 치안 판사 나리들은 옷가슴에 뭘 달게 하는 정도로 끝냈으니, 그 음탕한 년이 신경이나 쓰겠어? 하, 두고 보라고. 그년은 그걸 브로치나 이교도의 장신구 같은 걸로 가리고서 태연히 거리를 쏘다닐지도 모른다고!」

「뭐, 좋을 대로 가려 보라지요. 아무리 그래도 마음은 늘 괴롭지 않겠어요?」 아이의 손을 잡고 있던 젊은 여인이 끼어들어 한결 부드럽게 말했다.

「옷가슴이나 이마에 무슨 표시를 하거나 낙인을 찍는 것 가지고 되겠어?」 이들 자칭 재판관들 가운데서도 가장 인정머리 없고 못생긴 여자가 소리쳤다. 「이 여자는 우리 모두를 욕보였으니 죽어 마땅하다고. 어디 그런 법이 없다던가? 성서에도 있고[55] 법령집에도 있다고. 한데 그걸 판사님들이 쓸모없게 만들었으니, 당신네 마누라나 딸들이 못된 길로 빠져도 자업자득이라 여기시라지!」

「어이쿠 맙소사, 거기 아주머니!」 군중 속에 있던 한 남자가 소리쳤다. 「여자들이 정절을 지키는 게 처형대가 무서워서라는 거요? 거참, 듣던 중 불쾌한 말일세! 이제 그 입들 좀 다뭅시다! 옥문 자물쇠가 돌아가고 있으니 곧 프린 부인이 나

---

[55] 「출애굽기」 20장 14절 〈간음하지 못한다〉라는 십계명의 구절, 「레위기」 20장 10절 〈이웃집 아내와 간통한 사람이 있으면, 그 간통한 남자와 여자는 반드시 함께 사형을 당해야 한다〉라는 구절을 가리킨다. 마녀재판으로 유명한 세일럼의 가장 오랜 법률에는 간음한 사람을 사형에 처하라고 명시한다.

타날 거요.」

감옥 문이 안쪽에서 벌컥 열렸다. 맨 먼저 검은 그림자가 햇빛 속으로 등장했는데, 옆구리에 칼을 차고 손에 관직의 상징인 곤봉을 든 하급 관리의 모습이 무섭고 섬뜩했다. 이 사람의 외양은 엄격하기 짝이 없는 청교도의 법도를 보여 주는 전형적인 모습이었는데, 그 법도를 범죄자에게 최종적으로 가장 엄밀히 적용하는 것이 바로 그의 임무였다. 그는 왼손에 쥔 곤봉을 앞으로 내밀며 오른손으로는 어떤 젊은 여인의 어깨를 잡고 그녀를 밖으로 이끌었다. 감옥 문턱에 이르자 그녀는 타고난 위엄과 강한 성격을 드러내듯 관리의 손을 뿌리치고서 자유 의지에 따른 것인 양 햇빛 속으로 발을 내디뎠다. 그녀는 생후 3개월쯤 된 갓난애를 안고 있었다. 빛이 너무 밝아서인지 아기는 눈을 깜박이며 자그마한 얼굴을 옆으로 돌렸다. 그도 그럴 것이 그 갓난애는 지금껏 지하 감옥의 어둠침침한 빛이나 감옥의 어스레한 방에만 익숙해 있었던 것이다.

이 아이의 어미인 젊은 여인이 군중 앞에 완연히 모습을 드러냈을 때 가장 먼저 보인 행동은 아기를 꼭 껴안으려 한 것이었다. 그것은 모성애가 발동해서라기보다 옷에다 수를 놓거나 꿰매 놓은 어떤 표시를 감추기 위한 행동이었다. 잠시 후 그녀는 하나의 수치는 감췄어도 자신이 안고 있는 또 다른 수치는 감출 수 없다는 사실을 깨닫고 얼굴을 붉혔지만 도도한 미소를 띤 채 부끄러워하지 않겠다는 시선으로 마을 주민들과 이웃 사람들을 둘러보았다. 그녀의 옷가슴에는 붉고 고급스러운 천에 금실로 정교하게 수를 놓고 화려하게 장식한 A 자가 있었다. 너무나 예술적으로, 게다가 너무나 풍부하고 화려한 상상력으로 만들어 놓아 그녀가 입고 있는 옷에 딱 어울린다 싶은 효과를 자아냈다. 그 시대의 취향에 따라 화려하게 만든 옷이었는데, 식민지의 사치 금지법[56]이 허용하는 한도를 훨씬 넘어서고 있었다.

그 젊은 여인은 키가 크고 자태가 더할 나위 없이 우아했다. 머리칼은 짙고 풍성했으며, 햇빛이 무색할 정도로 윤기가 흘러넘쳤다. 이목구비가 반듯하고 안색이 화사해 아름다울 뿐 아니라, 도드라진 이마와 검고 짙은 눈동자 때문에 깊은 인상을 남기는 얼굴이었다. 또한 당시 고귀한 가문의 부녀자 같은 귀부인 태가 났다. 오늘날 귀부인의 표시로 통하는 섬세하고 덧없고 형언하기 힘든 우아함이 아니라, 어떤 위풍과 위엄이 느껴지는 귀티였다. 귀부인이라는 말의 옛 해석대로면 감옥 문을 나서는 헤스터 프린이야말로 귀부인이라 할 수 있었다. 그러했기에 전부터 그녀를 알고 있었고, 재앙의 구름에 덮여 낯빛이 어둡고 흐린 그녀를 보리라 기대했던 사람들은 그녀가 눈부시게 아름답고 그녀를 둘러싼 불행과 치욕이 오히려 후광을 만들어 내는 듯해서 놀랐을 뿐 아니라 움찔하기까지 했다. 물론 예민한 관찰자라면 그 후광 뒤에 가려진 격렬한 아픔을 보았을지도 모른다. 그녀가 이날을 위해 감옥에서 기분 내키는 대로 만든 옷은 분방하면서도 그림같이 화사해 그녀의 마음 상태를, 될 대로 되라는 식의 무모한 심경을 표현하는 듯했다. 그러나 모두의 눈을 끈 것은, 그리고 헤스터 프린을 익히 알고 있던 사람들에게 그녀를 처음 보는 듯한 인상을 줄 만큼 사실상 그녀를 바꿔 놓은 것은 너무도 환

---

56 당시에는 청교도의 검소함에 위배되는 옷차림이나 장신구 착용을 금지했다. 그러나 이 법은 무시되거나 잘 지켜지지 않아 점차 소멸되어 갔다.

상적으로 수놓인 채 그녀의 가슴에서 반짝거리고 있는 주홍 글자였다. 그 글자는 평범한 인간관계로부터 그녀를 떼어 내 그녀만의 세계에 가두어 놓는 마력을 지니고 있었다.

「바느질 솜씨가 아주 일품일세그려.」여자 구경꾼들 중 한 명이 말했다. 「하지만 그 솜씨를 저 뻔뻔스러운 창부처럼 대놓고 보여 주려 한 여자가 어디 있었나! 아니, 이보게들, 저게 우리 독실한 판사님들을 정면으로 비웃고, 그 훌륭하신 양반들이 벌이라고 내린 것을 자랑거리로 만들고 있는 게 아니고 뭐겠우?」

그러자 가장 냉혹한 얼굴을 한 여자가 중얼거렸다. 「헤스터의 우아한 어깨에서 저 화려한 옷을 벗겨 냈으면 좋겠구먼. 그리고 저년이 정성스럽게 바느질한 저 주홍 글자 대신 내가 쓰는 류머티즘용 천 조각을 붙이면 더 어울리겠네!」

「아, 조용! 아주머니들, 조용히 하세요!」그들 중 가장 젊은 여자가 작은 소리로 말했다. 「저 여자가 다 듣겠어요! 저 글자를 한 땀 한 땀 수놓을 때마다 저 여자 가슴도 찔리는 듯 아팠을 거예요.」

이때 무섭게 생긴 관리가 곤봉을 휘둘렀다.

「길을 비키시오, 여러분. 길을 비키시오. 명령이오!」그가 소리쳤다. 「길을 내주시오. 지금부터 오후 1시까지 남녀노소 모두가 프린 부인의 뻔뻔스러운 옷을 잘 볼 수 있는 곳에 그녀를 세워 둘 거요. 부정한 짓을 백일하에 드러내는 정의로운 매사추세츠 식민지에 축복을! 어서 와라, 헤스터. 와서 그 주홍 글자를 장터 사람들에게 보여 줘!」

이내 구경꾼들 사이로 길이 열렸다. 헤스터 프린은 질서 없이 뒤따르는 근엄한 얼굴의 남자들, 그리고 몰인정한 얼굴의 여자들과 함께 그 관리를 따라 처벌 장소로 향했다. 오후 수업이 없어졌다는 것 말고는 무슨 일이 일어난 건지 영문을 모르는 한 무리의 남학생들이 들뜨고 호기심에 차서는 헤스터보다 앞서 달리며 그녀의 얼굴과, 그녀의 품에 안겨 눈을 깜박이는 아기와, 그녀의 가슴에 달린 치욕의 글자를 보려고 자꾸만 고개를 돌렸다. 당시에는 감옥 문에서 장터까지의 거리가 그리 멀지 않았다. 그러나 죄수의 입장에서는 제법 멀게 느껴졌으리라. 도도한 태도를 취하고 있었지만, 자신을 보러 나온 구경꾼들의 발소리에 헤스터는 마치 자신의 심장이 거리에 내동댕이쳐져 모두의 발길에 걷어채고 짓밟히는 듯한 고통을 느꼈을 것이다. 그러나 다행히 인간 본성 가운데 놀랍고도 자비로운 조항이 있으니, 그것은 고통받는 그 순간에는 자신이 겪는 고통의 강도를 미처 알지 못하다가 나중에야 가슴 아프게 느낀다는 점이다. 그랬기에 헤스터 프린은 평온하다 싶은 태도로 이 시련을 통과하여 장터 서쪽 끝에 있는 처형대에 이르렀다. 그것은 보스턴에 최초로 세워진 교회당 처마 밑에 있어서 마치 교회의 부속 건물 같았다.

 사실 이 처형대도 형벌 장치의 일부였다. 두 세대가 흐른 지금은 우리에게 역사적이고 전설적인 상징으로만 남아 있지만, 옛날에는 프랑스의 공포 정치가들 사이에서 통하던 단두대와 마찬가지로 착한 시민을 길러 내는 효과적인 수단으로 여겨졌다. 간단히 표현하자면 그것은 형틀을 올려놓는 단이었다. 여기에는 사람들이 볼 수 있도록 죄인의 머리를 꽉 움켜잡아 떠받치는 형벌 도구의 틀이 세워져 있었다. 나무와 쇠로 만든 이 장치는 치욕이 무엇인지를 극명하게 나타내고 있었다. 무슨 죄를 지었든 부끄러워하는 죄인에게 얼굴을 가리지 못하게 하는 것만큼 극악하고도 우리의 인간성을 거스르는 모욕은 없을 것이다. 이렇게 모욕을 주는 것이 이 형벌의 핵심이었다. 그러나 헤스터 프린의 경우에는 목에 칼을 씌워 머리를 움직이지 못하게 하는 벌 — 그것이 이 흉한 장치의 가장 무서운 특징이다 — 을 받는 대신, 정해진 시간 동안 처형대에 서 있기만 하면 되었다. 그런 일은 다른 죄인의 경우에도 종종 있었다. 자신의 역할을 잘 알고 있는 헤스터는 나무 계단을 올라 어른 남자의 어깨 높이만 한 처형대에 서서 자신을 둘러싼 군중에게 모습을 드러냈다.

만약 이 청교도 무리 속에 가톨릭교도가 있었다면 복장과 자태가 너무도 그림 같고 가슴에는 아기를 안은 이 아름다운 여인의 모습에서 수많은 이름난 화가들이 서로 질세라 그려 온 성모 마리아의 모습을 떠올렸을지 모른다. 그러나 오직 대비(對比)를 통해서만 세상을 구원할 아기를 안은 죄 없는 어미의 성스러운 모습을 떠올릴 수 있었으리라. 여기 인간의 가장 성스러운 속성인 모성 속에 가장 깊은 죄의 오점이 찍힌 여인이 있었다. 그 결과 세상은 이 여인의 아름다움 때문에 더욱 어두워졌고, 그녀가 낳은 아이 때문에 더욱 방향을 잃고 말았다.

현장에는 두려움이 약간 감돌았다. 이웃의 죄와 수치를 보고도 몸서리치기는커녕 미소를 지을 만큼 타락한 사회가 아니라면 그런 두려움은 깃들기 마련이다. 헤스터 프린의 치욕을 목격하는 이들은 아직 순박함을 잃지 않은 사람들이었다. 그들은 사형이 선고되었다 해도 가혹하단 말 한마디 없이 그녀의 죽음을 지켜볼 만큼 엄격하긴 했지만, 이와 같은 광경에서 조롱거리나 찾으려 드는 요즘 사회의 비정함은 지니고 있지 않았다. 설령 이 문제를 조롱하고 싶은 마음이 있었다 해도 총독과 그의 고문들, 판사와 장군, 읍내 목사들처럼 위엄 있는 사람들이 자리한 엄숙한 분위기에 기가 눌리고 말았을 것이다. 그들 모두는 교회당 발코니에 앉거나 서서 처형대를 내려다보고 있었다. 그런 인물들이 지위와 직책의 위엄이나 권위를 손상시키지 않고 이런 광경의 구성원으로 있는 경우에는 형을 선고하는 것이 중대하고 유효한 의미를 지닌다는 사실을 추측할 수 있으리라. 그랬기에 군중은 엄숙하고도 진지했다. 불쌍한 죄인은 자신에게 붙박여 가슴으로 쏠리는 수천의 무자비한 시선에 짓눌린 채 여자로서 버틸 수 있는 만큼 버티려 애썼다. 그것은 참으로 이겨 내기 힘든 일이었다. 충동적이고 열정적인 천성을 지닌 그녀는 온갖 형태의 무례로 표현되는 대중의 모욕이라는 독침과 독검에 맞설 태세를 단단히 갖추고 있던 터였다. 그러나 대중의 엄숙한 분위기가 왠지 모르게 훨씬 더 무섭게 느껴져서 그녀는 차라리 그들의 굳은 얼굴들이 자신을 조소하며 일그러지기를 바랐다. 남자들과 여자들과 새된 소리를 내는 아이들 모두가 각자의 역할을 다해 왁자한 웃음을 터뜨렸다면, 헤스터 프린은 냉소적이고 오만한 미소로 맞대응했을는지도 모른다. 그러나 견디지 않으면 안 되는 납덩이 같은 고통 아래서, 그녀는 이따금 고래고래 소리를 지르며 처형대에서 뛰어내리지 않으면 미쳐 버릴 것만 같은 기분에 젖어 들곤 했다.

그런데 헤스터 자신이 가장 돋보이는 역할을 맡은 이 모든 장면이 그녀의 시야에서 사라진 듯하거나 형체가 아리송한 유령들처럼 눈앞에서 희미하게 어른거리는 순간들이 있었다. 그녀의 정신과 특히 그녀의 기억은 전에 없이 바쁘게 움직이며 서쪽 황무지 끝에 자리한 이 작은 마을의 대충 닦아 놓은 거리가 아닌 다른 장면들을 계속 불러냈다. 고깔모자를 쓰고 서 자신에게 눈살을 찌푸리는 저 얼굴들 말고 다른 얼굴들을 말이다. 시시하고 지극히 하찮은 추억들, 어린 시절과 학창 시절에 있었던 일들, 숱한 장난들, 유치한 싸움들, 처녀 때의 자잘한 집안일들이 그 뒤에 일어난 아주 중대한 일들과 마구 뒤섞인 채 한꺼번에 되돌아왔다. 하나하나가 어찌나 생생한지, 마치 모든 일이 똑같이 중요하거나 한 편의 연극인 것만 같았다. 아무래도 현실의 잔혹한 무게와 가혹함에서 벗어나기 위해 그녀의 정신이 본능적으로 이런 주마등같이 변화무쌍한 환영을 불러낸 듯했다.

어쨌든, 이 처형대는 헤스터 프린에게 행복했던 어린 시절부터 그녀 자신이 걸어온 발자취를 보여 주는 조망대 구실을 했다. 그 비참한 높은 자리에 서서 그녀는 영국의 고향 마을과 아버지의 집을 다시 보았다. 쓰러져 가는 잿빛 돌집은 가난에 찌든 모습이었지만, 현관 위에는 유서 있는 명문가임을 나타내는 반쯤 지워진 방패형 문장(紋章)이 걸려 있었다. 그녀는 머리가 벗어져 이마가 훤하고 엘리자베스 여왕 시대의 고풍스러운 주름 옷깃 위로 멋진 백발의 수염을 늘어뜨린 아버지의 얼굴을 보았다. 주의 깊고 걱정에 찬 사랑의 표정을 짓고 있는 어머니의 얼굴도 보았다. 그녀가 기억하는 한 어머니는 언제나 그런 표정을 짓고 있었고, 돌아가신 뒤로도 종종 그런 표정으로 딸의 길을 인도하는 친절한 길잡이가 되어 주곤 했다. 그녀는 또한 처녀다운 아름다움으로 반짝이며 자신이 곧잘 들여다보곤 하던 희미한 거울 속을 환히 밝혀 주고 있는 스스로의 얼굴도 보았다. 그 거울 속에서 또 다른 얼굴도 보았다. 나이 많고 창백하고 야위고 학자 같은 얼굴에, 등불 옆에서 지루한 책을 하도 많이 읽어 눈이 흐려지고 침침해진 사람이었다. 그러나 그 흐릿한 눈이 인간의 영혼을 읽고자 할 때는 마음을 꿰뚫는 이상한 힘을 발휘했다. 헤스터 프린의 두서없는 상상이 기어이 불러낸, 서재에 틀어박혀 지내는 이 은둔형 인물은 왼쪽 어깨가 오른쪽 어깨보다 조금 올라간 기형이었다. 기억의 화랑에서 다음으로 그녀 앞에 떠오른 것은 복잡하고 좁은 통로들, 높은 회색 집들, 거대한 성당들, 그리고 어떤 유럽 도시[57] 속 색다른 건축 양식으로 지어진 오래된 공공건물들이었다. 그곳에서 그녀를 기다리고 있던 것은 그 기형적인 학자와 관련된 새로운 삶이었다. 새로운 삶이긴 했지만 무너지고 있는 담벼락에 붙은 푸른 이끼처럼 낡아 빠진 것을 먹고 사는 삶이었다. 그렇게 자꾸 바뀌던 장면은 마침내 마을 사람들이 모두 모여 헤스터 프린을 매섭게 응시하고 있는 청교도 땅의 소박한 장터로 돌아왔다. 그랬다, 그녀는 여전히 갓난애를 품에 안고 금실로 화려하게 수놓은 주홍 글자 A를 가슴에 단 채 처형대에 서 있었던 것이다!

이것이 현실이란 말인가? 그녀가 꽉 껴안는 바람에 아기가 울음을 터뜨렸다. 그녀는 눈을 내리깔고서 주홍 글자를 보았고, 아기와 그 치욕이 진짜인지 확인하기 위해 손가락으로 만져 보기까지 했다. 그랬다, 이것이 그녀의 현실이었다 — 다른 것은 모두 사라지고 없었다!

---

[57] 네덜란드의 수도 암스테르담을 가리킨다. 영국의 청교도는 종교 박해를 피해 처음에는 네덜란드로 갔다가 다른 여러 지역을 거쳐 신대륙의 플리머스에 정착했다.

3
인지

주홍 글자를 단 여인이 뭇사람의 매서운 주시를 받고 있다는 강렬한 의식에서 마침내 놓여난 것은 군중의 언저리에서 그녀의 생각을 단숨에 사로잡은 한 인물을 알아본 때였다. 원주민 복장을 한 인디언이 그곳에 서 있었다. 그러나 당시에는 인디언들이 영국의 식민지를 빈번하게 드나들곤 했으므로 그런 상황에서 인디언 한 명이 헤스터 프린의 주의를 끌지는 않았을 것이다. 더군다나 그자가 그녀의 머릿속에 들어오고 있던 온갖 대상과 생각을 몰아냈을 리도 만무하다. 그 인디언 옆에는 동료로 보이는, 문명과 야만이 묘하게 뒤섞인 복장을 한 백인 남자가 서 있었다.

키가 작고 얼굴 주름이 제법 깊은 남자였지만, 아직 노인이라 부를 정도는 아니었다. 그의 생김새는, 정신적인 면을 너무 계발한 나머지 신체마저 덩달아 정신을 닮아 온몸에 그런 성향이 나타나게 된 사람처럼 남다른 지성을 풍겼다. 얼핏 보기에는 문명과 야만이 뒤섞인 옷을 아무렇게나 입고서 그 특색을 감추거나 축소하려 애쓴 듯했지만, 헤스터 프린에게는 이 남자의 한쪽 어깨가 다른 쪽 어깨보다 올라가 있는 것이 똑똑히 보였다. 그 야윈 얼굴과 약간 기형적인 몸뚱이를 알아본 순간 그녀는 다시 아기를 덥석 껴안았고, 그 바람에 불쌍한 아기도 또다시 울음을 터뜨렸다. 그러나 어미는 울음소리를 듣지 못하는 것 같았다.

낯선 남자는 장터에 도착해 헤스터 프린보다 조금 먼저 그녀 쪽을 바라보고 있었다. 처음에는 내면을 보는 데만 익숙할 뿐 정신적인 것과 관계가 없는 한 외적인 문제는 별 가치나 의미가 없다고 여기는 사람처럼 무심히 보았다. 그러나 이내 그의 표정은 뭐든 꿰뚫을 듯 날카로워졌다. 마치 뱀이 그 위를 재빠르게 미끄러지다가 똬리를 튼 채 잠시 머물고 간 것처럼, 일종의 공포가 몸부림치듯 그의 얼굴을 비틀고 지나갔다. 뭔가 강력한 감정으로 얼굴이 어두워지긴 했지만 그가 어찌나 재빨리 전력을 다해 그것을 억눌렀던지, 그 한순간만 빼면 그의 표정은 누가 봐도 평온하다 했을 것이다. 잠시 뒤 감정의 경련은 감지할 수 없을 만큼 미세해져 마침내 그의 본성 깊은 곳으로 가라앉았다. 헤스터 프린의 시선이 자신에게 쏠리고 그녀가 자신을 알아본 것 같다는 느낌을 받자, 그는 천천히 손가락을 들어 올려 허공에서 어떤 손짓을 해 보이고는 입술에 갖다 댔다.

그런 다음 옆에 선 마을 사람의 어깨를 두드리며 정중하고 예의 바르게 말을 걸었다.

「실례지만 선생님, 저 여인은 누구입니까? 어찌하여 이런 데서 공개적인 치욕을 당하고 있는 겁니까?」 그가 물었다.

「이 고장 사람이 아닌 모양이구려, 형씨.」 그는 질문자와 그의 야만인 동행자를 호기심 어린 눈으로 바라보며 대답했다. 「그렇지 않고서야 헤스터 프린과 그녀의 못된 소행을 듣지 못했을 리가 없을 테니 말이오. 저 여자는 신성한 딤스데일 목사님의 교회에서 큰 물의를 일으켰소.」

「맞습니다.」 상대방이 대답했다. 「저는 이방인이고, 본의 아니게 떠돌아다니고 있지요. 바다와 뭍에서 불행한 일을 겪고 이교도들에게 인질로 붙잡혀 오랫동안 남쪽에서 지내다가, 몸값을 내고 풀려나기 위해 이 인디언을 따라 여기로 왔습니다. 그러니 헤스터 프린 — 이름이 맞는지 모르겠습니다만 — 의 이야기를, 이 여인이 지은 죄를, 또한 무엇 때문에 저 처형대에 오르게 되었는지를 알려 주시겠습니까?」

「그럽시다, 형씨. 고초를 겪고 미개한 땅에 붙들려 있다가 마침내 이 땅에 오게 되었다니 얼마나 기쁘겠소.」 마을 사람이 말했다. 「여기 신을 공경하는 우리 뉴잉글랜드에서는 부정한 짓을 저지른 자를 찾아내 통치자와 백성이 보는 앞에서 처벌을 받게 합니다. 저 여인은, 형씨, 영국 태생의 어떤 학자의 아내였소. 그자는 오랫동안 암스테르담에 살다가 얼마 전 바다를 건너 우리 매사추세츠 사람들과 운명을 같이하기로 마음먹었던 모양이오. 그래서 아내를 먼저 보내고 자신은 처리할 일이 있어 뒤에 남았답니다. 그런데 말이오, 형씨, 저 여인이 보스턴에 온 지 두 해가 다 가도록 이 학자 양반인 프린 선생한테서 아무런 기별이 오지 않았소. 결국 그의 젊은 아내는, 보시다시피 잘못된 길로 들어서고 만 거요 —」

「아! 아하! 잘 알겠습니다.」 그 이방인은 쓴쓰레한 웃음을 지으며 말했다. 「선생께서 얘기한 그 학자 양반은 책을 읽고도 이런 일이 터질 줄은 몰랐나 봅니다. 실례지만, 저 아기의 아버지는 누구입니까? 프린 부인이 안고 있는, 제가 보기엔 서너 달쯤 되어 보이는 아기 말입니다.」

「사실은 그게 아직 수수께끼라오. 그걸 밝혀 줄 다니엘[58] 같은 명재판관이 아직까지 나타나지 않고 있소.」 마을 남자가 대답했다. 「헤스터는 입을 꾹 다물고 있고, 치안 판사들이 머리를 맞대고 의논했지만 허사였소. 아무도 모르는 그 죄인은 하늘이 지켜보고 있다는 것도 잊은 채 이 슬픈 광경을 구경하고 있을는지도 모르지요.」

「그 학자 양반이 직접 와서 이 수수께끼를 조사해야겠군요.」 이방인이 또다시 미소를 띠며 말했다.

「아직 살아 있다면 당연히 그래야지요.」 마을 남자가 말했다. 「그런데 형씨, 우리 매사추세츠 판사님들은 이 여자가 아직 젊고 예뻐서 필시 강한 유혹을 받았을 거라는 점과 남편이 바다 밑에 잠들어 있을지도 모른다는 점을 참작해, 공정한 법대로 하자면 극형이 마땅하지만 그런 벌을 내리지 못했소. 그랬다면 사형을 받았겠지. 하지만 그분들은 큰 자비와 동정을 베풀어 프린 부인에게 처형대에 세 시간만 서 있고 그 뒤로는 남은 평생 가슴에 치욕의 징표를 달고 다니라고 판결한 것이오.」

「현명한 판결이십니다!」 이방인은 진중하게 머리를 끄덕이며 말했다. 「저 치욕의 글자가 그녀의 묘비에 새겨지기 전까지는 그녀 자신이 죄의 살아 있는 설교가 될 테니 말입니다. 다만 부정한 짓을 저지른 상대 남자가 그녀와 나란히 처형대에 서지 못한 것이 불쾌하군요. 그러나 그자는 밝혀질 겁니다 — 밝혀지고말고요! — 틀림없이 밝혀질 겁니다!」

그는 이야기를 들려준 마을 사람에게 정중히 인사한 다음

---

[58] 구약 시대의 4대 예언자 중 마지막 인물. 「다니엘」 5장 12절 참조. 〈그는 신통력이 놀라워 모르는 것이 없습니다. 꿈이나 수수께끼나 어떤 어려운 문제든지 잘 풀어내는 재주가 있습니다.〉

동행한 인디언에게 뭐라고 속삭이고는 그자와 함께 군중을 헤치고 나아갔다.

이런 일이 있는 동안 헤스터 프린은 처형대에 선 채 줄곧 그 나그네만 뚫어지게 바라보고 있었다. 어찌나 집중하여 보았던지, 완전히 몰두해 있는 그 순간 이 세상의 다른 대상은 모두 사라지고 그와 자신만 남은 듯했다. 이런 식으로 만나지 않고 단둘이 만났더라면 더 끔찍했을지 모른다. 뜨거운 한낮의 태양이 그녀의 얼굴을 불태우며 수치를 훤히 드러내고, 가슴에는 치욕의 붉은 징표를 달고 있고, 불륜의 열매를 품에 안고 있으며, 사람들이 축제라도 보러 나오듯 몰려나와서는 단란한 가정의 조용한 난롯가나 교회의 부인용 미사포 속에서나 봐야 할 그 얼굴을 응시하고 있는 이 상황이 차라리 더 나았다. 비록 두렵기는 해도 그녀는 많은 구경꾼들 틈에서 오히려 보호를 받고 있다고 느꼈다. 단둘이 얼굴을 마주하기보다 그와 자신 사이에 이렇게 많은 사람이 있는 편이 더 좋았다. 그녀는 이를테면 군중을 피난처 삼아 도망친 셈이었고, 그런 보호막이 거두어질 순간을 두려워하고 있었다. 이런 생각에 골몰해 있던 탓에 그녀는 누군가 뒤에서 부르는 소리를 제때 듣지 못했다. 결국 그 목소리의 주인공은 군중에게도 다 들릴 만큼 크고 엄숙한 어조로 그녀의 이름을 몇 번이나 불렀다.

「내 말을 들어라, 헤스터 프린!」 그 목소리가 말했다.

앞서도 말했지만, 헤스터 프린이 서 있는 처형대 바로 위에는 발코니 같은 것이, 그러니까 교회당에 붙어 있는 지붕 없는 회랑 같은 것이 있었다. 치안 판사들이 모여 그런 공적인 행사에 수반하는 격식을 모두 갖추어 각종 포고문을 낭독하곤 하던 장소였다. 여기에 우리가 지금 묘사하고 있는 광경을 지켜보기 위해 벨링햄 총독[59]이 앉아 있었고, 그 주위에는 근위병 넷이 의장병으로 미늘창을 들고 서 있었다. 총독은 검은 깃털을 꽂은 모자에다 테두리에 수를 놓은 외투를 걸쳤고, 그 안에는 검정 벨벳 튜닉을 입고 있었다. 연로한 신사인 그가 그동안 딛고 온 역경이 주름에 새겨져 있었다. 그는 이 공동체의 우두머리이자 대표로 큰 손색이 없는 인물이었다. 이 공동체의 수립과 발전, 현재의 발달 상태는 청년의 혈기가 아닌 장년의 엄격하고 단련된 정력과 노년의 차분한 지혜에 힘입은 것이었다. 엄밀히 말하면, 많은 것을 계획하고 바라지 않았기에 그만큼 이룰 수 있었다. 최고 통치자 주위에 있는 또 다른 명사들의 태도에서는 권력의 형태가 신의 제도와 같은 신성함을 지니고 있다고 여겨지던 시대에 걸맞은 위엄이 풍겼다. 의심할 여지 없이 선량하고 공정한 현인들이었다. 그러나 현명하고 덕망 있되 죄를 범한 여자의 마음을 심판하고 선악이 뒤엉킨 그물코를 푸는 일에 있어서는, 온 인류를 통틀어 헤스터 프린이 지금 고개를 쳐든 채 보고 있는 이 완고한 얼굴의 현인들보다 더 무능한 자들을 이만큼이나 고르기도 쉽지 않을 것이다. 그랬기에 헤스터 역시 일말의 동정이나마 구하고자 한다면 이들이 아닌 군중의 너그럽고 따뜻한 마음에 기대를 거는 편이 낫겠다고 느낀 듯했다. 발코니 쪽으로 고개를 돌린 이 불행한 여인이 창백해지며 몸을 부르르 떨었던 것이다.

그녀의 주의를 환기시킨 목소리의 주인공은 그 유명한 존

---

[59] Richard Bellingham(1592~1672). 영국 태생의 변호사로 1634년에 보스턴으로 와서 매사추세츠 식민지 총독을 여러 차례 지냈다.

윌슨[60] 목사였다. 그는 보스턴에서 가장 나이 많은 목사이자 그 시대의 성직자들이 으레 그랬듯 훌륭한 학자였으며, 친절하고 상냥한 사람이었다. 그러나 이런 친절하고 상냥한 속성보다는 지적 재능을 키우는 데 더 공을 들인 만큼, 이는 사실 자랑거리라기보다 부끄러워 할 만한 것이었다. 발코니에 서 있는 윌슨 목사의 챙 없는 모자 밑으로는 희끗희끗한 머리카락이 드러나 있었다. 흐린 서재 등불에나 익숙한 그의 잿빛 눈은 헤스터의 품에 안긴 아기의 눈과 마찬가지로 내리꽂히는 햇빛 때문에 계속 깜박였다. 그는 오래된 설교 책 앞에 찍혀 있는 거무스름한 초상화를 닮은 것 같았다. 그런 초상화들 중 하나가 걸어 나와 인간의 죄악과 정욕과 번민의 문제를 간섭할 권리가 없듯, 윌슨 목사에게도 그럴 권리는 없었다.

「헤스터 프린.」 윌슨 목사가 말했다. 「나는 여기 있는 이 젊은이, 즉 그대가 지금껏 그의 설교를 듣는 은혜를 누려 온 내 형제와 실랑이를 벌였네.」 윌슨 목사는 옆에 있는 창백한 젊은이의 어깨에 손을 올렸다. 「하늘이 내려다보는 데서, 이 현명하고 강직한 통치자들 앞에서, 모든 사람들이 듣는 데서 그대의 수치스럽고 사악한 죄에 대해 물어 달라고 신심 깊은 이 젊은이를 설득하려 애썼네. 나보다는 이 젊은이가 그대의 천성을 더 잘 알기에 그대의 완강한 고집을 꺾으려면 부드러운 것과 무서운 것 중 어떤 설법을 펴는 게 나을지 더 현명한 판단을 내릴 것이고, 그리하여 그대를 이 슬픈 타락으로 끌어들

---

60 John Wilson(1777~1848). 각 교회의 독립 자치를 주장한 조합 교회 Congregational Church의 목사로, 1630년 매사추세츠로 이주해 보스턴 제일 교회의 목사를 지냈다. 당시 가장 유력했던 성직자였고 인디언 교화에도 힘썼다.

인 자의 이름을 더 이상 숨기지 않도록 하리라 여긴 것이지. 그런데 나이에 비해 현명하긴 해도 젊은 만큼 지나치게 마음 여린 그는 이런 훤한 대낮에 무수한 사람이 보는 데서 마음의 비밀을 밝히게 하는 것은 여자의 본성을 해치는 짓이라며 내 의견에 반대했네. 딤스데일 목사를 설득할 때도 얘기한 거지만, 죄를 짓는 것은 부끄러운 일이나 죄를 고백하는 것은 부끄러운 일이 아니야. 다시 묻는데, 딤스데일 형제여, 그대의 생각은 어떻소? 이 가엾은 죄인의 영혼을 그대가 맡아야겠소, 아니면 내가 맡아야겠소?」

발코니에 앉아 있던 위엄 있고 존귀한 사람들 사이에서 술렁임이 일었다. 잠시 후 벨링햄 총독이 젊은 목사를 존중하여 부드럽되 권위 있는 목소리로 그들의 뜻을 전했다.

「선량한 딤스데일 목사여.」 그가 말했다. 「당신은 이 여인의 영혼에 대해 막중한 책임이 있소. 그러니 그녀로 하여금 회개하게 하고 그 증거로 자백하도록 권고하는 것이 당신의 의무일 것이오.」

이런 직접적인 호소를 들은 군중의 시선은 온통 딤스데일 목사에게 쏠렸다. 영국의 명문 대학[61]을 졸업한 이 젊은 목사는 당대의 모든 학문을 이곳 황야로 가져왔다. 그의 설교와 종교적 열정은 종교계에서 벌써부터 남다른 두각을 드러내고 있었다. 그는 얼굴 생김새도 눈에 띄었는데, 하얀 이마는 높다랗게 튀어나왔고, 큼지막한 갈색 눈은 구슬펐으며, 입은 굳게 다물려 있지 않으면 떨리기 일쑤여서 예민한 감수성과 강한 자제력을 동시에 드러내 보였다. 타고난 재주와 학자로서의 조예가 깊은데도 이 젊은 목사에게는 뭔가 다른 묘한 분위

---

61 옥스퍼드 대학을 말한다.

기가 있었다. 불안하고 놀라고 약간 겁먹은 듯한 표정을 짓고 있어서, 마치 인생의 길을 잃고 어찌할 바를 몰라 혼자 격리되어 있을 때만 마음이 놓이는 사람 같았다. 그래서 그는 일이 없을 때면 그늘진 샛길을 걸으며 순박하고 어린아이 같은 마음을 간직하려 애썼다. 그러다가 필요할 때는 신선하고 향기롭고 이슬처럼 맑은 생각을 가지고 나타나, 뭇사람들의 말대로 천사의 연설인 양 그들을 감동시켰다.

윌슨 목사와 벨링햄 총독에 의해 그렇게 공공연히 군중에게 소개되고, 더럽혀졌으나 여전히 성스럽기만 한 여인의 영혼의 비밀을 모든 사람이 듣는 데서 고백하게 만들라는 명령을 받은 젊은 목사는 그런 인물이었다. 곤혹스러운 처지에 빠진 목사의 두 뺨에서 핏기가 사라졌고 입술도 떨렸다.

「여인에게 말을 해보시오, 형제여.」 윌슨 목사가 말했다. 「그녀의 영혼을 위해서도 중요하고, 총독께서 말씀하셨듯 그녀의 영혼을 책임지고 있는 당신의 영혼을 위해서도 중요하오. 그녀에게 진실을 고백하라고 타일러 보시오!」

딤스데일 목사는 묵도를 올리듯 고개를 숙이고 있다가 앞으로 나왔다.

「헤스터 프린.」 그는 발코니 너머로 몸을 내밀고 그녀의 눈을 응시하며 말했다. 「이 선량하신 분이 하신 말씀을 들었을 테니 그대도 내가 짊어진 책임을 알겠지요. 그대 영혼의 평화를 위해서, 그리고 현세에서 벌을 받는 것이 구원에 더 도움이 될 것이라 느낀다면, 그대와 더불어 죄를 짓고 더불어 고통받는 자의 이름을 거리낌 없이 말해 줘요! 그자에 대한 그릇된 연민과 인정으로 침묵하지 말아요. 내 말을 믿어요, 헤스터, 그자가 높은 곳에서 떨어져 그 치욕의 처형대에서 그대 옆에서게 된다 해도 평생 동안 죄의식을 숨기고 사는 것보다는 나을 겁니다. 그대의 침묵이 그에게 도움이 될 것 같은가요? 이미 지은 죄에 위선을 더하라고 유혹하는, 아니 사실은 강요하는 셈이 아닙니까? 하늘은 그대에게 공개적인 치욕을 받도록 해주셨습니다. 그것으로 그대 안의 사악함과 그대 밖의 슬픔을 딛고 공공연한 승리를 이루게 해주셨죠. 지금 그대의 입술이 선사받은, 맛은 쓰지만 건강에는 좋은 그 잔을 — 어쩌면 그자는 용기가 없어 못 잡고 있는지 모르겠지만 — 그대가 주지 않고 있다는 사실을 유념하세요!」

젊은 목사의 목소리는 떨리면서도 감미로웠고, 낭랑하고 깊으면서도 간간이 끊어졌다. 목사가 하는 말 자체보다는 그 말에 명백히 담겨 있는 감정이 모두의 심금을 울려 청중의 마음에 동정을 불러일으켰다. 헤스터의 품에 안겨 있던 불쌍한 아기도 똑같은 감동을 받은 모양이었다. 여태껏 멍하게 있던 아기가 딤스데일 목사 쪽으로 눈을 돌리더니 작은 두 팔을 번쩍 쳐들고서 기쁜 것도 같고 슬픈 것도 같은 소리를 낸 것이다. 목사의 호소가 어찌나 간곡했던지 사람들은 헤스터 프린이 죄인의 이름을 밝히거나, 아니면 신분이 높건 낮건 죄인 스스로가 속에서 절로 우러나는 힘에 이끌려 처형대에 오르지 않을 수 없을 것이라고 생각했다. 그러나 헤스터는 고개를 저었다.

「여인이여, 하늘이 베푸는 자비의 한계를 넘어서지 말게!」 월슨 목사가 조금 전보다 더 엄한 목소리로 소리쳤다. 「저 어린것도 제 목소리로 그대가 들은 충고를 지지하고 확인해 주지 않던가. 이름을 밝히게! 그렇게 하고 또 회개하면 그대 가슴에 달린 주홍 글자를 떼어 내는 데도 도움이 될 것이니.」

「아니요!」 헤스터 프린은 윌슨 목사가 아닌 젊은 목사의 깊고 근심스러운 눈을 올려다보며 대답했다. 「이 글자는 너무 깊이 찍혀 있습니다. 절대 떼어 낼 수 없어요. 할 수 있다면 저는 제 고통만이 아니라 그분의 고통까지 견디고 싶습니다!」

「말하라, 여인아!」 처형대를 에워싸고 있는 군중 속에서 다른 목소리가 냉담하고 준엄하게 들려왔다. 「말하라, 그래서 아이에게 아버지를 찾아 주어라!」

「전 말하지 않을 겁니다!」 헤스터의 얼굴은 사색이 되었으나, 익히 아는 그 목소리를 알아듣고 대답했다. 「내 아이는 하늘의 아버지를 찾을 겁니다. 지상의 아버지는 결코 알지 못할 것입니다!」

「이 여인은 절대 말하지 않겠구나!」 발코니 너머로 몸을 내민 채 손을 가슴에 얹고서 자신의 호소에 대한 답변을 기다리고 있던 딤스데일 목사가 중얼거렸다. 이제 그는 큰 한숨을 쉬며 뒤로 물러났다. 「참으로 심지가 굳고 너그러운 마음을 가진 여인이군요! 그녀는 절대 말하지 않을 겁니다!」

그 불쌍한 죄인의 마음을 어찌해 볼 도리가 없음을 깨달은 늙은 목사는 이런 일에 대비하여 준비해 두었던 온갖 종류의 죄악에 대해 설교하면서 그 치욕의 글자를 끊임없이 들먹였다. 갖은 미사여구가 군중의 머리 위에서 굽이치던 한 시간여 동안 그가 주홍 글자에 대해 얼마나 열변을 토했는지 군중의 상상 속에서 그 글자는 새로운 공포의 양상을 띠었고, 그 주홍 빛깔은 지옥의 불길에서 끌어온 것만 같았다. 한편 헤스터 프린은 호리멍덩한 눈과 지치고 무관심한 표정으로 치욕의 처형대 위에 계속 서 있었다. 그날 아침 그녀는 인간으로서 감당할 수 한계까지 견뎌 냈다. 아무리 고통스러워도 기절을 해서 회피하는 성미가 아니었기 때문에 그녀는 무감각이라는 철면피로 정신을 보호하면서 동물적 기능만 온전히 유지하고 있었다. 이런 상태였으니 설교자의 목소리가 그녀의 귀를 아무리 가차 없이 두들겨 대도 마이동풍 격이었다. 시련이 막바지에 이르렀을 때 아기가 하늘을 찌를 듯 앙앙거리며 울었다. 헤스터는 기계적으로 아기를 달래려 애썼지만 아기의 괴로움까지 감싸 주지는 않는 듯했다. 그녀는 예의 냉담한 태도로 감옥으로 다시 끌려갔고, 곧 군중의 시야에서 벗어나 꺾쇠가 박힌 문 안쪽으로 사라졌다. 그녀의 뒷모습을 지켜본 사람들은 감옥 안의 어두컴컴한 복도를 따라 주홍 글자가 번쩍번쩍 빛을 내뿜더라고 수군거렸다.

4
면회

 감옥으로 돌아온 헤스터 프린은 신경질적으로 흥분한 상태여서 자칫 자해를 하거나 반쯤 미쳐 가엾은 아기에게 해악을 끼칠 것에 대비해 한시도 감시를 늦출 수 없을 정도였다. 밤이 가까워졌을 즈음, 아무리 엄포를 놓고 벌을 주겠다고 위협을 해도 그녀의 발작이 가라앉을 기미를 보이지 않자 간수 브래킷은 의사를 부르기로 결정했다. 그의 설명에 따르면, 그 의사는 기독교식 의학에 능통할 뿐 아니라 숲에서 자라는 약초에 대해서도 원주민들 못지않게 정통한 사람이었다. 사실 헤스터 자신은 물론 아기를 위해서도 전문가의 도움이 절실한 상황이었다. 엄마의 젖가슴에서 영양을 섭취하는 아기는 그 체내에 스며든 모든 혼란과 고통과 절망도 같이 빨아들인 듯했다. 지금 아기는 고통에 겨워 자지러지게 몸부림쳤는데, 마치 헤스터 프린이 낮 동안 감내한 정신적 고통을 그 작은 몸뚱이로 강력히 표현하는 것 같았다.
 간수 뒤에 바싹 붙어 음침한 감방으로 들어선 자는 주홍 글자를 단 여인이 군중 속에서 깊은 관심을 보였던, 기이한 생김새의 그 사내였다. 그 사내도 이 감옥에 있었는데 무슨 죄를 지었다는 혐의가 있어서가 아니라, 치안 판사들이 그의 몸값을 두고 인디언 추장들과 타결을 보기 전까지는 감옥에서 지내는 편이 가장 이롭고 적합했기 때문이다. 그의 이름은 로저 칠링워스라고 했다. 감방으로 안내한 간수는 그가 들어서자마자 감방 공기가 비교적 조용해진 것에 놀라 한순간 멈칫했다. 아기는 여전히 칭얼거리고 있었지만 헤스터 프린은 이내 죽은 듯 조용해진 것이다.

「간수 양반, 환자와 둘만 있게 해주시겠소?」의사가 말했다. 「믿어 보시구려, 간수 양반. 이 감옥이 금세 조용해질 테니. 또한 장담컨대, 이제부터 프린 부인은 그 어느 때보다 당국의 명을 고분고분 잘 따를 거요.」

「글쎄, 그렇게만 된다면야 당신이 용한 의사라는 걸 인정합지요!」 브래킷이 대답했다. 「정말이지 저 여자는 악마에 홀린 사람 같단 말이죠. 나로 말할 것 같으면 채찍을 써서라도 악마를 몰아낼 각오가 돼 있는 사람입니다.」

낯선 사내는 의사라고 자칭한 만큼 그에 걸맞은 태도로 조용히 감방에 들어섰다. 간수가 물러가고 여자와 단둘이 얼굴을 마주했을 때도 그의 태도는 달라지지 않았다. 그녀가 군중 속에 있던 그를 골똘히 보고 있었던 것으로 미루어, 두 사람은 가까운 사이인 것 같았다. 그자는 먼저 아기부터 보살폈다. 아기가 바퀴 달린 침대에서 몸부림치며 울고 있었기 때문에 만사를 제치고 달래는 것이 급선무였다. 그는 아기를 주의 깊게 진찰한 후 옷 안쪽에서 가죽 가방을 꺼내 열었다. 그 가방에 조제한 약들을 넣고 다니는지 그가 약 하나를 꺼내 물에 탔다.

「내가 옛날에 연금술을 배웠잖소.」 그가 말했다. 「그런 데다 약초의 훌륭한 특성에 정통한 부족 사람들과 1년 넘게 지내다 보니 의학 박사 학위가 있다고 자랑하는 인간들보다 나란 사람이 더 나은 의사가 되어 버리더군. 자, 부인! 그 아이는 당신의 아이요. 내 아이가 아니란 말이지. 내 목소리를 들어도, 얼굴도 보아도 아비라고 생각할 수 없을 거요. 그러니 당신 손으로 이 약을 먹이시오.」

헤스터는 내미는 약을 뿌리치며 몹시 불안한 눈빛으로 그의 얼굴을 응시했다.

「아무 죄도 없는 아기에게 복수를 할 생각인가요?」 그녀가 작은 소리로 말했다.

「어리석은 여자 같으니!」 의사는 차가우면서도 달래는 듯한 어투로 응수했다. 「내가 무엇 때문에 잘못 태어난 이 불쌍한 아이를 해친단 말이오? 이건 효험이 좋은 약이오. 이 애가 내 자식이라 해도 — 그렇지, 당신과 나 사이에서 난 자식이라 해도! — 이보다 더 좋은 약은 없을 거요!」

사실 그녀는 정신 상태가 아직 온전치 않아 여전히 주저하고 있었다. 그러자 의사는 아기를 안고 직접 약을 먹였다. 의사의 약속을 증명이라도 하듯 약은 즉각 효험을 보였다. 어린 환자의 신음 소리가 잦아들고 발작적인 몸부림도 조금씩 그치더니 잠시 후에는 고통에서 헤어난 아이들이 으레 그러하듯 쌔근쌔근 곤히 잠들었다. 의사라고 당당히 내세울 만하게 되자 그는 이제 아기의 어미를 돌보았다. 침착하면서도 아주 신중하게 그녀의 맥을 짚어 보고 눈을 들여다보더니 — 참으로 익숙한 시선인데도 너무도 낯설고 차가워 그녀는 가슴이 오그라들고 떨렸다 — 만족스러운 진단이 나왔는지 마침내 또 다른 약을 타기 시작했다.

「나는 레테[62]도, 네펜테[63]도 모르지만……」 의사가 말했다. 「미개지에서 새로운 비법을 많이 배웠소. 이 약도 그중 하나지. 파라켈수스[64] 때부터 전해 온 지식들 중 내가 아는 몇 가지를 알려 줬더니 어떤 인디언이 보답으로 가르쳐 준 처방이오. 마셔 봐요! 죄 없는 양심보다는 마음을 달래 주지 못하겠지만, 그거야 나로서도 줄 도리가 없고. 그래도 이걸 먹고 나면 광포한 바다에 기름을 부은 듯 그대의 부풀어 오른 격정도 가라앉을 거요.」

약이 든 잔을 건네자 헤스터는 진지한 표정으로 그의 얼굴을 찬찬히 들여다보며 잔을 받았다. 엄밀히 말하면 공포라기보다는 도대체 목적이 무엇일까 하는 의심과 의문에 가득 찬 표정이었다. 그녀는 자고 있는 아기도 바라보았다.

「죽어 버릴까 생각한 적이 있어요.」 그녀가 말했다. 「죽게 해달라고 빌었죠. 내게도 무언가를 바라며 기도할 자격이 있다면 죽음을 달라고 말이죠. 하지만 이 잔에 죽음이 들어 있다면, 이것을 들이켜기 전에 난 당신에게 한 번 더 생각해 보라고 권하고 싶군요. 봐요! 지금 잔이 내 입술에 닿아 있어요.」

「그럼 어서 마셔요.」 그는 여전히 냉담하면서도 침착하게 대답했다. 「나란 사람을 그리도 모르는 거요, 헤스터 프린? 내 목적이 그렇게 천박할 것 같소? 설령 내가 복수를 꾸미려 했다 한들, 그대를 살려 두는 편이 내 목적에 훨씬 부합하지 않겠소? 그 불타는 치욕이 당신의 가슴에서 계속 타오를 수

---

62 Lethe. 그리스 신화에 나오는 망각의 강. 이 강물을 마시면 과거를 잊는다고 한다.

63 Nepenthe. 고대 이집트 사람들이 사용했던 슬픔을 잊게 하는 약.

64 Paracelsus(1493~1544). 중세와 문예 부흥기에 활약한 스위스 태생의 의사이자 연금술사.

있도록 생명에는 전혀 지장이 없는 약을 주는 편이 낫지 않겠느냔 말이오.」 그는 이 말을 하면서 당장이라도 헤스터의 가슴을 지져 버릴 듯 기다란 집게손가락을 주홍 글자에 갖다 댔다. 그녀가 자기도 모르게 움찔하자 그는 미소를 지었다. 「그러니 살아서 사람들이 보는 앞에서, 당신이 남편이라 불렀던 남자 앞에서, 저기 저 아이 앞에서 당신의 운명을 항상 지니고 다니란 말이오! 자, 살려거든 이 약을 비우시오.」

헤스터 프린은 더 이상 군말하지 않고 이내 잔을 비운 다음 의사 양반의 지시에 따라 아이가 자고 있는 침대에 앉았다. 그사이 사내는 감방에 하나밖에 없는 의자를 당겨 와 그녀 옆에 앉았다. 이러한 모습에 그녀는 몸을 부르르 떨었다. 그가 인정이나 도의, 혹은 세련된 잔인함이라 부를 수 있는 것에 이끌려 육체적인 고통을 덜어 주는 일을 다 한 만큼, 이제는 치유할 수 없는 깊은 상처를 입은 남자로서 자신을 대면할 것이라 느꼈기 때문이다.

「헤스터.」 그가 말했다. 「난 당신이 무엇 때문에, 어떻게 해서 이런 구렁텅이에 빠지게 되었는지, 더 정확히 말해 내가 당신을 발견한 그 치욕의 처형대에 왜 올라갔는지에 대해서는 묻지 않을 거요. 그 이유야 어렵지 않게 찾을 수 있소. 나의 어리석음과 그대의 심약함 때문이었겠지. 나처럼 사색적이고 도서관 책벌레에다, 허기진 놈처럼 지식을 찾는 데만 황금 시절을 바쳐 이미 시들어 버린 사람이 당신같이 젊고 아름다운 여자와 무슨 인연이 있었겠소! 날 때부터 불구였던 주제에 지적인 재능만 있으면 신체적 결함 따위 젊은 아가씨의 환상으로 가릴 수 있을 거라 생각했으니 얼마나 큰 착각이었는지! 사람들은 날더러 현명하다고 하지. 만약 현인이 자신의 일까지 현명하게 보는 능력을 지녔다면 나도 이 모든 일을 예견했을 텐데 말이오. 그랬다면 광대하고 음울한 숲을 빠져나와 기독교도들이 사는 이 땅으로 들어섰을 때 내 눈에 가장 먼저 들어올 대상이 사람들 앞에 치욕의 상으로 서 있는 당신일 줄, 헤스터 프린일 줄 알았을 것을. 아니, 우리가 한 쌍의 부부로 함께 교회의 층계를 내려오던 그 순간부터, 결국엔 활활 타오르는 그 주홍 글자를 보게 될 줄 알았을 것을!」

「당신도 알잖아요.」헤스터가 말했다. 비록 주눅 들어 있었지만 자기 치욕의 징표를 찌르는 이 마지막 말은 그녀도 참을 수 없었던 것이다. 「내가 당신에게 솔직했다는 것 말이에요. 난 당신을 사랑하지도 않았고, 사랑하는 척하지도 않았어요.」

「그렇소.」그가 말했다. 「내 어리석음 탓이지! 그렇다고 이미 말하지 않았소! 그러나 그때까지 난 헛된 삶을 살고 있었소. 세상이 어찌나 재미없던지! 내 가슴은 많은 손님을 들일 수 있을 만큼 넓었지만, 외롭고 춥고 난로도 없었소. 얼마나 불을 지피고 싶었는지 모르오! 늙고 음울하고 보기 흉한 몸을 가진 나였지만 인간이면 누구나 주워 모으는, 도처에 흩어진 그 소박한 행복을 나도 가지는 게 그리 미친 꿈 같지만은 않았소. 그래서 헤스터, 난 당신을 내 가슴속으로, 내 가슴 가장 깊숙한 방으로 끌어당기고, 당신으로 인해 만들어진 온기로 당신을 녹여 주려 했던 거요!」

「당신에겐 정말 몹쓸 짓을 했어요.」헤스터는 나직이 말했다.

「우리 서로가 몹쓸 짓을 했지.」그가 대답했다. 「내 잘못이 먼저요. 꽃봉오리처럼 젊은 당신을 속여 시들어 버린 나와 그릇되고 부자연스러운 관계를 맺게 만들었으니까. 그러했기에, 부질없는 생각과 사색을 않는 사람으로서 난 복수를 할 생각도 없고 당신을 해칠 음모도 꾀하지 않소. 당신과 나, 우리 저울의 균형이 제법 잘 맞는 사람들이오. 하지만 헤스터, 우리 두 사람에게 이런 잘못을 저지른 자는 살아 있잖소! 그자가 누구요?」

「묻지 말아요!」 헤스터 프린은 단호한 눈빛으로 그의 얼굴을 바라보며 대답했다. 「절대 알려 주지 않을 거예요!」

「절대 말하지 않겠다는 거요?」 그는 음험하면서도 자신에 찬 미소를 지어 보이며 대꾸했다. 「절대 알려 주지 않겠단 말이지! 그런데 말이오, 헤스터, 눈에 보이는 세계에서든 보이지 않는 사고 영역에서든 수수께끼를 파헤쳐 보겠다고 죽어라 덤비는 사람한테는 숨길 수 있는 게 별로 없는 법이오. 캐기 좋아하는 군중으로부터는 당신의 비밀을 감출 수 있을지 모르지. 오늘 그랬듯이, 당신 가슴에서 그 이름을 빼내 그자를 함께 처형대에 세우고자 했던 목사들과 판사들에게도 감출 수 있을는지 모르오. 그러나 나의 경우, 그들과는 다른 감각으로 조사를 할 거요. 책에서 진리를 찾아냈듯이, 연금술로 금을 찾아냈듯이 그자를 찾아낼 것이오. 내겐 그자를 알아볼 수 있는 교감 능력이 있소. 그자가 떨고 있는 것을 보면 나 또한 무심결에 갑자기 몸이 떨릴 거요. 조만간 그자는 반드시 내 손에 잡힐 거요!」

주름진 학자의 두 눈이 이글거리며 어찌나 뚫어지게 그녀를 응시하던지, 헤스터 프린은 행여 그 비밀이 당장에 드러나 버리는 게 아닐까 싶은 마음에 두 손을 가슴 위로 움켜쥐었다.

「그런데도 그자의 이름을 밝히지 않겠소? 아무리 그래도 그자는 내 손에 잡히고 말 것이오.」 그는 마치 운명이 자기편이라도 되는 양 자신 있는 표정으로 말을 이었다. 「그자가 당신처럼 옷에다 치욕의 글자를 붙이고 다니진 않겠지만, 난 그의 가슴에 찍힌 글자를 읽을 수 있을 거요. 그렇다고 그를 걱정할 건 없소! 하늘의 심판에 참견한다거나, 그자를 밀고해 인간의 법에 걸려들게 만드는 손해날 짓은 할 생각이 없으니 말이오. 또한 내가 그자의 목숨을 노리지나 않을까 하는 상상도 하지 마시오. 내가 판단하기에 그자는 상당한 명성을 가진 사람 같은데, 난 그 명성을 해치지도 않을 거요. 그자를 살려 둘 거요! 숨어 살 수 있다면 세상의 명성 속에 숨어 살게 해줄 거요! 그런다 해도 그자는 내 손에 잡히고 말 거요!」

「당신의 행동은 자비로워 보이는군요.」 헤스터는 당황하고 소름 끼쳐 하며 말했다. 「그러나 당신의 말을 들으면, 정말 무서운 사람이다 싶어요!」

「한 가지, 내 아내였던 당신에게 당부하고 싶은 것이 있소.」 학자는 말을 이었다. 「당신은 당신 정부의 비밀을 지켜 왔소. 그러니 내 비밀도 지켜 주시오! 이 땅에서 날 아는 사람은 아무도 없소. 당신이 한때 날 남편이라 불렀다는 사실을 누구에게도 말하지 마시오! 난 여기, 세상의 이 황량한 변두리에 거처를 마련할 생각이오. 다른 곳에 가면 아는 이 하나 없는 뜨내기에 불과하겠지만, 이곳에는 나와 가장 가까운 인연이 닿는 한 여자와 한 남자와 한 아이가 있으니 말이오. 사랑의 인연이건 증오의 인연이건, 옳은 인연이건 잘못된 인연이건 상관없소! 헤스터 프린, 당신과 당신의 것은 모두 내 것이오. 내 집은 당신이 있는 곳, 그자가 있는 곳이오. 그러나 내 비밀은 누설하지 마시오!」

「무엇 때문에 그러고 싶어 하는 거죠?」 이유는 알 수 없었지만 헤스터는 이 비밀스러운 계약에 왠지 겁이 나 물었다.

「왜 당신의 정체를 떳떳이 밝히고 나와의 인연을 끊어 버리지 않는 거죠?」

「그건 아마도 부정한 여자의 남편이라는 망신을 당하기 싫기 때문일 거요. 다른 이유도 있을 테지. 아무도 모르게 살다가 죽는 게 내 목적이라고 해두면 좋을 것 같소. 그러니 세상 사람들에게 당신 남편은 이미 죽어 아무런 소식도 오지 않을 거라고 해두시오. 말로든, 손짓으로든, 표정으로든, 나와 아는 사이라는 태도를 보이지 마시오! 무엇보다 당신이 알고 있는 그 남자에게 이 비밀을 내뱉지 마시오. 만약 이것을 어긴다면 조심해야 할 거요! 그자의 명성, 지위, 목숨이 내 손에 들어오게 될 테니까. 조심하시오!」

「그의 비밀을 지켰듯이 당신의 비밀도 지키겠어요.」 헤스터가 말했다.

「맹세하시오!」 그가 대꾸했다.

그녀는 맹세했다.

「자, 프린 부인.」 앞으로 〈로저 칠링워스 노인〉이라 불리게 될 그가 말했다. 「당신을 두고, 당신의 아이와 그 주홍 글자만을 두고 나는 이만 가보겠소! 그런데 그건 어떻게 되는 거요, 헤스터? 당신이 받은 판결대로라면 잠잘 때도 그 징표를 달아야 하는 거요? 가위눌리고 섬뜩한 꿈을 꿀까 무섭지 않소?」

「날 보며 왜 그렇게 웃는 거죠?」 헤스터는 그의 눈에 서린 표정에 불안함을 느끼며 물었다. 「이 근처 숲에 자주 출몰하는 악마 같은 존재인가요? 날 유혹하고 내 영혼을 파멸시키고야 말 계약을 맺게 한 건가요?」

「당신의 영혼이 아니오.」 그는 또다시 빙긋이 웃으며 대답했다. 「그렇소, 당신의 영혼이 아니지!」

5
바느질하는 헤스터

헤스터 프린의 형기가 마침내 끝났다. 감옥 문이 활짝 열리고 그녀가 햇빛 속으로 걸어 나왔다. 모든 이에게 똑같이 내려앉는 빛이건만, 그녀의 병들고 울적한 마음에는 다른 목적 없이 오직 자신의 가슴에 붙은 주홍 글자만을 드러내기 위해 존재하는 듯 여겨졌다. 어쩌면 앞서 등장한 처형대 장면에서 세상 사람들이 모여들어 손가락질을 해대는 치욕을 당했을 때보다, 처음으로 호송인 없이 감옥 문을 나서는 이 순간이 그녀에게는 진짜 고문일지 모른다. 그때는 이상할 정도로 팽팽한 신경과 타고난 성격의 전투력에 힘입어 그 장면을 일종의 비극적 승리로 바꿀 수 있었다. 게다가 평생 한 번밖에 없을 사건이었기에, 그에 맞서기 위해 그녀는 몇 년을 쓰고도 남을 생명력을 아낌없이 불러냈는지 모른다. 그녀에게 형을 선고한 그 법 — 무쇠 팔로 제압도 하고 부축도 할 수 있는 힘을 가진 근엄한 얼굴의 거인 — 이 오히려 치욕이라는 그 끔찍한 시련을 겪는 동안 그녀를 지탱해 주었다. 그러나 지금 호송인도 없이 감옥 문을 나서는 이 순간부터 일상이 시작되는 만큼, 그녀는 그 흔한 자력으로 일상을 버티며 살아가거나 아니면 그 밑으로 가라앉아야 할 것이었다. 이제는 현재의 슬픔에서 벗어나고 싶어도 미래의 힘을 빌릴 수 없다. 내일이면 내일의 시련이 따를 것이고, 모레도, 글피도 마찬가지일 것이다. 날마다 시련이 따를 것이고, 오늘처럼 참고 견디기란 이루 말할 수 없이 쓰라린 일이 될 것이다. 이어질 먼 미래의 나날들도 그녀에게 여전히 똑같은 짐을 지운 채 애써 나아가게만 할 뿐 결코 그 짐을 벗어 던지지는 못하게 할 것이다. 날이 가고 해가 거듭될수록 수치의 더미 위에 하루하루의 불행이 겹쳐 쌓일 테니 말이다. 그 세월 동안 그녀는 독자적인 개성을 잃고, 목사와 도덕가들로부터 여성의 연약함과 죄 많은 정욕의 이미지를 생생하게 보여 주는 증거라며 손가락질받는 일반적인 상징이 될 것이다. 그리하여 젊고 순결한 여자들은 번쩍거리는 주홍 글자를 가슴에 단 그녀 — 훌륭한 부모 밑에서 자란 그녀, 장차 숙녀로 자랄 아이의 어미인 그녀, 한때는 순결했던 그녀 — 를 죄의 형상이자 형체요 실체로 보라고 교육받을 것이다. 그리고 그녀의 무덤 위에는 그녀가 저세상까지 지고 가야 할 치욕이 유일한 묘비로 남을 것이다.

유죄 판결을 받긴 했지만 그처럼 호젓하고 외딴 청교도 구역에서만 거주하라는 조항이 있는 것은 아니었으므로 그녀 앞에는 고향이나 다른 유럽 땅으로 건너가 새로운 환경에서 정체를 숨긴 채 전혀 다른 인간으로 완전히 새롭게 살 수 있는 길이 놓여 있었고, 혹은 헤아릴 길 없는 어두운 숲으로 들어가 그녀에게 형을 선고한 법률과는 다른 풍습과 생활 방식을 지닌 종족과 어울리며 그녀 자신의 거친 본성을 동화시키는 길도 있었다. 그럼에도 이 여자가 그곳을, 그녀 자신이 치욕의 표본이 될 수밖에 없는 그곳을 여전히 고향으로 간주하는 것은 불가사의해 보일지도 모른다. 그러나 숙명이라는 것이 있다. 저항할 수도 피할 수도 없는 파멸의 힘을 가지고, 사람들로 하여금 자신의 인생에 색깔을 입힌 크고도 강렬한 사건이 일어난 곳을 뜨지 못한 채 유령처럼 서성이게 만드는 그런 느낌 말이다. 그 사건에 깃든 슬픔의 빛이 어두우면 어두울수록 떨쳐 내기 어려운 법이다. 그녀의 죄, 그녀의 치욕은 그녀가 땅에 심어 놓은 뿌리였다. 마치 헤스터 프린이 처음 태어났을 때보다 한층 동화력이 강해진 모습으로 새롭게 태어나, 다른 순례자나 방랑자에게는 여전히 맞지 않는 그 황야가 그녀에게는 거칠고 황량하지만 평생의 고향이 된 것만 같았다. 지상의 그 어떤 곳도, 심지어 어머니가 그녀의 행복한 어린 시절과 순결한 처녀 시절을 오래전에 벗어 놓은 옷처럼 간직하고 있을 듯한 영국의 시골 마을조차도 그녀에겐 이곳보다 낯설었다. 그녀를 이곳에 매어 둔 사슬은 쇠고리로 만든 것이었고 그녀의 마음 깊은 곳을 괴롭혔지만, 결코 끊을 수는 없었다.

비밀이 뱀처럼 가슴을 뚫고 나오려 할 때면 그녀의 얼굴이 창백해졌지만, 그녀를 그 숙명적인 장소와 길에 묶어 놓는 것은 아마도 또 다른 감정이었을지 모른다. 아니, 틀림없이 그랬을 것이다. 그녀가 자신과 하나로 연결되어 있다고 여기는 사람, 이 세상에서는 인정받지 못해도 최후의 심판대 앞으로 함께 나아가 결혼식을 올린 뒤 함께 영원한 천벌을 받게 될 사람이 그곳에 살고 있고, 그곳을 걸어다니고 있었다. 몇 번이나 악마는 헤스터의 머릿속에 이런 생각을 찔러 넣고는 그녀가 잠시 붙잡았다가 떨쳐 내려 애쓰는 그 격정적이고 절망적인 기쁨을 비웃곤 했다. 그녀는 그런 생각을 똑바로 대면

할 수 없어 서둘러 머리 한구석에 가둬 놓고 빗장을 질러 버렸다. 그녀가 스스로에게 믿으라고 강요했던 것 — 그러니까 뉴잉글랜드의 주민으로 계속 살기로 한 동기에 대해 그녀가 내린 판단 — 의 절반은 진실이요, 절반은 자기기만이었다. 그녀는 죄를 지은 곳이 이곳이므로 지상의 형벌을 받는 곳도 이곳이어야 한다고 생각했다. 그렇게 치욕의 고문을 매일같이 겪다 보면 마침내 영혼이 정화되어 이미 잃은 것과는 다른 순결함을 얻게 될 것이고, 그것이 수난의 결과이니만큼 그녀 자신은 더욱 성자와 같아질지도 모른다고 생각했던 것이다.

그래서 헤스터 프린은 도망가지 않았다. 마을의 변두리, 그러니까 반도[65]의 경계 구역 안쪽이긴 하지만 마을에서 한참 동떨어진 곳에 작은 초가집이 한 채 있었다. 초창기의 한 이주민이 지었다가 주변 땅이 너무 척박해 농사를 지을 수 없자 버리고 간 집이었는데, 비교적 외진 곳에 위치해 있던 터라 당시 이주민들 사이에 퍼져 있던 사교 활동이 미치지 못했다. 바닷가에 자리한 그 집은 내만(內灣) 하나를 가로질러 서쪽으로 숲이 울창한 언덕들을 바라보고 있었다. 이 반도에서만 자라는 키 작은 나무들은 오두막을 감추기보다는, 오히려 숨고 싶어 하거나 아니면 숨을 수밖에 없는 어떤 대상이 여기 있노라 말해 주는 듯했다. 헤스터는 언제나 자신을 엄중히 감시하는 치안 판사들의 허가를 받아 얼마 안 되는 돈을 가지고 아이와 함께 이 작고 쓸쓸한 집에 자리를 잡았다. 그러자마자 그 장소에는 불가사의하고 의심쩍은 그림자가 따라붙었

---

65 쇼무트 반도Shawmut Peninsula 를 뜻한다. 1630년에 존 윈스럽John Winthrop 등이 이민을 와서 이 반도의 동부를 보스턴이라고 불렀다.

다. 아직 너무 어린 탓에 이 여인이 어찌하여 사람의 인정이 전혀 미치지 않는 곳에서 살아야 하는지 이해하지 못하는 아이들이 살금살금 다가와, 헤스터가 오두막 창가에서 부지런히 바느질을 하거나 문간에 서 있거나 텃밭에서 일을 하거나 마을로 이어지는 오솔길로 나오는 모습을 구경하곤 했다. 그러다가 그녀의 가슴에 달린 주홍 글자를 발견하면 다들 기묘한 공포에 휩싸여 후다닥 줄행랑을 놓았다.

처지가 외롭고 감히 찾아와 줄 친구 하나 없었지만 헤스터는 적어도 생활고에 시달리지는 않았다. 솜씨를 발휘할 기회가 적은 비교적 좁은 땅이었음에도 한창 크는 아이와 그녀 자신은 충분히 먹여 살릴 만한 기술이 있었기 때문이다. 예나 지금이나 여자들이 가질 수 있는 유일한 기술, 바느질이었다. 섬세하고 상상력 풍부한 자신의 솜씨를 보여 주기 위한 견본으로, 그녀는 정성 들여 수놓은 글자를 가슴에 달고 다녔다. 궁정의 귀부인들도 자신들의 비단옷과 금실 옷에 인간의 창의성이 깃든 좀 더 화려하고 고상한 장식을 더하기 위해 그 솜씨를 기꺼이 이용했으리라. 실제로 청교도풍 의상은 일반적으로 검고 소박했던 터라, 그녀가 만든 아주 섬세한 수공품을 찾는 경우는 많지 않았을지 모른다. 그럼에도 어쨌거나 정교함을 고집했던 그 시대의 취향은 우리의 엄격한 조상들 — 없으면 나중에 아쉬워질지도 모르건만 수많은 사치스러운 풍습을 조국에 버리고 온 그들 — 에게도 영향을 미치지 않을 수 없었다. 성직 수임식과 치안 판사 임관식, 그리고 새 정부가 국민 앞에 모습을 나타낼 때 위엄을 보일 만한 의식 등 모든 공식 행사들은 정책상 장중하면서도 잘 정돈된 격식과 엄숙하되 용의주도하게 꾸민 장엄함을 그 특색으로 삼았다.

높은 주름 칼라, 공들여 만든 가슴 띠 그리고 화려하게 수놓은 장갑은 권력의 고삐를 쥔 공직의 위엄을 더해 주는 필수품으로 간주되었다. 사치 금지령 때문에 서민들에게는 이와 같은 사치가 허용되지 않았지만, 지위나 재산으로 위엄을 갖춘 사람들은 쉽게 누릴 수 있었다. 장례 의상에서도 — 송장에 입히기 위해서든, 혹은 검은 천과 새하얀 고급 면포로 여러 상징적인 도안을 떠서 유가족의 슬픔을 나타내기 위해서든 — 헤스터 프린이 댈 수 있는 특별 주문이 제법 들어왔다. 당시에는 아기들도 예복을 입었기 때문에 유아복도 돈을 벌 수 있는 또 하나의 일거리였다.

조금씩, 아니 꽤 빠르게 헤스터의 수공품은 요샛말로 유행이 되었다. 불행한 운명에 빠진 여자를 동정해서인지, 혹은 평범하거나 하잘것없는 것에도 근거 없는 가치를 매기는 병적인 호기심에서인지, 아니면 오늘날에도 그러하듯 다른 사람들은 아무리 애를 써도 구할 수가 없는데 어떤 이들에겐 잘도 구해지는 그런 알 수 없는 사정에서인지, 그것도 아니면 뭔가 비어 있는 틈새를 그녀가 확실히 채워 주었기 때문인지, 어쨌든 자신이 정해 놓은 시간 동안만 일해도 상당한 보수를 받을 만한 일거리가 그녀에겐 언제든 있었다. 어쩌면 화려하고 위엄 있는 의식을 치를 때 사람들은 그녀의 죄 많은 손으로 만든 옷을 입음으로써 허영심을 억제하려 한 것인지도 모른다. 헤스터의 자수는 총독의 주름 칼라에서도 보였고, 군인들의 어깨띠와 목사의 가슴 띠에도 들어갔으며, 아기의 자그마한 모자를 장식하는가 하면, 죽은 사람들의 관 속에 들어가서는 곰팡이가 슬고 썩어 없어지기도 했다. 그러나 신부의 순결한 장밋빛 뺨을 가려 줄 하얀 면사포를 수놓기 위해 그녀의 솜씨를 요청한 사례는 한 건도 없었다고 한다. 이런 예외를 보면 당시 사회가 그녀의 죄에 대해 얼마나 마뜩잖은 얼굴로 가차 없는 엄격함을 적용했는지 알 수 있다.

헤스터는 자신을 위해서는 생계 이상의 것을 취하지 않은 채 지극히 검소하고 금욕적인 생활을 추구했고, 아이를 위해서도 소박한 풍요만을 바랐다. 그녀가 입는 옷은 올이 성긴 천으로 만든 데다 색깔도 아주 칙칙했다. 장식이라고는 운명처럼 달고 다녀야 하는 주홍 글자가 전부였다. 반면 아이의 옷은 기발한, 더 정확히 말하면 환상적인 창의성이 돋보여 일찍부터 발달하기 시작한 그 어린것의 몽환적인 매력을 돋보이게 했지만, 한편으로는 뭔가 더 깊은 의미를 지니고 있는 듯도 했다. 그 얘기는 나중에 좀 더 하기로 하자. 헤스터는 아이를 꾸미는 데 드는 적은 비용을 제외하고 모든 여윳돈을 자신보다 불행하지 않은 가엾은 사람들에게 나누어 주었는데, 자비를 베푸는 그 손을 그들은 툭하면 모욕했다. 자신의 솜씨를 더 나은 일에 쓸 수 있었음에도 헤스터는 많은 시간을 가난한 사람들이 입을 투박한 옷을 만드는 데 썼다. 아마도 속죄한다는 생각으로 그런 일을 했던 듯하고, 그런 변변찮은 바느질에 그토록 많은 시간을 바치면서도 참으로 즐거운 희생이라고 여긴 것 같다. 헤스터는 천성적으로 풍부하고 관능적이면서도 동양적인 특질 — 눈부시게 아름다운 것을 좋아하는 취향 — 을 지닌 여자였지만, 그러한 취향은 정교한 자수에서만 드러날 뿐 그녀의 생활 어디에서도 찾아볼 수 없었다. 여자들은 바느질이라는 섬세한 일에서 남자들은 이해하지 못하는 즐거움을 찾곤 한다. 헤스터 프린에게 바느질은 삶의 열정을 표현하는 방법이자 그 열정을 달래는 수단이었을

지 모른다. 다른 즐거움과 마찬가지로 그녀는 열정 또한 죄악이라며 거부했다. 대수롭지 않은 문제에도 이처럼 병적으로 죄책감을 느끼는 것을 보면, 그녀의 속죄가 진심 어린 떳떳한 것이 아니라 뭔가가 켕겨서, 뭔가가 근본적으로 잘못되어서 그런 게 아닐까 하는 의구심을 불러일으킨다.

이렇게 해서 헤스터 프린은 이 세상에서 수행할 역할을 가지게 되었다. 비록 세상이 여자인 그녀에게 카인의 이마에 찍힌 것보다 더 견디기 힘든 낙인을 찍긴 했지만 타고난 강인한 성격과 보기 드문 능력을 지닌 그녀를 완전히 매장시키지는 못했다. 그러나 헤스터는 세상과 접촉하면서도 소속감 같은 것을 전혀 느낄 수 없었다. 그녀가 접촉하는 사람들은 몸짓, 말, 심지어 침묵으로도 그녀는 추방된 사람이며, 다른 세상에 살고 있거나 보통 사람들과는 다른 기관과 감각으로 자연과 대화를 나누는 고독한 사람임을 은근히 내비쳤고, 가끔은 대놓고 말하기도 했다. 헤스터는 세상의 관심사에서 떨어져 있었지만 실제로는 바로 가까이 있었다. 마치 낯익은 난롯가를 다시 찾았지만 아무에게도 보이지 않고 느껴지지도 않는 유령처럼 말이다. 집안의 경사를 함께 기뻐하거나 친족의 슬픔을 함께 애도할 수도 없고, 설령 금지된 동정을 표시하는 데 성공할지라도 공포와 끔찍한 혐오만을 불러일으킬 그런 유령 말이다. 사실 세상 사람들이 헤스터에게 가지는 마음이란 이런 감정과 쓰디쓴 경멸뿐인 것 같았다. 당시는 타인의 감정을 헤아리는 세심한 시대가 아니었다. 헤스터 자신이 스스로의 처지를 십분 이해하고 그것을 잊을 염려가 없음에도 불구하고 세상 사람들은 가장 민감한 곳을 함부로 건드리며 마치 새로운 고통을 맛보라는 듯 그녀로 하여금 똑똑히 자각하게 만들곤 했다. 앞서 말한 바와 같이 헤스터가 자선을 베풀기 위해 찾아낸 가난한 사람들마저 자신들을 돕고자 내민 그 손을 종종 욕하곤 했다. 그녀가 바느질감 때문에 그 문턱을 드나드는 높은 댁의 마나님들도 그녀의 가슴에 쓰디쓴 모욕을 끼얹기 일쑤였다. 때로는 일상의 사소한 것으로부터 기묘한 독약을 만들어 내는 그 은근한 악의라는 연금술을 쓰기도 했고, 때로는 곪은 상처를 무지막지하게 쥐어박듯 야비한 표현을 써서 피해자의 무방비한 가슴을 치기도 했다. 헤스터는 오랫동안 스스로를 잘 단련해 왔기에 이런 공격을 받아도 아무런 반응을 하지 않았다. 다만 창백한 뺨 위로 홍조가 떠오르는 것만은 어쩔 수 없었는데, 그것도 이내 가슴 깊숙이 가라앉았다. 그녀는 인내심이 강한 진정한 순교자였지만 원수들을 위한 기도는 삼갔다. 용서하고 싶은 마음이 아무리 커도 축복의 말이 제멋대로 뒤틀려 저주가 되어 버릴까 두려웠던 것이다.

청교도 법정의 판결은 죽지도 않고 계속 살아서 너무도 교묘히 고통을 조장했는데, 그 고동치는 맥박을 그녀는 다양한 방식으로 끊임없이 느껴야 했다. 길에서 만난 목사들이 걸음을 멈추고 이런저런 훈계를 해대면 그 불쌍하고 죄 많은 여인 주위로 구경꾼들이 모여들어 히죽거리거나 눈살을 찌푸렸다. 때로 그녀가 하느님의 온화한 미소에 의지하고 싶어 교회를 찾기라도 하면 불운하게도 자신의 이야기가 설교의 주제로 오르곤 했다. 그녀는 아이들도 점점 무서워하게 되었다. 부모의 영향으로, 아이들은 아무도 없이 애만 옆에 끼고 마을을 조용히 지나다니는 이 음울한 여자에게 막연한 공포를 느꼈다. 그녀가 지나가면 아이들은 얌전히 있다가 어느 정도 거리를 둔 채 뒤따르며 뭐라고 소리쳤다. 아이들이야 별 뜻도 없이 하는 얘기였겠지만, 그 입술이 무심코 지껄여 대는 말들이 그녀를 소름 끼치게 했다. 마치 그녀의 치욕이 동네방네 퍼져 온 천하가 다 알게 되었다고 말하는 것만 같았다. 나뭇잎들이 저희끼리 그 어두운 이야기를 속삭였어도, 여름 산들바람이 그 이야기를 중얼거렸어도, 겨울 찬바람이 큰 소리로 그 이야기를 떠들었어도 그녀에게 이보다 더 심한 고통을 안기지는 않았으리라! 낯선 사람의 눈길에서도 그녀는 색다른 고통을 맛보아야 했다. 이방인들이 호기심에 차서 주홍 글자를 바라볼 때면 — 그러지 않은 적이 한 번도 없었다 — 그 낙인은 헤스터의 영혼에 새롭게 찍혔다. 징표를 손으로 가리고 싶을 때가 한두 번이 아니었지만 그녀는 언제나 참았다. 낯익은 시선 또한 그 나름의 고통을 주었다. 익히 알고 있는 사람들의 냉담한 시선은 참기 힘든 것이었다. 요컨대 처음부터 끝까지 주홍 글자에 쏠리는 인간의 눈을 의식할 때마다 헤스터 프린은 끔찍한 고통을 맛봐야 했다. 그 부위는 결코 무감각해지지 않았고, 오히려 나날의 고통과 더불어 점점 더 예민해지는 듯했다.

그러나 이따금, 며칠에 한 번, 아니 몇 달에 한 번쯤 헤스터는 마치 자신의 고통을 나누어 가지려는 듯 그 치욕스러운 낙인을 바라봐 주는, 잠시나마 위안을 주는 인간적인 시선을 느끼곤 했다. 물론 다음 순간이면 더욱 심한 고통과 함께 모든 괴로움이 다시 밀려들었다. 비록 짧은 순간이지만 그녀가 새롭게 죄를 범했으니까. 그러나 헤스터 혼자서만 죄를 범했던가!

그 기묘하고 쓸쓸한 고통은 헤스터의 상상력에도 얼마간

영향을 미쳤다. 만약 그녀가 도덕적으로나 지적으로 좀 더 섬세한 사람이었다면 훨씬 더 큰 영향을 받았을 것이다. 피상적으로만 관계 맺고 있는 좁은 세상을 외로운 발걸음으로 오가면서, 헤스터는 이따금 주홍 글자가 자신에게 새로운 감각을 부여해 주었다고 상상하곤 했다. 망상에 불과할지 몰라도 뿌리치기 힘들 만큼 강력했다. 그녀는 주홍 글자로 인해 다른 사람의 가슴에 숨겨진 죄를 직감적으로 알고 공감할 수 있게 되었다고 믿었는데, 오싹함을 느끼면서도 이 사실을 믿지 않을 수 없었다. 그렇게 일어난 놀라운 발견으로 그녀는 공포에 휩싸였다. 이 발견은 대체 무엇이었을까? 다름 아닌 악령의 교활한 속삭임이 아니었을까? 악령이 자기 손아귀에 절반 정도밖에 들어오지 않은 이 몸부림치는 여인에게, 겉이 순결해 보이는 것도 사실은 거짓에 불과하며 세상 어디서든 진실을 밝혀 보면 헤스터의 가슴뿐 아니라 다른 많은 사람들의 가슴에서도 주홍 글자가 타오를 것이라고 설득하고 싶었던 것이 아닐까? 너무나 모호하면서도 너무나 명료한 이런 암시를 그녀는 진실로 받아들여야 하는 것일까? 헤스터는 비참한 경험을 수도 없이 했지만 이처럼 두렵고 불쾌한 느낌은 처음이었다. 참으로 불경한데도 그런 느낌이 시도 때도 없이 생생히 되살아나 그녀를 충격과 혼란에 빠뜨렸다. 경외(敬畏)를 중시하는 그 시대가 천사에 버금가는 인간이라며 우러러보던, 신성함과 정의의 대명사인 나이 지긋한 목사나 치안 판사 곁을 지나칠 때면 이따금 헤스터의 가슴에 달린 붉은 치욕이 무슨 감응을 느낀 듯 고동치곤 했다. 그때마다 헤스터는 〈어떤 악귀가 다가오고 있는 것일까?〉 하고 생각했다. 그러다가 마지못해 고개를 들어 보면 이 지상의 성자라고 하는 인간만이 눈에 들어오지 않는가! 그뿐이 아니었다. 눈처럼 차가운 절개를 가슴에 품고 평생을 살아왔다고 소문 난 성스러운 노부인의 찌푸린 얼굴을 대할 때면 불가사의한 자매 의식이 고개를 빳빳이 쳐들곤 했다. 그 노부인의 가슴속 차가운 눈과 헤스터 프린의 가슴에서 불타는 치욕, 이 사이에 대체 어떤 공통점이 있단 말인가? 혹은 또다시 섬뜩한 전율이 일며 〈저것 봐, 헤스터, 네 친구가 있어!〉라는 경고가 들려 고개를 들어 보면, 곁눈질로 조심스럽게 주홍 글자를 힐끗 보았다가 그렇게 잠깐 본 것만으로 자신의 순결이 더럽혀지기라도 한 듯 얼굴을 살짝 붉히며 얼른 고개를 돌려 버리는 젊은 처녀와 눈이 마주치곤 했다. 이 치명적인 상징을 부적으로 삼은 악마여, 그대는 젊거나 늙거나 이 불쌍한 죄인이 공경할 만한 이를 남겨 두지 않으려는 것인가? 믿음을 잃는 것이야말로 가장 서글픈 죗값의 하나이리라. 그러나 헤스터 프린이 세상 어느 누구도 자기와 같은 죄를 짓지 않았다고 믿으려 애썼다는 사실로부터 인간의 연약함과 가혹한 규범의 불쌍한 제물이 된 그녀가 완전히 타락하지만은 않았다고 볼 수도 있을 것 같다.

따분했던 그 시절 서민들은 자신들의 상상력을 자극하는 것을 만나면 언제나 기괴한 공포를 덧칠하곤 했는데, 주홍 글자와 관련해서도 오늘날의 우리가 쉬이 한 편의 무시무시한 전설로 만들 만한 이야기가 하나 있다. 그들은 그 징표가 단지 이 세상의 염료 항아리에서 물들인 주홍색 천이 아니라 지옥 불로 벌겋게 달군 것이며, 헤스터 프린이 밤중에 돌아다닐 때면 그것이 빨갛게 타는 것을 볼 수 있다고들 했다. 여기서 꼭 짚고 넘어가야 할 점이 있는데, 그 징표가 헤스터의 가슴을 너무도 깊숙이 태운 터라 어쩌면 그 소문 속에는 의심 많은 우리 현대인들이 인정하고 싶은 것보다 더 많은 진실이 들어 있었는지도 모른다는 사실이다.

6
펄

 아이에 대해서는 아직까지 얘기한 것이 거의 없다. 그 어린 피조물의 순결한 생명은 어미가 죄 많은 정욕에 빠져 있을 때 헤아릴 수 없는 신의 섭리에 의해 사랑스러운 불멸의 꽃으로 피어난 것이었다. 아이가 자라고, 나날이 눈부시게 예뻐지고, 그 조막만 한 얼굴 위로 지혜의 빛이 어른거리는 것을 볼 때마다 슬픈 어미의 심정은 얼마나 야릇했을까! 나의 펄! ─ 헤스터는 아이를 그렇게 불렀다. 사실 아이의 외모가 진주에 필적할 만큼 평온하고 순결하고 차분한 광채를 띠고 있는 것은 아니었으므로 이는 외모와는 전혀 상관없는 이름이었다. 헤스터가 아이의 이름을 〈펄〉이라고 지은 것은 다만 자신이 가진 모든 것을 주고 얻은 대단히 값진 존재[66]이자 자신의 하나뿐인 보물이기 때문이었다! 참으로 기묘하지 않은가! 인간이 이 여인의 죄의 징표로 갖다 붙인 주홍 글자는 그녀처럼 죄 많은 사람이 아니라면 어떤 인간의 동정도 미치지 못할 만큼

---

[66] 「마태오의 복음서」 13장 45~46절 참조. 〈또 하늘나라는 어떤 장사꾼이 좋은 진주를 찾아다니는 것에 비길 수 있다. 그는 값진 진주를 하나 발견하면 돌아가서 있는 것을 다 팔아 그것을 산다.〉

강력하고 파괴적인 효력을 지닌 것이었다. 그러나 하늘은 인간이 그렇게 응징한 죄의 명백한 결과물로 사랑스러운 아이를 그녀에게 선사했다. 비록 어미의 욕된 가슴에 안겨 있지만 그 아이는 어미를 영원히 인류와 그 자손에게 이어 주고 마침내는 천국에서 축복받을 영혼이 될 것이었다! 그러나 이런 생각은 헤스터 프린에게 희망보다는 불안을 안겼다. 그녀는 자신의 소행이 도덕적으로 나빴다는 것을 잘 알고 있었다. 그랬기에 그 결과물이 좋을 것이라고 믿을 수 없었다. 그녀는 날마다 불안한 마음으로 하루가 다르게 자라는 아이의 기질을 살피면서 그 아이가 잉태된 죄악에 부합하는 어둡고 거친 특성을 발견하게 되지 않을까 노심초사했다.

확실히 펄에게 신체적 결함 같은 것은 없었다. 온전한 형상, 왕성한 기운, 아직 써보지 않은 팔다리를 자연스럽게 놀리는 재주로 보아 에덴동산에서 태어날 만한 아이였다. 또한 인류 최초의 부모인 아담과 이브가 쫓겨난 후에도 에덴동산에 남아 천사들의 노리개가 될 만한 아이였다. 아이에겐 티 없는 아름다움과 반드시 공존하지는 않는 타고난 기품이 있었고, 아무리 수수한 옷이라 해도 그 아이가 입고 있으면 보는 사람들에게 참으로 잘 어울린다는 인상을 풍겼다. 그렇다고 어린 펄이 촌스러운 옷을 입고 다닌 것은 아니다. 아이의 엄마는 일조의 병적인 의도로 — 앞으로 더 잘 이해하게 될 것이다 — 구할 수 있는 한 가장 값비싼 옷감을 사다가 자신의 상상력을 최대한 발휘하여 아이가 입을 옷을 매만지고 장식해서 사람들 앞에 내놓았다. 그렇게 차려입으면 그 작은 형상이 그지없이 멋져 보였다. 펄이 그렇게까지 예쁘지 않았다면 화려한 의상에 묻혀 버렸을지도 모르건만, 얼마나 예뻤던지 어둠침침한 오두막 바닥 위로 그 아이의 후광이 둥그렇게 생겨날 정도였다. 마구 뛰놀다가 손으로 직접 짠 황갈색 웃옷이 찢어지고 더러워져도 아이의 모습은 언제나 흠잡을 데 없는 그림 같았다. 펄은 변화무쌍한 매력을 지닌 아이였다. 이 아이 속에는 시골 아이의 들꽃 같은 귀여움에서 어린 공주의 화려함에 이르기까지 모든 것을 아우르는 많은 모습이 들어 있었다. 그러나 이런 변화무쌍함 속에서도 이 아이가 결코 잃지 않는, 어떤 짙은 색조를 띤 정열이 있었다. 변모하는 과정에서 그 색조가 점점 희미해지거나 옅어졌다면 아이는 자신을 잃고 말았을 것이다. 더 이상 펄이 아닌 다른 존재가 되어 버렸을 것이다.

이런 외적인 변화무쌍함은 펄의 내면생활이 얼마나 다양한지를 보여 주었다. 아이의 성질은 다양할 뿐 아니라 깊이도 지닌 듯했다. 그러나 자기가 태어난 세상과는 별 관련도 없고 그 세상에 맞지도 않는 성질이었다. 그게 아니라면 헤스터의 두려움에서 비롯된 기우였을 테지만 말이다. 펄은 규칙을 고분고분 따르는 법이 없었다. 세상에 나오는 순간부터 커다란 법칙을 깨고 나온 아이였다. 그 결과, 하나하나의 구성 요소는 아름답고 훌륭할지 모르나 그 모든 것이 뒤범벅되어 버린 인간이 탄생하고 말았다. 혹은 나름의 질서는 있으나 그 다양한 구성 요소들의 배합점을 찾기가 어렵거나 불가능한 인간이 탄생한 것이다. 아이의 성격을 파악하기 위해 헤스터는 펄이 정신세계로부터 영혼을 흡수하고 지상의 원료로 몸을 만들고 있던 그 중요한 시기에 그녀 자신이 어떤 상태였는지를 돌이켜보곤 했는데, 그렇게 해서 찾아낸 것도 모호하고 불완전하기만 했다. 어미의 달뜬 심적 상태가 배 속 아기에게 정신적 삶의 빛을 전하는 매개가 되었을지도 몰랐다. 본래는 희고 깨끗했을 테지만 그 매개로 인해 빛은 심홍색과 황금빛, 불같은 광채, 검은 그림자, 그리고 강렬함을 짙게 띠게 된 것이다. 무엇보다 당시 헤스터의 어지러운 정신 상태가 펄에게 영구히 찍혀 버린 듯했다. 그녀는 아이의 야성적이고 필사적이고 반항적인 감정, 변덕스러운 기질, 심지어 아이의 마음에 구름처럼 드리운 우울과 낙담까지도 알아볼 수 있었다. 지금은 어린아이의 아침 햇살 같은 기질 덕에 그 구름이 밝게 빛나고 있었지만, 이 지상에 머무는 동안 언제 폭풍과 회오리바람을 일으킬지 모를 일이었다.

이 시절의 가정 교육은 지금보다 훨씬 엄격했다. 성경 말씀에 입각해 눈살을 찌푸리고 호되게 꾸짖고 매를 자주 듦으로써 잘못을 벌했는데,[67] 이는 아이의 덕성을 기르고 다지는 건전한 훈육법으로 이용되었다. 그러나 하나뿐인 자식을 홀로 기르는 헤스터 프린은 지나치게 엄한 태도로 아이를 다루려 들지 않으려 애썼다. 다만 스스로의 잘못과 불행을 반면교사 삼아 자신에게 맡겨진 그 어린 영혼을 부드러우면서도 엄격하게 통제하려 일찍부터 애를 썼다. 그러나 그 작업은 그녀 능력 밖의 일이었다. 미소도 지어 보고 얼굴을 무섭게 찌푸려 보아도 별다른 효과가 나타나지 않아 헤스터는 별수 없이 한 발 물러나 아이가 하고 싶은 대로 내버려 두게 되었다. 물론 물리적인 억압과 구속이 효과를 발휘하긴 했지만, 단지 그때뿐이었다. 다른 훈육 방법의 경우, 아이의 이성에 호소하건 감정에 호소하건 어린 펄은 그때그때의 기분에 따라 말을 듣

---

67 「잠언」 13장 24절 참조. 〈자식이 미우면 매를 들지 않고 자식이 귀여우면 채찍을 찾는다.〉

기도 하고 듣지 않기도 했다. 펄이 아직 갓난애였을 때 헤스터는 그 아이 특유의 표정을 알게 되었다. 강요하고 설득하고 애원해 봤자 말짱 헛일이 될 것이라고 미리 알려 주는 듯한 표정이었다. 그 표정이 아주 영리해 보이면서도 종잡을 수 없고, 매우 심술궂고 때로는 악의에 가득 차 있으면서도 대체로 활력이 흘러넘쳐 헤스터는 그때마다 펄이 인간의 아이가 맞기는 한 걸까 의심하지 않을 수 없었다. 펄은 인간이라기보다 오두막 바닥에 앉아 잠시 요상한 장난을 치다가 조롱하듯 빙긋이 웃으며 날아가 버릴 대기의 요정 같았다. 야성적으로 반짝거리는 새까만 두 눈에 그런 표정이 떠오를 때면 이상하게도 손에 잡히지 않는 먼 존재처럼 느껴졌다. 어딘지 모르는 곳으로부터 와서 어디론가 사라져 버리는 희미한 빛처럼, 그렇게 허공을 맴돌다 사라질 것만 같았다. 그런 펄을 볼 때면 헤스터는 아이에게 냉큼 달려가, 언제나 달아나 버리는 그 작은 요정을 가슴에 덥석 끌어안고 뜨겁게 입을 맞추지 않을 수 없었다. 그것은 사랑이 넘쳐서가 아니라, 펄이 허깨비가 아닌 피와 살을 가진 진짜 인간임을 확인하기 위한 행동이었다. 그러나 펄이 자신에게 붙잡혀 즐거워하고 유쾌하게 웃어 젖히는데도 엄마의 의심은 더욱 증폭되기만 했다.

자신의 전부이자 너무나 비싼 값을 치르고 얻은 유일한 보물인 펄과 자신 사이에 이렇게 당황스럽고 이해할 수 없는 마법이 일어날 때면 헤스터는 가슴이 미어져 때때로 갑자기 울음을 터뜨리곤 했다. 그러면 펄은 — 아마도 엄마가 우는 것에 어떻게 반응해야 할는지 몰라 그랬겠지만 — 인상을 쓰며 작은 주먹을 불끈 쥐었고, 무언가 못마땅하다는 듯 그 조막만 한 얼굴이 험악하고 매정한 표정으로 굳어지곤 했다. 그러다가 자신은 인간의 슬픔을 알지도, 느끼지도 못한다는 듯 전보다 더 큰 소리로 다시 웃어 대는 일도 종종 있었다. 또는 — 자주 있는 일은 아니었지만 — 슬픔에 북받쳐 몸을 부들부들 떨면서 자기가 엄마를 얼마나 사랑하는지를 훌쩍거리며 띄엄띄엄 말하곤 했는데, 마치 그렇게 가슴 아파함으로써 자신도 마음이란 걸 가지고 있음을 증명해 보이려는 것 같았다. 그러나 헤스터는 그런 돌발적인 애정 표현을 마냥 안심하고 받아들일 수가 없었다. 애정 표현은 나타나기가 무섭게 사라지기 일쑤였다. 아이 엄마는 이 문제를 곰곰이 생각해 보았다. 자신이 귀신을 불러내긴 했으나 그 과정에서 어떤 실수가 생겨 이처럼 새롭고 불가해한 유령을 마음대로 움직일 수 있는 주문은 손에 넣지 못한 것만 같았다. 엄마의 마음이 진실로 편한 때는 아이가 새근새근 잠들어 있는 순간뿐이었다. 그때만큼은 자신의 아이가 맞는 것 같아 어미도 평온하고 달콤한 행복을 맛볼 수 있었다. 단 그 행복은 어린 펄이 깨어나 눈꺼풀을 살짝 들어 올리며 심술궂은 표정을 드러내 보이지 전까지만 이어졌다!

언제든 보이고 들리는 엄마의 미소와 무의미한 말의 그늘에서 벗어나 펄은 얼마나 빨리 — 정말이지 놀라운 속도로! — 다른 사람들과 어울릴 만한 나이에 이르렀던가! 만약 헤스터 프린이 다른 아이들의 시끌벅적한 소리에 새소리처럼 맑은 펄의 목소리가 섞여 있는 것을 들을 수 있었다면, 까불고 노는 아이들의 뒤엉킨 아우성 속에서 사랑하는 딸의 목소리를 가려낼 수 있었다면 얼마나 행복했을까! 그러나 그런 일은 결코 일어날 수 없었다. 펄은 날 때부터 아이들의 세계에서 버림받은 아이였다. 악마의 자식이자 죄의 징표이며 그

산물인 펄은 세례를 받은 아이들 사이에 낄 권리가 없었다. 무엇보다 놀라운 것은 그 아이가 자신의 고독을, 그리고 주위에 남이 범접할 수 없는 원이 그려진 자신의 운명을, 다시 말해 다른 아이들과는 다른 자신의 특수한 처지를 본능적으로 이해했다는 사실이다. 감옥에서 풀려난 뒤로 헤스터는 남들 앞에 나설 때면 반드시 펄을 데리고 다녔다. 마을을 다닐 때도 펄은 늘 함께 있었다. 아기였을 때는 엄마 품에 안겨 다녔고, 꼬마 숙녀가 되어서는 길동무로 엄마의 집게손가락을 한 손으로 꼭 쥔 채 헤스터가 한 걸음 떼면 서너 걸음씩 깡충깡충 따라다녔다. 펄은 풀이 무성한 길가나 누군가의 집 앞에서 청교도의 교육관이 허용하는 점잖은 태도로 놀고 있는 식민지 아이들의 모습을 보곤 했다. 아마도 교회 가기, 퀘이커교도 채찍질하기, 인디언들과 싸워 머리 가죽 벗기기, 마음 내키는 대로 마법사를 흉내 내며 서로 겁주기 같은 놀이였을 것이다. 펄은 그 모습을 유심히 보면서도 아이들과 어울리려 하지는 않았다. 누가 말을 걸어도 대답하지 않았다. 때때로 아이들이 자기 주위에 모여들면 펄은 버럭 화를 내며 무섭게 돌변해서는 얼른 돌멩이를 집어 들고 그들에게 던지면서 무슨 뜻인지 모를 소리를 빽빽 질러 댔다. 그럴 때면 그 소리가 아무도 알 수 없는 마녀의 저주처럼 들려 헤스터는 몸을 부르르 떨었다.

사실 더없이 편협한 패거리에 속하는 이 어린 청교도들은 이들 모녀에 대해 어딘지 기이하고 이 세상 사람 같지 않으며 보통 사람들과는 다르다는 막연한 생각을 품고 있었다. 그래서 속으로 그들을 경멸했고, 욕을 퍼붓는 경우도 허다했다. 아이들에게서 그런 감정을 읽은 펄은 그에 대한 보복으로 어린 가슴에 품을 수 있는 최고의 앙심을 품었다. 들끓는 화를 그렇게 분출하는 모습에 아이 엄마는 고마운 마음이 들었고 심지어 위안을 느끼기도 했다. 평소에는 아이가 변덕을 심하게 부려 종종 좌절감이 들곤 했는데, 적어도 이 경우에는 이해할 만한 진지함이 엿보였기 때문이다. 그러나 다음 순간 헤스터는 자신에게 드리워져 있던 악의 어두운 그림자를 딸에게서 발견하고서 소스라치게 놀랐다. 그 모든 증오와 격정은 마치 양도할 수 없는 권리인 양 펄이 헤스터의 가슴에서 물려받은 것이었다. 어머니와 딸은 인간 사회에서 멀리 떨어져 함께 은둔해 살고 있었다. 아이가 태어나기 전에 헤스터 프린의 마음을 어지럽히다가 그 뒤로는 사람을 온순하게 하는 모성의 영향으로 가라앉기 시작했던 그 불온한 요소들이 펄의 성격 속에 고스란히 남아 있는 듯했다.

집에 있을 때 펄은 어머니의 오두막 안에서나 밖에서나 친구들을 크게 필요로 하지 않았다. 마치 횃불이 닿는 곳마다 불이 붙듯, 그 아이의 창조적 정신에서 솟아난 생명의 주문이 무수한 대상과 이야기를 나누었기 때문이다. 전혀 관계가 없는 재료들 — 나무토막이나 천 뭉치나 꽃 한 송이 — 이 펄의 주술에 걸린 꼭두각시가 되었고, 겉모습은 바뀌지 않았지만 펄의 내면세계의 무대에서 펼쳐지는 연극에 맞도록 개조되었다. 펄의 귀여운 목소리는 늙거나 젊거나 수없이 많은 가상 인물들의 목소리를 냈다. 거뭇하고 근엄하며 신음 소리와 구슬픈 소리들을 바람결에 실어 보내는 노송들은 그 모습 그대로 청교도 장로들 역을 맡아도 손색이 없었다. 마당에 피어 있는 보기 흉한 잡초들은 그 장로들의 아이들이 되었고, 펄은 그것들을 사정없이 후려치고 뿌리째 뽑았다. 펄이 온갖 궁리

끝에 빚어낸 다양한 형체들은 비록 일관성은 없지만 언제나 기이할 정도로 활기에 넘쳐 벌떡 일어나 춤을 추었다가 너무나 빠르고 열띤 인생의 흐름에 지쳐 버린 듯 이내 축 늘어졌고 뒤이어 전과 다름없이 기운이 넘쳐 나는 다른 형체들이 나타났는데, 이러한 모습들은 그저 놀라울 따름이었다. 변화무쌍한 북극광에나 견줄 만한 광경이었다. 그러나 이렇게 상상력을 발휘하고 한창 자라는 머리를 자유롭게 놀렸어도 펄에게는 영리한 재주를 가진 다른 아이들보다 더 낫다고 할 만한 점은 거의 없었는지 모른다. 펄은 단지 같이 놀 인간 친구가 없기에 스스로 만들어 낸 환상의 무리와 더 많은 시간을 보내는 것뿐이었다. 그런데 이상한 것은 펄이 자신의 가슴과 머리로 빚어낸 이 인물들에게 적대적인 태도를 보였다는 점이다. 펄은 결코 친구를 만들지 않았다. 대신 언제나 용의 이빨을 여기저기 뿌리고 그 자리에서 무장한 적들이 솟아나면 달려들어 싸우는 시늉을 했다.[68] 이처럼 어린 아이가 세상의 역경을 일찍부터 깨닫고, 계속 이어질 세상과의 싸움에서 자신의 주장을 입증하기 위한 힘을 저토록 모질게 기르는 모습을 지켜본다는 것은 이루 말할 수 없이 슬픈 일이리라. 그러니 그 원인을 가슴 절절히 느끼는 어미의 슬픔은 얼마나 깊었을까!

헤스터 프린은 펄을 바라보다가 종종 바느질감을 무릎에

---

68 희랍 신화에서 용을 쓰러뜨린 페니키아의 왕 카드모스가 어디에선가 들려오는 아테나 여신의 조언을 듣고는 죽은 용의 이빨을 뽑아 땅을 갈고 거기에 뿌렸다. 그러자 땅속에서 갑옷을 입은 무사들이 나타나 서로 싸우다가 그중 다섯 명만 살아남는데, 이들이 카드모스의 부하가 되어 훗날 테베 명문가의 조상이 되었다. 호손은 이 신화를 조금 수정해 무사 대신 적을 내세운 것이다.

내려놓고서 숨겨야 할 소리, 괴로움이 북받쳐 말인지 신음인지 모를 소리를 내지르곤 했다. 「오, 하늘에 계신 아버지, 당신께서 아직도 제 아버지시라면 제가 세상에 데려온 이 아이는 대체 무엇이란 말입니까!」 그러면 펄은 이 절규를 엿들은 것인지, 아니면 어떤 신기한 방법으로 그 고통의 맥박을 느낀 것인지, 그 발랄하고 예쁘고 조그만 얼굴을 어머니 쪽으로 돌려 요정같이 총명한 미소를 지어 보이고는 하던 놀이를 계속했다.

펄의 행동에 나타난 한 가지 특이한 점을 아직까지 이야기하지 못했다. 그 아이가 세상에 태어나 가장 먼저 알아본 것은 — 과연 무엇이었을까? — 엄마의 미소가 아니었다. 보통의 아기들은 배냇짓 같은 희미한 미소 — 나중에는 기억이 가물가물해지고, 정말로 미소가 맞는지에 대한 어리석은 논쟁까지 불러일으키는 그런 미소 — 로 엄마의 미소에 반응한다. 그러나 펄은 아니었다. 펄이 가장 먼저 의식한 것처럼 보인 것은 — 이 얘기를 굳이 해야 할까? — 헤스터의 가슴에 달려 있던 주홍 글자였다! 어느 날 엄마가 요람 위로 몸을 숙였을 때 아이의 눈을 사로잡은 것은 그 글자를 수놓은 번쩍거리는 황금빛이었다. 아이는 작은 손을 뻗어 그 글자를 잡으려 하면서, 이게 무엇일까 하는 천진한 표정이 아니라 훨씬 더 큰 아이 같아 보이는 확실히 즐거워하는 얼굴로 미소를 지어 보였다. 그 순간 헤스터 프린은 숨을 헐떡이며 그 치명적인 징표를 움켜쥐고서 본능적으로 뜯어내려 했다. 꼭 뭔가를 알고 있는 듯 닿는 펄의 손길은 그녀에게 그만큼 큰 고통을 안겼다. 그때도 어린 펄에게는 그녀의 괴로워하는 몸짓이 자신을 얼러 주는 장난으로 보였던지 엄마의 눈을 들여다보며 방긋 웃지 않았겠는가! 그날 이후 헤스터는 아이가 잠든 때를 빼고는 한순간도 안심할 수가 없었다. 한순간도 편한 마음으로 아이를 볼 수가 없었다. 사실 펄이 주홍 글자를 단 한 번도 눈여겨보는 일 없이 몇 주가 흐르는 일도 간혹 있긴 했다. 그러나 펄의 시선은 갑작스러운 죽음의 일격처럼 그 기묘한 미소와 이상한 눈빛과 함께 불시에 찾아들곤 했다.

한번은 헤스터가 여느 엄마들처럼 아이의 눈동자에 비친 자신의 모습을 들여다보고 있을 때 펄의 눈 속에 이런 변덕스럽고도 작은 요정 같은 표정이 떠올랐다. 고독하고 마음이 불안한 여자들은 영문 모를 망상에 시달리곤 하는데, 문득 헤스터는 자그맣고 까만 거울 같은 펄의 눈 속에서 자신의 얼굴이 아닌 또 다른 얼굴을 본 것만 같았다. 악의에 찬 미소를 짓고 있는 악마 같은 얼굴이었는데 그녀가 잘 알고 있는, 여간해선 웃지 않고 악의도 찾아볼 수 없는 그 얼굴과 닮아 있었다. 마치 그 아이에게 악령이 들어 조롱하듯 그녀를 들여다보고 있는 듯했다. 그 뒤로도 헤스터는 이때만큼 강력하진 않지만 그와 같은 망상에 여러 번 시달렸다.

펄이 뛰어다니고 놀 만큼 자란 어느 여름날 오후였다. 아이는 들꽃을 한 움큼 모아 엄마의 가슴에 한 송이씩 던졌는데, 주홍 글자를 맞힐 때면 작은 요정처럼 좋아서 깡충깡충 뛰었다. 처음에 헤스터는 두 손을 꽉 잡고서 가슴을 가리려 했다. 그러나 자존심 때문이었는지, 체념 때문이었는지, 혹은 말로 표현할 수 없는 이런 고통이야말로 최선의 속죄일지 모른다고 느껴서였는지 그녀는 가리고 싶은 충동을 누르고 죽은 사람처럼 창백한 얼굴로 꼿꼿이 앉아 어린 펄의 야성적인 눈을 슬프게 바라보았다. 꽃의 포격은 계속 이어져 거의 어김없이 표적을 명중시켰고, 어미의 가슴은 상처로 뒤덮였다. 헤스터는 이승에서 그 상처를 치유할 향유를 찾을 수 없었고, 저승에서도 찾을 길이 묘연했다. 마침내 꽃 포환이 바닥나자 아이는 가만히 서서 헤스터를 뚫어지게 보았다. 그 아이의 헤아릴 수 없이 깊고 검은 눈 속에 바로 그 웃고 있는 꼬마 악마의 모습이 드러났다. 실제로 드러났건 드러나지 않았건 헤스터는 그렇다고 생각했다.

「얘야, 너는 누구니?」 어머니가 큰 소리로 물었다.

「아, 난 엄마의 예쁜 펄이지!」 아이가 대답했다.

그러나 말은 그렇게 하면서도 펄은 언제 굴뚝 위로 날아오를지 모를 엉뚱한 꼬마 도깨비처럼 깔깔깔 웃으며 깡충깡충 뛰기 시작했다.

「네가 정말로 내 딸이니?」 헤스터가 물었다.

전혀 뜬금없지만은 않은, 그 순간에는 진심이 반쯤 묻어 있는 질문이었다. 펄이 워낙 영리한 아이였으므로, 지금이야 자기 실존의 비밀스러운 마법을 몰라서 그렇지 알고 나면 당장 본성을 드러내지 않을까 그녀는 의심스러웠던 것이다.

「그럼, 난 예쁜 펄이야!」 아이는 익살스러운 몸짓을 계속하며 되풀이했다.

「넌 내 딸이 아니야! 이 엄마의 펄이 아니야!」 아이 엄마는 반쯤 장난처럼 말했다. 마음이 몹시도 괴로울 때면 그녀는 아무 장난이나 치고 싶은 충동이 일곤 했다. 「자, 말해 보렴, 네가 누군지, 누가 널 여기로 보냈는지.」

「엄마가 말해 줘!」 아이는 헤스터에게 다가와 엄마의 무릎에 바싹 붙어 진지한 얼굴로 말했다. 「엄마가 말해 달라니까!」

「하늘에 계신 아버지께서 널 보내 주셨지!」 헤스터 프린이 대답했다.

그러나 아이의 날카로운 눈은 엄마의 머뭇거림을 놓치지 않았다. 평소의 변덕이 발동한 것인지, 아니면 악령이 부추긴 것인지 아이는 작은 집게손가락을 쳐들어 주홍 글자를 만지작거렸다.

「하느님이 날 보내신 게 아냐! 난 하느님 아버지 없어!」 아이는 단호하게 소리쳤다.

「쉿, 펄! 쉿! 그런 말 하는 거 아니야!」 아이 엄마는 나오려는 신음을 꾹 참으며 대답했다. 「하느님께서 우릴 이 세상에 보내셨어. 엄마인 나도 말이다. 그러니 너는 더 말할 것도 없지! 그게 아니라면, 요정 같은 이상한 아이야, 네가 대체 어디서 왔겠니?」

「말해 줘! 말해 줘!」 펄은 되풀이해서 말했다. 이제는 더 이상 진지하지 않은 얼굴로 웃으면서 마룻바닥을 뛰어다녔다. 「엄마가 말해 줘야 하는 거잖아!」

그러나 의혹의 어두운 미로에 갇혀 있던 헤스터는 그 물음에 답을 해줄 수 없었다. 그녀는 마을 사람들이 쑥덕거리던, 헛웃음과 몸서리가 동시에 쳐지던 이야기를 떠올렸다. 아이 아버지를 어디서도 찾지 못하자 사람들은 아이의 조금 남다른 성질을 보고서 가엾은 펄을 악마의 자식이라 결론 내렸다. 어미가 지은 죄 때문에 악마의 자식이 세상에 태어나 부정하고 악한 목적을 이루려 한다는 것이 그 옛날 가톨릭 시대부터 내려오던 생각이었다.[69] 루터 역시, 그를 적대시한 수도승들

---

69 중세의 미신에 따르면 남자 모습을 한 〈인큐버스Incubus〉라는 악령이 잠자는 여자를 범했다고 한다. 기형아나 성질이 고약한 아이를 낳는 어머니는 이 악마의 아이를 낳았다고 해서 마녀로 여겨졌다.

의 비방대로라면 그런 흉악한 족속의 아들이었다.[70] 뉴잉글랜드의 청교도들 가운데 이런 불길한 태생의 딱지를 얻은 아이가 비단 펄만은 아니었다.

---

70 독일의 종교 개혁자이자 청교도파의 원조인 마틴 루터Martin Luther 의 이야기이다. 그의 어머니가 악마와 관계를 맺고 그를 낳았다는 소문이 돌았다.

7
총독의 저택

 어느 날 헤스터 프린은 장갑 한 켤레를 들고 벨링햄 총독의 저택을 찾아갔다. 총독의 주문에 따라 수를 놓고 테두리에 술을 단, 어떤 공식 행사 때 사용될 장갑이었다. 이 전직 총독은 지난번 선거 때 운이 나빠 최고 자리에서 한두 계급 내려오긴 했지만 여전히 식민지 행정의 명예롭고 영향력 있는 자리를 차지하고 있었다.[71]

 그러나 수놓은 장갑을 전해 주는 일보다 훨씬 더 중요한 다른 이유 때문에 헤스터는 당시 식민지의 사안들에 있어 막강한 권한을 가진 인물과 면담을 하지 않을 수 없었다. 종교와 정치 문제에 더욱 엄격한 잣대를 들이대는 몇몇 유력 인사들이 헤스터의 아이를 엄마와 떼어 놓으려는 계획을 세우고 있다는 소문이 그녀의 귀에 들어왔던 것이다. 앞서 암시했듯이, 펄이 악마에게서 태어났다고 간주한 이 훌륭한 기독교인들이 어미의 영혼을 염려하여 그녀의 길에 놓인 걸림돌을 없

---

71 벨링햄 총독은 1641년 총독으로 처음 선출되었다가 이듬해 봄 선거에 져서 물러났다. 이후 치안 판사나 총독 대리를 지내다가 1654년에 총독으로 재선되었다.

앨 필요가 있다고 주장한 것도 무리는 아니었다. 아이의 편에서 보아도, 만약 그 아이가 도덕적으로나 종교적으로 확실히 성장할 능력을 갖추고 궁극적인 구원에 이르는 바탕을 지녔다면 헤스터 프린보다 더 현명하고 더 나은 보호자 밑에서 자라야 이런 혜택을 누릴 가능성이 더 커질 터였다. 그 계획을 추진하는 사람들 가운데 가장 적극적인 인물이 벨링햄 총독이라는 말이 있었다. 요즘 같으면 그런 고위직이 아닌 그 고장 행정 위원들에게나 회부되었을 법한 이런 종류의 문제가 당시에는 공공연히 논의되고 고관들까지 그 문제에 관해 찬반을 논했다고 하면 이상하기도 하고 적잖이 우스워 보일는지도 모르겠다. 그러나 원시 사회처럼 단순했던 그 시대에는 헤스터와 아이의 행복보다 훨씬 대수롭지 않고 본질적으로 중요하지 않은 문제들도 입법자들의 심의나 법령에 섞여 드는 진기한 일이 일어나곤 했다. 이 이야기가 일어난 때보다 먼저, 그러나 크게 앞서지는 않은 시대에 돼지 한 마리의 소유권을 놓고 식민지 입법부에서 격렬하고 신랄한 논쟁을 벌였다가 입법부 구조에 중대한 변화를 초래한 일도 있었다.[72]

그런 까닭에 헤스터 프린은 몹시 걱정이 되어 적막한 오두막을 나선 것이었다. 그러나 그녀는 자신의 권리를 너무나 잘 알고 있었으므로 저편의 대중과 동정심이라는 인간의 본성을 사고 있는 이편의 고독한 여인 간의 승부가 터무니없어 보이지만은 않았다. 어린 펄도 당연히 그녀를 따라나섰다. 아이

---

72 마을에서 선출된 대의원들과 전 지역에서 선출된 치안 판사들이 1644년까지는 의회 입법에 참여했다. 그런데 돼지 한 마리의 소유권을 놓고 대의원들과 치안 판사들이 두 파로 나뉘어 대립하는 일이 벌어졌고, 이 사건으로 미국에 하원과 상원의 양원제가 채택되었다.

는 이제 줄레줄레 엄마를 따라서 아침부터 해 질 녘까지 쉼 없이 움직일 나이에 이른지라 이보다 훨씬 더 먼 길도 갈 수 있었다. 그런데도 아이는 종종 안아 달라고 했다. 진짜 힘이 들어서가 아니라 괜한 변덕을 부리는 것이었다. 그러나 안아 주면 이내 다시 내려 달라고 졸랐고, 내려 주면 헤스터를 앞질러 풀이 무성한 오솔길을 깡충깡충 뛰어가다가 몇 번이나 넘어지곤 했는데 다치지는 않았다. 펄의 화려하고 풍성한 아름다움에 대해서는 앞서 언급한 바 있다. 짙고 선명한 빛깔로 반짝거리는 아름다움이었다. 화사한 안색, 깊고도 강렬한 두 눈, 세월이 흐르면 거의 흑발이 될 듯 윤기 흐르는 진한 갈색 머리칼 말이다. 펄의 몸 구석구석에는 불같은 것이 있었다. 마치 불타는 정열의 순간에 뜻하지 않게 생겨난 아이 같았다. 헤스터는 아이 옷을 만들 때면 화려함을 추구하는 자신의 상상력을 마음껏 발휘했다. 색다른 방식으로 재단하고 화려한 곡선을 많이 넣어 금실로 장식한 심홍색 벨벳 튜닉을 아이에게 입혔다. 색채가 어찌나 강렬한지 만약 펄과 같은 장밋빛 뺨을 가지지 못한 아이가 입었다면 병약하고 파리해 보였을 테지만, 펄의 미모에는 감탄스러울 만큼 잘 어울려 마치 지상에서 춤추었던 것들 가운데 가장 광채 나는 작은 불길 같아 보일 정도였다.

그러나 이런 복장과 아이의 전체적인 외양이 풍기는 두드러진 특성이 있었으니, 보는 사람들로 하여금 싫든 좋든 헤스터 프린이 가슴에 달고 다녀야 하는 표시를 부득이 떠올리게 한다는 것이었다. 아이의 외양은 또 다른 형태의 주홍 글자였다. 살아 움직이는 주홍 글자! 마치 그 타오르는 붉은 치욕이 머릿속까지 파고들어 자신이 하는 모든 생각마저 그 모양을 띠게 된 듯 아이 어미는 주홍 글자와 꼭 닮은 것을 정성 들여 만들어 냈다. 애정의 대상인지 죄와 고뇌의 표상인지 모를 유사품을 만들어 내기 위해, 헤스터는 창의적인 일에 병적이다 싶을 만큼 아낌없이 시간을 썼다. 사실 펄은 애정의 대상일 뿐 아니라 죄와 고통의 표상이기도 했다. 그랬기에 헤스터는 아이의 외양에 주홍 글자를 그토록 완벽하게 재현하려 했던 것이다.

그들 모녀가 마을로 들어서자 청교도 아이들은 저희들끼리 하던 놀이 — 그 음침한 말썽꾸러기 꼬마들 사이에서 놀이로 통하던 것 — 를 중단하고는 고개를 들어 진지하게 대화를 나누기 시작했다.

「저것 봐, 주홍 글자를 단 여자가 오고 있어. 게다가 정말로 주홍 글자랑 똑 닮은 게 그 옆에서 뛰어가고 있어! 자, 어서 흙을 던지자!」

그러나 겁 없는 펄은 인상을 찌푸린 채 발을 쾅쾅 구르고 작은 손을 흔들며 온갖 위협적인 동작으로 적들의 무리에 달려들어 모두를 쫓아 버렸다. 맹렬히 아이들을 쫓는 펄의 모습은 유아들 사이에 도는 역병인 성홍열이나 젊은 세대의 죄를 벌하는 사명을 띤, 아직 날갯짓이 채 나지 않은 심판의 천사를 닮은 듯했다. 펄은 또한 무시무시한 소리를 목청껏 내질렀는데, 모르긴 해도 달아나던 아이들의 심장이 철렁했을 것이다. 승리를 쟁취한 펄은 조용히 어머니에게 돌아가 그녀의 얼굴을 쳐다보며 방긋 웃었다.

그러고는 별 탈 없이 두 사람은 벨링햄 총독의 저택에 당도했다. 나무로 지은 대저택이었는데, 이 마을보다 역사가 오래된 마을에 가면 비슷한 양식의 집들이 아직까지 거리에 남아 있다. 지금은 이끼에 뒤덮인 채 낡아 무너져 가고 있으며, 음침한 방들에서 일어났다가 사라진 수많은 슬프고 기쁜 일들, 기억되기도 하고 잊히기도 한 일들로 내부는 침울하다. 그러나 그 당시 건물의 외부는 갓 지은 듯 생기 있었고, 죽음이 찾아든 적 없는 양지바른 창문에는 햇빛이 반짝거려 명랑함마저 감돌았다. 저택의 외관은 확실히 밝았다. 벽에는 유리 조각이 많이 섞인 일종의 치장 벽토가 발려 있었다. 그래서 햇빛이 정면 쪽에서 비스듬히 떨어지면 다이아몬드가 점점이 박혀 있는 듯 건물이 번쩍번쩍 빛났다. 얼마나 눈부신지 늙고 근엄한 청교도 나리의 저택이라기보다 알라딘의 궁전이라 해도 될 법했다. 게다가 벽은 그 시대의 별난 취향에 어울리는 기묘하고 신비해 보이는 숫자와 도표로 장식되어 있었는데, 벽토를 바를 때 그려 넣은 그것들은 이제는 단단히 굳어 후세 사람들의 감탄을 자아낼 만했다.

이렇게나 눈부시고 경이로운 저택의 모습에 펄은 깡충깡충 뛰면서 건물 정면에 넓게 내려앉은 햇빛을 가지고 놀 수 있도록 모두 벗겨 내 달라며 떼를 썼다.

「안 돼, 펄! 네 햇빛은 네가 거둬. 엄마가 줄 건 없어!」 헤스터가 말했다.

두 모녀는 문 앞으로 갔다. 아치형 문 양옆에는 좁은 탑 모양의 돌출부가 있었고, 이 돌출부에는 창살이 달려 필요할 땐 나무 덧문을 내리도록 되어 있었다. 헤스터 프린이 현관에 걸려 있는 쇠망치를 들어 문을 두드리자 총독의 하인들 중 한 명이 나왔다. 자유민으로 영국에서 태어났지만 지금은 7년간 종노릇을 하게 되어 있는 사람이었다. 이 기간 동안 그는 주인의 재산이었기에 황소나 조립식 걸상처럼 사고파는 상품에 지나지 않았다. 그는 푸른 외투를 입고 있었다. 그 시대는 물론 훨씬 이전 시대부터 영국 유서 깊은 집안의 하인들이 입던 오래된 전통 의상이었다.

「벨링햄 총독께선 댁에 계시는지요?」 헤스터가 물었다.

「네, 계십니다.」 하인은 주홍 글자를 보고 눈을 휘둥그레 뜨며 대답했다. 이 고장 사람이 아니었던 탓에 주홍 글자를 본 적이 없었던 것이다. 「총독 각하께서는 안에 계십니다. 그런데 목사님 한두 분과 어떤 의사 선생님도 함께 계십니다. 지금은 만나실 수 없을 것 같습니다.」

「그래도 들어가겠어요.」 헤스터 프린이 대답했다. 그 단호한 태도와 가슴에서 빛나는 징표를 보고 하인은 그녀가 이 고장의 귀부인이라고 판단했는지 막아서지 않았다.

그렇게 해서 헤스터와 어린 펄은 현관홀로 들여보내졌다. 벨링햄 총독은 상당한 재산을 가진 본국 신사 계급의 저택을 본떠 이 집을 설계했는데, 자재의 성격과 기후 변화와 사교 양식의 차이를 감안하여 이런저런 변형을 주었다. 그리하여 널찍하고 천장이 꽤 높은 홀은 집 안 구석구석까지 이어져 다른 모든 방들을 거의 직접적으로 연결하는 매개 구실을 했다. 이 넓은 홀 한쪽 끝 현관 입구 양쪽에는 움푹 들어간 탑 모양 창문 두 개가 나 있어 홀 안을 빛으로 가득 채웠다. 커튼으로 반쯤 가려진 반대쪽 끝, 고서(古書)에서나 볼 법한 아치형 창문들 중 한 곳에서는 더욱 눈부신 빛이 들어왔는데 그 아래쪽에는 푹신한 방석을 깔아 둔 의자가 하나 있었다. 방석에는 『영국 연대기』 혹은 그에 버금가는 문헌이 아닐까 싶은 2절판 크기의 책 한 권이 놓여 있었다. 오늘날의 우리가 불쑥 찾아온 손님이 넘겨 볼 수 있도록 응접실 탁자에 놓아두는 금박

입힌 책처럼 말이다. 홀에 있는 가구로는 등받이에 참나무 꽃을 화환 모양으로 정교하게 새겨 넣은 묵직한 의자 몇 개와 같은 양식으로 된 탁자 하나가 전부였다. 엘리자베스 시대나 그 이전 시대까지 거슬러 올라가는 그 물건들은 총독의 본가에서 이곳으로 옮겨 온 가보들이었다. 탁자 위에는 백랍으로 만든 큰 잔이 놓여 있었는데, 손님을 후하게 대접하는 옛 영국의 정서를 고국에 남겨 두고 오지 않았다는 표시였다. 만약 헤스터나 펄이 그 잔을 들여다보았다면 방금 마시고 남은 맥주의 거품을 보았으리라.

홀 벽에는 벨링햄 가문의 조상을 대표하는 초상화들이 걸려 있었다. 더러는 가슴에 갑옷을 찼고, 더러는 위엄 있는 주름 칼라가 달린 평복을 입고 있었다. 오래된 초상화들이 으레 그렇듯 하나같이 근엄하고 엄숙한 분위기였다. 지체 높은 고인들의 초상화라기보다는 마치 유령들 같아서, 산 사람들의 일과 즐거움을 인정사정없이 엄하게 비난하는 눈초리로 응시하고 있는 듯했다.

참나무 판자를 댄 홀 벽 중앙에는 초상화 같은 조상의 유물이 아닌 최신식 갑주(甲胄) 한 벌이 걸려 있었다. 벨링햄 총독이 뉴잉글랜드로 이주해 오던 해에 런던의 한 장인이 만들어 준 갑옷이었다. 강철 투구, 흉갑, 목 가리개, 정강이받이, 긴 장갑이 있었고 장갑 밑에는 칼 한 자루도 매달려 있었다. 모든 것이, 그중에서도 투구와 흉갑은 특히 너무나 반질반질하게 닦여 있어 온통 은빛으로 반짝거리고 홀 바닥에 눈부신 빛을 흩뿌렸다. 이 빛나는 갑주는 단순한 전시용이 아니었다. 벨링햄 총독이 엄숙한 열병식에서 무수히 입었고, 피쿼트 전쟁[73] 때도 연대의 선두에서 빛을 발했던 갑주였다. 벨링햄 총독은 법률가 교육을 받고 자라 베이컨이니 코크니 노이니 핀치니 하는 동업자들[74]의 이름을 언급하는 것에 익숙했지만, 이 신생국의 절박한 사정 때문에 정치가이자 통치자로서뿐만 아니라 군인으로까지 살아야 했다.

저택의 반짝거리는 정면을 보고 좋아하던 어린 펄은 빛나는 갑옷을 보고도 무척 좋아하며 거울처럼 반질반질하게 닦인 흉갑을 한참이나 들여다보았다.

「엄마, 여기 엄마가 보여. 이것 봐! 이것 봐!」 아이가 소리쳤다.

헤스터는 아이의 기분을 맞춰 줄 생각으로 갑옷을 들여다보았다. 그런데 순간 볼록 거울 특유의 현상으로 주홍 글자가 엄청나게 확대되어 그녀의 모습 가운데 가장 도드라져 보였다. 실제로 그녀 자신이 주홍 글자에 완전히 파묻힌 듯했다. 투구에도 그와 비슷한 모습이 비치자 펄은 그것을 가리키며 그 자그마한 얼굴에 곧잘 떠올리는 요정 같은 영리한 표정으로 엄마를 향해 웃어 보였다. 장난꾸러기처럼 즐거워하는 펄도 함께 반사되었는데, 그 모습이 어찌나 큼지막하고 인상적인지 헤스터 프린에게는 펄이 아니라 펄의 모습으로 바뀌고 싶어 하는 작은 악마로 느껴질 정도였다.

「이쪽으로 오렴, 펄.」 그녀는 아이에게서 떨어지며 말했다. 「이리 와서 이 예쁜 정원을 보렴. 꽃을 볼 수 있을 거야. 숲에

---

73 피쿼트Pequod족은 뉴잉글랜드 지방 남부에 살던 알곤킨Algonquian족의 하나이다. 영국인 무역상 몇 명이 이 부족에게 살해당한 사건이 발단이 되어 식민지 연합 부대가 진압에 나섰고 그 결과 부녀자를 포함해 8백여 명의 인디언이 학살되었다.

74 Francis Bacon, Edward Coke, William Noye, John Finch. 모두 영국의 법률가를 지낸 인물이다.

서 보던 것들보다 더 예쁜 꽃들이 있을지도 몰라.」

그러자 펄은 홀 안쪽 끝에 있는 아치형 창가로 달려가 정원의 좁은 산책길을 내다보았다. 바싹 깎은 잔디로 뒤덮인 길이었다. 가로수 길을 내려고 했던 것인지 가장자리에는 엉성하게나마 관목이 심겨 있었다. 그러나 집주인은 살아 내기도 버거운 마당에 대서양 이편의 굳은 땅에 정원 가꾸기라는 영국적 취향을 계속 이어 가는 것이 가망 없는 일이라 여기고서 일찌감치 손을 뗀 듯했다. 훤히 보이는 데서 양배추가 크고 있었고, 제법 멀리 심어 놓은 호박은 덩굴이 홀 쪽으로 뻗어 나와 창문 바로 밑에 커다란 호박 하나를 늘어뜨리고 있었다. 마치 이 커다란 황금색 식물이야말로 뉴잉글랜드 땅이 총독에게 선사하는 가장 값진 장식품이라고 일러 주는 것 같았다. 장미 덤불 몇 개가 있었고 사과나무도 많았다. 아마 이곳 반도의 첫 이주민이자 초기 연대기에 황소를 타고 다니는 인물로 등장하는 반(半)신화적 인물 블랙스톤 목사[75]가 심은 나무의 자손들일 터였다.

펄은 장미 덤불을 보고 빨간 장미 한 송이를 꺾어 달라며 울기 시작하더니 도무지 그칠 생각을 하지 않았다.

「쉿, 아가! 쉿!」 아이 엄마는 애원했다. 「울지 마, 펄! 정원에서 사람 소리가 들리는구나. 총독님이 다른 손님들과 함께 오시나 보다!」

과연 정원에 난 좁은 길을 따라 사람들 여럿이 집 쪽으로

---

75 William Blackstone(1595~1675). 캠브리지 대학 출신의 영국 국교회 목사. 당국과 의견이 맞지 않아 1623년 보스턴 근처에 최초의 백인 이주자로 정착했다. 사과와 채소밭을 일구며 지내다가 청교도의 비관용적인 태도에 혐오를 느끼고 1635년 로드아일랜드로 옮겨 갔다.

걸어오는 모습이 보였다. 펄은 자신을 달래는 엄마의 말에 콧방귀만 뀌다가 기괴한 비명을 지르고는 이내 조용해졌다. 엄마의 말을 들어야겠다는 생각에서가 아니라, 이 새로운 인물들의 등장이 죽 끓듯 하는 그녀의 호기심에 발동을 걸었던 것이다.

8
꼬마 요정과 목사

벨링햄 총독은 나이 지긋한 신사들이 집에서 즐겨 입는 낙낙한 외투 차림에 헐렁한 모자를 쓰고서 앞장서 걸으며 자신의 정원을 자랑하고, 장차 어떻게 손을 볼 것인지 상세히 설명하고 있는 것 같았다. 희끗희끗한 수염 아래 제임스 왕조 때 유행하던 정교한 주름 장식의 폭넓은 칼라를 달아서 그의 머리는 흡사 커다란 쟁반에 얹힌 세례 요한의 머리 같았다.[76] 초로를 넘긴 노인의 완고하고 엄격해 보이는 인상은 그가 최선을 다해 집 주위에 가꾸어 놓았음이 분명한 세속의 향락적인 장치들과는 조금도 어울리지 않았다. 그러나 우리의 근엄한 조상들이 곧잘 인생이란 시련과 투쟁의 연속일 뿐이라고 말하고 그렇게 생각했을지언정, 그리고 명령이 떨어지면 언제든 재산과 목숨을 바칠 준비가 되어 있었을지언정 아주 쉽게 누릴 수 있는 그런 위안이나 사치마저도 양심에 걸리는 것이라 여겼다고 가정한다면 오산이다. 가령 벨링햄 총독의 어

---

76 생일 축하연에서 춤을 춘 살로메에게 왕 헤로데가 무엇이든 원하는 것을 들어주겠다고 하자. 살로메는 세례자 요한의 목을 달라고 했고, 헤로데는 그의 목을 베어 쟁반에 담아 오게 했다.

깨 너머로 그 눈처럼 새하얀 턱수염이 보이는 덕망 있는 존 윌슨 목사도 그런 교의는 가르치지 않았다. 오히려 배와 복숭아 같은 것은 뉴잉글랜드의 기후에 맞을 수 있고 자줏빛 포도도 양지바른 담을 타고 무럭무럭 자랄지 모르니 한번 심어 보라고 권하기까지 했으니 말이다. 영국 국교회의 풍만한 가슴에서 자란 이 늙은 목사는 선하고 위안을 주는 것이라면 뭐든 좋다는 식의 오래되고도 확고한 취향을 지니고 있었다. 교단에서나 헤스터 프린 같은 죄인을 꾸짖는 공개 석상에서는 엄하기 짝이 없는 모습을 보일지언정, 사생활에서는 따뜻한 인정이 넘쳐 동시대의 어떤 목사들보다 뜨거운 사랑을 받았다.

벨링햄 총독과 윌슨 목사 뒤로 다른 손님 두 명이 이 모습을 나타냈다. 한 사람은, 독자들도 기억할지 모르겠지만 헤스터 프린이 치욕을 당하던 그 장면에 마지못해 잠시 관여했던 아서 딤스데일 목사였고, 또 한 사람은 딤스데일 목사와 친밀한 사이이자 2~3년 전 이 마을에 정착한 노인으로 뛰어난 의술을 지닌 로저 칠링워스였다. 이 학자는 젊은 목사의 친구이자 의사로 알려져 있었다. 젊은 목사는 몸을 돌보지 않은 채 헌신적으로 목회 활동을 한 나머지 최근 들어 건강이 몹시 나빠져 있었던 것이다.

벨링햄 총독은 손님들보다 앞서 한두 계단을 올라가 커다란 홀 창문을 활짝 열다가 가까이 있던 어린 펄을 발견했다. 헤스터 프린은 커튼 그림자에 덮여 몸이 반쯤 가려져 있었다.

「이게 대관절 무엇일꼬?」 벨링햄 총독은 눈앞에 있는 주홍색 작은 형체를 보고서 놀란 표정으로 말했다. 「정말이지, 그 옛날 제임스 왕 시절 궁정 가장무도회에 초대받는 걸 큰 영광으로 여기며 허영에 들떠 살던 젊은 날 이후로 처음 보는 광경이로세! 경축일이면 이런 꼬마 유령들이 몰려다니곤 했지. 그런 애들을 〈연회 사회자〉[77]의 아이들이라 불렀는데. 그나저나 그런 손님이 우리 집 홀에 어떻게 들어왔을꼬?」

「아, 그러게 말입니다!」 늙고 선량한 윌슨 목사가 소리쳤다. 「저런 주홍색 깃털을 가진 새가 어떤 새였더라? 화려한 채색 유리창으로 햇빛이 들어와 마룻바닥에 황금빛과 주홍빛 영상이 비쳤을 때나 저런 모습을 보았던 것 같은데.[78] 하지만 그건 고국에서나 그랬고. 말해 보렴, 꼬마야, 넌 누구냐? 네 어머니는 어쩌자고 이런 이상한 옷을 네게 입힌 거냐? 기독교 집안의 아이냐? 응? 교리 문답을 외울 줄 아느냐? 아니면 장난꾸러기 꼬마 요정 중 한 명인 게냐? 그런 건 가톨릭교의 다른 잔재들과 함께 즐거운 옛 영국에 두고 왔다고 생각했는데.」

「전 우리 엄마의 아이고, 제 이름은 펄이에요!」 주홍색 유령이 대답했다.

「펄이라고? 루비겠지! 아니면 산호거나! 그것도 아니면 빨간 장미 정도는 되어야겠는걸! 네가 입은 옷 색깔로 보아 말이다.」 늙은 목사는 손을 뻗어 어린 펄의 뺨을 토닥이려고 했지만 소용없었다. 「한데 네 엄마는 어디 계시냐? 아! 옳거니.」 목사는 이렇게 덧붙이고서 벨링햄 장관을 돌아보더니 작은 소리로 말했다. 「우리가 지금껏 의논했던 애가 바로 이 아이

---

[77] Lord of Misrule. 15~16세기에 잉글랜드의 궁정이나 영주의 저택에서 열리는 연회에서 사회를 본 사람을 말한다.
[78] 스테인드글라스를 통해 교회나 사원의 우상이 마룻바닥에 비치는 광경이다. 청교도는 로마 가톨릭의 이런 잔재를 우상 숭배라 여겨 싫어했다.

입니다. 아이의 어미인 불쌍한 헤스터 프린도 여기 있군요!」

「그렇단 말입니까?」 총독이 소리쳤다. 「어허, 저런 아이의 엄마라면 창녀나 바빌론의 음탕한 계집[79]쯤 될 거라 판단할 뻔했습니다! 그나저나 때마침 잘 왔군요. 당장 이 문제를 상의해 봅시다.」

벨링햄 총독이 유리문을 통해 홀 안으로 들어서자 손님 세 명도 따라 들어갔다.

「헤스터 프린.」 총독은 아주 매서운 시선으로 주홍 글자를 단 여인을 뚫어지게 바라보며 말했다. 「근래 들어 그대와 관련하여 많은 논의가 있었네. 중대하게 논의된 점은, 권위와 영향력을 가진 우리가 저 아이 속에 있는 불멸의 영혼을 이 세상의 함정에 빠졌던 사람에게 맡겨 놓는 것이 과연 양심의 책무를 다하는 일인가 하는 것이었네. 아이의 어미로서 그대가 말해 보게! 아이가 그대의 손을 떠나 수수한 옷을 입고 엄격한 교육을 받으며 하늘과 땅의 진리를 배우는 것이야말로 저 아이가 누릴 현세의 행복과 내세의 행복을 위하는 길인 것 같지 않은가? 이런 교육을 위해 그대는 아이에게 무엇을 해 줄 수 있는가?」

「저는 이것으로부터 배운 것을 제 딸 펄에게 가르칠 수 있습니다!」 헤스터 프린은 손가락으로 붉은 표시를 가리키며 대답했다.

---

79 「요한의 묵시록」 17장 4~5절 참조. 〈이 여자는 주홍과 진홍색 옷을 입고 금과 보석과 진주로 단장하고 있었으며 자기 음행에서 비롯된 흉측하고 더러운 것들이 가득히 담긴 금잔을 손에 들고 있었습니다. 그리고 그 이마에는 《온 땅의 탕녀들과 흉측한 물건들의 어미인 대바빌론》이라는 이름이 상징적으로 기록되어 있었습니다.〉 종교 개혁 당시 로마 가톨릭을 비난할 때 흔히 쓰는 표현이었다.

「여인이여, 그것은 치욕의 징표가 아닌가!」 총독이 준엄하게 대답했다. 「우리가 그대의 아이를 다른 사람의 손에 맡기려는 이유가 바로 그 글자가 나타내는 오점 때문인 것을.」

「그렇긴 하지만…….」 아이 엄마는 얼굴이 점점 파리해졌지만 침착하게 말했다. 「이 징표는 제게 가르쳐 주었고, 날마다 가르쳐 줍니다. 지금 이 순간에도 가르쳐 주고 있어요. 제게는 아무런 쓸모가 없는 교훈이지만, 제 아이는 그 교훈으로 더 현명해지고 더 훌륭해질 것입니다.」

「우리가 신중히 판단해 무엇을 준비해야 할지 살펴보겠네.」 벨링햄 총독이 말했다. 「윌슨 목사께서 펄을 — 아이 이름이 그렇다고 하니 — 시험해 보시고 이 또래의 아이들이 갖추어야 할 그리스도교 교육을 받았는지 알아보십시오.」

늙은 목사는 안락의자에 앉아 펄을 무릎 사이로 끌어당기려 애썼다. 그러나 어머니 말고는 누구의 손길에도 익숙지 않은 아이는 열린 유리문으로 달아나더니 깃털 수북한 야생 열대새처럼 금방이라도 하늘로 날아오를 듯 위쪽 계단 위에 서 있었다. 할아버지처럼 자애로워 아이들 사이에서 인기가 많았던 윌슨 목사는 이런 갑작스러운 상황에 적잖이 놀랐지만 조사를 계속 진행하려 애썼다.

「펄.」 목사는 매우 엄숙한 목소리로 말했다. 「내 말을 주의해서 들어라. 그래야 언젠가 때가 될 때 값진 진주를 네 가슴에 달 수 있단다. 애야, 누가 널 만들었는지 내게 말해 줄 수 있겠니?」

이제는 펄도 누가 자신을 만들었는지 잘 알고 있었다. 신앙심 깊은 집안에서 자란 헤스터 프린이 아이와 함께 하늘의 아버지에 대해 이야기하고, 곧바로 아무리 나이 어린 사람이라도 아주 흥미롭게 받아들이는 진리를 가르쳤기 때문이다. 그렇게 3년이라는 시간 동안 펄은 얼마나 많은 것을 배웠던지, 비록 그 유명한 책들을 실제로 본 적은 없었지만 『뉴잉글랜드 프라이머』[80]나 『웨스트민스터 교리 문답』[81]의 첫 대목쯤은 시험을 봐도 거뜬히 통과했을 것이다. 그러나 아이들이라면 조금씩 갖고 있기 마련인 고집, 펄의 경우 지금처럼 시기가 좋지 않을 때엔 열 곱절이나 심해지는 똥고집에 사로잡히면 그 아이는 입을 꾹 다물어 버리거나 얼토당토않은 말을 하곤 했다. 펄은 손가락을 입에 넣은 채 버릇없는 태도로 윌슨 목사가 무엇을 물어도 대답을 하지 않더니, 끝내는 자신은 누가 만든 게 아니고 감옥 문 옆에서 자란 야생 장미 덤불에서 엄마가 꺾어 온 것이라고 소리쳤다.

이런 엉뚱한 생각을 하게 된 것은 아마도 펄이 서 있던 창문 밖 바로 옆에 총독의 빨간 장미가 피어 있었기 때문이리라. 또한 여기로 오는 길에 지나쳤던 감옥의 장미 덤불이 생각났기 때문이리라.

로저 칠링워스 노인은 미소 띤 얼굴로 젊은 목사에게 뭐라고 귓속말을 했다. 그 명의(名醫)를 본 헤스터 프린은 자신의 운명이 어떻게 결정될지 모르는 순간임에도 불구하고 그의 달라진 모습에 깜짝 놀라지 않을 수 없었다. 그를 익히 알던 그 시절 이후로 그 모습이 얼마나 추해졌는지, 어둡던 안색은 또 얼마나 더 어두워졌는지, 기형적인 몸은 얼마나 더 일그러

---

80 *New England Primer*. 1683년 매사추세츠에서 제작된 유명한 아동용 교과서로 성서에 나오는 인물이나 사건을 이용해 종교 교육에 기여했다.

81 *Westminster Catechisms*. 1643년 웨스트민스터 사원에서 열린 성직자 회의에서 청교도 신학을 바탕 삼아 성문화시킨 교리 문답집.

졌는지 몰랐다. 한순간 그와 눈이 마주쳤지만 그녀는 지금 벌어지고 있는 장면으로 얼른 주의를 돌려야 했다.

「기가 막히는군!」 총독이 소리쳤다. 그는 펄의 대답을 듣고 충격을 받았지만 조금씩 냉정을 되찾았다. 「세 살이나 먹은 아이가 누가 자기를 만들었는지도 모르다니! 그렇다면 제 영혼에 대해서도, 현재의 타락과 미래의 운명에 대해서도 무지하단 뜻이 아닌가! 여러분, 더 이상 물을 것도 없을 것 같군요.」

헤스터는 펄을 붙잡아 힘껏 끌어안으면서 거의 맹수와도 같은 표정으로 늙은 청교도 총독에게 맞섰다. 세상에서 버림받고 홀로 남은 자신의 심장을 계속 뛰게 해주는 유일한 보물이 바로 펄이었기에 그녀는 누가 뭐라 해도 그 권리를 파기할 수 없다고 느꼈고, 죽기 살기로 지킬 각오가 되어 있었다.

「하느님이 제게 주신 아이예요!」 그녀가 소리쳤다. 「하느님이 제게서 다른 모든 것을 가져가고 그 대가로 주신 아이라고요. 이 아인 제 행복입니다! 동시에 제 고통입니다! 펄은 제가 이곳에서 살 수 있게 해줍니다! 또한 제게 벌도 주지요! 모르시겠어요? 이 아이가 주홍 글자라는 것을! 사랑을 받을 줄만 알고, 그럼으로써 제 죄를 천배 만 배 징벌할 만한 힘을 가진 주홍 글자라는 것을요! 여러분은 이 아이를 빼앗을 수 없습니다! 제가 죽기 전에는!」

「불쌍한 여인이여, 저 아이는 그대가 돌볼 수 있는 것보다 더 극진한 보살핌을 받을 수 있네.」 인정 많은 늙은 목사가 말했다.

「하느님이 제게 돌보라고 주신 아입니다.」 헤스터 프린은 비명에 가까운 목소리로 크게 소리쳤다. 「절대 포기하지 않을 거예요!」 그 순간 충동적으로 그녀는 지금껏 눈길 한 번

주지 않은 젊은 딤스데일 목사 쪽으로 고개를 돌렸다. 「목사님이 저 대신 말씀 좀 해주세요!」 그녀가 소리쳤다. 「제 목사님이셨고, 제 영혼을 돌보셨으니 이분들보다 저를 잘 아시잖아요. 전 제 아이를 잃지 않을 거예요! 저 대신 말씀 좀 해주세요! 목사님은 아시잖아요. 이분들한테는 없는 동정심을 가지고 계시니까요! 제 마음이 어떤지, 어미의 권리가 무엇인지, 아이와 주홍 글자밖에 가진 게 없는 어미에게 그 권리가 얼마나 큰 것인지 목사님은 아시잖아요! 부탁드려요! 전 제 아이를 잃지 않을 거예요! 부탁드려요!」

눈앞의 상황이 헤스터 프린을 거의 미칠 지경으로 몰아넣었음을 말해 주는 이 격정적이고 기괴한 호소에 젊은 목사는 손을 가슴에 얹은 채 파리한 얼굴로 앞에 나섰다. 유달리 긴장하기 쉬운 기질이라 흥분할 때면 손을 가슴에 얹는 것이 그 목사의 버릇이었다. 그는 헤스터가 공개적인 치욕을 당하던 현장에 나타났을 때보다 더 지치고 수척해 보였다. 건강이 나빠져서인지, 아니면 다른 이유가 있어서인지 그의 커다란 검은 눈엔 깊은 불안과 우울은 물론 많은 아픔까지 깃들어 있었다.

「그녀가 하는 말에는 진실이 담겨 있습니다.」 젊은 목사가 입을 열었다. 미묘하고 떨리지만 홀 안에 반향을 일으켜 속 빈 갑옷마저 울릴 정도로 힘찬 목소리였다. 「헤스터가 하는 말에도, 그녀가 품게 된 그 감정에도 진실이 담겨 있습니다! 하느님이 그녀에게 이 아이를 주셨고 또한 다른 사람에게서는 발견할 수 없는, 너무나 기묘해 보이는 그 아이의 천성과 요구를 본능적으로 이해하는 힘을 주셨습니다. 게다가 이 어머니와 아이의 관계에는 심오한 성스러움 같은 것이 있지 않습니까?」

「오호! 어째서 그렇다는 거요, 딤스데일 목사? 쉽게 말씀해보시지요!」 총독이 목사의 말을 가로막았다.

「그럴 수밖에 없습니다.」 젊은 목사는 이야기를 계속했다. 「만약 그렇게 생각하지 않는다면 그건 만물의 창조주인 하느님 아버지께서 죄받을 행동을 경시하시며, 부정한 욕정과 신성한 사랑의 차이를 중시하지 않는다고 말하는 셈입니다. 아비의 죄와 어미의 수치로 태어난 이 아이는, 너무나 간절하고도 비통한 심정으로 아이를 키울 권리를 호소하는 저 여인의 마음을 여러모로 움직이기 위해 하느님의 손이 보내신 것입니다. 아이는 축복으로, 저 여인의 삶에 단 하나의 축복으로 주어진 것입니다! 그 어미가 우리에게 말했듯이, 아이는 징벌로 주어진 것이기도 합니다. 아무 때고 불쑥불쑥 찾아드는 고통인 셈이죠. 불안한 기쁨 속에서 나타나는 가책이자 고통이자 늘 되풀이되는 고뇌입니다! 이러한 생각을 그녀가 저 불쌍한 아이의 옷에 표현해 놓았기 때문에 우리도 그녀의 가슴에 찍힌 그 붉은 징표를 그토록 강력하게 떠올린 것 아니겠습니까?」

「옳은 말씀이오, 동의하오!」 윌슨 목사가 소리쳤다. 「나는 저 여인이 혹시 제 자식을 야바위꾼으로 만들 생각만 하는 게 아닐까 걱정했던 거요!」

「오, 아닙니다! 아니고말고요!」 딤스데일 목사가 계속 말했다. 「사실 이 여인은 저 아이의 존재에서 하느님께서 행하신 엄숙한 기적을 알아본 것입니다. 그녀는 또한 — 이것이야말로 핵심인 것 같은데 — 이 은혜가 무엇보다 어미인 자신의 영혼을 살아 있게 해주고, 사탄이 빠뜨리려 했을 더 악한 죄의 구렁텅이로부터 자신을 지켜 주기 위한 뜻이었다고 느끼는지 모릅니다! 그러니 어린아이라는 불멸의 존재를, 영원한 기쁨이거나 슬픔일 수 있는 존재를 그녀에게 맡긴다면 아이로 인해 그녀도 올바른 길로 가는 훈련을 받을 것이고, 매 순간 자신의 타락을 떠올릴 것이며, 다른 한편으로 하느님의 신성한 약속에 따라 어미가 자식을 천국으로 이끌면 자식 또한 제 어미를 천국으로 이끌어 준다는 사실을 배우게 될 것이니 이 불쌍하고 죄 많은 여인에게 얼마나 좋은 일입니까! 그런 점에서 보자면 죄 많은 어미가 죄 많은 아비보다 행복한 셈이지요. 그러니 헤스터 프린을 위해서라도, 불쌍한 아이를 위해서라도 하느님의 섭리가 결정한 대로 두 사람을 그대로 두어야 하는 것입니다!」

「나의 벗님, 전에 없이 열성적인 태도로 말씀하시는군요.」 로저 칠링워스 노인이 목사에게 미소를 지어 보이며 말했다.

「내 젊은 형제가 한 말에는 중요한 의미가 담겨 있습니다.」 윌슨 목사가 덧붙여 말했다. 「당신의 생각은 어떻습니까, 벨링햄 총독? 딤스데일 목사가 저 불쌍한 여인을 위해 훌륭히 변호하지 않았습니까?」

「과연 그렇군요.」 총독이 대답했다. 「실로 훌륭한 논거를 제시해 주었으니 이 문제는 이대로 두어야겠습니다. 적어도 이 여인이 또 다른 추문을 일으키지 않는 한 말입니다. 그러나 목사님이 직접 하시든, 딤스데일 목사님이 하시든, 아이가 합당한 교리 문답 시험을 치를 수 있도록 배려해 주십시오. 또한 때가 되면 학교도 가고 예배도 볼 수 있도록 관리들이 신경을 써야 할 것입니다.」

젊은 목사는 할 말을 마치자마자 무리에서 몇 걸음 물러서

두꺼운 커튼 뒤로 가서 얼굴을 반쯤 가린 채 서 있었다. 그러나 햇빛을 받아 바닥에 투영된 그의 그림자는 격렬한 호소의 여파 때문인지 떨리고 있었다. 엉뚱하고 변덕스러운 꼬마 요정 펄이 목사에게 슬며시 다가가 그의 손을 두 손으로 꼭 잡고 자신의 뺨에 갖다 댔다. 어찌나 다정하게, 게다가 어찌나 겸손하게 어루만지는지 그 모습을 지켜보던 어미는 〈저 애가 내 딸 펄이 맞는가?〉 하고 자문할 정도였다. 그러나 아이의 가슴에 사랑이 있다는 것은 그녀도 알고 있었다. 물론 그 사랑은 대체로 격렬하게 나타났고, 지금처럼 온순하면서도 부드럽게 나타나는 경우는 평생에 한두 번 있을까 말까 한 일이었지만 말이다. 젊은 목사는 주위를 둘러보고는 아이의 머리에 손을 얹은 채 잠시 망설이다가 이마에 입을 맞추었다. 오랫동안 갈구해 온 여인의 호감 다음으로 달콤한 것이 바로 어린아이의 이러한 애정 표현이다. 사실 어린아이의 애정 표현이라는 것은 영적인 본능에서 저절로 우러나기 마련이며, 따라서 우리 자신에게 진실로 사랑받을 만한 가치가 있음을 암시해 주기 때문이다. 그러나 어린 펄의 전에 없는 상냥함은 오래가지 않았다. 아이가 깔깔 웃으며 어찌나 공기처럼 가볍게 홀을 뛰어다니는지 늙은 윌슨 목사는 아이의 발이 바닥에 닿기나 하는지 의문을 제기할 정도였다.

「말괄량이 꼬마 아가씨가 요술을 부리는 모양이군. 늙은 마녀의 빗자루가 없어도 날 수 있는 걸 보니!」 그가 딤스데일 목사에게 말했다.

「이상한 아이입니다!」 로저 칠링워스 노인이 말했다. 「아이에게서 제 어미의 모습이 잘 나타나는군요. 여러분은 저 아이의 기질을 분석하고 그 성격과 특성에 근거해 아비가 누군지 알아맞히는 것이야말로 학자의 탐구 영역이라고 생각하지 않으십니까?」

「절대 안 됩니다. 이런 문제를 해결하는 데 있어 세속의 철학을 단서로 삼는 것은 죄받을 짓이지요.」 윌슨 목사가 말했다. 「금식과 기도를 하는 편이 더 낫습니다. 하늘의 섭리로 자연스레 밝혀지지 않는다면 그 수수께끼는 그대로 두는 것이 훨씬 나아요. 따라서 착한 기독교인이라면 누구나 저 불쌍하고 버림받은 아이에게 아버지 같은 온정을 베풀 권리가 생기는 거죠.」

그 문제가 아주 만족스럽게 해결되어 헤스터 프린은 펄과 함께 총독의 저택을 나섰다. 그들이 층계를 내려왔을 때 한 침실 창문이 활짝 열리더니 벨링햄 총독의 성질 고약한 누이인 히빈스 부인이 햇빛 속으로 얼굴을 쑥 내밀었다고 한다. 몇 해 뒤 마녀로 처형을 당하게 될 바로 그 여인 말이다.

「쉿, 여기 좀 봐요!」 그녀가 말했다. 그 불길한 인상이 밝고 싱그러운 집에 어두운 그림자를 드리우는 것만 같았다. 「오늘 밤 우리와 함께 가지 않겠우? 숲에 가면 유쾌한 패거리가 있을 텐데. 내가 악마한테 아름다운 헤스터 프린도 한패가 될 거라고 약속 비슷하게 해놓았거든.」

「죄송하다고 대신 전해 주세요!」 헤스터는 의기양양한 미소를 띠며 말했다. 「저는 집에서 제 어린 딸 펄을 돌봐야 하거든요. 만일 그분들이 제 아일 빼앗아 갔다면 기꺼이 당신과 함께 숲으로 가서 악마의 명부에 제 이름을 올렸을 거예요. 그것도 제 피로 말이죠!」

「곧 가게 될걸!」 마녀는 얼굴을 찌푸리며 안으로 사라졌다. 히빈스 부인과 헤스터 프린의 이 대화가 꾸며낸 이야기가 아닌 사실이라면, 타락한 어미와 그녀의 연약함에서 생긴 자식을 떼어 놓아서는 안 된다고 한 젊은 목사의 주장이 옳았음이 증명된 셈이다. 이렇게나 일찍 아이는 어미를 사탄의 덫에서 구해 낸 것이다.

9
의사

 로저 칠링워스라는 이름 뒤에 또 다른 이름이 숨어 있고, 이름의 장본인이 그 이름을 두 번 다시 쓰지 않기로 했던 것을 독자들은 기억할 것이다. 헤스터 프린의 공개적인 치욕을 구경하던 군중 속에 나이 지긋하고 여행에 지친 한 사내가 있었다고 이야기한 바 있다. 위험한 황야를 막 빠져나온 그 사내는 가정의 따사로움과 즐거움의 형상으로 나타나리라 기대했던 여인이 사람들 앞에 죄악의 표본으로 서 있는 것을 보았다. 그녀의 품위가 사람들의 발에 짓밟히고 있었다. 장터에는 그녀를 둘러싼 험담이 들끓었다. 만약 이 소식이 그녀의 친척들과 순결한 시절을 함께 보낸 동무들에게 닿는다면 치욕만이 전염병처럼 번질 터였다. 그녀와의 친분이 두터웠고 성스러웠던 사람일수록 그 전염병은 더욱 강도 높게 전파될 것이었다. 그렇다면 그 타락한 여자와 가장 긴밀하고도 신성한 친분을 가졌던 자가 이처럼 바람직하지 않은 유산을 굳이 제 것이라며 주장하고 나설 까닭이 무엇이겠는가? 선택권이 그에게 있는데 말이다. 그는 그녀와 그 치욕의 단상에 나란히 서서 웃음거리가 되지 않기로 결심했다. 헤스터 프린 외에는 누구도 그의 정체를 모르도록 숨기고, 그녀의 침묵의 열쇠를 단단히 쥔 채 그자는 인간의 명부에서 자신의 이름을 빼버리기로 한 것이다. 과거의 인연과 이해관계에 대해서는, 오래전에 퍼진 소문대로 바다 밑에 가라앉아 완전히 사라진 존재로 남기로 했다. 이 목적이 달성되자 곧이어 새로운 관심이 샘솟았고, 새로운 목적 또한 샘솟았다. 범죄성을 띤 것은 아니나 음험하기 짝이 없고 그의 능력을 모조리 쏟아야 할 만큼 강력한 목적이었다.

 이 결심을 이행하기 위해 그는 보통 수준이 넘는 학식과 지성을 지녔다는 정도로만 자신을 소개하고서 로저 칠링워스라는 이름으로 그 청교도 마을에 자리를 잡았다. 일찍이 많은 연구를 한 덕에 당대의 의학 지식을 두루 꿰고 있었던 그는 의사로서 모습을 나타냈고 진심 어린 환대를 받았다. 식민지에서는 내과 진료와 외과 수술에 능한 사람을 찾아보기 힘들었다. 다른 이주민들로 하여금 대서양을 건너오도록 만든 종교적 열의가 그런 사람들에게는 부족했던 것 같다. 어쩌면 인체를 연구하는 과정에서 남들보다 뛰어나고 예민했던 그들의 정신 기능이 물질화되고, 인생의 모든 것을 그 자체로 함축할 수 있을 만한 기교를 지닌 듯 보이는 인체라는 저 신비하고 복잡한 구조를 파고드느라 삶을 바라보는 영적인 관점을 잃어버린 것인지 모른다. 어쨌거나 그 전까지 의학과 관련하여 보스턴 사람들의 건강을 떠맡고 있던 자는 어떤 나이 든 집사이자 약제사였는데, 그의 신앙심과 경건한 태도는 그 어떤 증명서보다 강력한 면허증 구실을 했다. 이 유일한 의사는 평소에는 면도날을 휘두르다가 어쩌다 한 번씩 그 고귀한 기술을 발휘하곤 했다.[82] 그런 의료계에 로저 칠링워스의 등장은 빛나는 수확이었다. 그는 예부터 내려오는, 무게와 위엄을 갖춘 의술에 정통하다는 사실을 빠르게 증명해 보였다. 불로장생약이라도 만들어 내려는 듯 어떤 약이든 이것저것 온갖 잡다한 재료를 넣어 정성스럽게 조제했다. 게다가 인디언들에게 잡혀 있는 동안에는 토종 약초의 효험에 대해 많은 지식을 쌓았다. 대자연이 무지한 미개인들에게 베푼 은혜라 할 수 있는 이런 소박한 약재를 많은 학식 있는 의사들이 수 세기에 걸쳐 공들여 만든 유럽의 약물류 못지않게 크게 신뢰하고 있다는 사실을 그는 환자들에게 숨김없이 말했다.

이 낯선 학자는 적어도 외관상으로는 모범적이라 할 만한 신앙생활을 했고, 이곳에 도착한 지 얼마 안 되어 딤스데일 목사를 정신적 지도자로 선택했다. 학자로서의 명성이 아직까지 옥스퍼드 대학에 살아 있는 그 젊은 목사는 열렬한 숭배자들에 의해 마치 하늘의 명을 받은 사도로 여겨졌다. 만약 그가 평균 수명만큼만 살아서 일을 한다면, 여전히 미약하기만 한 뉴잉글랜드의 교회를 위해 초기 교회의 교부들이 기독교의 요람기에 이룩해 내었던 업적 못지않은 위업을 달성할 것이라고들 했다. 그러나 이즈음 딤스데일 목사의 건강은 현저히 약해지기 시작했다. 그의 습성을 잘 아는 사람들의 말에 따르면, 젊은 목사의 얼굴이 창백한 것은 지나치게 연구에 몰두하고 교구 일을 빈틈없이 수행하고 무엇보다 속세의 추악함에 영혼의 등불이 꺼지거나 흐려지지 않을까 염려하여 금식과 철야를 자주 하기 때문이라고 했다. 어떤 이들은 만약 딤스데일 목사가 정말로 죽게 된다면, 그것은 이 세상에 더이상 그분이 발을 딛고 살 만한 가치가 없기 때문이라고 단언

82 당시에는 이발사가 외과의를 겸했다.

하기까지 했다. 반면에 딤스데일 목사는 타고난 겸손함으로 만약 하늘이 자신을 거두어들이기로 하셨다면, 그것은 자신이 이 세상에서 가장 하잘것없는 사명조차 수행할 자격이 없기 때문일 거라고 공언했다. 이렇듯 그가 쇠약해진 원인을 두고 의견이 분분했지만 그가 쇠약해졌다는 사실만큼은 의심의 여지가 없었다. 그는 점점 수척해졌다. 목소리는 여전히 낭랑하고 감미로웠지만 쇠약의 징후처럼 우울함이 깃들어 있었다. 게다가 그는 조금만 놀라거나 갑작스러운 일을 당해도 손을 가슴에 얹고, 처음에는 얼굴을 붉혔다가 점점 창백해지면서 괴로워하는 모습을 종종 보였다.

젊은 목사의 상태가 이런 데다 그의 서광이 때 이르게 꺼질 기미까지 보이는 실로 위급한 때에 로저 칠링워스가 그 마을에 나타나 준 것이다. 그가 어디서 왔는지, 하늘에서 떨어졌는지 땅에서 솟았는지 아는 이가 거의 없어 그의 첫 등장은 수수께끼 같은 면이 있었고, 그 때문에 기적 같은 일로 쉽게 포장될 수 있었다. 이제 그는 의술에 능한 사람으로 알려져 있었다. 보통 사람의 눈에는 쓸모없어 보이는 것들의 숨은 효험을 잘 알고 있다는 듯 그가 각종 약용 식물과 들꽃을 모으고 풀뿌리를 캐고 숲의 나뭇가지를 꺾는 모습이 눈에 띄곤 했다. 그가 케넬름 딕비 경[83]과 다른 유명 인사들 — 신의 조화에 가깝다는 평가를 받는 과학적 업적을 이룬 사람들 — 과 편지를 주고받거나 동료로 일한 적이 있다고 밝혔다고도 한

---

83 Sir Kenelm Digby(1603~1665). 영국의 외교관이자 작가이자 모험가. 청교도 혁명 때 반(反)청교도로 투옥되었다가 왕정이 복고될 때까지 유럽에 머물렀다. 연금술과 점성술에 정통했고 식물이 자라는 데 산소가 필요하다는 사실을 밝혀냈다.

다. 그렇다면, 학계에서 그만한 지위에 있던 자가 왜 이곳으로 왔을까? 대도시에서 활약하던 사람이 이 황야에서 무엇을 찾겠다는 것일까? 이 물음에 대한 답으로 어떤 소문이 돌았는데, 터무니없는 소문임에도 불구하고 아주 분별 있는 몇몇 사람들조차 믿을 정도였다. 그 소문이란 하느님께서 독일의 한 대학에 있는 저명한 의학 박사를 번쩍 들어 하늘로 날라다가 딤스데일 목사의 서재 앞에 내려놓음으로써 완벽한 기적을 행하셨다는 것이다! 좀 더 지각 있는 교인들조차, 하느님께서는 이른바 기적적 간섭이라는 무대 효과를 노리지 않고도 당신의 목적을 이루신다는 사실을 잘 알면서도 로저 칠링워스가 그렇게 때맞춰 나타난 데는 신의 섭리가 작용했을 것으로 여기는 경향이 있었다.

의사가 젊은 목사에게 늘 지대한 관심을 보이자 이 생각은 더욱 지지를 받았다. 교구민으로서 의사는 목사를 좋아했고, 천성이 내성적이고 섬세한 목사로부터 우호적인 관심과 신뢰를 얻어 내려 애썼다. 그는 목사의 건강 상태에 놀라움을 금치 못했지만 간곡히 치료를 권했고, 치료를 서두른다면 좋을 결과를 기대할 수도 있을 것이라 여겼다. 딤스데일 목사의 신도들 가운데 장로들과 집사들은 물론 어머니 같은 귀부인들과 젊고 아름다운 처녀들까지도 의사가 솔직하게 권하는 치료를 한번 받아 보라고 끈덕지게 권했다. 그러나 딤스데일 목사는 그들의 간청을 부드럽게 뿌리쳤다.

「제겐 약이 필요 없습니다.」 그는 이렇게 말했다.

안식일이 돌아올 때마다 얼굴은 점점 창백해지고 야위어 가며 목소리는 더욱 떨리는 데다 손을 가슴에 얹고 누르는 버릇은 어쩌다 한 번이 아닌 일상이 되어 버렸건만, 젊은 목사는 어떻게 그렇게 말할 수 있었을까? 자신의 일에 싫증이 났던 것일까? 아니면 죽기를 바랐던 것일까? 보스턴의 원로 목사들과 딤스데일 목사의 교회 집사들은 진지하게 이런 물음을 제기하고 하느님이 이토록 분명히 나타내신 도움을 거역하는 것도 죄라면서, 그들의 표현을 빌리자면 〈그와 담판을 지었다〉. 목사는 잠자코 듣고 있다가 마침내 의사의 진찰을 받아 보기로 약속했다.

이 약속을 이행하기 위해 딤스데일 목사는 늙은 로저 칠링워스에게 진찰을 부탁하며 이렇게 말했다. 「만약 신의 뜻이 그러하시다면 내 노고와 내 슬픔과 내 죄와 내 고통이 머지않아 끝나고 그중 세속적인 것은 무덤으로, 영적인 것은 나와 더불어 영원의 세계로 가는 편이 선생께서 날 위해 의술을 시험해 보는 것보다 내겐 더 만족스러울 것입니다.」

「아, 젊은 목사님들은 으레 그렇게 말씀하시곤 하지요.」 로저 칠링워스는 가식인지, 본래 그런 것인지 그의 모든 행동에서 나타나는 조용한 태도로 대답했다. 「젊은 사람들은 뿌리가 깊지 않아서인지 삶의 끈을 쉽사리 놓아 버리지요! 그리고 하느님과 함께 이 세상을 걷던 성인 같은 분들은 새 예루살렘의 황금 길[84]을 하느님과 함께 걷고자 기꺼이 이 세상을 떠나려 하더군요.」

「아니요.」 젊은 목사는 손을 가슴에 얹고 이마 위로 고통의 빛을 언뜻 내비치며 말했다. 「천국을 거닐 자격이 제게 있다

---

[84] 구원받은 영혼들이 가는 천국을 일컫는다. 「요한의 묵시록」 21장 2절, 18절 참조. 〈나는 또 거룩한 도성 새 예루살렘이 신랑을 맞을 신부가 단장한 것처럼 차리고 하느님께서 계시는 하늘로부터 내려오는 것을 보았습니다.〉 〈그 성벽은 벽옥으로 쌓았고 도성은 온통 맑은 수정 같은 순금으로 되어 있었습니다.〉

면, 차라리 이 세상에서 고난을 겪는 편이 낫겠습니다.」

「훌륭한 분들은 언제나 지나치게 스스로를 낮추는 법이죠.」 의사가 말했다.

이렇게 해서 수수께끼에 싸인 로저 칠링워스는 딤스데일 목사의 주치의가 되었다. 의사는 병에도 관심이 있었지만 환자의 성격과 기질을 살펴보고 싶은 마음이 컸기 때문에 두 사람은 나이 차이가 많이 나는데도 함께하는 시간이 점점 많아졌다. 목사의 건강에도 좋고 의사는 약초를 캘 수 있어서 그들은 해변이나 숲에서 오랜 시간 산책을 하곤 했다. 철썩거리고 쏴 하는 파도 소리와 나무 꼭대기에서 나는 장엄한 찬송가 같은 바람 소리를 들으며 온갖 이야기를 나누었다. 또한 의사는 종종 목사가 틀어박혀 공부하는 서재를 방문하기도 했다. 이 과학자와 사귀면서 목사는 묘한 매력을 느꼈다. 범상치 않은 폭과 깊이를 지닌 식견, 그리고 동료 목사들한테서는 찾아보기 힘든 폭넓고 자유로운 사상을 그에게서 알아보았던 것이다. 사실 목사는 의사의 이런 특성을 발견하고 충격을 받을 정도까지는 아니었지만 적잖이 놀랐다. 딤스데일 목사는 남다른 태도로 신을 섬기며 어떠한 신조를 강력히 밀고 나아가는 정신력을 갖춘 진정한 목사요 진정한 종교인이었고, 세월이 갈수록 그런 성향은 더욱 깊어졌다. 어떤 사회에서 살더라도 이른바 자유사상가는 못 될 위인이었다. 무쇠 틀처럼 단단한 신앙의 벽에 둘러싸여 그것에 몸을 의지하고 그것을 온몸으로 느껴야만 마음의 평화를 얻는 사람이었다. 그럼에도 불구하고 목사는 평소 대화를 나누던 지성과는 또 다른 지성을 통해 우주를 바라보면서 기쁨으로 전율하기도 하고 가끔은 위안을 얻기도 했다. 마치 창문을 활짝 열어 답답하고 숨 막히던 서재에 더욱 신선한 공기를 들이는 느낌이었다. 사실 그의 삶은 서재의 등불이나 가려진 햇빛, 그리고 감각적이든 도덕적이든 책에서 나는 곰팡내 속에서 시들어 가고 있었던 것이다. 그러나 그 새로운 공기는 너무 신선하고 쌀쌀해서 오래 마시고 있노라면 불안해졌다. 그러면 목사와 의사는 교회가 옳다고 인정하는 정통의 경계 안으로 다시 물러나곤 했다.

그리하여 로저 칠링워스는 자신의 환자를 주의 깊게 찬찬히 살필 수 있었다. 목사가 일상생활에서 그에게 익숙한 사상의 범위를 벗어나지 않은 채 늘 가던 길을 지켜 나가고 있을 때에도, 일상과는 다른 도덕적 풍경에 던져져 그 신기한 경험으로 그의 색다른 면이 나타나려 할 것만 같을 때에도 말이다. 그는 치료에 앞서 목사가 어떤 사람인지를 먼저 알 필요가 있다고 생각하는 듯했다. 감성과 지성을 가진 존재라면 육체의 병은 그 두 요소의 영향을 받을 수밖에 없다. 아서 딤스데일의 경우에는 생각과 상상을 많이 하고 감수성도 예민하여 병의 뿌리가 거기에 있는 듯했다. 그래서 로저 칠링워스 — 의술에 능하고 친절하고 우호적인 의사 — 는 어두운 동굴에서 보물을 캐는 사람처럼 환자의 가슴속 깊숙이 들어가 그의 행동 원리를 탐구하고 그의 기억을 파고들며 모든 것을 조심조심 캐내려 애썼다. 탐색할 기회와 허락을 얻은 데다 그것을 끝끝내 캐낼 수완까지 갖춘 수사관의 눈을 피할 수 있는 비밀이란 거의 없다. 비밀을 지닌 자는 특히 주치의의 친밀한 접근을 피해야 하리라. 만약 주치의가 타고난 명민함과 꼬집어 말할 수 없는 그 이상의 무엇 — 직관이라고 해두자 — 을 갖추고 있다면, 또한 주제넘은 아집도 없고 불쾌할 정도로 두드러진 성격의 소유자가 아니라면, 또한 환자의 마음을 아주 잘 읽어 환자가 그저 생각만 해봤다고 여기는 것을 무심결에 말해 버리게 만드는 재주를 타고났다면, 또한 그런 비밀을 흥분의 기색 없이 받아들이고 동정의 말을 하기보다 모든 걸 이해한다는 듯 말없이 있거나 한숨만 슬쩍 내쉬거나 드문드문 한마디 정도만 한다면, 또한 속을 터놓을 수 있는 친구라는 자격에다 의사라는 공인된 명성이 주는 이점이 더해진다면, 그렇다면 환자의 영혼은 어느 순간 스르르 녹아 어두우면서도 투명한 개울이 되어 흐르다가 끝내는 모든 비밀을 백일하에 드러내고 말 것이다.

로저 칠링워스는 위에 열거한 속성 전부를, 혹은 대부분을 갖춘 사람이었다. 그런데도 시간이 걸렸다. 앞서도 말했지만 교양 있는 두 사람 사이에는 일종의 친분이 쌓여 인간의 사상과 학문의 모든 영역을 포괄할 만큼 대화의 폭이 넓어졌다. 그들은 윤리와 종교, 공적인 문제와 개인적인 성격 등 온갖 주제에 대해 이야기했다. 사사로워 보이는 문제에 대해서도 많은 대화가 오갔다. 그러나 의사가 반드시 있을 거라고 확신한 비밀이 목사의 의식에서 몰래 빠져나와 벗의 귀로 흘러드는 법은 없었다. 실제로 의사는 딤스데일 목사가 자신이 앓고 있는 병의 성격조차 제대로 밝힌 적이 없다고 의심하고 있었다. 그렇게까지 말을 아끼다니 이상하지 않은가!

얼마 뒤 로저 칠링워스의 귀띔으로 딤스데일 목사의 동료들은 두 사람을 한집에 들이기로 합의를 보았다. 목사를 걱정하고 아끼는 의사로 하여금 조수(潮水)처럼 들면날면하는 목사의 건강을 수시로 살필 수 있도록 하기 위해서였다. 그렇게나 바라던 일이 성사되자 온 마을에 기쁨이 넘쳤다. 다들 그것이 젊은 목사의 안녕을 위하는 최선의 조치라고 믿었다. 그게 아니라면, 그럴 만한 권한이 있다고 느끼는 사람들이 종종 권유한 대로 목사가 자신을 정신적으로 사모하는 많은 꽃다운 아가씨들 가운데 한 명을 아내로 삼는 방법도 있었다. 그러나 지금으로서 아서 딤스데일 목사가 그 방법을 받아들일 가능성은 없었다. 그는 목사로서 독신을 지키는 것이 교회 계율에 들어 있기라도 한 듯 이런 제안을 모조리 거절했다. 따라서 딤스데일 목사는 자신의 선택에 따라 언제나 남의 집 식탁에서 입에 맞지 않는 음식을 먹고 남의 집 난롯가에서 몸을 녹이는 사람처럼 평생 한기를 느끼며 살아야 할 운명이었고, 그렇기 때문에 젊은 목사에게 부성애와 존경심을 동시에 느끼는 이 명민하고 노련하고 인정 많은 늙은 의사야말로 그의 부름에 늘 답해 줄 수 있는 적격자인 듯했다.

이 두 친구의 새로운 거처는 신앙심 깊은 명문가 과부의 집으로, 훗날 유서 깊은 킹스 채플 건물이 들어서게 될 터의 대부분을 차지하고 있는 저택이었다. 그 터 한편에는 본래 아이작 존슨의 안마당이었던 묘지가 있어 목사와 의사 양반 모두 각자의 직업에 어울리는 진지한 사색을 하기에 안성맞춤이었다. 선량한 과부는 어머니와도 같은 배려로 딤스데일 목사에게 햇볕 잘 드는 정면 방을 내주고, 필요할 때는 한낮에도 그늘을 드리울 수 있도록 창문에 두꺼운 커튼을 달아 주었다. 벽에는 고블랭[85] 융단이 걸려 있었다. 성경에 등장하는 다윗과 바쎄바, 예언자 나단의 이야기[86]가 그려져 있었는데, 아

---

85 Gobelin. 15세기 중엽 프랑스의 고블랭 집안에서 만들기 시작한 것으로, 여러 가지 색깔의 실로 무늬를 짜 넣어 만든 장식용 벽걸이 천.
86 나단은 바쎄바가 낳는 아이는 반드시 죽는다고 예언했다.

직까지 색은 바래지 않았지만 그림 속 여인은 재앙을 예고하는 예언자 같은 으스스한 아름다움을 풍기고 있었다. 얼굴이 헬쑥한 목사는 이 방에 양피지로 제본한 교부들의 가르침, 유대교 랍비들의 학문, 수도승의 학식이 담긴 장서들을 쌓아 두었다. 당시 개신교 목사들은 그런 부류의 저자들을 비방하고 헐뜯으면서도 종종 그 책들을 이용하지 않을 수 없었다. 로저 칠링워스 노인은 목사의 방과 다른 쪽에 서재 겸 실험실을 마련했다. 그곳에 증류기 한 대와 약재나 화학 약품을 조제하는 기구를 갖추어 놓았는데, 오늘날의 과학자가 보면 그다지 성에 차지 않겠지만 경험 많은 연금술사라면 어떻게 활용해야 하는지 잘 알 만한 것이었다. 이렇듯 편리해진 환경에서 두 학자는 각자의 세계에 자리를 잡고 앉았지만, 상대방의 방을 스스럼없이 드나들며 서로의 일을 흥미롭게 관찰하기도 했다.

앞서 말했듯이 아서 딤스데일 목사의 동료들 가운데 안목이 뛰어난 이들은 하느님이 젊은 목사의 건강을 회복시킬 목적 — 정말로 많은 사람들이 공공연히, 가정에서, 또는 남몰래 기도하며 이루어지기를 기원한 그 목적 — 으로 이 모든 일을 주관하셨다고 생각했는데 그 생각에도 나름 일리는 있었다. 그러나 이제야 말하지만, 마을의 또 다른 일부는 근래들어 딤스데일 목사와 불가사의한 늙은 의사의 관계에 대해 나름의 견해를 갖기 시작했다. 무지한 대중이 자기네 눈으로만 보려고 하면 잘못 판단하기 십상이다. 그러나 언제나처럼 넓고 따뜻한 가슴에서 이는 직관을 바탕으로 판단을 내리는 경우에는, 그 결론이 종종 정말로 심오하고 정확해 신의 조화로 묵시된 진리의 성격을 닮곤 한다. 이번 경우에도, 사람들이 로저 칠링워스에 대해 편견을 가지고 있었다고는 하지만 그것을 뒷받침할 수 있는 사실이나 논거가 있었던 것은 아니었다. 사실 그로부터 30여 년 전 토머스 오버베리 경[87]이 살해되던 때 런던에 살았다는 한 늙은 수공예가가 있었다. 그런데 그 사람이 증언하길, 지금은 기억나지 않지만 어쨌든 그 의사가 로저 칠링워스와는 다른 이름으로 오버베리 사건에 연루된 유명한 마법사 포먼 박사[88]와 함께 있는 것을 보았다는 것이다. 또 다른 두세 명도 그 의사 양반이 인디언에게 잡혀 있던 시기에 강신술로 병을 신통하게 고치는 능력 있는 마법사로 소문이 자자하던 원주민 주술사들의 주문을 익혀 의술을 넓혔다고 넌지시 알려 주었다. 많은 사람들이 — 그들 중에는 온전한 분별력과 노련한 관찰력을 지녀 다른 문제에서도 그 의견이 비중 있게 다루어졌을 자들도 꽤 있었는데 — 로저 칠링워스가 이 마을에 와서 살면서, 특히 딤스데일 목사와 한집에 살게 된 뒤로 그 모습이 현저히 변했다고들 했다. 처음에 그의 표정은 고요하고 사색적이고 학자 같았다. 그런데

---

[87] Sir Thomas Overbury(1581~1613). 영국의 시인이자 수필가로, 제임스 1세 시절 에식스 백작 로버트 디브루 14세와 프랜시스 하워드 13세의 정략 결혼이 이 사건의 발단이 되었다. 부부로 살기에는 나이가 어리다는 이유로 로버트가 유럽 여행을 떠난 사이 프랜시스는 로체스터 자작 로버트 카와 사랑에 빠졌다. 당시 제임스 1세의 고문이던 토머스 오버베리가 두 사람의 결합을 반대하자 프랜시스와 카는 간계를 써서 제임스 1세로 하여금 오버베리를 런던 탑에 가두게 했다. 그들은 감시자를 매수하여 5개월 동안 그의 식사에 독을 넣었고 마침내 1613년 오버베리는 숨을 거두었다. 1616년 사건의 전말이 드러나 두 사람은 사형 선고를 받았지만 감형을 받아 제임스 1세가 죽기 직전인 1624년에 석방되었다.

[88] Simon Forman(1552~1611). 점성가이자 요술사. 불미스러운 의술을 사용했다. 오버베리 사건의 공범인 앤 터너와도 친분이 있었으며, 사후에 발견된 서한으로 그 또한 오버베리 사건에 연루되어 있었음이 밝혀졌다.

지금 그의 얼굴에는 전에 볼 수 없던 추하고 사악한 무엇이 어른거리고, 보면 볼수록 그것이 더욱 눈에 띈다는 얘기였다. 속설에 따르면 그의 실험실에 있는 불은 저승에서 가져온 땔감으로 때우는 것이며, 누구나 예상할 수 있듯 그 연기 때문에 그의 얼굴이 점점 그을리고 있다는 것이다.

요약하면 기독교 세계의 모든 시대에 걸쳐 남달리 고결한 인물들이 그랬듯이, 아서 딤스데일 목사 또한 악마 자신이나 로저 칠링워스 노인의 모습을 한 악마의 사자(使者)로부터 괴롭힘을 당하고 있다는 의견이 팽배했다. 이 악마의 앞잡이가 잠시 하느님의 허락을 받아 목사와 친해져서는 그의 영혼을 해칠 음모를 꾸미고 있다는 것이었다. 분별 있는 사람들은 어느 쪽이 승리를 거둘는지 의심의 여지가 없다고들 했다. 사람들은 목사가 그 싸움에서 당당히 이기고서 거룩해진 모습으로 나타나 주리라 철석같이 믿었다. 그러나 또 한편으로는 목사가 승리를 향해 싸워 나가는 동안 겪게 될 단말마의 고통을 생각하며 가슴 아파했다.

아! 가엾은 목사의 두 눈에 서려 있는 우울과 공포로 미루어 짐작건대, 그 싸움은 격렬한 것이었고 승리 또한 결코 장담할 수 없었다.

10
의사와 환자

로저 칠링워스 노인은 평생 동안 온화한 성격을 지녀 왔고, 다정다감하진 않아도 언제나 친절했으며, 세상과의 이해관계에서도 깨끗하고 정직했다. 그러한 그가 최근 들어서는 재판관과 같은 엄정하고 성실한 자세로 진실만을 바라며 어떤 탐색을 시작했는데, 마치 인간의 열정, 혹은 자신이 당했던 부당한 일과 관계된 문제가 아니라 허공에 선과 도형으로만 그려진 기하학 문제를 대하는 듯했다. 그런데 탐색을 계속할수록 무서운 매력이, 조용하면서도 격렬한 필요성이 노인을 꽉 붙잡고서 그 명령을 이행할 때까지 결코 놓아주지 않았다. 그는 지금 금을 캐는 광부처럼 가엾은 목사의 가슴속을 파고 들어 갔다. 아니, 그보다는 죽은 사람의 가슴에 묻혀 있을지 모르는 보석을 찾아 무덤을 파헤치지만 결국엔 시체와 부패밖에 발견하지 못할 것 같은 교회의 머슴 같았다. 만약 그것 밖에 발견하지 못한다면 그 영혼은 얼마나 불쌍할 것인가!

이따금 의사의 눈에서 빛이 반짝이곤 했는데, 이것은 마치 용광로에서 반사되는 빛이나 아니면 버니언의 『천로역정』에 등장하는, 산기슭의 무시무시한 입구로부터 뿜어져 나와 순례자의 얼굴에서 일렁이는 섬뜩한 불길[89]처럼 시퍼렇고 불길하게 타올랐다. 이 음험한 광부가 일하고 있는 땅이 기운을 돋우는 어떤 징후를 그에게 보여 준 것인지도 모른다.

한번은 바로 그런 순간에 그가 혼자 중얼거렸다. 「뭇사람들이 그를 순결하다 여기고 겉보기에도 아주 영적인 인물 같지만, 이자는 아버지나 어머니로부터 강한 동물적 성향을 물려받았어. 이 성향 쪽으로 좀 더 캐봐야겠군!」

그래서 의사는 목사의 어두운 속을 오랫동안 파헤쳐 많은 귀중한 것들을 찾아냈다. 인류의 행복을 바라는 염원, 죽은 영혼들을 보듬는 따스함, 순결한 감정, 사색과 연구를 통해 강화되고 하느님의 계시로 더욱 선명해진 타고난 경건함까지 모든 것이 황금에 버금갈 정도로 값진 것들이었지만 탐색자에게는 쓰레기에 지나지 않았다. 의사는 낙담하여 새로운 방향으로 탐색을 시작하곤 했다. 마치 주인이 선잠에 들었거나 어쩌면 깨어 있을는지도 모르는 방에 들어가 그가 애지중지하는 보물을 훔치고자 하는 도둑처럼 그는 살금살금 아주 조심스럽게 주위를 요모조모 살피면서 더듬어 나아갔다. 그렇게나 조심을 했는데도 이따금 마룻바닥이 삐걱거리고, 옷자락이 바스락거리고, 더 이상 가까이 가서는 안 될 만큼 가까워져 그의 그림자가 목표물 위로 드리워지곤 했다. 다시 말해 예민한 신경으로 종종 신령스러운 직관이 생기는 딤스데일 목사가 자신의 평화를 위협하는 무언가가 자꾸 끼어드는 것을 어렴풋이 의식했다는 뜻이다. 그러나 로저 칠링워스 노인

---

89 존 버니언John Bunyan의 『천로역정 The Pilgrim's Progress』 제1부에 나오는 내용이다. 호손은 『천로역정』을 애독했으며 여러 작품에서 이 대목을 언급했다.

또한 그런 직관에 가까운 인지력을 지니고 있었다. 목사가 놀란 토끼 눈으로 자신을 바라볼 때면 의사는 친절하고 주의 깊고 인정 있되 결코 주제넘게 나서지 않는 친구로만 앉아 있을 뿐이었다.

만약 마음에 병이 있는 사람들에게 흔히 나타나는 편집증으로 모든 사람을 의심하지만 않았어도, 딤스데일 목사는 이 의사가 어떤 사람인지 좀 더 정확히 알아보았을는지 모른다. 그러나 그는 어느 누구도 친구로 믿지 않는 사람이었기에 실제로 적이 나타났을 때 그를 알아보지 못했다. 그리하여 날마다 자신의 서재에서 늙은 의사를 반기고, 혹은 그의 실험실을 찾아가서는 심심풀이 삼아 잎개 잡초가 효험 있는 약으로 탈바꿈하는 과정을 지켜보면서 의사와 친밀한 교제를 이어 나갔다.

어느 날 목사는 묘지가 내다보이는 창턱에 팔꿈치를 괸 채 손으로 이마를 짚고서 로저 칠링워스와 이야기를 나누고 있었다. 늙은 의사는 볼품없는 풀 한 다발을 뜯어보는 중이었다.

「선생님, 그렇게 검고 흐늘흐늘한 풀을 대체 어디서 뜯으셨습니까?」 목사가 곁눈질로 풀을 보며 물었다. 이즈음 목사는 사람이든 물건이든 좀체 똑바로 보지 않는 버릇이 들어 있었다.

「바로 이 근처에 있는 묘지에서요.」 의사는 일손을 계속 놀리며 대답했다. 「저도 처음 보는 풀이랍니다. 어떤 이의 무덤에서 자라고 있더군요. 묘비도 없고, 달리 죽은 사람을 기억하게 할 만한 것도 없이 이 못생긴 풀만이 그 사람을 기억 속에 간직해 두는 역할을 떠맡고 있더군요. 어쩌면 죽은 이의 가슴속에 묻혀 있던, 살아생전 털어놓았으면 좋았을 어떤 무시무시한 비밀이 상징적으로 돋아난 건지도 모르고요.」

「진심으로 털어놓고 싶었지만 못 했는지도 모르지요.」 딤스데일 목사가 말했다.

「왜 그랬을까요?」 의사가 대꾸했다. 「왜 못 했을까요? 죄를 고백하라고 자연의 온 에너지가 얼마나 열심히 권유했는지, 이 검은 풀이 말 못 한 죄를 드러내기 위해 죽은 자의 가슴에서 솟아났을 정도인데 말입니다.」

「선생님, 그것은 선생님의 환상일 뿐입니다.」 목사가 대답했다. 「제 추측이 틀림없다면, 말이든 혹은 기호나 상징이든 인간의 가슴에 묻혀 있을지 모를 비밀을 드러낼 수 있는 것은 하느님의 권능 말고는 없습니다. 그런 비밀의 죄를 범한 가슴은 모든 것이 밝혀지게 되어 있는 그날까지 그것을 간직하고 살 수밖에 없습니다.[90] 또한 제가 읽고 해석한 성경 말씀에 따르면, 인간의 생각과 행위를 밝히는 것은 벌을 주자는 뜻이 아닌 줄 압니다. 그런 것은 참으로 천박한 견해지요. 그런 게 아닙니다. 제가 크게 틀리지 않았다면, 그런 식으로 비밀을 밝히는 것은 이승의 어두운 문제가 명약관화해지는 것을 보기 위해 심판의 날을 기다리고 있는 모든 지성인의 지적 만족을 충족시키기 위한 것일 뿐입니다. 그런 문제를 완전히 해결하려면 인간의 마음을 알아야 할 것입니다. 또한 선생님이 말씀하신 그런 괴로운 비밀을 간직하고 있는 가슴은 최후 심판의 날 마지못해서가 아니라 더할 수 없이 기쁜 마음으로

---

90 「로마인들에게 보낸 편지」 2장 16절 참조. 〈내가 전하는 복음이 말하는 대로 하느님께서 예수 그리스도를 통하여 사람들의 비밀을 심판하시는 그날에 그들의 양심이 증인이 되고 그들의 이성이 서로 고발도 하고 변호도 할 것입니다.〉

비밀을 털어놓을 것입니다.」

「그렇다면 왜 이곳에서 털어놓지 않는 걸까요?」 로저 칠링워스는 목사를 은밀히 곁눈질로 보며 물었다. 「더할 수 없는 위안이 된다면, 왜 죄를 가진 사람들은 그 위안을 좀 더 누리지 않는 거죠?」

「대부분이 그렇게 하고 있습니다.」 목사는 계속되는 통증으로 괴로운 듯 가슴을 움켜쥐며 말했다. 「많은, 정말로 많은 가엾은 영혼들이 제게 비밀을 털어놓고 있지요. 숨을 거둘 때만이 아니라 한창 건강하고 명성이 드높을 때에도 말입니다. 그렇게 쏟아 놓고 나서는, 아, 그 죄 많은 형제들이 얼마나 후련해하던지! 자신의 더러운 입김에 오랫동안 숨 막혀 하다가 마침내 신선한 공기를 들이마신 사람 같았습니다. 어찌 안 그렇겠습니까? 죄를 지은, 가령 살인죄를 지은 불쌍한 인간이 있다면 죽은 시신을 당장 내던져 세상이 처리하도록 하지, 뭐 하러 굳이 자기 가슴에 묻어 두려 하겠습니까!」

「그러나 어떤 이들은 그렇게 비밀을 묻어 두지요.」 침착한 의사가 말했다.

「그렇지요. 그런 사람들도 있지요.」 딤스데일 목사가 대답했다. 「그러나 굳이 더 명백한 이유를 들 필요 없이, 그런 사람들은 타고난 성격 탓에 침묵을 지키는지도 모릅니다. 아니면 이렇게도 생각해 볼 수 있지 않을까요? 죄를 지었으나 하느님의 영광과 인간의 행복을 간절히 바라는 나머지 남들 앞에 차마 자신의 추악한 모습을 보일 수가 없는 건지도 모르지요. 그랬다간 더 이상 선행을 할 수 없고, 더 훌륭한 봉사로 과거의 죄를 씻을 수도 없기 때문에 말입니다. 그래서 말로 표현할 수 없을 만큼 괴로운 마음으로, 겉은 새로 내린 눈처럼 깨끗하나 속은 씻을 수 없는 죄악에 온통 얼룩지고 더럽혀진 채 사람들 사이를 돌아다니는 겁니다.」

「그들은 잘못 생각하는 겁니다.」로저 칠링워스는 집게손가락까지 조금 움직여 가며 평소보다 더 힘주어 말했다.「그들은 마땅히 치러야 할 치욕을 두려워하는 겁니다. 인간에 대한 사랑과 하느님을 섬기는 열정, 이런 고결한 충동이 그들의 가슴속에서 사악한 동거인과 공존하고 있는 겁니다. 그들이 지은 죄가 빗장을 열어 그 사악한 동거인이 가슴속에다 지옥의 종자를 퍼뜨린 거지요. 그러나 만약 하느님의 이름을 드높이고자 한다면 그 더러운 손을 하늘로 쳐들게 해서는 안 됩니다! 이웃에 봉사하고 싶다면 속죄의 뜻으로 어떻게든 자신을 낮추어 양심의 힘과 실체가 나타나도록 해야지요! 현명하고 경건한 목사님, 당신은 위선이 하느님의 진리보다 낫다고, 하느님의 영광이나 인간의 행복을 위해 더 낫다고 믿게 하고 싶으신 겁니까? 장담컨대, 그런 사람들은 잘못 생각하는 겁니다!」

「그럴지도 모르지요.」젊은 목사는 부적절하거나 이치에 맞지 않는다 싶은 논의를 그만두려는 사람처럼 무심히 말했다. 그는 지나치게 민감하고 흥분하기 쉬운 자신의 성미를 건드리는 화제가 등장하면 얼른 피할 줄 알았다.「그러나 지금 노련한 의사 선생님께 여쭙고 싶은 것이 있습니다만, 선생님께서 이 허약한 몸을 친절히 돌봐 주신 것이 진정 제게 도움이 되었다고 여기십니까?」

로저 칠링워스가 대답할 새도 없이 인근 묘지에서 어린아이의 맑고 자지러지는 웃음소리가 들려왔다. 여름이라 창문이 열려 있어 목사가 반사적으로 밖을 내다보니 헤스터 프린과 어린 펄이 묘지의 울타리 안에 나 있는 길을 지나가고 있었다. 펄은 대낮같이 환하고 예뻤지만, 공감이라든가 인간적 교류의 세계와는 완전히 동떨어져 있는 듯한 고약한 즐거움에 빠져 있었다. 지금 그 애는 불경하게도 이 무덤 저 무덤 사이를 깡충깡충 뛰어다니고 있었다. 그러다가 고인이 된 어떤 명사의 널찍한 문장이 새겨진 묘비 — 아마 아이작 존슨의 묘비였을 것이다 — 에 올라서서 춤을 추기 시작했다. 제발 좀 얌전히 굴라고 어머니가 타이르자 어린 펄은 춤을 멈추더니 무덤가에 자란 키 큰 우엉의 가시 돋친 열매를 모으기 시작했다. 아이는 그 열매를 한 줌 쥐고 와 어머니의 가슴에 달린 주홍 글자에 하나하나 꽂았는데, 가시 돋친 것의 성질이 으레 그렇듯 그것들은 옷에 착 달라붙었다. 헤스터는 떼어 내지 않았다.

이때쯤 로저 칠링워스가 창가로 와서 오싹한 미소를 띠며 아래를 내다보았다.

「저 아이의 기질은 법도 모르고, 권위를 존중할 줄도 모르고, 옳든 그르든 인간의 법령이나 의견을 중시하지도 않는단 말이죠.」 그는 혼잣말을 하듯 옆 사람에게 말했다. 「일전에 저 아이가 스프링 레인에서 여물통에 있던 물을 총독님께 튀기는 걸 보았지요. 도대체 어떤 애일까요? 못된 악동일까요? 저 아이에게도 정이라는 게 있을까요? 인간 존재의 원칙이라는 것이 있을까요?」

「아니요, 법칙을 깨는 자유분방함만 말고는.」 딤스데일 목사는 그 문제를 계속 생각해 왔던 사람처럼 조용한 어투로 대답했다. 「착한 일을 할 수 있을는지 없을는지는, 저도 모르겠습니다.」

아이가 두 사람의 목소리를 엿들은 모양이었다. 명랑함과 총명함이 깃든 장난스러운 미소를 환하게 지으며 창문을 올려다보고는 딤스데일 목사에게 가시 돋친 우엉 열매를 하나 던졌던 것이다. 예민한 목사는 잔뜩 긴장하여 그 가벼운 총탄에도 몸을 움찔했다. 펄은 목사의 두려움을 읽고서 좋아 죽겠다는 듯 조그만 손바닥을 맞부딪쳤다. 헤스터 프린도 무심결에 위를 쳐다보았다. 네 사람은 말없이 서로를 응시했는데, 마침내 아이가 깔깔 웃으며 소리를 질렀다. 「어서 와, 엄마! 어서 와! 안 그러면 저기 있는 늙은 악마가 엄마를 잡아갈 거야! 목사님은 벌써 잡혀 있네. 어서 와, 엄마, 안 그러면 악마한테 잡힌다니까! 하지만 어린 펄은 잡지 못할걸!」

그렇게 펄은 어머니와 떨어져서는, 자신은 죽어 땅에 묻힌 사람들과 아무런 공통점도 없고 그 어떤 유대 관계도 없다는 듯 무덤 사이를 깡충깡충 뛰어다니고 춤을 추면서 마음껏 까불어 댔다. 마치 새로운 성분으로 전혀 다르게 빚어진 존재이므로 아무리 엉뚱한 행동을 하더라도 죄악으로 여기지 말고 저 나름대로, 자신의 법칙대로 살 수 있도록 해주어야 할 것 같은 아이였다.

「저기 가는 저 여인은 말입니다······.」 로저 칠링워스가 잠깐의 침묵 뒤에 말을 이었다. 「그녀의 죄가 무엇이 되었건, 목사님이 이겨 내기 힘든 무거운 짐이라 여기시는 비밀의 죄 같은 건 가지고 있지 않지요. 그러면 목사님은 헤스터 프린이 가슴에 주홍 글자를 달고 있으니 덜 불행하다고 여기시는 겁니까?」

「물론 그럴 거라 믿습니다.」 목사가 대답했다. 「그러나 제가 뭐라고 저 여인을 대신해 답하겠습니까? 그녀의 얼굴에는 차라리 보지 않으면 더 좋았을 괴로운 표정이 있습니다. 그렇다 해도, 제 생각에는 고민을 가슴에 감추고 사는 것보다는 저 가엾은 여인 헤스터처럼 자유롭게 드러내 놓는 편이 당사자에게 더 좋다고 봅니다.」

다시 대화가 끊겼다. 의사는 그러모은 약초를 다시 뜯어보고 정리하기 시작했다.

「조금 전에 목사님의 건강에 대해 제 의견을 물으셨지요.」 마침내 의사가 말했다.

「네, 그랬지요.」 목사가 대답했다. 「정말로 알고 싶습니다. 제가 살든지 죽든지 솔직하게 말씀해 주십시오.」

「그럼 거리낌 없이 분명히 말씀드리지요.」 의사는 여전히 분주하게 약초를 매만지면서도 눈으로 딤스데일 목사를 주시했다. 「목사님의 병은 참 이상합니다. 병 자체나 겉으로 나타난 증세는 대단치 않습니다만 말이죠. 적어도 제 눈에 보이는 증세로 봐선 그렇습니다. 지난 몇 달간 날마다 목사님을 살피고 목사님 얼굴에 나타난 징후를 관찰한 결과로는 중환자로 보이지만, 식견 있고 신중한 의사의 치료로도 가망이 없을 정도의 중병은 아닌 듯합니다. 뭐라고 해야 할는지 모르겠지만, 목사님의 병은 알 것 같으면서 잘 모르겠습니다.」

「수수께끼 같은 말씀을 하시는군요.」 창백한 목사는 곁눈질로 창밖을 내다보며 말했다.

「좀 더 분명히 말씀드리면…….」 의사는 계속 말했다. 「정말 죄송하지만 목사님, 실례가 되는 줄 알지만 이렇게 분명하게 말씀드릴 수밖에 없군요. 친구로서, 하늘의 뜻에 따라 목사님의 생명과 육체의 건강을 책임지고 있는 자로서 묻습니다만, 앓고 계신 병의 증세를 정말 숨김없이 제게 얘기해 주신 겁니까?」

「어떻게 그걸 의심하실 수 있죠?」 목사가 물었다. 「아이들 장난도 아니고, 의사를 불러 놓고 아픈 데를 숨긴단 말입니까!」

「그럼 제가 다 알고 있다는 말씀이신가요?」 로저 칠링워스는 강렬하고 의미심장한 눈빛으로 목사의 얼굴을 뚫어지게 바라보며 천천히 말했다. 「그렇다면 됐습니다! 그러나 다시 한 번 실례를 무릅쓰죠! 겉에 드러난 육체만 보는 의사는 자신이 고쳐 주어야 할 병에 대해 절반밖에 알지 못하는 경우가 더러 있습니다. 우리는 육체의 병을 그 자체로 완전한 것으로 여기지만, 결국 그건 정신적인 병의 징후에 불과할 수도 있습니다. 목사님, 제 말에 조금이라도 불쾌함을 느끼신다면 거듭 양해를 바랍니다. 제가 아는 사람들 중 목사님은 육체와 정신이 누구보다 밀접하게 결합되어 서로를 물들이고 또한 혼연일체가 되어 있는, 말하자면 육체가 정신의 도구 구실을 하는 분입니다.」

「그렇다면 더 이상 부탁드릴 필요가 없겠군요.」 목사는 다소 황급히 의자에서 일어나며 말했다. 「선생님이 영혼에 대한 의술까지 취급하는 분은 아니지 않습니까!」

「따라서 병이란……」 로저 칠링워스는 그런 말에도 아랑곳 않고 변함없는 어조로, 그러나 작고 가무잡잡하고 일그러진 몸을 일으켜 수척하고 창백한 목사를 마주한 채 계속 말했다. 「목사님의 정신에 든 병, 다르게 말하면 정신적인 상처가 당신의 몸에 그 증상을 즉각 나타낸 것입니다. 목사님은 의사가 육체의 병을 고쳐 주길 바라십니까? 영혼의 상처나 병을 의사에게 털어놓지 않는데 어떻게 고치겠습니까?」

「아니요! 선생님에겐 안 됩니다! 이 세상의 의사에겐 안 됩니다!」 딤스데일 목사는 조금 사납다 싶을 만큼 눈을 부라리며 로저 칠링워스 노인에게 버럭 소리쳤다. 「선생님에겐 안 됩니다! 정말로 영혼의 병이라면 오직 한 분뿐인 영혼의 의사에게 저를 맡길 것입니다. 하느님의 뜻이 그러하다면 저를 고쳐 주실 것이고, 아니라면 죽이시겠지요! 저는 하느님의 정의와 슬기로 저를 처분해 달라 할 것입니다. 그분이 보시기에 좋은 쪽으로 말이지요. 그런데 선생님이 대체 누구이기에 이런 문제에 참견을 하고 환자와 하느님 사이에 감히 끼어든단 말입니까?」

목사는 광기를 부리며 방을 뛰쳐나갔다.

「이런 방법을 써보는 것도 괜찮군.」 로저 칠링워스는 의미심장한 미소와 함께 목사의 뒷모습을 바라보며 중얼거렸다. 「잃은 건 없어. 우린 곧 다시 친구가 될 테니까. 그나저나, 저자는 격정에 사로잡혀 얼마나 쉽게 자신을 잃어버리는지! 격정의 종류가 달라져도 마찬가지겠지! 저 경건한 딤스데일 목사가, 격정을 이기지 못하고 미친 짓거리를 하다니!」

그의 말대로 두 사람의 관계는 어렵지 않게 전과 다름없이 복구될 수 있었다. 얼마간 혼자만의 시간을 보낸 젊은 목사가 자신이 꼴사납게 화를 버럭 낸 것은 신경과민 탓일 뿐, 의사가 한 말에는 그렇게까지 화를 낸 것에 대한 이유나 구실을 댈 점이 없다는 것을 깨달았기 때문이다. 자신의 요청에 의해 의무감으로 충고해 주었을 뿐인 그 친절한 노인 양반에게 그렇게 대든 난폭함에 목사 자신도 놀랐다. 그런 가책이 들자마자 그는 의사에게 진심으로 사과하고서, 비록 건강을 되찾지는 못했지만 이 연약한 몸이 그나마 생명을 부지하고 있는 것은 그의 보살핌 덕일지 모른다며 친구로서 계속 치료해 달라고 부탁했다. 로저 칠링워스는 그 사과를 기꺼이 받아들이고 목사의 건강을 계속 보살폈다. 그는 목사를 위해 성심껏 최선을 다했지만 의사로서의 본분을 끝내고 환자의 방을 나올 때면 입가에 묘한 수수께끼 같은 미소를 띠곤 했다. 딤스데일 목사의 면전에서는 이런 표정이 잘 나타나지 않았지만 문턱을 넘어서면 아주 뚜렷해졌다.

「희귀한 증세야!」 의사가 중얼거렸다. 「좀 더 깊이 살펴봐야겠어. 영혼과 육체가 이상할 정도로 공명을 한단 말이야! 의술을 위해서라도 이 문제를 철저히 캐봐야겠어.」

그 일이 있고 얼마 지나지 않아, 딤스데일 목사가 한낮에 고딕체로 인쇄된 큼지막한 책 한 권을 탁자 위에 펼쳐 놓은 채 의자에 앉아 정신없이 깊은 잠에 빠져든 일이 있었다. 최면을 일으키는 대단히 역량 있는 문학 작품이었던 것 같다. 목사가 그처럼 깊이 잠든 것은 정말 놀라운 일이었다. 평소에는 나뭇가지 위로 사뿐사뿐 뛰어다니는 작은 새처럼 얕은 잠에 들어 쉽사리 깨거나 혹은 자다 깨다를 되풀이하던 사람이었다. 그런데 지금은 그의 정신이 전에 없이 얼마나 먼 곳까지 가 있었던지, 로저 칠링워스 노인이 특별히 조심하지도 않고 방에 들어왔는데도 그는 앉은 의자에서 꿈쩍하지 않았다. 의사는 환자 앞으로 곧장 가서 그의 가슴에 손을 얹고 지금껏 의사의 눈에도 꽁꽁 숨겨 온 가슴을 보기 위해 제복을 젖혔다.

그 순간 딤스데일 목사는 부르르 떨며 몸을 약간 들썩였다.

잠시 뒤 의사는 돌아서 나갔다.

그러나 놀라움과 환희와 공포가 범벅 된, 그 얼마나 흥분한 표정이었던가! 너무나 강력한 탓에 두 눈과 얼굴만으로는 표현할 길이 없는 무시무시한 환희가 그 흉측스러운 온몸에서 솟구쳐, 천장을 향해 두 팔을 쳐들고 마룻바닥에 발을 쾅쾅 구르는 과장된 몸짓으로 요란스럽게 나타날 정도였으니! 만약 누군가 이처럼 미친 듯 기뻐하고 있는 로저 칠링워스 노인을 보았다면 존귀한 영혼이 천국에서 버림받고 지옥에 떨어질 때 사탄이 어떤 행동을 취할 것인지 능히 짐작하고도 남았으리라.

그러나 의사의 희열이 사탄의 희열과 다른 점이 있다면, 그의 희열에는 놀라움이 섞여 있었다는 것이다!

11
마음속

앞서 있었던 사건 이후 목사와 의사의 관계는 겉보기엔 같았지만 실제 성격은 이전과 확연히 달라졌다. 로저 칠링워스의 머리에는 이제 자신이 나아갈 길이 분명히 정해졌다. 그 자신이 밟고 가기 위해 꾸몄던 것과 정확히 일치하는 길은 아니었다. 조용하고 점잖고 냉철해 보이는 그였지만, 지금까지 이 불운한 노인의 마음속에 조용히 숨어 있기만 했던 악의가 드디어 발동하여 세상 그 누가 품은 것보다 더욱 은밀한 복수를 꿈꾸게 만들었다. 우선 그 자신이 신뢰받는 유일한 친구가 되어 온갖 두려움, 양심의 가책, 고민, 헛된 참회, 떨쳐지지 않고 왈칵 되살아나는 죄책감을 털어놓게 할 것! 세상의 관대한 마음은 동정하고 용서할지 모를 그 떳떳하지 못한 슬픔을 모두에게 숨긴 채, 무자비한 자이자 용서를 모르는 자인 그에게만 밝히도록 할 것! 다른 무엇으로도 복수의 빚을 갚는 것이 성에 차지 않을 그에게 그 어두운 보물을 아낌없이 주도록 만들 것!

이 계획은 목사의 소심하고 민감하고 조심스러운 성격 탓에 방해를 받곤 했다. 그러나 로저 칠링워스는 하느님 — 복수자도 피해자도 당신의 목적에 이용하시고, 마땅히 벌을 주어야 할 것 같은 곳에 용서를 베풀기도 하시는 분 — 이 그의 간악한 계획 대신 마련한 그러한 사태에 대해 그다지 불만스러워하지 않았다. 그는 자신에게 계시가 내려졌다고 생각할 정도였다. 목적을 위해서라면 그 계시가 하늘에서 왔는지 다른 데서 왔는지는 별문제가 되지 않았다. 그 계시 덕분에 의사는 이후 목사와의 관계에서 겉으로 드러난 모습만이 아니라 그의 마음속 깊은 영혼까지 눈앞에 똑똑히 보게 되었고 모든 움직임을 이해할 수 있었다. 그때부터 그는 가엾은 목사의 내면세계에서 단지 관객만이 아닌 주연 배우 역할까지 하게 되었다. 그는 원하는 대로 목사를 조종할 수 있었다. 그에게 고통을 불러일으키고 싶다면? 희생자는 언제나 고문대에 앉아 있었다. 고문 장치를 제어하는 용수철의 원리만 알면 되는 것이었고, 의사는 그것을 아주 잘 알고 있었다! 불시의 공포로 목사를 놀라게 하고 싶다면? 그러면 마술사가 지팡이를 흔들어 불러내기라도 한 듯 섬뜩한 유령이, 죽음이나 그보다 더 무서운 치욕의 형상을 한 무수한 유령들이 나타나 목사를 에워싸고 그의 가슴에 손가락질을 해대는 것이 아닌가!

이 모든 일이 얼마나 교묘하게 이루어졌는지, 목사는 자신을 노리는 어떤 악의 기운을 어렴풋이 감지만 할 뿐 도무지 그 정체를 알 길이 없었다. 사실 목사는 미심쩍어하고 무서워하고 때로는 공포와 심한 혐오감까지 느끼며 그 늙은 의사의 기형적인 모습을 바라보곤 했다. 그의 몸짓, 걸음걸이, 희끗희끗한 수염, 아주 사소하고 무심한 행동들, 옷차림까지도 목사의 눈에는 거슬렸다. 이는 곧 목사 자신이 인정하는 것보다 더 깊은 반감이 가슴속에 있음을 은연중에 나타내는 증거였다. 그런 불신과 혐오가 어찌하여 생기는지 알 수 없었기에 딤스데일 목사는 병든 부위의 독이 가슴 전체로 번지고 있음을 의식하며 자신의 모든 예감을 바로 그 탓으로 돌렸다. 그는 로저 칠링워스에게 그런 악감정을 갖고 있는 스스로를 나무랐고, 그 감정에서 끌어냈어야 하는 교훈은 무시한 채 어떻게든 그것을 뿌리 뽑으려 애썼다. 아무리 해도 뿌리 뽑히지 않았지만 목사는 도의상 그 노인과 계속 허물없이 지내며 자연스레 복수자 — 버림받은 가련한 영혼이자, 자신이 노리고 있는 희생자보다 더 비참한 복수자 말이다 — 가 공들인 목적을 달성할 기회를 끊임없이 제공해 주었다.

이렇듯 몸은 병들고, 말 못 할 근심으로 마음은 괴롭고, 앙심을 품은 원수의 음모에 말려들어 있으면서도 딤스데일 목사는 성직자로서 눈부신 인기를 얻었다. 그런 인기를 얻는 데는 그의 슬픔이 큰 몫을 했다. 날마다 양심의 가책과 고통을 겪다 보니 그의 지적 재능과 도덕적 통찰과 감정을 느끼고 소통하는 능력이 불가사의할 정도로 계속 활발히 움직였다. 이미 가파르게 높아지고 있던 그의 명성은 몇몇 뛰어난 이도 섞여 있는 동료 목사들의 무난한 평판을 능가한 지 오래였다. 그들 중에는 딤스데일 목사가 살아온 날들보다 더 많은 세월을 신학과 관련한 심원한 학문을 익히는 데 바쳐서 그처럼 견실하고 귀중한 학식에 이 젊은 형제보다 조예가 더 깊다고 할 만한 학자들도 있었다. 또한 딤스데일 목사보다 강인한 정신력을 지니고 무쇠나 화강암처럼 단단하며 날카로운 이해력을 훨씬 잘 타고난 사람들도 있었다. 그런 이해력에 교리적인 지식이 십분 더해지면 아주 훌륭하고 유능하며 무뚝뚝한 부류의 성직자가 탄생하는 것이다. 또 한편으론 진정 성자 같은 교부들도 있었다. 그들은 부지런히 책을 파고들며 끊임없이 사색함으로써 지적 능력을 단련하고, 육신의 옷을 걸쳤음에도 순결한 삶을 통해 천국과 영적으로 교류하여 영묘해진 사람들이었다. 이들에게 부족한 것이 있다면 오순절에 선발된 사도들에게 불의 혀로 내려왔던 능력이었다.[91] 이것은 알지도 못하는 외국어로 말하는 능력이라기보다는, 마음이라는 타고난 언어로 만인의 형제에게 말을 거는 능력을 상징하는 듯했다. 하늘이 여간해서는 내려 주지 않는 성직 인증서와도 같은 그 불의 혀만 있었다면 이 교부들도 열두 사도 못지않았을 것이다. 불의 혀가 없었기에, 그들은 말과 형상이라는 가장 속된 수단으로 가장 고귀한 진리를 표현하고자 해도 ─ 그들이 그런 꿈을 꾸었다면 ─ 허사였을 것이다. 그들의 목소리는 그들이 늘 머물고 있던 저 높은 곳에서 내려오듯 아스라하게만 들릴 수밖에 없었다.

딤스데일 목사는, 여러 가지 성격적 특징으로 볼 때 당연히 이 두 번째 부류에 속하는 사람이었을 것이다. 운명처럼 짊어지고 비틀거리며 나아가야 하는 죄악과 고통 ─ 그것이 무엇이 됐든 ─ 의 짐으로 인해 그의 타고난 성향이 꺾이지만 않았어도 그는 신앙과 신성이라는 높은 산봉우리에 오르고도 남았을 것이다. 그 짐 때문에 그는 가장 비천한 사람들 사이로 내려와 있었다. 그것만 아니었다면 천사들도 그 목소리에 귀 기울이고 대답했을지 모를, 영묘함을 지닌 그가 말이다! 그러나 그가 인류라는 죄 많은 형제들에게 그토록 친밀한 공

---

91 「사도행전」 2장 3~4절 참조. 〈그러자 혀 같은 것들이 나타나 불길처럼 갈라지며 각 사람 위에 내렸다. 그들의 마음은 성령으로 가득 차서 성령이 시키시는 대로 여러 가지 외국어로 말을 하기 시작하였다.〉

감을 느껴 그들과 하나 된 마음으로 떨고, 그들의 고통을 자신의 고통처럼 느끼고, 그 고통의 맥박을 구슬프고도 설득력 있는 힘찬 웅변으로 무수한 사람들의 가슴에 전할 수 있었던 것도 바로 그 짐 때문이었다. 그의 설교는 대개 설득력이 있었지만, 때로는 얼마나 무서웠던가! 사람들은 자신들을 움직이는 그 힘을 알지 못했다. 그들은 젊은 목사를 성스러운 기적이라 여겼다. 하늘의 지혜와 질책과 사랑을 전하는 대변자라 생각했다. 그들의 눈에 목사가 밟고 있는 땅은 성역이었다. 교회 처녀들은 목사 근처에만 있어도 얼굴이 창백해졌고, 종교적 감정으로 고취된 연정에 사로잡힌 나머지 그마저 모두 종교라 여기고서 제단에 바칠 가장 기꺼운 제물로 그 연정을 당당히 가슴에 품고 교회에 나올 정도였다. 연로한 신도들은, 자기네도 노쇠하여 주름이 자글자글한데도 딤스데일 목사의 허약한 몸을 보며 그가 먼저 하늘로 올라갈 것이라 믿고서 자신들이 죽거든 그 뼈를 젊은 목사의 성스러운 무덤 옆에 묻어 달라고 자식들에게 부탁했다. 그런 얘기를 들을 때마다 가엾은 딤스데일 목사는 자신의 무덤을 생각하며 저주받은 육신이 묻히게 될 그 무덤 위로 풀이 돋아나기나 할까 자문했을지 모른다.

신도들의 이런 숭배가 목사에게 안긴 고통은 상상을 초월할 정도였다! 진리를 찬미하는 것, 그리고 생명으로서의 신성한 본질을 지니고 있지 않은 생명은 그림자와 마찬가지로 중요하지도 않고 가치도 없다는 것이 그의 진심 어린 생각이었다. 그렇다면 목사의 정체는 무엇이었을까? 실체? 혹은 그림자 중에서도 가장 희미한 그림자였을까? 그는 설교단에서 사람들에게 자신의 정체를 목청껏 외치고 싶었다. 「여러분이 보고 있는 검은 사제복을 입은 이 사람은, 신성한 설교단에 올라와 여러분을 위해 하느님과 영적 교접을 할 책임을 맡고서 창백한 얼굴을 하늘로 쳐드는 이 사람은, 에녹[92]처럼 일상을 고결하게 살 것이라고 여러분이 알고 있는 이 사람은, 이 세상의 길에 희미한 빛을 남겨 뒤에 올 순례자들을 천국으로 인도하리라고 여러분이 여기고 있는 이 사람은, 여러분 아이들의 머리 위에 손을 얹어 세례를 해주었던 이 사람은, 임종을 맞이한 여러분 친구들의 머리맡에서 작별 기도를 드리고 그들이 떠난 세상으로부터 어렴풋한 아멘 소리를 들리게 한 이 사람은, 여러분이 존경해 마지않고 믿어 의심치 않는 이 사람은, 그야말로 타락한 자요 위선자입니다!」

딤스데일 목사는 이와 같은 말을 하기 전까지는 절대 내려오지 않겠다는 일념으로 설교단에 오른 적이 한두 번이 아니었다. 헛기침을 하고서 떨리는 숨을 깊이 들이쉬었다가 그의 속 검은 비밀도 함께 밀려 나올 듯 숨을 크게 내뱉은 적도 한두 번이 아니었다. 몇 번이나 — 아니, 백번도 넘게 — 그는 실제로 말을 하지 않았던가! 말을 하지 않았던가! 어떻게 말을 했던가? 그는 청중에게 자신은 아주 비열한, 비열하기 짝이 없는 자이고, 죄인 중의 죄인이며, 혐오스럽고 상상할 수 없을 정도로 사악한 인간이라고 말했다. 전능하신 하느님의 불같은 분노로 자신의 이 초라한 몸뚱이가 오그라든 모습을 사람들은 두 눈으로 보면서도 보지 못하다니 이상하지 않냐고! 이보다 더 솔직한 고백이 어디 있단 말인가? 모두가 일제히 자리에서 일어나 그가 모독한 설교단에서 그를 끌어내리

---

92 Enoch. 3백 년 동안 하느님과 동행하다가 죽지 않고 하늘로 들려 올라갔다는 구약 성서의 인물. 그리스도교에서는 문헌상 최초의 승천자이다.

고 싶어 하지 않았겠는가? 그러나 실제로는 그렇지 않았다! 사람들은 그런 말을 다 듣고도 목사를 더욱 존경할 뿐이었다. 그 자책의 말 속에 어떤 치명적인 의미가 숨어 있는지는 짐작조차 못 했다. 그들은 서로들 이렇게 말했다.「신심이 깊은 젊은이로다! 이 세상에 오신 성자로다! 아, 저렇게나 깨끗한 영혼을 가진 분이 자신의 죄를 저만큼이나 알아보시는데, 댁이나 나 같은 영혼에게서는 얼마나 끔찍한 모습을 보실까!」목사는 자신의 애매한 고백이 어떻게 비칠 것인지 잘 알고 있었다. 교활하면서도 양심의 가책은 느낄 줄 아는 위선자 아닌가! 그런 식으로 죄책감을 고백해 자신을 속여 보려 했지만, 자기기만에 따른 일시적인 안도감조차 맛보지 못한 채 또 하나의 죄와 자인할 수밖에 없는 치욕만을 얻었을 뿐이다. 그는 진짜 진실을 말했지만 그 진실은 진짜 거짓으로 변모되고 말았다. 그러나 목사는 천성적으로 진실을 사랑하고 거짓을 혐오하는, 여간해서는 보기 힘든 인간이었다. 그랬으니 다른 무엇보다 파렴치한 자기 자신이 얼마나 혐오스러웠을까!

마음속 번민으로 목사는 자신을 낳고 길러 준 교회의 밝은 빛보다 낡고 부패한 로마 가톨릭교의 관행을 더욱 따르게 되었다. 자물쇠를 굳게 채운 딤스데일 목사의 비밀 벽장에는 피 묻은 채찍이 하나 있었다. 개신교의 이 청교도 목사는 종종 채찍으로 자신의 어깨를 내리치며 스스로를 통렬히 비웃었고,[93] 그 통렬한 웃음소리를 듣고 더욱 무자비하게 채찍질을 가했다. 또한 신심 깊은 다른 청교도들과 마찬가지로 습관처

---

[93] 청교도는 신교도 중 가장 급진적인 분파로 영국 국교회나 로마 가톨릭교회와 대립했다. 딤스데일 목사가 자신에게 육체적 형벌을 가한 것은 로마 가톨릭의 방식임을 의미한다.

럼 금식도 했다. 그러나 다른 이들처럼 몸을 정결히 하여 하늘의 계시를 더 잘 담을 수 있는 그릇이 되기 위해서가 아니라, 일종의 고행처럼 무릎이 후들거릴 때까지 혹독하게 금식을 했다. 게다가 때로는 칠흑 같은 어둠 속에서, 때로는 희미한 등불 아래서, 때로는 아주 환한 불빛 옆에서 거울 속에 비친 자신의 얼굴을 들여다보며 밤마다 철야 기도를 드렸다. 그렇듯 끊임없이 자기반성을 하며 스스로를 고문했지만 그의 몸과 정신은 정화되지 않았다. 오랫동안 철야 기도를 하고 나면 종종 머리가 어질어질해지면서 그의 눈앞으로 환영들이 휙휙 지나다니는 듯했다. 그 환영들은 어두운 방구석에서 희미한 빛을 발하며 어렴풋이 보이는가 하면, 바로 가까이 있는 거울 속에서 훨씬 더 선명하게 보이기도 했다. 어떤 때는 악마의 모습을 한 무리가 나타나서는 창백한 목사를 향해 히죽 웃고 그를 조롱하며 함께 가자고 손짓하곤 했다. 어떤 때는 반짝거리는 천사의 무리가 슬픔으로 가득 차 있는 듯 무겁게 날아오르다가 점점 공기처럼 가벼워지곤 했다. 또 어떤 때는 세상을 등진 젊은 시절의 친구들과, 성자처럼 얼굴을 찌푸리고 있는 턱수염 희끗희끗한 아버지와, 지나가며 얼굴을 돌려 버리는 어머니가 나타나기도 했다. 어머니의 망령 — 희미하기 짝이 없는 어머니의 환영 — 이 자기 아들에게 동정의 눈길을 던져 주었을 법도 하련만! 또 어떤 때는 이런 괴기한 생각들로 너무도 으스스해진 방 안에 헤스터 프린이 주홍색 옷을 입은 어린 펄을 데리고 스르르 들어와 자기 가슴에 달린 주홍 글자를 손가락질한 다음 목사의 가슴을 가리키기도 했다.

이런 환영들에 목사가 현혹된 적은 없었다. 어떤 순간에도 그는 의지를 발휘하여 몽롱하게 잘 보이지 않는 가운데서도 실체가 있는지 없는지를 분간했고, 그것들이 저기 무늬를 새겨 넣은 참나무 탁자나 가죽 장정에 놋쇠로 잠근 큼지막하고 네모난 신학서처럼 실체가 있는 것이 아님을 확신할 수 있었다. 그러나 어떤 의미에서는 그 환영들이야말로 가엾은 목사가 지금 상대하는 가장 진실되고 실체 있는 것이기도 했다. 목사의 삶과 마찬가지로, 너무나 거짓되어 우리 주위의 현실이 어떠하든 하늘이 영혼의 기쁨과 양식이 되도록 해놓으신 현실로부터 그 정수를 빼앗겨 버리는 삶을 살아야 한다면 말할 수 없이 비참할 것이다. 진실하지 않은 사람에게는 온 우주가 거짓이어서, 만져도 모르고 손으로 쥐면 오그라들어 없어지고 마는 법이다. 그리고 목사 자신이 거짓의 빛 속에 있는 한 그는 한낱 그림자, 혹은 없는 존재가 되고 말 것이다. 딤스데일 목사를 이 세상에 실제로 존재하는 사람으로 만들어 주는 것은 오직 그의 영혼에 깃든 고뇌와 그의 얼굴에 나타난 거짓 없는 표정뿐이었다. 만약 그가 미소를 짓고 즐거운 표정을 지을 줄 아는 힘을 찾아냈더라면 딤스데일이란 사람은 진작에 존재하지 않았으리라!

앞서 대충 변죽만 울리고 자세한 묘사는 없이 넘어간 그 험악한 밤들 중 어느 날 밤, 딤스데일 목사가 의자에서 벌떡 일어났다. 불현듯 새로운 생각이 떠올라서였다. 잠시나마 마음의 평화를 가져다줄는지도 모를 생각이었다. 그는 예배를 드리러 가는 사람처럼 정성 들여 옷을 차려입고 조용히 층계를 내려와 문을 열고 밖으로 나갔다.

12
목사의 철야

 딤스데일 목사는 꿈속을 거닐듯, 아니 그보다는 몽유병 환자라도 된 듯 걸어서 아주 오래전 헤스터 프린이 처음 공개적인 치욕을 겪은 그 장소에 이르렀다. 비록 7년이라는 긴 세월 동안 비바람과 햇볕에 때 묻고 얼룩졌으며 그곳을 다녀간 수많은 죄인들의 발자국으로 닳기도 했지만 그 처형대는 여전히 교회당 발코니 아래 그대로 있었다. 목사는 처형대 계단을 올라갔다.

 5월 초순의 어두운 밤이었다. 시커먼 구름 장막이 하늘 꼭대기에서 지평선까지 온통 뒤덮고 있었다. 헤스터 프린이 벌을 받는 모습을 목격했던 그때의 군중이 지금 불려 나온다 해도 이 캄캄한 어둠 속에서는 처형대 위에 있는 자의 얼굴은커녕 그의 형체조차 분간하지 못했을 것이다. 그러나 마을은 완전히 잠들어 있었다. 누가 볼 위험 따윈 없었다. 목사 자신이 그러고 싶다면 아침 해가 떠올라 동쪽 하늘을 붉게 물들일 때까지 계속 서 있어도, 축축하고 싸늘한 밤공기가 몸속을 스멀스멀 파고들어 뼈마디가 뻣뻣해지고 염증과 기침 때문에 목이 잠기는 것 외에 다른 위험은 없을 듯했다. 물론 그렇게 되면 내일의 기도와 설교를 기대하고 있는 신도들을 속여야 하겠지만 말이다. 지금 목사를 볼 수 있는 눈은 목사가 벽장에서 피 묻은 채찍을 휘두르는 것을 목격한, 언제나 깨어 있는 신의 눈뿐이었다. 그렇다면 목사는 왜 이곳에 왔을까? 단지 참회를 흉내 내려고? 당연히 흉내는 내겠지만, 그것은 스스로를 농락하는 짓이 아니겠는가! 그 모습을 보며 천사들은 얼굴을 붉히고 눈물 흘리는 반면 악마들은 깔깔대고 기뻐할 흉내가 아니겠는가! 어딜 가든 그를 따라다니는 양심의 가책에 떠밀려 이곳까지 와서 비밀을 털어놓으려 할 때면 어김없이 죄책감의 누이요 가까운 친구인 비겁함이 떨리는 손으로 그를 잡아당겼다. 불쌍하고 가련한 인간이어라! 그처럼 연약한 인간이 어찌하여 죄라는 무거운 짐을 지게 되었을까? 죄란 모름지기 그것을 이겨 낼 수 있든가, 죄의 압박이 너무 심할 경우엔 자신을 위해 젖 먹던 힘까지 동원해 그것을 즉시 떨쳐 낼 수 있는 강인한 정신을 가진 자에게나 어울리는 것을! 이처럼 연약하고 과민한 정신의 소유자는 풀리지 않는 매듭처럼 뒤얽혀 있는, 하늘을 거역하는 죄와 헛된 회한의 고통 속에서 아무것도 하지 못하고 끊임없이 갈팡질팡하는 법이다.

그리하여 처형대 위에 서서 헛된 속죄의 흉내를 내고 있던 딤스데일 목사는 온 우주가 자신의 심장 바로 위, 벌거벗은 가슴에 찍힌 주홍빛 표시를 응시하고 있는 것만 같은 커다란 공포에 사로잡혔다. 실제로 그는 누가 그 부위를 유독한 이빨로 물어뜯는 것만 같은 고통을 오래전부터 느껴 왔고 지금 이 순간도 여지없이 그러했다. 제어할 의지나 힘이 없어 목사는 비명을 지르고 말았다. 그 고함 소리는 밤하늘을 뚫고 퍼져 나가 집집마다 메아리치고 마을 뒷산에 울렸다. 마치 그 소리에서 커다란 고통과 공포를 발견한 악의 무리가 장난감인 양 그것을 이리 던지고 저리 던지며 가지고 노는 듯했다.

「이젠 끝장이구나!」 목사는 두 손에 얼굴을 묻으며 중얼거렸다. 「온 마을 사람들이 잠에서 깨어 황급히 달려 나와 여기 있는 날 발견하지 않겠는가!」

그러나 아니었다. 그 비명 소리는 목사의 놀란 귀에만 실제보다 훨씬 더 큰 소리로 들렸던 모양이다. 마을 사람들은 깨어나지 않았다. 설령 깼다 하더라도 잠에 취한 채 꿈에서 들은 무서운 소리나 마녀들의 소란쯤으로 여겼으리라. 당시에는 마녀들이 사탄과 함께 백인 정착지나 외떨어진 오두막 위를 날아다니는 소리가 들린다고들 했으니까. 소란의 징조가 전혀 없어 목사는 가린 눈을 뜨고 주위를 보았다. 한길 건너 저만치 있는 벨링햄 총독 저택의 한 창문으로 잠잘 때 쓰는 흰 모자에 길게 늘어진 흰 잠옷을 걸친 늙은 총독이 한 손에 등불을 들고 있는 모습이 보였다. 아닌 밤중에 무덤 밖으로 불려 나온 귀신 같았다. 비명 소리를 듣고 깜짝 놀라 깬 모양이었다. 이 저택의 또 다른 창가에도 총독의 누이인 히빈스 노파가 등불을 들고 나타났는데, 그렇게 멀리에서도 그 심술궂고 불만스러운 표정이 보일 정도였다. 그녀는 창문 밖으로 머리를 내밀고서 불안하게 하늘을 올려다보았다. 의심할 여지 없이 이 늙은 마녀는 딤스데일 목사의 고함 소리를 듣고 수많은 메아리와 여운을 지닌 그것을 마귀들과 마녀들의 왁자한 아우성이라 해석했을 것이다. 그녀가 그들과 함께 숲을 쏘다닌다는 소문이 퍼져 있었다.

히빈스 노파는 벨링햄 총독의 등불을 발견하고는 얼른 자신의 등불을 끈 다음 사라졌다. 어쩌면 구름 속으로 올라갔는지도 모른다. 목사의 눈에는 더 이상 그녀의 움직임이 보이지 않았다. 벨링햄 총독은 맷돌 속을 뚫어 볼 수 없듯 아무것도 보이지 않을 텐데도 어둠 속을 찬찬히 살펴본 뒤 창가에서 물러났다.

목사는 비교적 안정을 찾았다. 그러나 곧 처음에는 멀리 있다가 이쪽으로 점점 다가오며 번득번득거리는 작은 빛이 그의 눈에 띄었다. 그 빛은 이쪽의 기둥, 저쪽의 정원 울타리, 이쪽의 격자 창문, 저쪽의 펌프와 물이 가득 든 여물통, 다시 이쪽의 쇠고리가 달린 아치형 참나무 문과 현관 계단용으로 놓아둔 거친 통나무를 비추었다. 지금 들리는 발소리에 딤스데일 목사는 자신의 파멸이 슬금슬금 다가오고 있으며, 잠시 뒤엔 저 등불이 자신을 비추어 오랫동안 숨겨 온 비밀을 드러내 보일 것이라고 굳게 확신하면서 무엇 하나 놓치지 않고 세밀히 지켜보았다. 등불이 가까워지자 둥그런 불빛 속에 그의 동료 목사, 더 정확히 말하자면 아주 소중한 벗이자 성직의 아버지이기도 한 윌슨 목사의 모습이 보였다. 딤스데일 목사는 윌슨 목사가 누군가의 임종을 지켜 주며 기도를 드렸던 것이리라 짐작했다. 과연 그랬다. 그 선량한 늙은 목사는 조금 전 지상을 떠나 천국으로 올라간 윈스럽 총독[94]의 임종을 보고 막 돌아오는 길이었다. 죄악에 가득 찬 어두운 밤이건만 윌슨 목사는 그 옛날의 성자 같은 사람들처럼 찬란한 후광에 둘러싸여 있었다. 마치 세상을 떠난 총독이 자신의 영광을 윌슨 목사에게 물려준 것이거나, 아니면 천국의 문으로 들어가는 승

---

94 John Winthrop(1588~1649). 보스턴 개척자 중 한 명으로 매사추세츠 지사와 부지사를 역임했다. 실제로 그가 죽은 것은 3월 24일이지만 호손은 딤즈데일의 철야에 현실성을 주기 위해 5월 초로 바꾸어 놓았다.

리의 순례자를 지켜보기 위해 저쪽을 향해 서 있는 윌슨 목사에게 천상 도시의 빛이 온통 내리비치는 것만 같았다.[95] 한마디로 지금 착한 윌슨 목사는 등불로 발밑을 비추며 집으로 돌아가는 중이었다! 깜박거리는 빛 때문에 이런 기발한 공상을 하게 된 딤스데일 목사는 윌슨 목사를 보고 미소를 짓다가 — 아니, 거의 소리 내어 웃다시피 하다가 — 자신이 미쳐 가고 있는 게 아닐까 생각했다.

윌슨 목사가 한 손으로는 검은색 외투를 바싹 여며 쥐고 다른 한 손으로는 등불을 가슴 앞에 쳐든 채 처형대 옆을 지나칠 때, 딤스데일 목사는 말을 하고 싶어 미칠 지경이었다.

「안녕하십니까, 존경하는 윌슨 목사님! 이리로 올라오셔서 저와 즐거운 시간을 보내시지요!」

맙소사! 딤스데일 목사가 실제로 이렇게 말했을까? 한순간이었지만 목사는 자신의 입에서 이런 말이 새어 나갔다고 믿었다. 그러나 사실은 그의 머릿속에서 나온 말일 뿐이었다. 늙은 윌슨 목사는 발 앞에 놓인 진창을 신중히 살피면서 가던 길을 천천히 밟을 뿐 처형대 쪽은 한 번도 돌아보지 않았다. 깜박이는 등불이 저 멀리 사라졌을 때 딤스데일 목사는 갑자기 아찔해지며 조금 전의 그 짧은 순간이 얼마나 무섭고 불안한 위기였던가를 깨달았다. 물론 그의 정신은 무심결에 섬뜩한 장난으로 그 긴장을 풀고자 했지만 말이다.

곧이어 아까와 같은 섬뜩한 장난기가 또다시 그의 진지한 망상 사이를 슬쩍 비집고 들어왔다. 익숙지 않은 으스스한

---

95 「요한의 묵시록」 21장 13절, 25절 참조. 〈그 대문은 동쪽에 셋, 북쪽에 셋, 남쪽에 셋, 서쪽에 셋이 있었습니다.〉 〈그 도성에는 밤이 없으므로 종일토록 대문들을 닫는 일이 없을 것입니다.〉

밤공기에 팔다리가 점점 뻣뻣해져 처형대 계단을 내려갈 수나 있을는지 걱정이었다. 동이 트면 이곳에 있는 내 모습이 보이겠지. 마을 사람들이 깨어나기 시작할 테지. 맨 먼저 일어난 자가 희붐한 새벽빛 거리를 걷다가 치욕의 처형대 위에 어른거리는 흐릿한 그림자를 보고는 놀라움과 호기심으로 반쯤 미쳐서는 이 집 저 집 문을 두드려 대며 사람들에게 죽은 죄인의 유령 — 그렇게밖에 생각할 수 없을 것이다 — 을 구경하러 나오라 하겠지. 첫새벽의 소동이 날개를 퍼덕이며 이 집 저 집을 다니겠지. 이윽고 아침 햇살이 점점 강렬해지면 나이 많은 가장들은 잠옷 바람으로 황급히 일어날 것이고, 품위 있는 중년 부인들도 옷 갈아입을 새가 없겠지. 지금껏 머리카락 한 올 흐트러진 꼴도 보인 적 없던 단정한 사람들까지 악몽을 꾸다 나온 듯 헝클어진 모습으로 사람들 앞에 뛰쳐나오겠지. 늙은 벨링햄 총독도 제임스 왕 시대의 주름 옷깃을 아무렇게나 걸친 채 험상궂은 표정으로 나타나겠지. 히빈스 부인은 밤새 숲을 쏘다니느라 잠 한숨 못 잔 듯 어느 때보다도 부루퉁한 얼굴로, 치맛자락에는 숲에서 달고 온 잔가지를 몇 개 붙인 채 나타나겠지. 임종을 지키느라 새벽녘에야 겨우 잠든 윌슨 목사는 찬양받는 성자들에 관한 꿈을 꾸다가 이렇게나 일찍 방해를 받는 것에 화를 내겠지. 또한 딤스데일 목사의 교회 장로들과 집사들도 이곳으로 올 테지. 목사를 우상화한 나머지 그 하얀 가슴에 그를 위한 예배당까지 마련해 놓은 처녀들은 어쩔 줄 몰라 허둥대다가 머릿수건을 쓰지도 않은 채 달려 나오겠지. 한마디로 모든 사람들이 문지방에 걸려 넘어질 뻔하면서 처형대 주위로 몰려들어 놀라움과 공포에 질린 얼굴을 쳐들겠지. 붉은 동쪽 빛이 이마를 물들이고 있는 자를 그들은 과연 누구라고 깨닫게 될 것인가? 몸이 얼어 죽을 지경이 된 채 수치심을 이기지 못하며 헤스터 프린이 섰던 그 처형대에 서 있는 아서 딤스데일 목사가 아니고 누구겠는가!

이런 광경이 자아내는 기괴한 공포에 자제력을 잃은 목사는 자신도 모르게 큰 소리로 웃고, 그 바람에 본인도 깜짝 놀랐다. 곧이어 그 웃음소리에 응답하듯 밝고 경쾌한 어린아이의 웃음소리가 들려왔다. 목사는 가슴에 이는 전율과 함께 — 몹시도 고통스러워서인지, 아니면 격하게 기뻐서인지는 스스로도 알 수 없었지만 — 어린 펄의 목소리를 알아들었다.

「펄! 귀여운 펄!」 그는 잠깐 주저하다가 큰 소리로 외친 다음 목소리를 죽여 다시 말했다. 「헤스터! 헤스터 프린! 당신이오?」

「네, 헤스터 프린이에요!」 그녀는 놀란 어투로 대답했다. 목사는 그녀가 지나고 있던 쪽에서 자기 쪽으로 다가오는 발소리를 들었다. 「저예요. 그리고 제 딸 펄이에요.」

「어디서 오는 길이오, 헤스터? 무슨 일로 여기까지 왔소?」 목사가 물었다.

「임종을 지켜 드리느라…….」 헤스터 프린이 대답했다. 「윈스럽 총독께서 돌아가셔서 그분의 수의 치수를 재고서 집으로 돌아가던 길이었어요.」

「이리로 올라오시오, 헤스터. 당신도 귀여운 펄도.」 딤스데일 목사가 말했다. 「두 사람은 전에 여기 올라온 적이 있지만, 그때 난 같이 있지 않았지. 다시 한 번 올라와서 우리 셋이 함께 서봅시다!」

헤스터는 잠자코 층계를 올라 어린 펄의 손을 잡고 처형대 위에 섰다. 목사는 더듬더듬 아이의 다른 손을 잡았다. 그 손을 잡자 자신의 생명이 아닌 새로운 생명의 세찬 물결이 급류처럼 그의 가슴속으로 쏟아져 들어와 온 핏줄을 타고 흐르는 듯했다. 마치 반쯤 마비된 그의 몸에 어미와 아이가 그들의 체온을 전해 주고 있는 것 같았다. 세 사람은 마치 전류가 흐르는 쇠사슬이 된 것 같았다.

「목사님!」 어린 펄이 작은 소리로 말했다.

「왜, 하고 싶은 말이 있니, 애야?」 딤스데일 목사가 물었다.

「내일 낮에도 엄마하고 저하고 같이 여기에 서주실래요?」 펄이 물었다.

「아니, 그건 안 된다, 귀여운 펄.」 목사가 대답했다. 이 순간 새로운 활기가 용솟음치면서도 너무나 오랫동안 그의 삶을 괴롭혀 온, 세상 사람들에게 탄로 나고 말리라는 두려움이 되살아난 것이다. 자신이 끼어 있는 이 결합에 목사는 벌써부터 떨고 있었지만, 다른 한편으로는 야릇한 기쁨도 느껴졌다. 「그건 안 된다, 애야. 언젠가는 네 엄마와 너와 함께 여기 설 테지만, 내일은 아니란다.」

펄은 깔깔 웃으면서 손을 빼려 했다. 그러나 목사는 아이의 손을 꽉 쥐었다.

「조금만 더, 애야!」 그가 말했다.

「그럼 약속해 주실래요? 내일 낮에 제 손이랑 엄마 손이랑 잡아 주신다고 말이에요.」 펄이 물었다.

「내일은 안 된다, 펄. 이다음에.」 목사가 말했다.

「이다음 언제요?」 아이는 계속 졸랐다.

「심판의 날에.」 목사는 작은 소리로 말했다. 이상하게도 스스로가 진리의 교사라고 느껴져서 목사는 아이에게 그렇게 대답하지 않을 수 없었다. 「그때, 저기 심판의 성좌에, 네 엄마와 너와 내가 함께 서야 할 거다. 그러나 이 세상의 햇빛 아래서는 우리 셋이 있는 것을 보여 주지 못할 거야!」

펄은 다시 깔깔거리고 웃었다.

딤스데일 목사가 말을 채 마치기도 전에 구름 덮인 하늘 저 멀리서 한 줄기 빛이 번쩍였다. 밤하늘을 관찰하다 보면 종종 볼 수 있는, 텅 빈 공중에서 완전히 불타 없어지는 그런 유성이 만들어 낸 현상이 분명했다. 그 빛이 얼마나 눈부시던지 하늘과 땅 사이에 걸린 두꺼운 구름층마저 속속들이 비출 정도였다. 둥근 천장 같은 하늘이 거대한 램프 갓처럼 밝아졌다. 거리의 낯익은 풍경이 대낮처럼 또렷이 보였는데, 낯선 빛에 낯익은 풍경이 비칠 때면 으레 그렇듯 무시무시하기도 했다. 각 층이 불룩 튀어나와 있고 예스러운 박공지붕이 달린 목조 가옥들, 그 주위로 새순들이 돋아나고 있는 현관 계단들과 문지방들, 갈아엎은 지 얼마 안 돼 흙이 거무스름한 채소밭들, 다니는 이가 거의 없어 심지어 장터 쪽은 바퀴자국 양편으로 풀밭까지 만들어진 수렛길 등, 보이는 모든 것들이 이 세상의 사물에 지금까지와는 다른 도덕적 의미를 부여하는 듯 기묘한 양상을 띠고 있었다. 그리고 가슴에 손을 얹은 목사와, 수놓은 글자가 그 가슴에서 희미하게 반짝이고 있는 헤스터 프린과, 죄의 상징이자 그 두 사람의 연결 고리인 어린 펄도 그곳에 서 있었다. 그들은 한밤의 이상하고도 장엄한 광채 속에 서 있었다. 그것은 마치 모든 비밀을 밝혀 줄 빛이요, 서로에게 속해 있는 모두를 하나로 묶어 줄 여명 같았다.

어린 펄의 눈에는 마력이 돌았고, 목사를 홀긋 올려다보는 얼굴에는 정말로 꼬마 요정이 아닐까 싶은 장난기 어린 미소가 어려 있었다. 아이는 딤스데일 목사에게 잡힌 손을 빼더니 길 건너를 가리켰다. 그러나 목사는 가슴 위로 두 손을 깍지 낀 채 하늘 위로 시선을 던졌다.

해와 달이 뜨고 지는 것보다 일상적이지는 않지만 비교적 규칙적으로 일어나곤 했던 유성의 출현이나 그 밖의 자연 현상을 신의 계시로 보는 것이 당시에는 가장 보편적인 해석이었다.[96] 그래서 밤하늘에 불타는 창이나 이글거리는 검, 활이나 화살집 따위가 보이면 인디언과의 전쟁이 있을 것으로 예측하곤 했으며 진홍빛이 빗발치듯 떨어지는 것은 페스트 발생의 전조로 여겼다. 청교도가 정착한 날부터 독립 전쟁 때까지 좋건 나쁘건 잉글랜드에 일어난 현저한 사건들 중 이러한 자연 현상의 경고를 받지 않은 예는 없었을 것이다. 다수가 이와 같은 현상을 자주 목격했다. 그러나 그 신빙성은 유일한 목격자의 신념에 의존하는 경우가 많았다. 목격자는 윤색하고 확대하고 왜곡하기도 하는 상상력이라는 매개를 통해 불가사의한 현상을 본 뒤, 곱씹어 생각하는 과정에서 그 형체를 더욱 구체화하는 경향이 있다. 나라의 운명이 이런 무시무시한 상형 문자로 창공에 나타나게 된다는 것은 실로 장엄한 생각이었다. 하늘이라는 광대한 두루마리도 신이 한 민족의 운명을 기록하기에는 그리 넓은 것이 아니었을지 모른다. 우리 선조들은 자신들의 갓 태어난 나라가 하늘의 각별하고 엄밀한 보호를 받고 있다는 증거로 늘 이런 믿음을 내세우곤 했다. 그러나 어떤 사람이 바로 그 커다란 기록 용지에 오직 자

---

96 신의 계시가 어떤 자연 현상을 통해 인간에게 알려진다고 생각하는 것은 정통 칼뱅주의 사상이 아니라 계약 신학 *covenant theology*의 견해다. 따라서 청도교주의는 엄밀한 의미에서 칼뱅주의와는 일치하지 않는다.

신에게만 전하는 계시가 적혀 있더라고 말한다면, 우리는 어떻게 보아야 할 것인가! 그러한 경우엔 계시라는 것이 극도의 혼란에 빠진 정신 상태의 징후에 불과할 수도 있다. 인간이 남모르는 격심한 고통을 오랫동안 겪으면 병적일 만큼 내성적으로 변해 광대하게 펼쳐진 대자연으로까지 자기중심주의를 확장하고 급기야는 하늘이 자신의 역사와 운명을 기록하기에 딱 좋은 용지에 지나지 않는다고 보게 되는 것이다!

그러므로 하늘을 올려다보고 있던 목사가 붉고 흐릿한 빛으로 나타나 있는 큼직한 글자 — 바로 A라는 글자 — 를 본 것은, 단지 그의 눈과 마음의 병 탓으로 돌려도 무방하리라. 실제로 그 지점에 나타났던 것은 구름 장막을 뚫고 희미하게 불타오르는 유성이었을 뿐인지 모른다. 그러나 죄의식에 찬 목사의 상상력이 그려 낸 것은 그런 모양이 아니었다. 혹은, 어쨌거나 형체가 너무나 불분명했기 때문에 또 다른 죄의식을 가진 사람은 거기서 또 다른 상징을 보았을지도 모를 일이다.

이 순간 딤스데일 목사의 심리 상태를 특징짓는 이상한 사건이 일어났다. 목사는 하늘을 응시하면서, 동시에 어린 펄이 처형대에서 멀지 않은 곳에 서 있는 로저 칠링워스 노인을 손가락으로 가리키고 있는 것을 분명히 인지하고 있었다. 목사는 불가사의한 A 자를 알아본 것과 같은 순간 의사도 보았던 것 같다. 유성의 빛은 다른 모든 대상에 그러하듯 의사의 얼굴에도 새로운 표정을 주었다. 그게 아니면 의사가 여느 때와는 달리 자신의 제물을 바라보며 악의를 숨기려 조심하지 않았다고 보아도 좋을 것이다. 만약 유성이 헤스터 프린과 목사에게 심판의 날을 상기시키는 장엄함으로 하늘을 밝히고 땅을 드러낸 것이라면, 그들에게 로저 칠링워스는 자신들을 데려가기 위해 찌푸린 얼굴로 미소 짓고 서 있는 악마로 비쳤을는지 모른다. 의사의 표정이 너무 생생해서였던지, 아니면 목사가 그것을 너무 강렬하게 인식해서였던지, 유성이 사라져 거리와 다른 모든 것이 전멸한 양 어둠에 잠긴 후에도 그 표정만큼은 여전히 선명하게 남아 있는 것 같았다.

「저 사람은 누구요, 헤스터?」 딤스데일 목사는 공포에 휩싸여 숨을 헐떡이며 말했다. 「저자를 보니 오싹해지는구려! 당신은 저 사람을 알고 있소? 나는 저자가 싫소, 헤스터!」

그녀는 자신이 했던 맹세를 기억하고는 잠자코 있었다.

「저자를 보니 내 영혼이 떨리오!」 목사는 또다시 중얼거렸다. 「저자는 누구요? 대체 누구요? 당신이 날 도와줄 수는 없소? 저 남자한테서는 말할 수 없는 공포가 느껴지오!」

「목사님, 누군지 제가 말씀드릴게요!」 어린 펄이 말했다.

「어서 말해 봐라, 애야!」 목사는 허리를 굽혀 아이의 입술에 귀를 바짝 갖다 댔다. 「어서! 최대한 작은 소리로 말이다.」

펄은 목사의 귀에 대고 뭐라고 중얼거렸다. 인간의 언어 같긴 했지만, 아이들이 재미있다며 몇 시간씩 지껄여 대곤 하는 뭐가 뭔지 도통 알 수 없는 말이었다. 어쨌거나 그 속에 로저 칠링워스 노인에 관한 비밀 정보가 담겨 있다 해도 학자인 목사로서도 알 길이 없는 말이었던지라 그의 마음은 더욱 당혹스럽기만 했다. 잠시 뒤 요정 같은 아이는 깔깔대고 웃었다.

「지금 날 놀리는 게냐?」 목사가 말했다.

「목사님은 용감하지 않았잖아요! 정직하지도 않았잖아요!」 아이가 대답했다. 「내일 낮에 내 손이랑 엄마 손이랑 잡아 주겠다고 약속하지도 않았잖아요!」

「이봐요.」어느새 처형대 아래까지 다가온 의사가 입을 열었다. 「딤스데일 목사님? 정말로 목사님일 줄이야. 하하, 정말이군요! 우리처럼 학문만 알고 책만 파고드는 사람에겐 엄한 감시가 필요하다니까요! 깨어 있을 때도 꿈을 꾸고, 자면서도 걸어다니니 말입니다. 자, 목사님, 친애하는 벗이여, 제가 집까지 바래다 드리지요!」

「제가 여기 있는 걸 어떻게 아셨습니까?」목사는 두려워하며 물었다.

「사실대로 말하면, 전혀 몰랐습니다.」로저 칠링워스가 대답했다. 「존경하는 윈스럽 총독의 머리맡에서 미흡하나마 제 의술로 고통을 덜어 드리느라 밤을 새우다시피 했지요. 총독께서 저세상으로 가셔서 저도 집으로 돌아가는 길이었는데, 갑자기 이상한 빛이 비치기 시작하더군요. 저와 함께 가시지요, 목사님. 안 그랬다간 내일 주일 예배도 못 보실 수 있습니다. 아하! 그것 보십시오. 그놈의 책들이 머리를 어지럽힌다니까요. 그놈의 책들, 그놈의 책들 말입니다! 목사님, 앞으론 공부 시간을 줄이고 여가 시간을 좀 가지십시오. 아니면 오늘 밤 같은 별난 행동이 점점 심해질 겁니다.」

「함께 돌아가죠.」딤스데일 목사가 말했다.

목사는 흉한 꿈을 꾸다 깬 사람처럼 축 늘어지고 풀 죽은 채 의사가 하자는 대로 이끌려 갔다.

그러나 안식일인 다음 날, 목사는 자신의 입에서 나온 그 어떤 설교보다 의미심장하고 힘 있으며 천상의 감화력으로 충만하다고 할 만한 설교를 했다. 그 설교의 효험에 힘입어 진리로 인도되어 딤스데일 목사에 대한 경건한 감사의 마음을 남은 평생 소중히 간직하겠다고 맹세한 신도가 한둘이 아니었다고 한다. 그런데 목사가 설교단에서 내려왔을 때 수염이 희끗희끗한 교회지기가 그를 맞으며 검정 장갑을 내밀었고, 목사는 그것이 자신의 것임을 알아보았다.

「오늘 아침에, 죄인들이 세상 사람들 앞에서 치욕을 당하는 처형대에서 이것을 발견했습니다.」 교회지기가 말했다. 「악마가 무례하게도 목사님을 욕보일 생각으로 그곳에 떨어뜨려 놓은 모양입니다. 그러나 정말이지, 악마는 언제나 그렇듯 눈먼 바보였습죠. 깨끗한 손에는 장갑 같은 것이 필요 없는데 말입니다!」

「고맙소, 형제여.」 목사는 내심 크게 당황했지만 근엄하게 말했다. 기억이 가물가물해 간밤의 일은 한낱 꿈으로 치부해 버리고 싶은 심정이었다. 「예, 내 장갑인 것 같소, 그렇구려!」

「악마가 이것을 훔치려 하니 목사님께선 맨손으로 악마를 상대하셔야겠습니다.」 늙은 교회지기는 험상궂은 미소를 흘리며 말을 이었다. 「그나저나 목사님께선 간밤에 나타났다는 그 전조를 들으셨습니까? 하늘에 큼지막한 붉은 글자가 나타났다고 합니다, A 자가 말이지요. 저희들은 그 글자가 〈천사*angel*〉를 뜻한다고 해석했습죠. 선량하신 윈스럽 총독께서 간밤에 천사가 되셨으니 어떤 전조가 나타나는 게 마땅하다고 여긴 겁니다!」

「아니, 그런 얘긴 못 들었소.」 목사가 대답했다.

13
헤스터의 또 다른 모습

헤스터 프린은 지난번 딤스데일 목사와의 기묘한 만남에서 그의 수척해진 모습을 보고 충격을 받았다. 목사는 기력이 바닥난 사람 같았다. 정신력이 어린애만도 못했다. 그 능력은 힘없이 널브러져 있었다. 반면에 지적 능력은 본래의 힘을 유지하고 있거나 아니면 병자만이 얻을 수 있는 병적인 원기를 습득한 것만 같았다. 다른 사람들은 모르는 일련의 사정을 잘 알고 있었던 헤스터는 목사 자신의 양심의 가책에 따른 고통이 아닌 어떤 가공할 존재가 그의 건강과 휴식에 영향을 끼쳐 왔고 지금도 조종하고 있다는 사실을 쉽게 추론할 수 있었다. 이 타락한 가엾은 남자가 과거에 어떤 사람이었는지를 잘 아는 그녀의 영혼은, 목사가 본능적으로 알아낸 적에 맞서게 해달라며 자신 — 사회에서 추방당한 여자 — 에게 호소하고 공포로 몸서리치는 모습에 크게 흔들렸다. 또한 그녀는 목사가 자신에게 최대한의 도움을 구할 권리를 가지고 있다고 판단했다. 오랫동안 사회와 등지고 살아온 탓에 자신의 기준이 아닌 외부의 기준으로 옳고 그름을 재는 것이 익숙지 않았지만 목사에 관한 한 그녀는 다른 사람에게, 또한 이 세상 그 누구에 대해서도 갖지 않는 책임을 스스로 져야 한다고 생각했다. 아니, 그렇게 생각하는 것 같았다. 그녀와 나머지 인류를 묶어 주는 고리들 — 꽃이든 비단이든 황금이든 그 밖의 어떤 재료로 이루어진 것이든 — 은 모두 끊어졌다.[97] 지금은 목사도 헤스터도 끊을 수 없는, 공동의 죄라는 무쇠 고리만이 남았다. 여느 유대 관계에서처럼 이들의 고리에도 의무가 따랐다.

헤스터 프린의 처지는 이제 치욕의 멍에를 썼던 그때와 같지 않았다. 여러 해가 흘렀다. 펄은 일곱 살이 되었다. 환상적으로 수놓은 빛나는 주홍 글자를 가슴에 달고 다니는 아이 엄마는 마을 사람들에게 친숙한 존재가 되었다. 공동체에서 현저히 두드러지되 공적·사적 이해와 편의에 참견하지 않는 사람에게 흔히 그렇게 되듯이, 헤스터 프린에 대해서도 결국엔 일종의 애정이라는 것이 싹트게 되었다. 이기심이 작동하지만 않으면 미움보다 사랑을 더 쉽게 따르는 것이 인간의 본성이자 인간성의 장점이다. 처음에 생긴 적개심을 끊임없이 새로이 휘저어 놓는 방해꾼만 없다면 미움은 조금씩 사랑에 자리를 내주기까지 한다. 헤스터 프린의 경우, 남을 자극하거나 짜증 나게 하는 법이 없었다. 그녀는 사람들과 다투지 않았고, 세상의 가혹한 처사도 아무런 불평 없이 받아들였다. 자신이 당한 고통을 보상하라며 무슨 권리를 주장하고 나서지도 않았다. 세상의 동정에 기대지도 않았다. 오명을 쓰고 소외된 채 몇 해를 흠잡을 데 없이 깨끗하게 살았다는 사실

---

97 그녀가 인류와 다 같이 지니고 있던 요소들, 즉 자연에 대한 애정, 아름다운 옷에 대한 애착, 금전에 대한 집착 등이 모두 사라져 버렸음을 의미한다.

또한 그녀에게 아주 유리하게 작용했다. 누가 봐도 잃을 것 없고 희망도 없고 뭘 얻고자 하는 욕심도 없는 듯한 그 가엾은 방랑자를 바른길로 다시 이끈 것은 선행을 향한 진심 어린 마음뿐이었으리라.

또한 헤스터가 세상 사람들의 특권 중에서도 가장 소박한 권리 — 흔한 공기를 마시고 손을 부지런히 놀려 어린 펄과 자신의 일용할 양식을 버는 것 이상의 권리 — 조차 요구하지 않으면서, 은혜를 베풀 일이 있을 때는 언제든 인류의 자매임을 선뜻 인정하고 나선 사실도 알려지게 되었다. 가난한 사람들이 손을 내밀 때, 가진 것도 별반 없으면서 그녀만큼 선뜻 내놓는 사람도 없었다. 물론 문 앞까지 꼬박꼬박 대령해 주는 음식이나, 왕의 옷을 수놓아도 무방할 솜씨로 지은 옷을 선사받고서도 비웃음으로 되갚는 매정한 가난뱅이도 있긴 했지만 말이다. 페스트가 마을에 돌았을 때는 헤스터만큼 헌신적으로 일한 사람이 없었다. 마을 전체의 일이든 개인의 일이든, 재난이 닥치면 사회에서 버림받은 그녀는 자신이 있어야 할 곳을 재빨리 찾아냈다. 그녀는 근심으로 어두워진 집을 손님이 아닌 당연한 식구인 양 찾아갔다. 마치 그 집안의 침울한 어스름이 그녀에게 이웃과 교제할 수 있는 자격을 주는 매개물 같았다. 그곳에서는 수놓은 주홍 글자가 이 세상의 것이라고 여겨지지 않는 빛으로 위로하듯 반짝거렸다. 다른 곳이었다면 죄악의 징표였을 그 글자가 병자의 방에서는 양초 구실을 했다. 병자가 괴로워하는 마지막 순간에 주홍 글자는 시간의 경계를 가르며 어렴풋한 빛을 던졌다. 이승의 빛은 빠르게 저물어 가고 저승의 빛은 아직 도착하지 않은 그 순간, 주홍 글자는 병자에게 발 디딜 곳을 보여 주었다. 그런 위급한 순간이면 헤스터의 따뜻하고 푸근한 성품이 여실히 드러났다. 누구나 마실 수 있고 아무리 마셔도 결코 바닥이 드러나지 않는 인정의 샘물이었다. 치욕의 징표가 달린 그녀의 가슴은 베개가 필요한 이들이 머리를 누일 포근한 베개가 되어 주었다. 그녀는 스스로 자비의 수녀[98]가 되었다. 아니면 세상도 그녀도 기대하지 않은 결과였지만, 세상의 가혹한 손길이 그와 같은 운명을 정해 주었다고나 할까. 주홍 글자는 그녀의 소명을 상징했다. 그녀가 사람들에게 얼마나 큰 도움이 되었던지, 그리고 사람들을 돕는 힘과 위로하는 힘이 얼마나 컸던지 많은 사람들이 A라는 주홍 글자를 본래의 의미로 해석하려 들지 않았다. 그들은 그 글자가 〈능력*able*〉을 뜻한다고 했다. 비록 여자의 힘이지만 헤스터 프린은 그렇게나 강하다고 말이다.

헤스터를 들일 수 있는 곳은 어둠이 드리워진 집뿐이었다. 햇빛이 다시 들면 그녀는 그곳에 없었다. 그녀의 그림자는 문지방 너머로 사라졌다. 그녀가 정성껏 돌본 사람들은 감사의 마음을 전하고 싶어도 도움을 준 이 동거인이 뒤도 돌아보지 않고 떠나 버렸기 때문에 마땅히 해야 할 인사를 할 길이 없었다. 행여 길에서 그들을 만나도 그녀는 고개를 들고 인사를 받는 법이 없었다. 그들이 어떻게든 말을 걸려고 하면 그녀는 손가락으로 주홍 글자를 가리키며 가던 길을 계속 갔다. 이것은 자만일 수도 있었건만, 대중의 마음에는 대단한 겸손함으로 비쳐 겸양의 미덕이 지닌 온갖 흐뭇한 감화를 불러일으켰다. 사실 대중의 기질에는 포악한 면이 있다. 공공의 정의

---

[98] Sister of Mercy. 1827년 캐서린 매콜리Catharine Macaulay가 아일랜드의 수도 더블린에서 창립한 수녀단으로 자선과 교육 사업 등에 종사한다.

라도 누가 제 것인 양 집요하게 요구하면 대중은 거부하려 든다. 그러나 폭군들이 그러하듯, 좀 봐달라고 호소하면 정의보다 더한 것도 선뜻 내주는 경향도 대중에게서는 흔히 볼 수 있다. 헤스터 프린의 행동을 이러한 성격의 호소라고 해석한 세상은 그녀가 원하는 이상으로, 아니 어쩌면 그녀가 받을 자격 이상으로 자기네 희생자에게 자애로운 얼굴을 보이고 싶어 했다.

사회 지도층과 현명하고 학식 있는 사람들이 헤스터의 훌륭한 자질이 지닌 영향력을 인정하기까지는 일반인들에 비해 시일이 좀 더 걸렸다. 그들이 일반인들과 공유하고 있던 편견은 무쇠같이 단단한 논리라는 틀에 갇혀 있어 물리치기가 훨씬 더 힘들었다. 그러나 그들의 부루퉁하고 완고한 얼굴도 날마다 조금씩 펴지고 있었기에 언젠가는 인자하다 싶은 표정으로 바뀔 듯했다. 지위가 높은 만큼 공중도덕을 수호할 책임을 지닌 이들도 마찬가지였다. 그렇지만 개개인의 삶에서는 다들 헤스터 프린의 과오를 용서했다고 볼 수 있었다. 아니, 더 나아가 그들은 주홍 글자를 그녀로 하여금 그토록 오랫동안 가혹한 고행을 견디게 만든 죄의 징표가 아니라 그녀가 행한 수많은 선행의 징표로 간주하기 시작했다. 「수놓은 표지를 달고 있는 저 여인이 보이십니까?」 그들은 외지 사람들에게 말하곤 했다. 「우리의 헤스터랍니다. 우리 마을에 살고 있지요. 헤스터는 가난한 사람들에게 아주 친절하고, 아픈 사람들도 잘 돕고, 고통받는 사람들에게는 큰 위안을 줍니다!」 그런 다음에는, 남 얘기를 할 때면 나쁜 점만 콕콕 집는 것이 인간의 성향인지라, 지난날의 추문을 수군거린 것도 사실이다. 하지만 그렇게 말한 자들의 눈에도 주홍 글자는 수녀의 가슴에 달린 십자가 같은 효과를 나타냈다. 주홍 글자는 당사자에게 아무리 위험한 길도 안전하게 다닐 수 있게 하는 일종의 신성함을 부여해 주었다. 도적 떼의 습격을 받았어도 그녀는 무사했을 것이다. 어떤 인디언이 주홍 글자를 겨냥해 쏜 화살이 그녀에게 아무런 해도 입히지 않고 땅에 떨어졌다는 소문이 돌았고, 많은 이들이 그것을 믿었다.

그 상징이 헤스터 프린의 마음에 끼친 영향 — 더 정확히 말하면 그 상징이 나타내는 사회적 위치가 끼친 영향 — 은 강력하고도 기묘했다. 밝고 단아하며 무성한 잎과도 같던 그녀의 성격은 시들어 버린 지 오래되어 앙상하고 거친 윤곽만 남아 있을 뿐이었다. 만약 그녀에게 친구들이 있어 그 꼴을 보았다면 혐오감을 느끼며 거부 반응을 일으켰을 것이다. 심지어 매력적이던 몸매도 비슷한 변화를 겪었다. 이런 변화는 한편으론 그녀가 일부러 옷을 수수하게 입는 탓에, 다른 한편으론 남들에게 과시하려는 의도가 없는 탓에 생긴 것이었다. 그녀의 풍성한 머리카락도 잘려 버린 것인지, 아니면 모자 속에 꽁꽁 숨겨져 있는 것인지 단 한 올도 햇빛 속에서 반짝거린 적이 없었는데 이 또한 슬픈 변화였다. 다른 요인이 더 있긴 했지만 부분적으로는 이런 이유들 때문에 헤스터의 얼굴에는 더 이상 〈사랑〉이 눈을 둘 곳이 없는 듯했고, 비록 위엄 있는 조각상 같긴 했지만 그녀의 몸매는 〈열정〉이 끌어안아 줄 꿈조차 꾸지 못할 것 같았다. 그녀의 가슴도 마찬가지로, 언젠가 다시 〈애정〉이 베개로 삼을 만한 곳이 없어 보였다. 그녀를 여자로 남겨 두는 필수적인 어떤 속성이 그녀를 떠나고 없었다. 여자가 유달리 가혹한 일을 겪고 나면 종종 그러한 운명을 맞으며, 여성다운 성격과 모습이 그렇듯 준엄한 결과에 이르고 만다. 연약하기만 해서는 살아남지 못한다. 살아남는 여자는 연약함을 아예 짓뭉개 버리거나, 혹은 — 겉으로는 똑같아 보일는지 모르나 — 연약함을 가슴속 깊이 밀어 넣어 다시는 고개를 쳐들지 못하게 할 것이다. 아마도 후자의 이치가 더 타당하리라. 한때 여자였다가 여성성을 버린 여자라면 변신을 시켜 줄 마법의 손길만 있으면 언제든 다시 여자로 돌아올 수 있을 것이다. 헤스터 프린이 나중에 그런 마법의 손길을 만나 그런 변화를 겪게 될는지는 두고 볼 일이다.

헤스터가 대리석처럼 차가운 인상을 풍기게 된 데는 그녀의 삶이 상당 부분 열정과 감정에서 사색으로 전환되었다는 사실에 돌릴 수 있다. 세상에 홀로 선 채 의지할 데라곤 전혀 없이, 인도하고 보호해야 할 어린 딸만 데리고서, 또한 예전의 지위를 되찾을 희망 — 자신의 그런 욕망을 그녀는 경멸하지 않았다 — 도 없이 그녀는 끊어진 사슬 조각을 버렸다. 세상의 법은 그녀가 생각하는 법과 맞지 않았다. 당시는 이제 갓 해방된 인간의 지성이 지난 세기들보다 더욱 활기차고 더욱 광범위한 영역을 점하고 있던 시대였다.[99] 검을 든 자들이 귀족들과 왕들을 무너뜨렸다. 이들보다 더 대범한 자들은 낡은 원리와 밀접하게 결부되어 있는 낡은 편견의 지배 체제를 뒤집어엎고 재정비했다. 실제로 그랬다는 것이 아니라 그들의 진짜 보금자리였던 이론의 영역 안에서 그랬다는 것이다. 헤

---

99 인간의 지성이 근대적 합리주의 정신에 눈을 떠 교회의 절대주의적 지배를 벗어나게 되었음을 의미하는 것이다. 갈릴레이Galileo Galilei의 지동설, 베이컨Francis Bacon이나 홉스Thomas Hobbes의 과학적 합리주의가 좋은 예이다.

스터 프린은 이런 정신을 흡입했다. 그녀는 당시 대서양 건너편에서 흔히 볼 수 있었던 사색의 자유를 당연한 것으로 여겼는데, 만약 우리의 조상들이 그 사실을 알았다면 주홍 글자의 낙인보다 더한 죽을죄로 간주했을 것이다. 뉴잉글랜드의 다른 집 문턱 같았으면 감히 넘지 못할 사상들이 바닷가에 자리한 그녀의 쓸쓸한 오두막에는 찾아들었다. 그림자 같은 그 손님들이 그녀의 문을 두드리는 것을 누가 보았다면 헤스터가 악마와도 같은 위험한 존재를 들인다고 생각했을 것이다.

가장 대담한 사색을 하는 이들이 종종 가장 조용히 사회의 형식적인 규범을 따른다는 것은 주목할 만한 사실이다. 그들은 사상에만 안주한 채 그 사상을 피와 살을 갖춘 행동으로 전환하지는 않는다. 헤스터도 그런 경우에 해당하는 듯했다. 그러나 만약 어린 펄이 영적 세계로부터 그녀에게 오지 않았다면 상황은 전혀 달라졌을는지 모른다. 그랬다면 헤스터는 앤 허친슨과 손을 잡고 어떤 종파의 시조로서 역사에 이름을 남겼을지도 모른다. 예언자로 자신의 위상을 세웠을지도 모른다. 청교도의 토대를 뒤엎으려 했다는 이유로 그 시대의 준엄한 법정에서 사형을 선고받았을지도 모를 일이다. 아니 당연히 받았을 것이다. 그러나 어미의 사상적 열의는 아이의 교육에서 어떤 돌파구를 발견했다. 하늘은 이 아이의 기질로부터 여성의 싹과 꽃을 피우는 일을 헤스터의 손에 맡기고서 무수한 역경 속에서도 소중히 키우게 했다. 모든 것이 그녀에게 불리했다. 세상은 적대적이었다. 아이의 성격에는 무언가 어긋난 데가 있어 잘못 태어난 아이 — 어미의 분방한 욕정의 산물 — 라는 점이 끊임없이 보였기에 헤스터는 비통한 심정으로 저 불쌍한 어린것을 낳은 일이 잘한 짓인지 잘못한 짓인지 종종 묻지 않을 수 없었다.

그뿐 아니라 여성이라는 종족에 대해서도 그와 같은 암울한 의문이 그녀의 마음에 떠오르곤 했다. 세상에서 가장 행복한 여자라 해도, 과연 여성으로서의 삶은 받아들일 가치가 있는 것일까? 헤스터 자신의 삶과 관련해서는 오래전에 그렇지 않다는 결론을 내리고서 더 이상 문제 삼지 않았다. 남자도 그렇지만 사색을 하는 여자는 말수가 적어지기도 할뿐더러 서글퍼지기도 한다. 아마도 그녀는 자신 앞에 전혀 가망 없는 일이 놓여 있다는 것을 깨달았는지 모른다. 우선은 사회의 전 구조가 뒤집히고 새로 건설되어야 한다. 그런 다음 여성이 공평하고 적절하다고 할 만한 지위를 떠맡을 수 있기 위해서는, 남성의 천성 자체나 대대로 전해 내려오면서 천성에 가까워진 습성이 본질적으로 수정되어야 한다. 마지막으로, 다른 모든 난관을 제거했더라도 여성 스스로가 훨씬 크게 변모하지 않는다면 이런 앞선 개혁들을 이용할 수 없을 것이다. 그런 상태에서는 여성의 가장 진실한 삶을 찾아볼 수 있는 영적 정수가 증발해 버리고 없을지 모르는 터이다. 사색만 해서는 이런 문제를 결코 극복할 수 없다. 이 문제는 풀 수 없거나 혹은 한 가지 방법으로만 풀 수 있다. 운 좋게도 가슴이 맨 먼저 초월한다면 이 문제도 소멸할 것이다. 그랬기에, 가슴의 규칙적이고 건강한 맥박을 잃은 헤스터 프린은 마음의 어두운 미궁 속을 단서도 없이 헤매 다녔다. 어떤 때는 넘을 수 없는 절벽에 부딪쳐 돌아서기도 했고, 어떤 때는 깊은 구렁에 빠져 흠칫 놀라 올라오기도 했다. 그녀를 둘러싼 풍경은 황량하고 섬뜩하기만 할 뿐 가정적인 안락함은 찾아볼 수 없었다. 때로는 차라리 펄을 당장 천국으로 보내 버리고 자신도 천국이건

지옥이건 신이 정해 주는 곳으로 가는 편이 더 낫지 않을까 하는 무서운 의혹이 그녀의 영혼을 사로잡으려 하곤 했다.

결국 주홍 글자는 제구실을 다하지 못한 셈이었다.

그러나 딤스데일 목사가 철야를 하던 날 밤 그와 나눈 대화는 헤스터에게 새로운 고민거리를 주었고, 어떠한 노력과 희생을 치르고도 달성할 가치가 있는 목적을 제시했다. 그녀는 목사가 싸우고 있는, 아니 더 정확히 말하자면 싸우다 만 극도의 고통을 목격했다. 그는 미쳤다고까지는 할 수 없지만 당장이라도 미쳐 버릴 지경에 놓여 있었다. 남모르는 자책이 사람을 얼마나 고통스럽게 하는지는 몰라도, 고통을 덜어 주겠다고 나선 손길이 그 자책에 더욱 치명적인 독을 주입했다는 사실에는 의심의 여지가 없었다. 정체를 감춘 적이 친구이자 조력자의 탈을 쓰고 딤스데일 목사 곁에 계속 붙어 기회 있을 때마다 섬세한 용수철 같은 그의 마음을 만지작거렸다. 그처럼 커다란 불행의 전조가 보이고 상서로운 일이라곤 아무것도 기대할 수 없는 지경에 목사를 빠뜨리게 된 것이 애초부터 그녀 자신에게 진실함과 용기와 의리가 없었기 때문은 아니었는지 헤스터는 자문하지 않을 수 없었다. 옹색하나마 변명을 하자면, 그녀 자신을 망쳐 버린 것보다 더 무서운 파멸로부터 목사를 구할 길이라고는 로저 칠링워스의 계략을 잠자코 받아들이는 것밖에 없었다는 것이다. 충동에 이끌려 한 선택이었건만, 지금에 와서 보니 둘 중 더 비참한 쪽을 선택해 버린 듯했다. 아직 가능성이 있다면 자신의 잘못을 만회해야겠다고 그녀는 마음먹었다. 그동안의 가혹하고 엄한 시련으로 단련되어 있었기에 그녀는 로저 칠링워스와 단둘이 감방에서 이야기를 나누던 그날 밤, 지은 죄가 있어 비굴해지고 지금도 생생하기만 한 치욕으로 미칠 것만 같았던 그때와는 달리 지금은 그를 대적할 힘이 생겼다고 느꼈다. 그날 이후로 그녀는 계속해서 더 높은 곳으로 올라왔다. 반면 그 늙은이는 비루하게 추구해 온 복수 때문에 그녀와 거의 같은 수준으로, 아니 어쩌면 더 낮은 수준으로 떨어져 버렸다.

  요약하면, 헤스터 프린은 전남편을 만나 그의 손아귀에 들어가 버린 희생자를 구하기 위해 힘닿는 데까지 애써 보기로 결심했다. 그 기회는 오래지 않아 찾아왔다. 어느 날 오후 그녀는 펄과 함께 이곳 반도의 외진 곳을 산책하다가 그 늙은 의사를 보게 되었다. 그는 한 손에 광주리를 들고 다른 손에는 지팡이를 든 채 허리를 구부리고 약으로 조제할 약초를 찾고 있었다.

14
헤스터와 의사

 헤스터는 어린 펄에게, 엄마는 저기서 약초를 캐는 사람과 잠시 할 얘기가 있으니 물가에서 조가비나 엉킨 해초를 갖고 놀라고 했다. 그러자 아이는 새처럼 날아가 조그맣고 하얀 맨발로 질척한 바닷가를 철벅거리며 뛰어갔다. 이따금 아이는 걸음을 멈추고서 썰물이 자신을 위해 얼굴을 들여다볼 수 있는 거울로 남겨 두고 간 물웅덩이 속을 호기심에 차서 들여다보곤 했다. 웅덩이 속에는 검고 반짝이는 곱슬머리에 눈에는 장난스러운 미소를 머금은 작은 소녀가 있었는데, 같이 놀 친구가 없던 펄은 그 소녀에게 손을 잡고 함께 뛰놀자고 말했다. 그러나 물에 비친 작은 소녀는 〈여기가 더 좋아! 네가 물속으로 들어와!〉라고 말하는 듯 똑같이 손짓했다. 펄은 무릎이 잠기는 곳까지 물속으로 걸어 들어가 바닥에 있는 자신의 하얀 두 발을 보았다. 그러는 동안 더 깊은 곳에서는 부서진 미소 같은 어렴풋한 빛이 나타나 펄이 휘저어 놓은 물속을 둥둥 떠다녔다.

 그사이 아이의 엄마는 의사에게 다가가 말을 걸었다.

 「당신한테 할 얘기가 있어요. 우리와 많은 관계가 있는 애

기에요.」 그녀가 말했다

「오호! 헤스터 부인이 늙은 로저 칠링워스에게 할 얘기가 있단 말씀이오?」 그가 굽히고 있던 허리를 바로 펴며 대답했다. 「기꺼이 듣죠! 아, 부인, 부인에 대해선 동네방네서 좋은 소식이 들립디다. 어제저녁만 해도 현명하고 신실한 어떤 치안 판사께서 당신에 대해 이야기하다가 내게 귀띔하기를, 의회에서 당신에 관한 문제가 논의되었다고 하더군요, 헤스터 부인. 그 주홍 글자를 부인의 가슴에서 떼어 내는 것이 공공의 안녕을 해치는 일인가 아닌가를 의논했다고 하오. 정말이지, 헤스터, 난 그 훌륭한 치안 판사에게 당장 그렇게 해달라고 간청했소!」

「판사님들이 원한다고 해서 이 표시를 뗄 수 있는 게 아니에요.」 헤스터는 침착하게 대답했다. 「제게 이것을 뗄 자격이 생기면 저절로 떨어져 나갈 거고, 아니면 다른 의미를 지닌 것으로 바뀌게 되겠지요.」

「어허, 그 편이 더 마음에 든다면 계속 달고 있구려.」 그가 대꾸했다. 「몸단장에 관해서라면 여자는 자기 좋을 대로 해야 하는 법이니. 그 글자를 화려하게 수놓아 가슴에 달아 놓으니 아주 근사해 보이는구려!」

이런 대화를 나누는 동안 노인의 얼굴을 계속 보고 있던 헤스터는 지난 7년 사이 변해 버린 그의 모습에 적잖이 당황하고 충격을 받았다. 딱히 그가 더 노쇠했기 때문은 아니었다. 나이 먹은 기색이 눈에 띄기는 해도 노령에도 끄떡없는 강인한 기운과 민첩함은 여전히 간직하고 있는 듯했다. 그러나 그녀가 특히 잘 기억하고 있던 지적이고 학구적이며 침착하고 조용한 옛 모습은 온데간데없이 사라지고, 그 대신 열심히 뭔가를 탐색하는 사나우면서도 조심스럽게 경계하는 표정이 완연했다. 그는 이런 표정을 미소로 감추고자 하는 것 같았다. 그러나 미소는 뜻대로 지어지지 않고 그를 비웃기라도 하듯 얼굴 위로 어른거리기만 해 그의 음흉함만 훨씬 더 도드라져 보였다. 때로는 그의 눈에서 붉은 빛이 번쩍이기도 했다. 마치 그 노인의 영혼이 불타 가슴속까지 검게 그을리다가 끝내는 무언가 뜻하지 않은 격정에 휩쓸려 순간적으로 확 타오른 것만 같았다. 이런 격정을 그는 재빨리 억누르고서 언제 그런 일이 있었냐는 듯 태연해 보이려 애썼다.

한마디로 로저 칠링워스 노인은, 사람이 적당한 기간 동안 악마의 임무를 맡겠다고 마음만 먹으면 악마로 변모할 수 있는 능력이 있음을 보여 주는 현저한 증거였다. 이 불행한 인간이 이렇게 변모하게 된 것은 지난 7년 동안 고통으로 가득 찬 누군가의 마음을 끊임없이 분석하며 거기서 기쁨을 얻고, 자신이 분석하고 흡족하게 바라본 그 불같은 고통에 기름을 붓는 데 열중했기 때문이었다.

헤스터 프린의 가슴에선 주홍 글자가 불타고 있었다. 여기에 또 하나의 파멸한 인간이 있었다. 그 책임이 얼마간은 자신에게 있음을 그녀는 절실히 깨달았다.

「내 얼굴에 뭐가 있기에 그렇게 뚫어지게 보는 거요?」 의사가 물었다.

「날 울고 싶게 만드는 무엇이오. 그 슬픔에 족한 서러운 눈물이 있다면 말이죠. 하지만 상관하지 말아요! 내가 말하고 싶은 건 그 가엾은 사람에 관한 거니까.」 헤스터가 대답했다.

「그 사람이 어떻다는 거요?」 로저 칠링워스는 그 화제가 마음에 들고, 속을 터놓을 수 있는 사람과 얘기할 기회가 생겨 기쁘다는 듯 냉큼 소리쳤다. 「사실대로 말하자면 말이오, 헤스터 부인, 때마침 나도 한창 그 신사분 생각을 하고 있던 참이었소. 그러니 마음 놓고 말해 보시오, 대답해 주겠으니.」

「우리가 지난번에 이야기했을 때……」 헤스터가 말했다. 「벌써 7년 전 일이지만, 당신은 나와 당신의 관계를 비밀로 해주면 좋겠다고 했지요. 그 사람의 생명과 명성이 당신의 손아귀에 들어 있어 나로서는 당신의 명령에 따라 침묵을 지키는 것밖에 선택의 여지가 없는 듯했어요. 그러나 몹시도 불안한 마음으로 그런 약속을 했던 건 사실이에요. 다른 사람들에 대한 의무는 모두 버렸지만 그 사람에 대한 의무는 간직하고 있었으니까요. 당신의 비밀을 지킬 것을 서약했을 때, 그 의무를 저버린 것이 아니냐는 어떤 속삭임이 들렸어요. 그리고 그날 이후 당신은 그 사람 곁에 가장 가까이 붙어 있었죠. 당신은 그분이 가는 곳마다 따라다녀요. 자나 깨나 그분 옆에 있어요. 그 사람의 머릿속을 탐색해요. 그분의 가슴속을 파헤치고 들쑤셔요! 그분의 생명을 움켜쥐고서 매일같이 죽느니만 못한 삶을 살게 하고 있어요. 그런데도 그 사람은 당신이 누구인지 몰라요. 이렇게 되도록 허락함으로써 나는 아직 진실해질 수 있는 힘을 주는 유일한 그분에게 거짓 역할을 해왔던 거예요!」

「그럼 어떤 선택을 할 수 있었겠소?」 로저 칠링워스가 물었다. 「내 손가락이 그 남자를 가리켰다면 그는 설교단에서 끌려 내려와 감옥으로, 다음에는 아마 처형대로 던져졌을 텐데!」

「그 편이 더 나았을 거예요!」 헤스터 프린이 대답했다.

「내가 무슨 나쁜 짓을 했다는 거요?」 로저 칠링워스가 다시 물었다. 「분명히 말하지만, 헤스터 프린, 왕실에서 아무리 많은 보수를 준다 해도 내가 이 가엾은 목사에게 준 만큼의 보살핌은 절대 살 수 없었을 거요! 내 도움이 없었다면 그자의 생명은 그와 당신이 죄를 범한 이후로 2년도 못 되어 고통으로 불타 버렸을 거요. 왜냐하면 헤스터, 그 주홍 글자 같은 짐을 견딜 수 있는 당신만큼 그자의 정신이 강하지 못하기 때문이오. 아, 그 대단한 비밀을 밝힐 수만 있다면! 그러나 그 얘기는 이 정도로 해둡시다! 의술이 미칠 수 있는 한 나는 온갖 노력을 다했소. 지금 그가 숨 쉬고 이 땅을 걸어다니는 것도 다 내 덕이란 말이오!」

「차라리 죽었으면 더 좋았을걸!」 헤스터 프린이 말했다.

「그렇소, 헤스터, 맞는 말이오!」 로저 칠링워스 노인은 가슴에서 이글거리는 분노를 그녀의 눈앞에서 불태우며 소리쳤다. 「죽었으면 더 좋았을 거요! 이자만큼 심한 고통을 겪은 인간도 없었을 테니까. 그것도 철천지원수가 보는 앞에서 말이오! 그는 나를 의식하고 있었소. 무슨 저주처럼 어떤 힘이 늘 자신에게 집중되어 있는 걸 느꼈지. 어떤 영감에 의해 — 조물주가 만든 인간들 중 이처럼 예민한 자는 일찍이 본 적이 없소 — 그는 악의를 가진 손이 자신의 감정을 뒤흔들며, 악한 것만 찾아내고 알아내는 어떤 눈이 호기심을 갖고 자신을 주시한다는 사실을 알았소. 그러나 그 눈과 손이 내 것이라는 것은 알지 못했지! 목사들의 미신에 따라, 자신이 악마에게 홀려 무서운 꿈과 절망적인 생각과 쑤시듯 아픈 후회와 용서받을 길 없는 절망으로 괴로운 것이라 여겼소. 무덤 저편에서 기다리고 있는 것을 미리 맛보는 거라고 생각했소. 그러나 그 악마는 항상 붙어 다니는 내 그림자였소! 딤스데일 자신이 가장 망쳐 놓은, 그 자신과 가장 닮은 존재! 가장 무서운 복수라는 영구적인 독이 있어야만 살아갈 수 있게 된 존재! 그렇소, 정말이오! — 그자가 틀리지 않았던 거요! — 그자 곁에 악마가 있었으니까! 한때는 인간의 마음을 지녔지만 누군가를 특별히 괴롭히기 위해 악마가 된 자가 말이오!」

그 불행한 의사는 이렇게 말하면서 공포에 휩싸인 표정으로 두 손을 번쩍 쳐들었는데, 마치 거울 속에서 자기 모습이 아닌 누구인지 모를 기괴한 형상을 본 사람 같았다. 그것은 몇 년에 한 번 찾아올까 말까 하는 순간으로, 한 인간의 진정한 모습이 마음의 눈에 정직하게 비치는 때였다. 모르긴 해도 칠링워스가 지금처럼 자신의 모습을 바라본 적은 없었을 것이다.

「그만큼 괴롭혔으면 충분하지 않나요? 모든 걸 갚지 않았나요?」 헤스터가 노인의 표정을 읽고서 물었다. 「그가 당신에게 갚아야 할 빚을 모두 갚지 않았나요?」

「아니, 아니지. 빚은 늘어나기만 했을 뿐이오!」 의사가 대답했다. 말을 계속할수록 그의 태도는 사나움을 잃고 우울함에 빠져들었다. 「헤스터, 9년 전의 나를 기억하오? 그때도 나는 인생의 황혼기에 접어들어 있었소. 그것도 느지막한 황혼기였지. 그러나 나 자신의 견문을 넓히기 위해 충실하게 시간을 바친, 진지하고 학구적이고 사려 깊고 조용한 인생이었소. 또한 앞서 말한 목적에 견주어 우연히 얻은 목표이긴 했지만, 인류의 복지 향상을 위해서도 충실히 시간을 바쳤소. 나만큼 평화롭고 무해한 삶을 산 사람도 없을 거요. 그처럼 숱한 은혜를 입은 삶도 많지 않을 거라고. 당신은 그런 나를 기억하고 있소? 당신은 차가운 사람으로 여길는지 모르지만, 그럼에도 난 자신을 위하기보다는 타인을 배려하는 사람이 아니었소?

친절하고 진실하고 올바르고, 따뜻하진 않아도 변함없는 애정을 지닌 사람이 아니었소? 내가 그런 사람이 아니었소?」

「맞아요, 그 이상이었죠.」 헤스터가 대답했다.

「그렇다면 지금의 나는 어떻소?」 의사는 그녀의 얼굴을 뚫어지게 응시한 채 속에 있는 온갖 악의를 그대로 드러내며 다그쳐 물었다. 「내가 무엇인지는 이미 말했을 거요! 악마라고 말이오! 누가 날 그렇게 만들었소?」

「제가요!」 헤스터는 진저리를 치며 소리쳤다. 「그분 못지않게 제게도 책임이 있어요. 왜 제게는 복수하지 않는 거죠?」

「당신 문제는 주홍 글자에 맡겼으니까.」 로저 칠링워스가 대답했다. 「그것이 날 대신해 복수를 해주지 않았다면 나로서도 어쩔 수 없지!」

그는 미소를 지으며 주홍 글자에 손가락을 갖다 댔다.

「주홍 글자가 당신 대신 복수를 해줬지요!」 헤스터 프린이 대답했다.

「나도 그렇다고 판단했소.」 의사가 말했다. 「그래, 이제 그 남자와 관련해서 나를 어떻게 하고 싶은 거요?」

「비밀을 밝혀야겠어요.」 헤스터는 단호하게 대답했다. 「그 사람은 당신의 정체를 알아야 해요. 결과가 어찌 될지는 나도 몰라요. 하지만 그분의 파멸을 초래한 내가 그분한테 지고 있던 오랜 신뢰의 빚을 이제는 갚아야겠어요. 파멸도, 상당한 명성과 현세의 지위도, 어쩌면 그분의 생명까지도 당신의 손에 들어 있어요. 주홍 글자가 내게 가르쳐 준 진리 덕에 — 비록 붉게 달군 쇠처럼 영혼을 태운 진리지만 — 그분이 더 이상 소름 끼치는 공허한 삶을 살지 않는 것이 유익하다고 여기게 되었기에, 당신에게 머리 숙여 자비를 구걸하지 않겠어요.

그분에 대해선 당신 뜻대로 하세요! 그분에게도 이로울 게 없고, 내게도 이로울 게 없으며, 당신한테도 이로울 게 없어요! 어린 펄에게도 이로울 게 없죠! 이 어두운 미궁에서 우리를 인도해 줄 길이 없단 말이에요!」

「이 여인아, 그대가 안됐다는 마음이 들 정도군!」 로저 칠링워스는 자릿한 감격에 겨워 소리쳤다. 그녀가 표현한 절망 속에 어떤 장엄함이 담겨 있었기 때문이다. 「당신은 훌륭한 바탕을 가진 여자요. 나보다 나은 남자를 만났다면 이런 불행도 일어나지 않았을 것. 당신의 본성에 들어 있는 그 좋은 점을 낭비하고 말았으니 나는 당신이 안됐소!」

「나도 당신이 안됐어요.」 헤스터 프린이 대답했다. 「현명하고 올바르던 사람이 증오 때문에 악마로 변해 버렸으니까요! 당신 속에 자리한 악마를 몰아내고 다시 한 번 인간이 되어 보지 않겠어요? 그분을 위해서가 아니라 당신 자신을 위해서요! 용서하고, 더 큰 징벌은 벌을 요구하는 신께 맡기세요! 방금 전에 말했듯이 우리 모두 악의 이 어두운 미궁을 헤매 다니면서 우리가 뿌려 놓은 죄악에 걸려 넘어지고 있는데, 그분에게나 당신에게나 나에게나 이로울 게 뭐겠어요? 아, 그게 아니군요! 큰 해를 입은 것은 당신이고 용서하는 것도 당신 뜻에 달렸으니, 당신한테는, 당신한테만큼은 이로울지 모르겠군요. 그 유일한 특권을 포기하겠어요? 그 귀중한 은혜를 거절하겠어요?」

「그만, 헤스터! 그만!」 노인은 침울하면서도 근엄한 목소리로 대답했다. 「내겐 용서할 힘이 없소. 당신이 말한 그런 힘 따윈 내게 없소. 오랫동안 잊고 있던 지난날의 믿음이 되살아나 우리의 모든 행동과 괴로움을 설명해 주는구려. 첫발을 잘

못 디뎌 당신은 악의 씨를 뿌렸소. 그러나 그 악의 씨가 이후로는 어두운 필연이 되어 버렸지. 내게 잘못을 저지른 당신을 세상 사람들은 죄받을 사람이라 생각할지 모르나 그것은 착각이오. 악마의 손에서 그 임무를 낚아채긴 했지만 나 또한 악마 같은 사람은 아니오. 이건 우리의 운명이오. 검은 꽃은 피는 대로 그냥 두시오! 이제 당신은 가던 길을 계속 가고, 그자에 대해서는 당신 하고 싶은 대로 하시오.」

그는 손을 흔들고서 약초를 캐는 일에 다시 전념했다.

15
헤스터와 펄

그렇게 로저 칠링워스 — 사람들의 뇌리에 기분 나쁠 정도로 오래도록 남는 얼굴을 가진 기형적인 늙은이 — 는 헤스터 프린과 헤어져 구부정한 자세로 계속 걸었다. 그는 여기저기서 약초를 뜯고 뿌리를 캐내 옆구리에 낀 바구니에 담았다. 기다시피 가다 보니 그의 희끗희끗한 수염이 땅에 닿을락 말락 했다. 헤스터는 이른 봄의 여린 풀이 그의 발밑에서 시들지나 않을까, 푸릇푸릇한 초원 위로 그의 발자국이 들쭉날쭉 찍혀 누렇고 푸석푸석한 자국이 남지나 않을까 하는, 조금은 터무니없는 호기심으로 잠시 그의 뒷모습을 응시했다. 노인이 저토록 부지런히 모으고 있는 약초가 무엇일까 하는 궁금증도 일었다. 그의 눈길에 재빨리 감응하여 사악한 목적을 띠게 된 땅이 그의 손끝에서 효력을 발휘할, 지금껏 알려지지 않은 종의 독초들로 그를 맞이하지나 않을까? 혹은, 아무리 유익한 풀도 그의 손에만 닿으면 유해한 독초로 변해 그를 만족시켜 주는 것이 아닐까? 세상 어느 곳에서나 환하게 빛나는 햇빛이 그에게도 과연 내려앉을까? 아니면 왠지 그래 보였던 것처럼, 그가 어디로 방향을 돌리든 그의 불편한 몸을 따라다니는 불길한 그림자가 있는 것은 아닐까? 지금 그는 어디로 가고 있는 것일까? 갑자기 그가 땅속으로 쑥 꺼지고 그 자리가 메마르고 황폐해지면 머지않아 벨라도나와 산딸나무와 사리풀과 그 밖에 이곳 풍토에 맞는 온갖 독초들이 섬뜩하리만치 무성하게 자라지는 않을까? 아니면 그가 박쥐 날개를 펼치고 하늘 높이 날아오를수록 더욱 추악해 보이는 것은 아닐까?

「죄받을 짓이든 아니든, 난 저 남자가 싫어!」 헤스터 프린은 그의 뒷모습을 계속 응시하며 쓸쓸히 말했다.

그녀가 아무리 스스로를 책망해도 그런 감정을 이기거나 누그러뜨릴 수는 없었다. 혹시나 하는 마음에 그녀는 머나먼 땅에서 지내던 시절, 저녁이면 그가 하루 종일 틀어박혀 있던 서재에서 나와 벽난로 불빛과 아내의 환한 미소 곁으로 와서 앉던 지난날을 떠올려 보았다. 오랫동안 홀로 책 속에 파묻혀 있다 보면 학자의 가슴이 차가워지므로 아내의 미소로 몸을 녹여 줄 필요가 있다고 그는 말했었다. 당시에는 누가 보아도 행복해 보이는 순간이었다. 그러나 이제 그 뒤로 이어진 삶의 음울한 창을 통해 보니 가장 추악한 기억들 속에 드는 장면이다. 그런 장면이 어떻게 존재할 수 있었는지 놀라웠다! 그런 사람과 어떻게 결혼까지 하게 되었는지도 놀라웠다! 그녀가 가장 참회해야 할 죄라고 여기는 것은 그자가 손을 지그시 잡으면 내키지 않는데도 같이 맞잡아 주고, 그자가 미소를 지으면 눈과 입술에 미소를 떠올리며 그의 미소에 녹아들었던 일이다. 그리고 로저 칠링워스가 저지른 일들 중 가장 악랄한 죄는 그녀의 분별력이 모자라던 그때, 그녀로 하여금 그의 곁에 있으면 행복하다고 믿게 만든 점인 것 같았다.

「그래, 난 저 남자가 싫어!」 헤스터는 조금 전보다 더 씁쓸하게 되뇌었다. 「저 남자는 날 속였어! 내가 저자한테 한 짓보다 더 못된 짓을 내게 했다고!」

남자들이 여자의 마음을 완전히 얻지 못하면 여자로부터 결혼 승낙을 받고도 마음을 졸이는 법! 그게 아니라면 로저 칠링워스의 경우처럼 자신보다 더 강력한 손길이 여자의 온갖 감성을 깨웠을 때, 그동안 안락한 현실인 양 아내를 기만했을 조용한 만족과 행복의 대리석상에 대해 비난을 면치 못하는 것이 남자들의 비참한 운명인지도 모른다. 그러나 헤스터는 이런 불만을 오래전에 씻어 냈어야 했다. 그녀가 그런 생각을 한 것은 무엇을 의미하는 것일까? 7년이라는 긴 세월 동안 주홍 글자의 시달림 속에 그토록 많은 고통을 겪고서도 아무런 뉘우침을 느끼지 못했단 말인가?

헤스터가 늙은 로저 칠링워스의 구부정한 뒷모습을 응시하는 동안 떠올린 그 잠깐의 감정은 그녀의 마음에 어두운 빛을 던지면서, 다른 때 같았으면 그녀 자신이 인정하지 않았을지도 모를 많은 것을 드러내 보였다.

그의 모습이 사라졌을 때 그녀는 아이를 불렀다.

「펄! 내 딸, 펄! 어디 있니?」

지칠 줄 모르는 활달한 정신을 가진 펄은 엄마가 약초 캐는 노인과 이야기를 나누는 동안에도 심심한 줄 모르고 놀았다. 이미 말했듯이 처음에는 물웅덩이에 비친 제 모습과 놀면서 그 환영에게 나오라고 손짓했는데, 그것이 좀처럼 나오려 하지 않자 이번에는 만질 수 없는 땅과 손이 닿지 않는 하늘의 영역으로 통하는 길을 직접 찾아 나서려 했다. 그러나 자신도 물에 비친 그림자도 실체가 없는 존재임을 깨닫고는 더 재미난 놀이를 찾아 다른 곳으로 발길을 돌렸다. 아이는 자작나무 껍질로 작은 배를 몇 개 만든 다음 그 배에 달팽이 집을 싣고 뉴잉글랜드의 어떤 상인보다도 많은 상품을 깊은 바다로 내보냈다. 그러나 그렇게 만들어진 배는 대부분 물가에서 침몰했다. 아이는 살아 있는 참게의 꼬리도 잡고, 불가사리도 몇 마리 잡았으며, 따뜻한 햇볕에서 해파리를 말려 죽이기도 했다. 밀려오는 파도 위에 줄무늬처럼 나 있는 하얀 거품을 떠서 산들바람에 날려 보내고는 날개 돋친 걸음으로 날쌔게 쫓아가 커다란 눈송이처럼 떨어지는 거품이 땅에 닿기 전에 잡기도 했다. 물가에서 날개를 퍼덕이며 먹이를 쪼아 먹고 있는 바닷새들을 본 장난꾸러기 펄은 앞치마에 조약돌을 가득 담아 바위들 사이로 살금살금 기어다니며 아주 능숙하게 돌을 던졌다. 펄은 하얀 배를 가진 작은 잿빛 새가 돌에 맞아 부러진 날개를 퍼덕거리며 달아났다고 확신하기까지 했다. 그러나 이 요정 같은 아이는 곧 한숨을 내쉬며 장난을 그만두었다. 바닷바람이나 펄 자신과 마찬가지로 자생적인 작은 생물에게 상처를 입힌 것이 마음 아팠기 때문이다.

펄은 마지막 놀이로 각종 해초를 모아 목도리나 망토나 머리 장식 따위를 만들어 어린 인어 흉내를 냈다. 아이는 어머니로부터 주름진 휘장이라든가 예쁜 옷을 만드는 재주를 물려받은 것이다. 인어 의상의 마무리로, 펄은 거머리말을 몇 개 뜯어 엄마의 가슴에서 익히 보던 장식을 최대한 본떠 제 가슴에 붙였다. 주홍색이 아닌 선명한 초록색 글자, 〈A〉를 말이다! 아이는 고개를 바짝 숙여 이상하리만치 관심 있게 이 장식을 뜯어보았다. 마치 자신이 이 세상에 태어난 유일한 목적이 그 글자의 숨은 뜻을 알아내기 위한 것이기라도 한 듯.

〈이게 무슨 뜻이냐고 엄마가 묻지나 않을까?〉 펄은 생각했다.

바로 그때 엄마의 목소리가 들려와 아이는 작은 바닷새처럼 가볍게 날아 헤스터 프린 앞에 나타나서는 춤추고 웃으면서 제 가슴의 장식을 손짓해 보였다.

「내 딸, 펄…….」 헤스터는 잠시 말문을 닫았다가 말했다. 「그 초록 글자는 말이다, 네 어린 가슴에선 아무런 의미도 없단다. 한데 아가, 엄마가 달고 다녀야 하는 이 글자가 무엇을 의미하는지 알기나 하는 거니?」

「그럼, 엄마.」 아이가 대답했다. 「그건 대문자 A야. 엄마가 글자판[100]에서 가르쳐 줬잖아.」

헤스터는 아이의 작은 얼굴을 물끄러미 응시했다. 까만 눈동자 속에 흔히 보이던 그 기묘한 표정은 여전했지만 펄이 그 상징에 정말로 어떤 의미를 부여한 것인지는 알 길이 없었다. 그녀는 그 점을 확인해 보고 싶은 병적 욕구를 느꼈다.

「펄, 엄마가 이 글자를 왜 달고 있는지 알고 있다는 거니?」

「당연히 알지!」 펄은 밝은 표정으로 엄마의 얼굴을 바라보며 대답했다. 「목사님이 손을 가슴에 얹고 있는 이유랑 똑같지 뭐!」

「그 이유가 뭔데?」 헤스터는 아이의 대답이 얼토당토않다는 생각에 싱긋이 웃다가 다시 곱씹어 보고는 얼굴이 파래져서 물었다. 「그 글자가 엄마 가슴 말고 다른 사람의 가슴하고도 무슨 상관이 있다는 거니?」

「아니야, 엄마. 난 내가 아는 대로만 말한 것뿐이야.」 펄은

---

[100] *horn-book*. 영국에서 조지 2세 시기까지 사용된 초등 교육 교재. 알파벳, 숫자, 주기도문 따위를 쓴 종이를 판에 붙여서 투명한 뿔의 얇은 조각으로 덮고 손잡이가 붙은 틀에 넣었다.

평소보다 진지한 어투로 말했다. 「엄마가 얘기 나눴던 저기 저 할아버지한테 물어봐! 그 할아버지는 말해 줄지도 몰라. 근데 엄마, 정말로 이 주홍 글자에 무슨 의미가 있는 거야? 엄마는 왜 이걸 가슴에 달고 있는데? 목사님은 왜 손을 가슴에 얹고 있는데?」

아이는 두 손으로 엄마의 손을 잡고는 거칠고 변덕스러운 평소 성격에서는 좀처럼 찾아볼 수 없는 진지한 표정으로 엄마의 눈을 쳐다보았다. 문득 헤스터는 펄이 어린애다운 배짱으로 엄마와 가까워지려 애쓰고 있으며, 엄마와의 공감대를 마련하기 위해 어떻게든 머리를 써서 할 수 있는 일을 하려는 게 아닐까 하는 생각이 들었다. 그러자 펄이 전혀 다른 각도에서 보이기 시작했다. 지금까지 어미는 외동딸이라는 이유로 아이를 애지중지 키우면서도 펄에게서 4월의 봄바람 같은 변덕스러움 말고는 별반 다른 것을 기대하지 않으려 애썼다. 아이는 경쾌하게 놀다가도 무슨 이유에서인지 벌컥 화를 내기도 하고, 기분이 더없이 좋을 때에도 짜증을 부리는가 하면, 보듬어 주면 안기기보다 차갑게 굴 때가 더 많았다. 그리고 그렇게 못되게 군 대가로 아이는 이따금 무슨 속셈인지 의심스러울 만치 다정하게 뺨에 입을 맞추고 머리카락을 어루만지고는 어미의 가슴에 꿈같은 기쁨만 남긴 채 빈둥거릴 다른 놀이를 찾곤 했다. 어미였기에 그 아이의 기질을 이렇게나마 가늠할 수 있었다. 만약 남이었으면 몇 가지 데면데면한 특성만 보고서 훨씬 더 부정적인 평가를 내렸을지 모른다. 그런데 이제 남달리 조숙하고 명민한 펄의 모습을 보니 엄마와 친구가 될 수 있고, 엄마의 슬픔을 터놓고 이야기한다 해도 부모의 위엄이 떨어진다거나 아이의 순진성이 손상되지 않는 나이에 이른 것이 아닌가 하는 생각이 헤스터의 머리에 떠오른 것이다. 종잡을 수 없긴 하지만 펄의 성격 속에도 굽힐 줄 모르는 용기로 다져진 확고한 신념이나 누구도 제어할 수 없는 의지, 훈련을 통해 자존심으로 끌어올려질지 모를 완강한 긍지, 자세히 관찰했을 때 거짓의 기미가 보이면 뭐든 내치는 가차 없는 경멸 등이 싹트고 있는지 모르며, 어쩌면 처음부터 존재했는지도 모른다. 덜 익은 과일의 강한 맛처럼 쓰고 불쾌할지언정 펄에게도 애정은 있었다. 이런 훌륭한 속성에도 불구하고 이 요정 같은 아이가 기품 있는 여인으로 자라지 못한다면, 그것은 어미한테서 물려받은 악한 기질이 그만큼 크기 때문이리라 헤스터는 생각했다.

펄이 수수께끼 같은 주홍 글자 주위를 맴도는 것도 어쩔 수 없는 타고난 성격 탓인 듯했다. 자의식이 생기고부터 아이는 일종의 사명처럼 이 수수께끼의 의미를 알아내려 했다. 헤스터는 종종 하느님이 정의와 징벌을 보여 주기 위해 아이에게 이런 두드러진 경향을 부여하셨다고 생각하곤 했다. 그러나 지금 와서 보니, 그런 계획과 더불어 자비와 은혜의 목적도 있을 것 같다는 생각이 들었다. 어린 펄을 이 세상의 아이이자 영혼의 사자로서 성심껏 믿음으로 키운다면, 무덤 같은 어미의 가슴에 묻힌 싸늘한 슬픔을 위로해 주는 것이 그 아이의 사명이 아닐까? 또한 한때는 격렬했지만 지금은 죽지도 잠들지도 않은 채 무덤 같은 어미의 가슴에 갇혀 있는 정열을 극복하도록 도와주는 것이 그 아이의 사명이 아닐까?

마치 누가 실제로 귓속말을 해주기라도 하듯 그런 생각들이 지금 헤스터의 머릿속에서 생생하게 들썩이기 시작했다. 그동안 어린 펄은 두 손으로 엄마의 손을 꼭 잡고 얼굴을 쳐든 채 이 심문조의 질문을 하고, 또 하고, 다시 또 했다.

「그 글자가 무슨 뜻인데, 엄마? 엄마는 왜 그걸 달고 있어? 목사님은 왜 손을 가슴에 얹고 있어?」

〈뭐라고 말해야 할까?〉 헤스터는 생각했다. 〈아냐! 진실을 말해서 아이의 공감을 산다 해도 그럴 수는 없어.〉

곧이어 헤스터는 큰 소리로 말했다.

「바보 같은 펄!」 그녀가 말했다. 「무슨 질문이 그러니? 이 세상에는 아이들이 물어서는 안 될 것들이 많단다. 목사님의 속을 엄마가 어떻게 알겠니? 그리고 이 주홍 글자는, 금실이 예뻐서 달고 있는 거란다.」

지난 7년 동안 헤스터 프린은 가슴에 달고 있는 징표를 부정한 적이 없었다. 그 징표는 준엄하고 가혹하기도 했지만 그녀를 지켜 주는 수호신의 부적이었는지 모른다. 그렇게 엄하게 감시했음에도 새로운 악이 그녀의 가슴에 침투했거나 전에 있던 악이 물러나지 않고 남아 있음을 깨닫고, 수호신은 지금 그녀를 버린 듯했다. 한편 어린 펄의 얼굴에서는 이내 진지했던 표정이 사라졌다.

그러나 아이가 그 문제를 그냥 덮어 두려 한 것은 아니었다. 엄마와 함께 집으로 돌아오는 길에도 두세 번, 저녁 먹을 때와 헤스터가 잠을 재울 때도 몇 번, 그리고 깊이 잠든 듯 보였을 때도 한 번, 펄은 까만 두 눈에 장난기를 머금은 채 엄마를 바라보며 말했다.

「엄마, 주홍 글자가 뭘 의미하는데?」

이튿날 아침 아이는 잠이 깼다는 첫 신호로 베개 위로 머리를 홱 쳐들고서 다른 질문을 했다. 무슨 이유에서인지 아이는 언제나 그 질문을 주홍 글자에 관한 질문과 결부시켰다.

「엄마! 엄마! 목사님은 왜 손을 가슴에 얹고 있는데?」
「입 다물어, 못된 녀석!」 아이 어미는 지금껏 스스로에게 한 번도 허용하지 않았던 매서운 태도로 말했다. 「엄마를 놀리면 못써. 자꾸 그러면 캄캄한 벽장에 가둬 버릴 거야!」

16
숲속 산책

헤스터 프린은 당장 어떤 고통을 겪든, 장차 어떤 결과가 빚어지든, 딤스데일 목사에게 어느 틈에 그와 가까워진 사내의 정체를 알려야겠다는 결심을 굽히지 않았다. 그녀는 목사가 반도의 해안가나 이웃 마을의 숲이 우거진 언덕을 거닐면서 명상을 한다는 사실을 알고 있었기에 며칠 동안 말을 걸 기회를 엿보았지만 허사였다. 전에도 숱한 참회자들이 목사의 서재를 찾아가 주홍 글자가 상징하는 죄에 못지않게 악에 깊이 물든 죄를 고백한 적이 있는 만큼, 그녀가 목사를 직접 찾아간다 해도 추문이 일거나 목사의 거룩하고 티 없는 명성을 해칠 위험은 없었을 것이다. 그러나 한편으로는 로저 칠링워스 노인의 은밀하면서도 공공연한 간섭이 두려워서, 다른 한편으로는 의심을 살 만한 게 없는데도 행여 의심받지 않을까 지레 겁이 나서, 또 다른 한편으로는 얘기를 나누는 동안 목사나 그녀 자신이나 마음껏 숨 쉴 수 있는 넓은 공간이 필요할 것 같아서, 그런 모든 이유로 헤스터는 탁 트인 하늘 아래가 아닌 좁고 은밀한 장소에서는 그를 만나고 싶지 않았다.

그러던 어느 날 헤스터는 딤스데일 목사가 기도 요청을 받고 찾은 일이 있었던 어떤 환자의 방에서 시중을 들던 중, 목사가 전날 인디언 개종자들과 살고 있는 엘리엇 사도[101]를 만나러 갔다는 사실을 알게 되었다. 그는 이튿날 오후쯤이면 돌아올 것 같았다. 그래서 다음 날 일찍 헤스터는 어린 펄을 데리고 집을 나섰다. 그녀는 어딘가에 갈 때면 아무리 귀찮아도 어김없이 아이를 데리고 다녔다.

두 여행자가 반도를 건너 본토로 들어서자 행로는 오솔길로 변했다. 원시림의 신비 속으로 꾸불꾸불 이어지는 길이었다. 울창한 숲이 양옆에 들어서 있어 길은 몹시 좁고 하늘도 보일락 말락 한 그곳이 헤스터의 마음에는 마치 자신이 오랫동안 헤매 다니던 도덕의 황야를 상징하는 것만 같았다. 날은 스산하고 음침했다. 그러나 산들바람이 불어와 머리 위에 드리운 잿빛 구름을 조금씩 흩어 놓으면 이따금 한 줄기 햇빛이 내려앉아 길 위에서 외로이 노닐곤 했다. 이 유쾌한 반짝임은 숲 사이로 저 멀리 보이는 오솔길 끝에 언제나 있었다. 까불거리는 햇빛 — 날도, 장면도 더없이 애수에 젖어 있어 기껏해야 살짝 까불거릴 뿐인 — 은 가까이 왔다가 금세 멀어졌는데, 그곳이 계속 밝았으면 하는 모녀의 바람 때문이었던지 빛이 한들거리던 자리는 그만큼 더 음산해 보였다.

「엄마.」 어린 펄이 말했다. 「빛이 엄마를 안 좋아하나 봐. 엄마 가슴에 달린 게 무서워서 도망치며 숨고 있어. 저것 봐! 저기, 멀리 떨어져서 놀고 있잖아. 엄마만 여기 있어, 내가 가서 잡아 올게. 난 애니까, 내 가슴에는 아무것도 없으니까 나한

---

101 존 엘리엇John Eliot(1604~1690). 원래는 영국 국교회의 목사였으나 토머스 쿡Thomas Cook의 영향으로 비국교도가 되었다. 1631년 보스턴으로 이주하여 인디언의 언어를 연구하고 인디언에게 기독교를 전파했다.

테선 도망치지 않을 거야!」

「영원히 없으면 좋겠구나, 애야.」 헤스터가 말했다.

「왜, 엄마?」 펄은 막 뛰어가려다 말고 갑자기 서서 물었다. 「나도 어른이 되면 저절로 달게 되는 거 아냐?」

「애야, 어서 가서 햇빛을 잡아! 금세 사라지겠구나.」 아이 엄마가 대답했다.

펄은 재빨리 달려갔다. 아이가 정말로 햇빛을 잡는 시늉을 하고, 휘황한 빛에 둘러싸여 깔깔거리고, 달리느라 솟아난 활기에 넘쳐 있는 모습을 보고서 헤스터는 싱긋이 웃었다. 빛은 같이 놀 친구가 생겨 기쁘다는 듯 외로운 아이 곁을 서성거렸다. 마침내 아이 엄마도 이 마법의 원 안에 발을 들여놓을 만큼 가까이 왔다.

「이젠 빛이 도망갈 거야.」 펄이 고개를 저으며 말했다.

「이것 봐!」 헤스터는 미소를 지으며 대답했다. 「이젠 엄마도 손을 뻗어 이렇게 잡을 수 있어.」

그녀가 햇빛을 잡으려는 순간 빛이 사라졌다. 펄의 얼굴에서는 환한 표정이 계속 약동하고 있어 어미로선 아이가 빛을 모두 빨아들였다가 엄마와 함께 더 어두운 곳으로 들어갈 때 다시 내뿜어 길을 밝히려는 것이 아닐까 상상할 수도 있을 것 같았다. 펄의 성격에는 유전에 의한 것이 아닌 새로운 활력이 존재한다는 인상을 뚜렷이 느끼게 해주는 속성이 있었는데, 그것이 다름 아닌 이 지칠 줄 모르는 쾌활함이었다. 연주창[102]과 더불어 요즘 아이들이 대개 조상들의 시름으로부터 물려받는 슬픔이라는 병을 펄은 지니고 있지 않았다. 어쩌

---

102 *scrofula*. 어린이에게 특히 흔했던 결핵성 임파선 종기. 국왕이나 여왕의 손이 닿으면 낫는다고 하여 〈왕의 병〉 혹은 〈여왕의 병〉이라고도 불렸다.

면 지칠 줄 모르는 쾌활함이야말로 병이며, 펄을 낳기 전 슬픔에 맞서 싸우던 헤스터의 억척스러운 힘이 그 쾌활함으로 투영된 것인지도 모른다. 쾌활함은 확실히 아이의 성격에 단단한 금속성의 광채를 더해 주는 기묘한 매력이었다. 펄에게 부족한 것 — 어떤 이들은 평생 모르고 살아가는 것 — 은 그 아이의 마음을 크게 감동시켜 인간답고 공감할 줄 아는 사람으로 만들어 줄 슬픔이었다. 다행히도 어린 펄에게는 아직 시간이 충분했다.

「가자, 펄!」 헤스터는 아직도 햇빛 속에 서 있는 펄한테서 눈을 돌려 주위를 둘러보면서 말했다. 「숲속으로 좀 더 들어가서 앉아 쉬자꾸나.」

「난 안 피곤해, 엄마.」 작은 소녀가 대답했다. 「하지만 엄마가 나한테 이야길 들려줄 거라면 앉아도 좋아.」

「이야기라니, 얘야? 무슨 이야기?」 헤스터가 물었다.

「아, 악마에 관한 이야기 말이야.」 펄은 엄마의 옷자락을 잡고서 진지함과 장난기가 뒤섞인 표정으로 대답했다. 「악마가 자주 이 숲에 책을 가지고 나타난대. 쇠고리가 달린 크고 무거운 책이래. 이 흉측한 악마가 숲에서 사람을 만나면 그 책이랑 무쇠 펜을 준대. 그럼 사람들은 피로 자기 이름을 써야 한대. 그러고 나면 악마가 그 사람들 가슴에다 무슨 표시를 해준대! 엄마, 엄마도 악마를 만난 적 있어?」[103]

「그런 얘길 누구한테서 들었니, 펄?」 아이의 엄마는 그 시

---

[103] 펄이 말하는 책은 『악마의 장부 *Black Book of Roll*』라고도 불렸다. 피로 이 장부에 서명한 남녀는 〈마녀witch〉가 되었다는 표시를 몸에 지니게 되는데, 이 표시가 있는 부분은 감각이 없고 침으로 찔러도 피가 나지 않는다고 여겨져 이른바 마녀를 잡는 수단으로 이용되었다.

대에 널리 퍼져 있던 미신을 알아듣고서 물었다.

「엄마가 어젯밤에 잠 안 자고 병간호를 해준 집에서 난롯가에 앉아 있던 할머니한테서 들었어.」 아이가 말했다. 「근데 할머니는 그 얘기를 할 때 내가 자고 있는 줄 알았나 봐. 그 할머니가 말하길, 엄청나게 많은 사람들이 이 숲에서 악마를 만나 그 책에다 이름을 적고 가슴에 무슨 표시를 받았대. 성미 고약한 히빈스 할머니도 그랬대. 그리고 엄마, 그 할머니 말이, 엄마 가슴의 이 주홍 글자도 악마의 표시래. 그래서 엄마가 한밤중에 여기 어두운 숲에서 악마를 만나면 그게 빨간 불꽃처럼 타오른대. 그게 정말이야, 엄마? 그리고 엄마도 밤에 악마를 만나러 가는 거야?

「네가 깼을 때 엄마가 보이지 않은 적이 있니?」 헤스터가 물었다.

「내 기억으로는 없는데.」 아이가 말했다. 「날 오두막에 두고 가는 게 걱정되면 데리고 가, 엄마. 난 기분 좋게 갈 거야! 근데 엄마, 이젠 말해 줘! 그런 악마가 진짜 있는 거야? 엄마는 악마를 만난 적이 있어? 이게 악마의 표시야?」

「한 번만 말해 주면 더 이상 귀찮게 안 할 거지?」 아이 엄마가 물었다.

「그럼, 다 말해 주면.」 펄이 대답했다.

「살면서 딱 한 번 악마를 만났어! 이 주홍 글자가 그 표시야!」 아이 엄마가 말했다.

이런 대화를 나누면서, 그들은 어쩌다 이 오솔길을 지나게 된 사람의 눈에 띌 염려가 없을 만큼 숲속 깊이 들어갔다. 이곳에서 그들은 무성한 이끼 위에 앉았다. 한 세기 전만 해도 그것은 뿌리와 줄기가 어스레한 그늘 아래 있고 우듬지가 하늘 높이 솟아 있던 거대한 소나무였다. 두 사람이 앉은 자리는 양옆으로 낙엽에 뒤덮인 둑이 봉긋 솟아 있고 그 사이로 낙엽이 가라앉은 바닥을 따라 개울이 흐르는 작은 협곡이었다. 협곡 위에 걸쳐진 나무들에는 이따금씩 큰 가지들이 툭툭 꺾여 있었는데, 그런 곳에선 물길이 막혀 군데군데 소용돌이와 검은 웅덩이가 생겼다. 반면에 물살이 좀 더 빠르고 세찬 곳에서는 조약돌과 반짝거리는 갈색 모래가 환히 보였다. 눈으로 물길을 좇으면 숲속 어디까지는 물에 반사된 햇빛이 보였지만, 나무줄기와 덤불과 여기저기 회색 이끼로 뒤덮인 커다란 바위들 사이에서 이내 자취를 감추었다. 거대한 나무들과 둥근 화강석들은 이 작은 개울의 행로를 어떻게든 비밀로 해두려는 듯싶었다. 쉴 새 없이 재잘거리는 개울이 행여 제가 흘러드는 오래된 숲의 속 이야기를 속삭이지나 않을까, 아니면 물웅덩이의 잔잔한 수면 위로 그 비밀을 비추지나 않을까 두려워서 말이다. 조용히 흐르면서 참으로 끊임없이 조잘대는 개울은 다정히 마음을 달래 주기도 했지만, 놀아 보지도 못한 채 어린 시절을 보내고 슬픈 친구들과 음울한 빛을 띤 사건들 속에서 자라 즐길 줄 모르는 어린아이의 목소리처럼 우울하기도 했다.

「아, 개울아! 미련하고도 지루한 작은 개울아!」 개울의 이야기를 잠시 귀 기울여 듣고 난 펄이 소리쳤다. 「너는 왜 그렇게 슬프니? 힘을 내라니까. 언제까지 그렇게 한숨 쉬고 옹알대기만 할 거니?」

그러나 개울로서는 비록 짧은 생이지만 숲에서 겪은 일이 너무도 어마어마해 그 얘기를 하지 않을 수 없고, 그것 말고는 달리 할 얘기도 없는 듯했다. 펄은 그런 개울과 닮아 있었다. 그 아이의 인생길도 개울과 마찬가지로 신비에 싸인 수원에서 솟아나 우울함이 짙게 드리운 풍경 속으로 흘러들었으니까. 그러나 작은 개울과 달리 펄은 춤추며 발랄하게 뛰고 쾌활하게 재잘거렸다.

「이 슬픈 개울이 뭐라고 하는 거야, 엄마?」아이가 물었다.

「네게도 슬픔이 있으면 개울이 그 얘기를 해줄 거야.」아이의 엄마가 대답했다.「엄마에게 엄마의 슬픔을 얘기해 준 것처럼 말이지! 그런데 펄, 오솔길을 따라 걸어오는 발소리와 나뭇가지를 헤치는 소리가 들리는구나. 엄마는 저기서 오고 있는 분이랑 할 얘기가 있으니 너 혼자 놀고 있으면 좋겠네.」

「그 악마야?」펄이 물었다.

「저리로 가서 놀지 않겠니, 펄?」아이 엄마는 거듭 말했다.「하지만 숲속 깊이는 들어가면 안 된다. 엄마가 부르면 금방 올 수 있는 곳에 있어야 해.」

「응, 엄마.」펄이 대답했다.「근데 진짜로 그 악마라면, 여기 좀 더 있다가 겨드랑이에 큰 책을 끼고 있는 모습을 보면 안 될까?」

「어서 가, 바보 같으니!」엄마는 버럭 화를 냈다.「악마가 아니야! 이제 저기 나무 사이로 보이지? 목사님이시잖아!」

「아, 그러네!」아이가 말했다.「근데 엄마, 목사님이 손을 가슴에 얹고 있어! 목사님이 악마의 책에 이름을 적었을 때 악마가 표시를 한 걸까? 근데 목사님은 왜 엄마처럼 옷에다 그걸 달고 다니지 않지, 엄마?」

「그만 가거라, 얘야. 엄마를 괴롭히고 싶으면 나중에 해.」헤스터 프린이 소리쳤다.「하지만 멀리 가지는 말고. 개울 소리가 들리는 곳에 있어야 해.」

펄은 개울을 따라 올라가면서 개울의 우울한 목소리에 좀 더 쾌활한 운율을 섞어 보려고 계속 노래를 불렀다. 그러나 작은 개울은 좀처럼 달가워하지 않고 음울한 숲에서 일어난 뭔가 슬프고 괴이한 비밀을 알아들을 수 없는 소리로 계속 지껄였다. 아니면 언젠가 일어나게 될 일을 예언하듯 한탄하고 있었는지도 모른다. 자신의 짧은 삶에 이미 드리워진 그늘만으로도 충분했던 펄은 불평만 늘어놓는 개울과는 깨끗이 결별하기로 했다. 그리하여 아이는 높은 곳 바위틈에서 자라고 있는 제비꽃이며 눈바람꽃이며 주홍색 매발톱꽃을 열심히 모으기 시작했다.

자신의 꼬마 요정이 떠나자 헤스터는 숲으로 이어진 길 쪽으로 한두 걸음을 떼고선 짙은 나무 그늘 아래 가만히 서 있었다. 길가에서 꺾은 나무 막대를 짚으며 혼자 걸어오고 있는 목사의 모습이 보였다. 그는 수척하고 쇠약해 보였고, 무기력한 절망의 기색이 역력했다. 식민지 근방을 산책하거나 남의 눈에 띌 염려가 있다고 판단되는 상황에서는 이처럼 현저하게 드러난 적이 없던 기색이었다. 인가에서 멀리 떨어진 숲속에서는 그것이 애처로울 만큼 눈에 띄었는데, 그런 정신 상태라면 그에게는 숲속 깊이 들어와 있는 것만으로도 힘든 시련이었을 것이다. 그의 발걸음은 더 이상 걸을 이유도, 걷고 싶은 마음도 없는 듯 느른했다. 그가 기뻐할 만한 게 있다면 바로 가까이 있는 나무뿌리에 몸을 내던져 영원히 축 늘어진 채 눕는 일이었을 것이다. 그러면 목숨이 붙어 있건 없건 나뭇잎들이 그를 뒤덮고 흙들이 쌓이고 쌓여 그의 몸뚱이 위로 봉긋한 무덤이 생기지 않겠는가. 죽음은 바랄 수도, 피할 수도 없는 너무나 엄중한 것이었다.

어린 펄이 말했듯이 딤스데일 목사가 손을 가슴에 얹고 있는 것 말고는, 어떤 명확하고 강렬한 고통의 징후도 헤스터의 눈에는 전혀 보이지 않았다.

17
목사와 신자

목사는 천천히 걷고 있었지만 헤스터 프린이 그의 주의를 끌기 위해 목소리를 충분히 가다듬기도 전에 그냥 지나쳐 버릴 뻔했다. 마침내 그녀는 목소리를 냈다.

「아서 딤스데일!」 처음에는 힘없이 불렀다. 다음에는 더 크게 쉰 소리로 불렀다. 「아서 딤스데일!」

「누구시오?」 목사가 대답했다.

그는 남의 눈에 띄고 싶지 않던 중 갑자기 기습을 당한 사람처럼 얼른 정신을 차리고 몸을 꼿꼿이 세웠다. 그러고서 목소리가 나는 쪽으로 불안하게 눈길을 던져 나무 아래 서 있는 불분명한 형체를 보았다. 입은 옷이 몹시 칙칙하고, 한낮임에도 흐린 하늘과 빽빽한 나뭇잎들로 땅거미가 질 때처럼 어둠침침해 그는 그 형체가 여자인지 그림자인지 분간할 수 없었다. 어쩌면 그의 숱한 상념을 몰래 뚫고 나온 한 유령이 그의 인생길에 이렇게 따라붙은 건지도 몰랐다.

그가 좀 더 가까이 서자 주홍 글자가 보였다.

「헤스터! 헤스터 프린! 당신이오? 당신 살아 있소?」 그가 말했다.

「그럼요!」 그녀가 대답했다. 「지난 7년을 이렇게 살아온 저예요! 당신은요, 아서 딤스데일? 아직 살아 있나요?」

　두 사람이 이렇듯 서로의 생존 여부를 묻고, 자신들의 생존조차 의심하는 것은 놀랄 일이 아니었다. 어스레한 숲에서 얼마나 기묘하게 만났는지, 마치 이승에서 친했던 두 영혼이 무덤 저편의 세계에서 처음으로 만나 서로를 두려워하며 벌벌 떨고 있는 듯했다. 아직은 영혼으로 변한 처지가 익숙하지 않을뿐더러 육체를 떠난 존재와 사귀어 본 적이 없던 탓에 말이다. 각기 유령이면서 저편 유령을 보고 두려워하다니! 그들은 그 자신들조차 두려웠다. 이 위기가 그들의 의식을 다시 깨워 각자의 마음에 지난 생애와 경험을 드러내 보였기 때문이다. 이런 숨 막히는 순간이 아니고서는 살아생전 결코 일어나지 않을 일이었다. 그들의 영혼은 스쳐 지나가는 순간의 거울 속에서 자신들의 형상을 보았다. 두려움에 덜덜 떨며, 말하자면 어물어물 마지못해, 아서 딤스데일은 죽음처럼 차가운 손을 내밀어 헤스터 프린의 차가운 손을 만졌다. 비록 차가웠지만 그렇게 손을 잡자 처음 대면했을 때의 황량함이 달아났다. 지금은 적어도 서로를 같은 세상에 사는 사람으로 느끼고 있었다.

　더 이상 아무런 말도 없이, 누가 앞장선 것도 아니건만 서로 마음이 통해 두 사람은 헤스터가 걸어 나온 숲속 그늘진 곳으로 돌아가 조금 전 그녀와 펄이 앉았던 이끼 더미 위에 앉았다. 말문이 열렸을 때 그들이 처음 꺼낸 이야기는 하늘이 찌뿌듯하다는 둥, 곧 폭풍이 닥치겠다는 둥, 건강은 어떠냐는 둥, 아는 사람끼리 만났을 때 으레 주고받는 것들이었다. 그렇게 그들은 대담하진 않지만 차근차근 이야기를 풀어 나가면서 가슴 깊이 간직한 주제로 옮겨 갔다. 운명과 사정으로 실로 오랫동안 소원하게 지냈기에 그들에겐 본격적인 대화의 문을 열기에 앞서 가볍고 격식 없는 화제가 필요했고, 그래야 서로의 진솔한 생각이 문지방을 넘을 수 있을 것 같았다.

잠시 뒤 목사는 헤스터 프린의 눈을 가만히 응시했다.
「헤스터, 당신은 평화를 찾았소?」 그가 물었다.
그녀는 자신의 가슴을 내려다보며 쓸쓸히 미소 지었다.
「당신은요?」 그녀가 물었다.
「전혀! 절망밖에는!」 그가 대답했다. 「내 처지가 이런데, 이런 삶을 살고 있는데 달리 무엇을 기대할 수 있겠소? 만약 내가 무신론자라면, 양심도 없는 인간이라면, 천한 짐승 같은 본능을 지닌 비열한 놈이라면 진작 평화를 찾았을지도 모르오. 아니, 애초에 평화를 잃어버리지도 않았겠지! 그러나 내 처지가 이렇다 보니, 내가 가진 본래의 뛰어난 능력이 무엇이든 신이 주신 최고의 선물은 영혼을 괴롭히는 대행자로 변해 버렸소. 헤스터, 나는 정말 비참하오!」
「사람들은 당신을 존경해요.」 헤스터가 말했다. 「그리고 당신은 분명 그들에게 축복을 가져다주고 있어요! 그것도 아무런 위안이 되지 않나요?」
「그래서 더 비참하오, 헤스터! 더 비참할 뿐이오!」 목사는 쓸쓰레한 미소를 띠며 대답했다. 「내가 좋은 일을 하는 것처럼 보일는지 몰라도 나는 믿지 않소. 그렇게 믿는다면 망상에 지나지 않을 거요. 나 같은 타락한 영혼이 어찌 다른 영혼을 구제할 수 있단 말이오? 이런 더럽혀진 영혼이 어찌 다른 영혼을 정화시킨단 말이오? 사람들이 날 존경한다고? 차라리 경멸하고 증오했으면 좋겠소! 설교단에 서서 마치 하늘에서 떨어지는 빛인 양 내 얼굴을 쳐다보고 있는 수많은 눈을 마주하고, 진실을 갈구하며 내 말을 오순절에 내린 하늘의 음성인 양 듣고 있는 나의 양떼를 본 다음 내 속을 들여다보면 그들이 우상처럼 떠받드는 존재의 실체가 얼마나 흉악한지 알겠는데, 그런데도 위안이 될 것 같소, 헤스터? 다른 사람들의 눈에 보이는 나와 진짜 내가 그렇게나 달라서 나는 비통하고 괴로운 심정으로 얼마나 웃었는지 모르오! 사탄도 그걸 보고 비웃을 거요!」

「그건 잘못된 생각이에요.」 헤스터는 부드럽게 말했다. 「당신은 뼈아프게 깊이 뉘우쳤어요. 그 죄는 오래전에 있었던 지난 일일 뿐이에요. 지금 당신의 생활은 사람들의 눈에 비치는 만큼 진실로 성스러워요. 선행으로 이렇듯 분명하게 회개를 입증했건만, 그게 헛된 일이란 말인가요? 회개를 하고도 왜 마음의 평화를 찾지 못하는 건가요?」

「아니, 헤스터, 아니오!」 목사가 대답했다. 「내 회개에는 알맹이가 없소! 시체처럼 싸늘하고, 내게 아무런 의미도 없는 참회요! 속죄라면, 충분히 해왔지! 회개는, 전혀 하지 않았소! 회개를 했다면 신성을 가장한 이 옷을 진작 벗어 던지고 최후의 심판대에 앉을 때와 같은 모습을 인류에게 보여 주어야 했소. 당신은 행복한 사람이오, 헤스터, 가슴에 주홍 글자를 버젓이 내놓고 다니니 말이오! 내 가슴은 남모르게 타고 있소! 7년이나 세상을 속이는 고문을 겪은 뒤에야 내 참모습을 알아보는 눈을 마주하고 있는 것이 얼마나 위안이 되는지 당신은 모를 거요! 내게 단 한 명의 친구라도 — 아니 악질 원수라도 좋소! — 있다면, 그래서 사람들의 칭찬이 역겨울 때마다 그를 찾아가 나란 인간이 가장 비열한 죄인이라고 말할 수만 있다면 그에 힘입어 내 영혼이 계속 살 수도 있을 것 같건만. 그 정도로만 진실해도 구원받을 것을! 그러나 이제는 위선! 공허! 죽음! 그것밖에 남지 않았소.」

헤스터 프린은 그의 얼굴을 보면서도 말하기를 망설이고 있었다. 그러나 오랫동안 억눌려 있던 감정을 봇물 터지듯 토해 내는 목사의 말이 그녀에게 마음먹은 말을 꺼낼 수 있는 다시없는 기회를 주었다. 그녀는 두려움을 이기고 말했다.

「당신이 지금껏 바라 왔던 그런 친구는, 당신과 함께 당신의 죄에 대해 눈물 흘려 줄 수 있는 그런 친구는 그 죄를 함께 지은 저예요!」 그녀는 다시금 망설이다가 간신히 말을 꺼냈다. 「당신이 말한 그런 원수도 오래전부터 있었어요. 게다가 같은 지붕 아래서 당신과 함께 살고 있지요!」

목사는 벌떡 일어나 숨을 헐떡거리며 심장을 뜯어내기라도 할 듯이 가슴을 움켜잡았다.

「하! 무슨 말을 하는 거요?」 그가 소리쳤다. 「원수라니! 한 지붕 아래 살다니! 그게 무슨 뜻이오?」

헤스터 프린은 이 불행한 남자를 그토록 오랜 세월 동안, 아니 한순간이나마 악의에 찬 목적만을 품은 사람의 손아귀에 놓아둔 만큼, 그의 깊은 상처가 자신의 탓임을 십분 느낄 수 있었다. 어떤 가면으로 정체를 숨기고 있건, 원수가 그토록 가까이 있다는 사실만으로도 아서 딤스데일처럼 예민한 사람의 생활권을 어지럽히기에는 충분했다. 전에는 헤스터도 이런 사실을 잘 의식하지 못했다. 어쩌면 자신의 고통에서 빚어진 인간에 대한 불신으로, 목사의 운명쯤은 자신의 운명에 비하면 견디기 쉽다고 여겨 나 몰라라 했던 것인지도 모른다. 그러나 얼마 전 목사가 밤을 새우던 모습을 본 이후 그녀에게는 그에 대한 연민이 싹텄고, 그것은 점점 거세졌다. 이제는 그의 마음을 더 정확히 읽을 수 있었다. 로저 칠링워스가 항상 곁에 붙어 악의에 찬 독을 몰래 내뿜으며 목사의 주위를 오염시킨다는 것, 의사라는 자격으로 목사의 육체와 정신의 병에 간여했다는 것, 이 모든 기회를 잔혹한 목적에 이용했다는 것을 그녀는 의심치 않았다. 그로 인해 환자의 양심은 계속 따끔거렸고, 크게 앓고 나면 낫는다는 말이 무색하게도 그의 영적 존재는 파괴되고 더럽혀지기만 했다. 그 결과 현세에서는 정신이 이상해질 수밖에 없었고, 내세에서는 선이자 참인 하느님과 영원히 소원해질 수밖에 없었다. 어쩌면 광기라는 것도 이러한 소원함에서 빚어진 현상일지 모른다.

헤스터가 한때, 아니 지금도 — 이제 와서 말하지 못할 까닭이 무엇이겠는가 — 열렬히 사랑하는 그 남자에게 가져다 준 것이 바로 그러한 파멸이었다. 이미 로저 칠링워스에게도 말했듯이, 헤스터는 목사가 명성을 포기하고 죽음을 택했다면 그녀 자신이 취하기로 결정한 다른 길보다 그 편이 훨씬 더 낫지 않았을까 느꼈다. 이제 이 몹쓸 잘못을 고백하느니 차라리 낙엽 위에 쓰러져 아서 딤스데일의 발밑에서 죽고 싶은 심정이었다.

「오 아서!」 그녀가 소리쳤다. 「날 용서해 줘요! 다른 모든 일에선 진실하려 애썼어요! 진실은 내가 굳게 지킬 수 있는 유일한 미덕이었고, 어떤 극한 상황에서도 난 그것을 지켰어요. 당신의 이익과, 당신의 생명과, 당신의 명성이 문제가 되었던 그때를 제외하고 말이죠! 그때 난 기만의 손을 들어 주었어요. 그러나 죽는 한이 있어도 거짓은 좋을 게 없어요! 내가 무슨 말을 하는지 알겠어요? 그 늙은이! — 그 의사 말이에요! ― 사람들이 로저 칠링워스라고 부르는 남자! ― 그 사람이 바로 내 남편이었어요!」

그 순간 목사는 격한 감정을 모조리 드러내며 그녀를 바라보았다. 더 고상하고 더 순결하고 더 부드러운 성품과 여러 형태로 뒤섞인 그 감정은 사실 악마가 제 것이라 주장하는 그의 일부였으며, 그의 나머지 선한 부분까지 손에 넣기 위한 도구이기도 했다. 헤스터는 이토록 험악하고 무서운 비난의 표정을 일찍이 본 적이 없었다. 잠깐이었지만 목사의 얼굴은 광포하게 변해 있었다. 그러나 마음고생으로 성격이 얼마나 약해졌던지 그런 저급한 감정도 일시적인 몸부림에 그칠 뿐이었다. 목사는 땅바닥에 털썩 주저앉아 두 손에 얼굴을 묻었다.

「알 수도 있었을 것을.」 그가 중얼거렸다. 「아니, 알고 있었어! 그자를 처음 보았을 때도, 그 뒤로도 그를 만날 때마다 내 마음이 자연히 위축되던 것을. 그것이 그 비밀을 말해 준 셈이 아니었던가? 왜 몰랐단 말인가? 오, 헤스터 프린, 이것이 얼마나 끔찍한 일인지 당신은 결코, 결코 알지 못할 거요! 그 치욕! ― 그 야비함! ― 병들고 죄지은 가슴을, 다른 누구도 아닌 고소해하며 바라보는 그자에게 드러내 보였다니! 그 치욕! ― 그 야비함! ― 그 끔찍한 추악함이라니! 아, 아, 이것은 당신 책임이오! 난 당신을 용서할 수 없소!」

「당신은 날 용서해야 해요!」 헤스터가 낙엽 위로 쓰러지며 소리쳤다. 「벌은 하느님께 맡겨요! 당신은 용서해야 해요!」

갑자기 주체할 수 없는 연정이 솟구쳐 그녀는 두 팔로 그를 와락 껴안고 그 머리를 끌어당겼다. 그의 뺨이 주홍 글자에 닿는데도 아랑곳하지 않았다. 목사는 몸을 빼려 했지만 소용없었다. 헤스터는 그가 자신의 얼굴을 매섭게 쳐다볼까 두려워 그를 풀어 주려 하지 않았다. 온 세상이 그녀를 보기만 하면 얼굴을 찌푸렸다. 지난 7년 동안 온 세상이 이 외로운 여인을 향해 얼굴을 찌푸렸던 것이다. 그녀는 지금도 그 모든 것을 견디며, 단 한 번도 자신의 단호하고 슬픈 눈을 돌린 적이 없었다. 하늘도 그녀를 보고 얼굴을 찌푸렸지만 그녀는 죽지 않았다. 그러나 이 창백하고 나약하고 죄 많고 슬픔에 시달리는 남자의 찌푸린 얼굴만큼은, 헤스터도 참고 살 수가 없었다!

「이젠 날 용서해 줄 거죠?」 그녀는 묻고, 묻고, 또 물었다. 「얼굴 찌푸리지 않을 거죠? 용서해 줄 거죠?」

「용서하오, 헤스터.」 마침내 목사는 슬픔의 심연에서 올라오는 나지막한 목소리로 성난 기색 없이 대답했다. 「이제는 기꺼이 용서하오. 신이시여, 우리 두 사람을 용서하소서! 헤스터, 우리 두 사람이 이 세상에서 가장 악한 죄인은 아니오. 타락한 목사보다 더 악한 자가 있소! 그 노인의 복수가 내 죄보다 더 사악하오. 그는 비열하게도 신성한 인간의 마음을 모독했소. 헤스터, 그대와 나는 그런 짓은 결코 한 적이 없소!」

「그럼요, 그럼요!」 그녀는 작은 소리로 말했다. 「우리가 저지른 일에는 그 나름의 신성함이 있었어요. 우린 그걸 느꼈어요! 서로에게 그렇게 말했잖아요! 당신은 잊으셨나요?」

「쉿, 헤스터!」 아서 딤스데일이 일어서며 말했다. 「그래요, 나도 잊지 않았소!」

그들은 다시 이끼가 잔뜩 낀 나무줄기 위에 나란히 앉아 손을 꽉 잡았다. 살면서 지금처럼 우울했던 때가 없었다. 그들의 인생길이 그토록 오랫동안 향해 온 지점이자, 소리 없이 이어져 오며 언제나 어두워졌던 지점이었다. 그러나 서성거리고 싶고, 조금만 더, 조금만 더, 또 조금만 더 희구하게 만드는 매력을 지닌 지점이었다. 그들을 둘러싼 숲이 어두워졌고, 한바탕 강풍이 지나가며 삐걱대는 소리가 났다. 머리 위에서는 나뭇가지들이 육중하게 흔들리고 있었다. 한편 어떤 장엄한 고목은 밑에 앉아 있는 남녀의 슬픈 이야기를 또 다른 나무에게 전하기라도 하듯, 아니면 앞으로 닥칠 재앙을 예언하지 않을 수 없다는 듯 구슬프게 울어 댔다.

그런데도 그들은 자리를 뜨지 못했다. 헤스터 프린이 다시 치욕의 멍에를 메야 하고 목사는 명예라는 공허한 허식을 달고 다녀야 하는 마을로 이어진 숲속 오솔길이 얼마나 황량해 보였던가! 그래서 그들은 조금 더 머물렀다. 이 어두운 숲의 암흑이 그 어떤 황금빛보다 소중했다. 여기, 목사의 눈만 있는 곳에서는 주홍 글자가 타락한 여자의 가슴을 태울 필요가 없지 않겠는가! 여기, 헤스터의 눈만 있는 곳에서는 신과 인간을 배신한 아서 딤스데일도 한순간이나마 진실할 수 있지 않겠는가!

목사는 불현듯 떠오른 생각에 흠칫 놀랐다.

「헤스터!」 그가 소리쳤다. 「또 다른 두려움이 있소! 로저 칠링워스는 당신이 그의 정체를 밝히려 한다는 것을 알고 있소. 그렇다면 그자가 우리의 비밀을 계속 지켜 줄까? 그의 복수는 어떻게 진행될 것 같소?」

「그 사람에겐 비밀을 지키는 이상한 습성이 있어요.」 헤스터는 생각에 잠겨 대답했다. 「은밀히 복수를 행하면서 그 습성이 더욱 깊어졌어요. 우리의 비밀을 누설하지는 않을 것 같아요. 틀림없이 그 음흉한 욕망을 채울 수 있는 다른 방법을 찾을 거예요.」

「그럼 나는? 나는 이 지독한 원수와 같은 공기를 마시며 어떻게 살란 말이오?」 아서 딤스데일은 몸을 움츠리고 손을 가슴에 얹으며 — 무의식중에 생긴 버릇이었다 — 소리쳤다. 「날 위해 생각을 해보오, 헤스터! 당신은 강하잖소. 날 위해 해결책을 내주오!」

「더 이상 그 사람과 살지 말아요.」 헤스터는 천천히 단호하게 말했다. 「더 이상 당신의 가슴을 그 사람의 사악한 감시망에 두어선 안 돼요!」

「그건 죽기보다 더 괴로운 일이지!」 목사가 대답했다. 「하지만 어떻게 피한단 말이오? 내게 무슨 선택이 남아 있소? 당신이 그자의 정체를 말했을 때 몸을 던졌던 이 낙엽 위에 다시 쓰러지면 되겠소? 저기 주저앉아 당장 죽어 버리면 되겠소?

「아아, 이렇게까지 파멸하다니!」 헤스터는 눈물을 쏟으며 말했다. 「마음이 약하다는 이유로 죽겠다는 건가요? 다른 이유도 없이!」

「내게 하느님의 심판이 내려진 것이오.」 양심의 가책에 시달리는 목사가 대답했다. 「나로서는 대항할 수 없는 강력한 심판이오!」

「하늘은 자비를 베풀 거예요. 당신에게 그 자비를 이용할 힘만 있다면요.」 헤스터가 말했다.

「날 위해 강한 사람이 되어 주구려! 어떻게 해야 할지 말해 주오.」 그가 말했다.

「이 세상이 어디 그렇게 좁던가요?」 헤스터 프린은 그윽한 눈으로 목사의 눈을 들여다보며, 바로 서 있지도 못할 만큼 부서지고 지쳐 버린 그 영혼에게 본능적으로 자석 같은 힘을 불어넣으며 소리쳤다. 「사람 살 곳이 어디 저기 있는 저 마을

뿐이겠어요? 저 마을도 얼마 전까진 나뭇잎이 흩어져 있던 황량한 땅이었고, 우리를 둘러싼 이곳만큼 외진 곳이었어요. 저 숲속 길은 어디로 이어지나요? 마을로 돌아가는 길이라고 당신은 말했지요! 맞아요, 하지만 길은 저편으로도 통해요. 더 깊숙이, 더 깊숙이 숲으로 들어갈수록 남들 눈에 띄지 않을 거고, 여기서 몇 마일쯤 가면 누런 낙엽 위에 백인의 발자취를 볼 수 있는 곳이 있을 거예요. 그곳에서 당신은 자유예요! 그러니 조금만 가면 정말로 비참하게 살아온 세상에서 벗어나 당신이 행복해질 수 있는 세상에 당도하는 거예요! 이 광대한 숲엔 로저 칠링워스의 눈으로부터 당신의 가슴을 가려 줄 그늘이 충분히 있잖아요?」

「그렇소, 헤스터. 하지만 죽어 낙엽 아래 묻히는 길뿐이지!」 목사는 슬픈 미소를 지으며 대답했다.

「바다라는 넓은 길도 있어요!」 헤스터는 계속 말했다. 「당신도 그 길로 여기까지 왔잖아요. 마음만 먹으면 다시 그 길로 돌아갈 수 있어요. 외딴 시골이든 광대한 런던이든, 아니면 독일이든 프랑스든 쾌적한 이탈리아든, 우리 고향 땅에는 그 사람의 힘과 지식이 미치지 못할 거예요! 게다가 여기 있는 냉혹한 사람들과 그들의 생각이 당신하고 무슨 상관이 있나요? 그들은 이미 너무 오랫동안 당신의 덕성을 묶어 두었어요!」

「그럴 순 없소!」 목사는 꿈을 이루게 해달라는 부탁을 받은 사람처럼 열심히 듣고 있다가 대답했다. 「내겐 떠날 권한이 없소! 비록 불쌍하고 죄 많은 사람이지만, 하늘이 나를 앉혀 놓은 곳에서 현세의 삶을 질질 끌고 나가는 것 말고 다른 생각은 해본 적이 없소. 내 영혼은 길을 잃었지만, 다른 영혼들을 위해 내가 할 수 있는 일을 하고 싶소! 불성실한 초병일망정 내 초소를 떠나진 않을 거요. 이 쓸쓸한 감시 임무가 끝난 후 죽음과 치욕을 보수로 받는다 해도 말이오!」

「당신은 지난 7년 동안 불행의 무게에 짓눌려 살았어요.」 헤스터는 자신의 기운으로 그의 힘을 북돋아 주겠다는 다부진 결의를 가지고 대답했다. 「하지만 그 고통의 무게를 내려놓아야 해요! 숲속 오솔길을 걸을 때 그런 것이 당신의 발길을 방해해선 안 돼요. 뱃길을 선택할 때도 그 무거운 짐을 배에 실어선 안 돼요. 파멸은 그것이 일어났던 이곳에 두세요. 더 이상은 그 일에 관여하지 말아요! 모든 걸 새로 시작해요! 한 번 실패했다고 가능성을 잃은 건가요? 그렇지 않아요! 미래는 아직도 시도와 성공으로 가득해요. 누릴 수 있는 행복도 있어요! 베풀 수 있는 선행도 있어요! 당신의 거짓된 삶을 참된 삶으로 바꿔요. 당신의 마음이 사명을 부여한다면, 인디언들의 스승이 되고 전도사가 되요. 아니면, 당신의 성격에는 이 편이 더 맞을 것 같은데, 문명 세계에서 가장 현명하고 유명한 사람들 무리에 드는 그런 학자와 현인이 되요. 설교를 해요! 글을 써요! 행동해요! 여기 쓰러져 죽는 것 말고 무엇이든 하는 거예요! 아서 딤스데일이라는 이름도 버리고 다른 이름을, 당신이 두려움이나 수치를 느끼지 않아도 되는 고귀한 이름을 지어요. 무엇 때문에 당신의 삶을 그렇게 좀먹는 고통 속에서 하루라도 더 산단 말인가요? 심지어 참회할 힘마저 앗아 가는 고통 속에서 말이에요! 당장 일어나 떠나요!」

「오, 헤스터!」 아서 딤스데일이 소리쳤다. 그녀의 열정으로 인해 타오른 한 줄기 빛이 그의 두 눈에선 번쩍였다가 사그라졌다. 「당신은 짐이 무거워 무릎이 후들거리는 사람에게 뜀

박질을 하라고 말하는구려! 난 여기서 죽어야 하오! 넓고 낯설고 힘든 세상으로 모험을 떠날 힘도, 용기도 내겐 남아 있지 않소. 그것도 혼자서!」

그것은 비탄에 빠진 영혼의 절망에 찬 마지막 말이었다. 딤스데일 목사에겐 손만 뻗으면 닿을 수 있을 듯한 행운을 움켜쥘 기운조차 없었다.

그는 마지막 말을 되풀이했다.

「혼자서 말이오, 헤스터!」

「당신 혼자 가라는 게 아니에요!」 그녀는 나지막이 속삭이듯 대답했다.

그렇다면, 더 무슨 말이 필요하겠는가!

18
넘쳐흐르는 햇빛

아서 딤스데일은 희망과 기쁨에 들뜬 표정으로 헤스터의 얼굴을 응시했는데, 그 표정에는 자신은 감히 말 못 하고 넌지시 비추기만 한 것을 입 밖에 내어 버린 헤스터의 대담함에 대한 일종의 공포와 두려움도 서려 있었다.

그러나 헤스터 프린은 타고난 용기와 활기를 지닌 데다 오랫동안 사회와 떨어져 버림받은 채 살아왔기 때문인지 목사에게는 생소하기 짝이 없는 그런 사색의 자유에 익숙해져 있었다. 그녀는 어떤 규칙이나 지침도 없이 도덕의 황야를 어슬렁거렸다. 그 황야는 두 사람이 지금 자신들의 운명을 결정할 대화를 나누고 있는 어두운 원시림만큼이나 광대하고 복잡하고 어둑어둑했다. 말하자면 이러한 황야가 그녀의 지성과 감성의 발상지였고, 그녀는 미개한 인디언들이 숲을 돌아다니듯 그곳을 자유롭게 돌아다녔다. 지나온 세월 동안 그녀는 이런 소외된 관점에서 인간의 제도와 목사들이나 입법자들이 제정한 것을 바라보았다. 인디언들이 목사의 허리띠나 법복이나 처형대나 교수대나 난롯가나 교회에 대해 경의를 나타내지 않듯 그녀도 별다른 존경심 없이 그 모든 것을 비판했다. 그녀의 운명과 운수는 그녀를 자유롭게 하는 방향으로 흘렀다. 주홍 글자는 다른 여자들 같으면 감히 발을 들여놓지 못할 곳으로 들어가게 해주는 통행증과도 같았다. 치욕, 절망, 고독! 이것들이 그녀의 선생이었다. 엄격하고 난폭한 선생은 그녀를 강하게 만들었지만 잘못 가르치는 일도 많았다.

반면에 목사는 널리 수용되는 법의 테두리를 넘어설 법한 경험을 해본 적이 한 번도 없었다. 물론 딱 한 번, 그중 가장 신성한 법칙 하나를 크게 깨뜨린 적은 있었다. 그러나 그것은 정욕의 죄일 뿐 신념을 저버린 죄도, 의도적으로 범한 죄도 아니었다. 그 불행한 사건 이후 그는 자신의 행동이 아닌 — 행동이란 사전에 쉽사리 계획할 수 있는 것이므로 — 감정의 모든 징조와 온갖 생각을 병적일 정도의 열의와 세심함으로 주시했다. 이 시대의 성직자는 사회 기구의 상위층에 속해 있었기 때문에 딤스데일은 사회의 규칙과 원칙, 심지어 편견에 그만큼 더 속박받고 있었다. 목사로서 그는 성직 사회의 체제에 갇혀 있을 수밖에 없었다. 단 한 번 죄를 지었지만 양심을 철저히 지키고 아물지 않은 상처를 깨물어 고통을 들추어내는 사람이었기에, 어쩌면 그는 죄를 전혀 짓지 않은 경우보다 더욱 안전하게 도덕의 테두리 안에 있었다고 볼 수도 있다.

헤스터 프린에게 추방과 치욕의 지난 7년은 바로 이 순간을 위한 준비에 지나지 않았다고 할 수도 있을 것이다. 그러나 아서 딤스데일은 어떠한가! 이런 남자가 또다시 무너진다면 자기 죄의 정상을 참작해 달라며 변명이나 할 수 있을까? 전혀 할 수 없을 것이다. 그나마 다음과 같은 사실이 도움이 된다면 모르겠지만. 오랫동안 모진 고통을 겪어 쇠약해졌다는 점, 양심의 가책에 시달려 마음이 어두워지고 혼란스러워졌다는 점, 스스로 죄를 시인하고 도망칠지 아니면 계속 위선자로 남을지를 놓고 양심상 어느 쪽이 더 나은 것인지 결정하지 못했다는 점, 인간이라면 죽음과 오명의 위험, 그리고 적의 헤아릴 길 없는 음모를 피하려 들 수밖에 없다는 점, 마지막으로 힘없고 병들고 비참한 모습으로 혼자 쓸쓸한 길을 가고 있는 이 가련한 순례자에게도 그가 지금 속죄하고 있는 가혹한 운명 대신 인간적인 애정과 동정, 새로운 삶과 진실한 삶이 언뜻 비친다는 점 말이다. 그리고 죄를 저질러 인간의 영혼에 틈이 생기게 되면 살아생전에는 그 틈을 결코 메울 수 없다는 준엄하고도 서글픈 진실을 말해 두자. 적이 다시는 성채를 뚫고 들어오지 못하도록, 그리고 이전에 성공했던 길 대신 다른 길을 택해 계속 공격하지 못하도록 그 틈을 감시하고 지킬 수는 있다. 그러나 무너진 성벽은 여전히 남아 있을 것이고, 적은 잊지 못할 그 승리를 다시금 따내기 위해 살금살금 그 벽으로 접근할 것이다.

갈등이 없지 않았으나 그것을 굳이 기술할 필요는 없을 것이다. 다만 목사가 달아나기로 결심했고, 혼자가 아니었다고만 하면 충분하리라.

딤스데일 목사는 혼자 생각했다. 〈지나온 7년을 돌이켜 볼 때 평화롭거나 희망에 찬 순간이 단 한 번이라도 있었다면 그것을 하늘의 은혜로 알고 견디며 살 것을. 그러나 이제는 돌이킬 수 없는 형의 선고를 받은 몸이니 처형을 당하기 전 사형수에게 허락된 위안을 움켜잡지 않을 까닭이 무엇이겠는가? 아니면 헤스터가 나를 설득하려 했듯이 이것이 더 나은 삶으로 가는 길이라면, 이 길을 따른다는 것은 더 나은 가능성을 포기하는 일이 아니리라! 또한 이제 더 이상 그녀 없이는 살 수가 없다. 그녀가 얼마나 힘 있게 나를 받쳐 주고 얼마나 다정하게 나를 위로해 주는가! 오, 감히 우러러볼 수 없는 당신이시여, 당신께서는 저를 용서해 주소서!〉

「떠나는 거예요!」 목사와 눈이 마주치자 헤스터가 침착하게 말했다.

일단 결심이 서자 목사의 병든 가슴 위로 이상한 기쁨의 광채가 번지기 시작했다. 마치 지금 막 마음의 감옥을 탈출한 죄수가 구원도 없고 기독교도 없는 무법한 땅의 거칠고 자유로운 공기를 들이마신 듯 기분이 상쾌했다. 그의 영혼은 말하자면 공처럼 튀어 올라, 비참한 죄의식으로 땅 위를 기어다닐 때에는 볼 수 없었던 하늘의 광경을 더욱 가까이서 보게 되었다. 속속들이 종교적인 사람이라 그런 기분에도 어쩔 수 없이 경건함 같은 것이 배어 있었다.

「내가 다시 기쁨을 느끼다니!」 그는 스스로에게 놀라 소리쳤다. 「내 속의 기쁨의 씨가 말라 버린 줄로만 알았건만! 오 헤스터, 당신은 나의 착한 천사요! 병들고 죄로 얼룩지고 슬픔으로 멍든 내가 이 숲의 낙엽 위에 쓰러졌다가, 완전한 새사람이 되어 일어나 자비로운 하느님을 찬미할 수 있는 새로운 힘을 얻은 것만 같구려! 이것만으로도 삶은 벌써 나아진 셈이오! 왜 우리가 진작 이 방법을 찾지 못했을까?」

「이제는 뒤돌아보지 말아요.」 헤스터 프린이 대답했다. 「지난 일이에요! 무엇 때문에 과거에 얽매여 살아야 하나요? 잘 봐요! 이 징표와 함께 과거를 죄다 쓸어 없애고 그런 과거는 있지도 않았던 듯 만들어 보일 테니!」

이 말과 함께 그녀는 주홍 글자를 동여맨 고리를 풀어 그것을 가슴에서 떼어 내더니 저 멀리 낙엽들 사이로 던졌다.

그 신비한 징표는 이쪽 개울가에 떨어졌다. 한 뼘만 더 날아갔어도 그것은 물속에 떨어져, 알아들을 수 없는 이야기를 쉴 새 없이 종알대는 작은 개울에게 또 하나의 슬픔을 보태어 실어 나르게 했을 것이다. 그러나 수놓은 글자는 잃어버린 보석처럼 개울가에서 반짝거리고 있었다. 만약 어떤 운 나쁜 나그네가 그걸 주웠다간 그때부터 이상한 죄의 유령들, 의기소침, 까닭 모를 불행에 시달릴지 모를 일이었다.

낙인을 떼어 낸 헤스터는 긴 한숨을 내뱉었다. 그 한숨과 더불어 수치와 고통의 짐도 그녀의 마음에서 떨어져 나갔다. 아, 얼마나 후련하던지! 그녀는 해방감을 맛보고 나서야 그 무게를 실감할 수 있었다! 이번에도 충동적으로, 그녀는 머리를 가둬 두었던 모자를 벗었다. 검고 탐스러운 머리가 어깨 위로 떨어졌는데, 풍성한 데다 빛과 그림자가 어우러져 그녀의 얼굴이 한층 부드러워 보였다. 여성의 마음에서 우러나오는 듯한 화사하고도 부드러운 미소가 그녀의 입가에 떠돌고 두 눈에도 어렸다. 오랫동안 창백하기만 했던 두 뺨은 선홍빛으로 달아올랐다. 여자로서의 성과 젊음과 온갖 풍성한 아름다움이 이른바 돌이킬 수 없다고들 하는 과거로부터 되살아나 현재라는 마법의 원 안에서 처녀 시절의 희망과 전에 몰랐던 행복과 한데 뒤섞였다. 그리고 땅과 하늘 사이의 어둠도 마치 이 두 사람의 가슴에서 흘러나왔던 것인 양 그들의 슬픔과 함께 사라졌다. 갑자기 하늘이 미소 짓기라도 하듯 햇빛이 어두운 숲속으로 홍수처럼 쏟아져 내려 푸른 나뭇잎들은 기뻐하고, 누런 낙엽들은 황금빛으로 변하고, 장엄한 나무들의 회색 줄기 밑동이 반짝거렸다. 지금껏 그늘져 있던 물체들이 이제야 선명한 모습을 드러냈다. 이 즐거운 빛을 실마리 삼아 작은 개울을 따라가면, 이제는 기쁨의 신비로 가득 찬 숲의 그 신비로운 심장부에 이르렀을지도 모른다.

인간의 법에 지배당한 적도, 그보다 더 높은 하느님의 진리로 교화된 적도 없는 숲의 야성적이고 이교도적인 대자연마저 이 두 영혼의 행복에 이렇듯 공명하지 않는가! 사랑이란, 새로 태어난 것이든 죽은 듯 자다가 깨어난 것이든, 언제나 빛을 만들어 가슴을 환한 빛으로 가득 채우고 바깥 세계로 넘쳐흐르게 하는 법이다. 그러니 숲이 여전히 어둠에 묻혀 있었다고 해도 헤스터의 눈에는, 아서 딤스데일의 눈에는 밝아 보였으리라!

헤스터는 또 다른 기쁨의 전율을 느끼며 그를 바라보았다.

「당신은 펄을 알고 있겠죠!」 그녀가 말했다. 「우리의 귀여운 펄 말이에요! 그 앨 본 적이 있잖아요 — 맞아요, 그랬어요! 하지만 이젠 다른 눈으로 보게 될 거예요. 그 앤 이상한 아이에요! 나도 잘 이해할 수 없는 아이죠! 그렇지만 당신도 나처럼 그 앨 끔찍이 사랑할 거고, 어떻게 다루어야 할지 내게 조언해 주겠죠.」

「그 애가 나를 알게 되면 기뻐할까?」 목사는 약간 걱정스레 물었다. 「난 오랫동안 아이들을 피해 왔소. 아이들이 종종 날 못 미더워하고 나와 친해지길 꺼려 해서였지. 난 펄을 두려워하기까지 했소!」

「아, 가엾기도 하시지!」 아이 엄마가 말했다. 「하지만 그 앤 당신을 끔찍이 사랑하게 될 거고, 당신도 그럴 거예요. 멀지 않은 곳에 있어요. 내가 불러 볼게요! 펄! 펄!」

「저기 보이는군.」 목사가 말했다. 「저기, 개울 건너편 제법 멀리 떨어진 곳에서 햇살을 받으며 서 있구려. 저 애가 날 사랑할까?」

헤스터는 미소를 짓고 다시 펄을 불렀다. 목사가 말한 대로 꽤 먼 곳, 아치형 나뭇가지들 사이로 떨어지는 햇살 속에 서 있는 아이는 휘황찬란한 옷을 걸친 환영 같았다. 눈부신 광채가 사라졌다가 나타날 때면 햇살도 이리저리 흔들리면서 펄의 모습이 흐려졌다 밝아졌는데, 어떤 때는 진짜 어린애 같다가도 어떤 때는 어린애의 정령처럼 보이기도 했다. 아이는 엄마의 목소리를 듣고 숲 안쪽으로 천천히 다가왔다.

엄마가 목사와 이야기를 나누는 동안 펄은 지루할 새가 없었다. 크고 검은 숲은 세상의 죄와 고통을 그 속으로 가져온 사람들에겐 무서워 보일는지 모르지만, 외로운 어린아이에겐 더할 나위 없이 좋은 놀이 상대가 되어 주었다. 숲은 비록 음산했지만 지극히 다정한 표정으로 그 아이를 반겨 주었다. 아이에게 호자덩굴 열매도 주었다. 가을에 열렸다가 봄이 될 때야 익는 그 열매는 이제 새빨개져서 시든 나뭇잎들 위에 핏방울처럼 떨어져 있었다. 펄은 이 열매를 주워 그 야생의 맛을 즐겼다. 작은 야생 동물들은 아이에게 굳이 길을 비켜 주려 하지 않았다. 사실 새끼 열 마리를 거느린 자고새 한 마리가 위협조로 달려오긴 했지만 이내 사납게 군 것이 후회됐는지 새끼들을 향해 무서워하지 말라는 듯 구구거렸다. 키 작은 나뭇가지에 홀로 앉아 있던 비둘기는 펄이 그 아래로 지나가도록 두었다가 경계심과 반가움이 뒤섞인 소리를 냈다. 눈에 띄지는 않지만 나무 저 꼭대기에 사는 다람쥐 한 마리가 화가 나서인지 즐거워서인지 알 수 없는 소리로 재잘거렸다. 다람쥐란 본디 화도 잘 내고 변덕스러운 놈이라 기분을 분간하기가 어렵다. 어쨌든 그 다람쥐는 그렇게 재잘거리고는 펄의 머리로 도토리 한 알을 던졌다. 작년에 모아 놓은 도토리였는데, 날카로운 이빨로 갉아 먹은 자국이 나 있었다. 낙엽 위를 사뿐사뿐 걷는 아이의 발소리에 잠에서 퍼뜩 깬 여우는 살금살금 도망을 칠지, 아니면 그대로 낮잠을 계속 잘지 망설이는 듯 호기심에 차서 펄을 바라보았다. 소문에 따르면 늑대가 나타나 펄의 옷에 코를 대고 킁킁거리더니 쓰다듬어 달라며 그 야만적인 머리를 내밀었다는데, 지금 와서 보면 확실히 믿기 힘든 이야기다. 그러나 어미인 숲과 그 어미가 기르는 이들 야생 생물들이 인간의 아이에게서 자기네와 비슷한 야성을 알아보았던 것인지도 모르겠다.

그리고 펄은 가장자리에 풀이 나 있는 마을의 거리나 엄마의 오두막에 있을 때보다 여기 숲에 있을 때 더 얌전했다. 꽃들도 그것을 느꼈는지 펄이 지나갈 때면 〈내 꽃으로 치장을 해보렴, 예쁜 아이야. 내 꽃으로 치장을 해보렴!〉 하고 속삭였다. 꽃들을 기쁘게 해주려고 펄은 제비꽃, 아네모네, 매발톱꽃 그리고 늙은 나무들이 눈앞에 내민 파릇파릇한 잔가지를 몇 개 주웠다. 이것들을 머리에 쓰고 허리에 달아 님프도 되고, 숲의 요정도 되고, 원시적인 숲과 교감할 수 있는 것이라면 무엇이든 되었다. 이렇게 치장한 모습으로 펄은 엄마의 목소리를 듣고 천천히 돌아왔다.

천천히 걸은 것은, 아이가 목사를 보았기 때문이었다.

19
개울가의 아이

「당신은 저 앨 끔찍이 사랑하게 될 거예요.」 헤스터 프린은 목사와 나란히 앉아 어린 펄을 바라보며 되풀이해서 말했다. 「예쁘지 않아요? 저 수수한 꽃들로 얼마나 자연스럽게 치장했는지 좀 보세요! 숲에서 진주와 다이아몬드와 루비를 주워도 저렇게까지 어울리진 않을 거예요. 굉장한 아이예요! 하지만 쟤 이마가 누굴 닮았는지 난 알죠!」

「그거 알고 있소, 헤스터?」 아서 딤스데일이 불안한 미소를 지으며 말했다. 「늘 당신 곁에서 경쾌하게 걸어다니는 저 사랑스러운 아이가 날 몇 번이나 두렵게 했는지. 오, 헤스터, 내가 어떻게 그런 생각을 했을까. 그걸 두려워했다니 얼마나 끔찍한지! 아이의 얼굴이 나와 닮은 데가 있어서, 꼭 빼닮아서 세상 사람들이 알아볼는지도 모르겠다고 말이오! 하지만 저 앤 당신을 많이 닮았소!」

「아니, 아니요! 많이는 아니에요!」 아이의 어미는 부드러운 미소를 지으며 대답했다. 「조금만 기다려요. 저 애가 누구 자식인지 남들이 캐더라도 걱정할 필요가 없어질 테니까. 그나저나 머리에다 들꽃들을 꽂아 놓으니 어쩜 저리도 예쁠까요!

마치 정든 고향 땅 영국에 두고 온 요정[104] 하나가 우리를 만나기 위해 치장하고 나온 것만 같아요.」

두 사람 모두 일찍이 느껴 본 적 없는 감정에 젖은 채 천천히 다가오는 펄을 지켜보았다. 그 아이 속에는 두 사람을 이어 주는 끈이 있었다. 아이는 7년 전 두 사람이 그토록 숨기려 했던 비밀을 품고 있는 상형 문자로 이 세상에 등장했다. 이 불꽃같은 문자를 해독할 줄 아는 예언자나 마법사가 있었다면, 이 상징 속에 씌어 있고 분명히 나타나 있는 모든 것을 금세 읽어 내지 않겠는가! 펄은 두 사람이 일체를 이룬 존재였다. 지난날의 죄가 무엇이었든, 그들이 그 안에서 서로 만났고 죽어서도 함께 살게 될 육체적 결합이자 정신적 형상인 펄을 보게 되면 현세의 삶과 내세의 운명이 연결되어 있다는 사실을 어찌 의심할 수 있겠는가? 이런 생각들, 그리고 두 사람이 인정하거나 규정짓지 않았는지 모를 다른 생각들로 인하여, 그들에게 다가오는 아이 주위에는 일종의 위풍이 감돌고 있었다.

「저 애한테 말을 건넬 때는요, 열정이라든가 열망 같은 이상한 기색을 보여서는 안 돼요.」 헤스터가 속삭였다. 「우리 펄은 이따금 변덕스럽고 엉뚱한 요정이 되거든요. 특히 자신이 도무지 이해할 수 없는 감정에 대해서는 좀처럼 그냥 넘기지를 못해요. 그러나 정은 많은 아이죠! 엄마를 사랑하니 당신도 사랑할 거예요!」

「당신은 모를 거요.」 목사는 헤스터 프린을 곁눈질로 보며

---

104 영국의 전설이나 민담에 등장하는 요정을 언급한 것. 청교도들은 이러한 전설이나 민담을 이단시하며 좋아하지 않았는데, 헤스터의 이 말은 어떤 의미에서는 그녀의 세계를 상징하는 것이기도 하다.

말했다. 「내가 이 만남을 얼마나 두려워하면서도 얼마나 갈 망했는지! 그러나 아까도 말했듯이, 정말이지 아이들은 나와 선뜻 친해지려고 하지 않는다오. 내 무릎에 올라앉지도, 내 귀에다 뭐라고 재잘대지도, 내 미소에 응해 주지도 않고 멀찍이 서서 이상한 눈으로 쳐다만 본다오. 갓난애들조차 내가 안으면 마구 울어 버리지. 그러나 펄은, 그 짧은 동안에도 두 번이나 내게 다정하게 대해 주었소! 첫 번째는 당신도 잘 알고 있겠지. 두 번째는 당신이 저 엄격하고 연로한 총독의 저택으로 아이를 데리고 왔을 때였소.」

「그때 당신은 저 애와 날 위해 정말 용감하게 변호해 주었죠!」아이의 어미가 대답했다. 「기억하고 있어요. 펄도 기억할 거예요. 아무것도 두려워하지 말아요! 처음에는 서먹해하고 수줍어하겠지만, 곧 당신을 사랑하게 될 거예요!」

이때쯤 펄은 개울가에 이르러 건너편에 선 채, 여전히 이끼 낀 나무줄기 위에 앉아 자신을 기다리고 있는 헤스터와 목사를 말없이 응시했다. 그 애가 멈춰 선 곳에는 마침 개울이 웅덩이를 이루고 있었다. 수면이 어찌나 잔잔하고 고요한지, 꽃과 나뭇잎으로 치장하여 그림같이 눈부시게 아름다운 펄의 작은 모습이 실제보다 훨씬 세련되고 고상하게 비치고 있었다. 살아 있는 펄과 거의 흡사한 이 반영이 그 아이에게 그림자처럼 손으로 만질 수 없는 특성을 어느 정도 부여해 주는 듯했다. 그렇게 우두커니 선 채 어둑한 숲에 둘러싸여 있는 두 사람을 말똥말똥 보고만 있는 펄의 모습이 왠지 낯설어 보였다. 그러는 동안 아이 자신은 어떤 공감에 이끌려 거기까지 따라온 듯한 한 줄기 햇살에 둘러싸여 반짝이고 있었다. 개울 속의 또 다른 아이 — 다르면서 같은 아이 — 도 마찬가지로 황금빛 햇살을 받고 서 있었다. 무엇인지 모르게 헤스터는 안타까운 기분과 함께 펄과 소원해진 느낌을 받았다. 마치 혼자서 숲을 돌아다니던 아이가 엄마와 함께 살던 세계를 떠났다가 이제는 영영 돌아올 길을 못 찾고 있는 듯했다.

그 느낌은 맞기도 하고 틀리기도 했다. 아이와 엄마가 소원해진 것은 펄이 아니라 헤스터 때문이었다. 아이가 엄마 곁을 떠나 숲을 돌아다니던 사이 또 다른 인물이 엄마의 감정 세계로 들어와 그 모습을 완전히 바꿔 놓은 터라, 방랑을 마치고 돌아온 펄은 자신의 낯익은 자리를 찾을 수도, 자신이 어디에 있는지도 알 수가 없었던 것이다.

「이상한 생각이 드는군.」 예민한 목사가 말했다. 「이 개울이 두 세계의 경계이고, 당신이 다시는 펄을 만나지 못할 것만 같구려. 아니면 어렸을 때 읽은 전설처럼, 저 아이도 흐르는 개울을 건너지 못하게 되어 있는 요정이 아닐까? 어서 오라고 하오. 저렇게 머뭇거리고 있으니 내 신경이 벌써부터 떨리는구려.」

「이리 오렴, 내 딸.」 헤스터는 용기를 북돋우듯 두 팔을 벌렸다. 「왜 저렇게 꾸물댈까! 이렇게 굼뜨게 행동한 적이 없지 않았니? 여기 엄마 친구가 있어. 너한테도 친구가 되어 줄 거야. 앞으로는 엄마 혼자 주었던 것보다 갑절로 많은 사랑을 받게 될 거야! 어서 개울을 뛰어넘어 우리한테 오렴. 넌 어린 사슴처럼 잘 뛰잖니!」

이 꿀처럼 달콤한 말에도 펄은 아무런 대꾸 없이 개울 건너편에 그냥 서 있기만 했다. 부리부리하게 번뜩이는 눈으로 엄마와 목사를 번갈아 응시하기도 하고, 두 사람을 한꺼번에 흘겨보기도 했다. 마치 두 사람이 어떤 관계인지 알아내고야

말겠다는 의지 같았다. 아이의 시선을 느꼈을 때 무슨 이유에서인지 아서 딤스데일의 손은 절로 가슴 위로 올라갔다. 무의식적이 될 만큼 버릇이 들어 버린 동작이었다. 마침내 펄은 아주 위엄 있는 태도로 한 손을 내밀더니 작은 집게손가락을 뻗어 엄마의 가슴을 분명하게 가리켰다. 그 아래 거울 같은 개울물 속에서도 꽃을 두르고 햇빛에 반짝거리는 귀여운 펄의 영상이 작은 집게손가락을 내밀고 있었다.

「이상한 아이네. 어째서 엄마한테 오지 않는 거니?」 헤스터가 소리쳤다.

펄은 여전히 손가락질하면서 이맛살을 찌푸렸다. 그러자 얼굴이 앳돼 보이다 못해 아기 같아 보여 더욱 인상적이었다. 엄마가 오라고 계속 손짓하며 평소에 볼 수 없던 미소를 만면에 띠고 있는데도 펄은 더욱 도도한 표정과 몸짓으로 발을 동동 굴렀다. 개울에 비친 영상도 찌푸린 얼굴과 손가락질과 도도한 몸짓으로 어린 펄의 모습을 부각시키며 환상적인 아름다움을 풍겼다.

「어서 와, 펄. 안 그러면 엄마 화낸다!」 헤스터 프린이 소리쳤다. 요정 같은 아이의 변덕스러운 행동에 웬만큼 단련이 된 그녀였지만 지금만큼은 좀 더 얌전히 굴어 주기를 바라고 있었다. 「개울을 뛰어넘어 이리 달려오라니까, 장난꾸러기 아가씨야! 아니면 엄마가 네게 갈 거야!」

그러나 엄마가 달래도 다소곳해지지 않고 겁을 주어도 조금도 놀라지 않던 펄이 이번에는 갑자기 화를 벌컥 내며 그 작은 몸을 사정없이 뒤틀기 시작했다. 이런 사나운 발작과 함께 귀를 찢는 듯한 비명을 내질렀는데, 그 소리가 온 숲에 메아리쳤다. 혼자서 철없고 무분별한 화를 내고 있는 펄에게 마치 많은 이들이 숨어서 동정과 응원을 해주고 있는 것만 같았다. 이번에도 개울 속에는 머리와 몸에 꽃을 두른 채 발을 동동 구르고 팔을 심하게 내저으면서도 작은 집게손가락은 여전히 헤스터의 가슴 쪽을 가리키고 있는 펄의 화난 영상이 희미하게 비치지 않겠는가!

「저 아이가 왜 저러는지 알겠어요.」 헤스터가 목사에게 속삭였다. 근심과 초조함을 숨기려 무척이나 애썼건만 그녀의 얼굴은 점점 창백해졌다. 「아이들은 매일 보던 익숙한 풍경이 조금만 바뀌어도 참을 수가 없나 봐요. 제가 늘 달고 다니던 것이 보이지 않아 그런 것 같아요.」

「부탁이오.」 목사가 대답했다. 「저 앨 달랠 방법이 있거든 어서 해보구려! 히빈스 부인 같은 늙은 마녀의 심보 사나운 화라면 모를까, 어린애가 이렇듯 화를 내는 것처럼 보기 싫은 것도 없을 거요.」 목사는 애써 미소를 지으며 덧붙였다. 「어리고 예쁜 펄도 화를 내면 쭈글쭈글한 마녀처럼 기괴해지는 법이지. 날 사랑한다면 저 앨 달래 보구려!」

헤스터는 얼굴을 붉히며 펄에게 다시 고개를 돌리고 의식적으로 목사를 곁눈질한 다음 크게 한숨을 내쉬었다. 미처 말을 꺼내기도 전에 그녀의 붉어졌던 뺨이 죽은 사람처럼 창백해졌다.

「펄.」 그녀는 슬프게 말했다. 「네 발밑을 보렴! 거기! 네 앞에! 이쪽 개울가 말이야!」

아이는 엄마가 가리키는 곳으로 눈을 돌렸다. 주홍 글자가 떨어져 있었는데, 개울가에 바싹 붙어 있어 금빛 자수가 물에 비치고 있었다.

「그걸 이리 가지고 오렴!」 헤스터가 말했다.

「엄마가 와서 가져가!」 펄이 대답했다.

「무슨 저런 애가 다 있을까요!」 헤스터는 옆에 있는 목사에게 말했다. 「아, 저 아이에 대해 할 말이 많아요! 그러나 사실 이 지겨운 징표에 대해서는 저 애 말이 옳죠. 조금만 더, 며칠만 더 이 고문을 참고 견뎌야 해요. 우리가 이 지역을 떠나 꿈에서 본 나라인 것처럼 이곳을 되돌아보게 될 그때까지만! 숲은 이것을 숨겨 주지 못하는군요! 바다가 내 손에서 이걸 낚아채 영원히 삼켜 버리게 해야겠어요!」

이 말과 함께 헤스터는 개울가로 걸어가 주홍 글자를 주워 다시 가슴에 붙였다. 조금 전 그 글자를 깊은 바다에 빠뜨리겠다고 말했을 때는 희망에 차 있었지만, 막상 운명의 손에서 이 치명적인 징표를 다시 받아 들자 헤스터는 피할 수 없는 숙명을 느꼈다. 그 주홍 글자를 무한한 우주로 날려 보냈었는데! — 그리고 한 시간 동안 자유로운 공기를 마셨는데! — 이제 다시 주홍빛 불행이 원래 자리로 돌아와 반짝거리고 있었다! 결국 악행은 상징적인 징표가 있건 없건 숙명의 성격을 띠기 마련이다. 헤스터는 이제 치렁치렁한 머리를 걷어 올려 모자 속에 감추었다. 이 슬픈 글자는 모든 것을 시들게 하는 마력이라도 지닌 듯, 그녀의 아름다움은 물론 여성으로서의 따뜻함과 풍성함까지도 이울어 가는 빛처럼 앗아 갔다. 이제 잿빛 그림자가 그녀를 덮쳐 버린 듯했다.

그렇게 서글픈 변화가 일어난 뒤 헤스터는 펄을 향해 손을 내밀었다.

「이젠 엄마를 알아보겠니, 아가?」 그녀는 책망하듯, 그러나 나직한 어조로 물었다. 「엄마가 다시 치욕의 징표를 달았으니, 이제는 슬픈 모습이 되었으니, 개울을 건너와서 엄마를 인정해 주겠니?」

「응, 이젠 그렇게.」 아이는 그렇게 대답하며 개울을 껑충 건너뛰어 헤스터를 두 팔로 꼭 껴안았다. 「이젠 진짜로 우리 엄마야! 난 엄마의 귀여운 펄이야!」

평소와는 다른 다정한 분위기로 아이는 엄마의 머리를 끌어당겨 이마와 두 뺨에 입을 맞추었다. 그러나 다음 순간, 누군가를 위로할 땐 가슴 아픈 고통까지 곁들여 찬물을 끼얹지 않고는 못 배기겠다는 듯 펄은 입을 오므려 주홍 글자에도 입을 맞추는 것이 아닌가!

「이건 달갑지 않구나!」 헤스터가 말했다. 「엄마한테 애정 표현을 조금 해주고는 그새 엄마를 놀려!」

「목사님은 왜 저기 앉아 있어?」 펄이 물었다.

「널 반겨 주려고 기다리고 계시지.」 엄마가 대답했다. 「자, 아가, 목사님한테 기도를 부탁드리렴! 목사님은 널 사랑하신단다, 귀여운 펄. 엄마도 사랑하시지. 너도 목사님을 사랑하지 않겠니? 어서! 목사님은 네가 오기만을 바라고 계셔!」

「목사님이 우릴 사랑해?」 펄은 고개를 들고서 똘망똘망한 표정으로 엄마의 얼굴을 응시하며 물었다. 「우리하고 같이 손잡고, 우리 셋이서 마을로 돌아가는 거야?」

「지금은 아니란다, 아가.」 헤스터가 대답했다. 「하지만 나중에는 우리랑 손을 잡고 걸으실 거야. 즐거운 우리 집도 생길 거고. 넌 목사님 무릎에 앉게 되고, 목사님은 네게 많은 걸 가르쳐 주며 끔찍이 사랑해 주실 거야. 너도 그분을 사랑할 거지?」

「그럼 손도 늘 가슴에 얹고 계실까?」 펄이 물었다.

「바보같이, 그런 건 왜 물어!」 엄마가 소리쳤다. 「가서 기도를 부탁드려!」

그러나 귀여움을 받고 자란 아이가 위험한 경쟁자를 보면 느끼기 마련인 본능적인 시샘 때문인지, 아니면 아이의 변덕스러운 성격 때문인지, 펄은 목사에게 좀처럼 다가가려 하지 않았다. 엄마가 억지로 잡아끄는 탓에 할 수 없이 목사에게 가면서도 얼굴을 이상하게 찌푸리며 싫은 기색을 완연히 드러냈다. 펄은 갓난아이였을 적부터 다양한 표정을 지니고 있었고, 새로운 장난기를 더해 가며 그 풍부한 표정을 갖가지 모습으로 바꿀 줄 알게 되었다. 목사는 가슴이 쓰릴 만큼 당혹스러웠지만 입을 맞추어 주면 아이가 조금은 자신을 살갑게 맞아 주지 않을까 하는 바람으로 머리를 숙여 아이의 이마에 입을 맞추었다. 그러자 펄은 엄마의 팔을 홱 뿌리치고는 개울로 뛰어가더니 허리를 굽혀 그 달갑지 않은 자국이 완전히 씻겨 소리 없이 흐르는 물에 흩어져 버릴 때까지 이마를 씻었다. 그런 다음 그렇게 거리를 둔 채 헤스터와 목사를 조용히 지켜보았다. 그동안 두 사람은 함께 이야기를 나누며, 자신들의 달라진 처지와 곧 달성해야 할 목표에 따른 준비에 대해 떠오르는 대로 정리하고 있었다.

이제 이들의 운명적인 만남은 끝이 났다. 골짜기는 거무스름한 고목들 속에서 다시 고독해질 것이고, 고목들은 그곳에서 일어났지만 누구에게도 알려지지 않을 일을 그 무수한 혀로 두고두고 속삭일 것이다. 우울한 개울은 신비한 이야기를 이미 차고 넘칠 만큼 안고 있는 그 작은 가슴에 또 하나의 이야기를 보낼 것이다. 그리고 지금껏 그래 왔듯, 조금도 명랑하지 않은 어조로 그 일에 대해 끊임없이 재잘거릴 것이다.

20
미궁에 빠진 목사

 목사는 헤스터 프린과 어린 펄보다 먼저 떠나면서, 숲의 어스름 속으로 서서히 사라지는 모녀의 어슴푸레한 모습이나 윤곽이나마 볼 수 있을까 하는 기대에 흘깃 뒤를 돌아보았다. 자신의 삶에 찾아든 그토록 엄청난 변화를 그는 선뜻 현실로 받아들일 수가 없었다. 그러나 회색 옷을 입은 헤스터가 아직도 그 나무줄기 옆에 서 있었다. 먼 옛날 강풍에 쓰러져 긴긴 세월 동안 이끼가 수북이 쌓인 덕에, 이 세상의 가장 무거운 짐을 진 저주받은 두 사람으로 하여금 단 한 시간이나마 나란히 앉아 안식과 위안을 찾을 수 있도록 해준 나무줄기 말이다. 그곳에는 펄도 있었다. 침입자인 제삼자가 가버리자 아이는 개울을 사뿐히 건너 본래 자기 자리였던 엄마 곁으로 가 있었다. 그러니 목사가 잠이 들어 꿈을 꾼 것은 아니지 않은가!

 이상한 불안과 함께 마음을 어지럽히는 이런 불분명하고 몽롱한 느낌을 떨쳐 내기 위해, 목사는 헤스터와 둘이서 그려 본 출발 계획을 떠올려 더욱 철저히 따져 보았다. 인디언의 오두막이나 해안가를 따라 듬성듬성 들어선 유럽 사람들의 정착지 외에 선택의 여지가 없는 뉴잉글랜드 혹은 미국 전역의 미개지보다는, 인구와 도시가 많은 영국이 숨어 살기에 더 바람직하다는 것이 그들이 내린 결론이었다. 황야의 고난을 견디기에 너무도 부적합한 목사의 건강도 그렇고, 타고난 재능과 교양과 전반적인 성장 과정으로 보아도 그는 문명과 품위를 내세우는 세상에서나 편안할 터였다. 그 수준이 높으면 높을수록 그는 더욱 섬세하게 적응할 것이었다. 하늘이 돕기라도 한 듯 때마침 배 한 척이 항구에 정박해 있었다. 당시 흔히 볼 수 있었던 수상쩍은 순양함들 중 하나였는데, 바다의 완전한 무법자는 아니었지만 상당히 무책임하게 해상을 돌아다니는 배였다. 최근 스패니시 메인[105]에서 온 이 배는 사나흘 안에 영국의 브리스틀로 출항할 예정이었다. 자선 수녀회의 자원 봉사원으로 일하면서 그 배의 선장과 선원들을 알게 된 헤스터 프린은 사정이 있으니 모든 것을 비밀에 부쳐 달라 부탁하고서 어른 두 명과 아이 한 명의 승선 여부를 알아볼 수 있을 터였다.

목사는 큰 관심을 보이며 헤스터에게 그 배가 정확히 언제 떠나느냐고 물었다. 나흘 뒤쯤이 될 것이라 했다. 〈정말 다행이군!〉 그때 목사는 생각했다. 자, 딤스데일 목사가 왜 다행이라고 생각했는지는 썩 밝히고 싶지 않다. 그러나 독자들을 위해 숨김없이 이야기하자면, 그날로부터 사흘 뒤 목사가 총독 취임 축하 설교[106]를 하기로 예정되어 있었기 때문이다. 그런

---

105 Spanish Main. 스페인 상선이 이용하던 항로로, 해적이 출몰하던 당시의 카리브 해를 가리킨다.
106 새 총독이 식민지에 취임할 때는 〈취임 설교〉를 목사에게 의뢰했으며, 이 설교를 맡는 것은 목사의 최고 영예였다.

행사는 뉴잉글랜드 목사의 생애에 있어 경험하기 힘든 명예였기에 그로서는 자신의 성직을 갈무리할 더없이 좋은 방법이자 기회일 수 있었다. 이 모범적인 남자는 생각했다. 〈적어도 사람들이 나에 대해 공무를 다하지 않았거나 소홀히 한 사람이라고 비난하지는 않겠지!〉 이 가엾은 목사처럼 그토록 절실하고 엄격하게 반성한 사람조차도 이렇듯 비참한 기만에 빠지다니 참으로 서글프구나! 목사에 대해 이보다 더 나쁜 점도 이야기해 왔고 앞으로도 하겠지만, 그가 이렇듯 비루하게 약한 모습을 보인 일은 없었다. 또한 오래전부터 그 성격의 실체를 좀먹어 온 미묘한 질병을 이처럼 사소하고도 의심할 여지 없이 증명해 보인 일도 없었다. 무릇 인간이 상당한 기간 동안 자신과 타인에게 서로 다른 두 얼굴을 보이고 살다 보면 결국에는 어떤 것이 진짜인지 혼동하게 되는 법이다.

  헤스터를 만나고 돌아오는 딤스데일 목사는 흥분으로 전에 없던 활력이 솟구쳐 종종걸음으로 서둘러 마을로 향했다. 예기치 못한 방해물들 때문에 숲속 오솔길은 그가 마을에서 나올 때보다 더 황량하고 쓸쓸한 데다 인적도 뜸해 보였다. 그러나 목사는 질퍽질퍽한 곳은 뛰어넘고, 들러붙는 덤불은 헤쳐 나가고, 비탈은 기어오르고, 움푹 파인 곳은 뛰어내리며, 한마디로 그 자신도 놀랄 만큼 지칠 줄 모르는 활력으로 길에 있는 모든 방해물들을 이겨 냈다. 이틀 전만 해도 똑같은 길을 얼마나 힘없이, 숨이 차오르는 탓에 얼마나 자주 쉬어 가며 꾸역꾸역 걸었던가. 마을이 가까워졌을 때 그는 눈에 보이는 낯익은 것들이 왠지 달라졌다는 인상을 받았다. 그들을 떠난 것이 어제나 하루 이틀 전이 아니라 며칠 전, 심지어 몇 해 전이었던 것만 같았다. 물론 거리의 모습은 그가 기억하는 예전 그대로였고, 박공지붕의 개수며 지붕 끝에 달린 바람개비며 집들의 특색도 그의 기억대로였다. 그런데도 뭔가 달라졌다는 느낌이 끈질기게 따라붙었다. 거리에서 만나는 사람들과 그 작은 마을에서 흔히 마주치던 사람들의 모습에서도 같은 느낌을 받았다. 그들이 더 늙어 보이거나 젊어 보이는 것은 아니었다. 노인들의 수염이 더 희어진 것도 아니요, 어제 기던 아이가 오늘 걷는 것도 아니었다. 목사는 바로 얼마 전에 보았던 그 사람들이 지금 어디가 어떻게 달라진 것인지 설명할 수 없었다. 그런데도 그의 가장 깊은 의식은 무엇인가 달라졌다고 알려 주는 듯했다. 교회당 담벼락 밑을 지날 때는 비슷한 느낌이 더욱 강하게 스치고 지나갔다. 교회당 건물이 아주 낯설면서도 동시에 아주 낯익어 보였던 탓에 딤스데일 목사의 의식은 자신이 지금껏 꿈속에서만 교회당을 보았던 건지, 아니면 지금 교회당에 관한 꿈을 꾸고 있는지 혼미할 지경이었다.

교회당이 이렇게 다양한 형태로 나타난 현상은 외적인 변화 때문이 아니었다. 이는 낯익은 광경을 보는 사람에게 아주 갑작스럽고도 중요한 변화가 일어나 단 하루의 시간이 그의 의식 속에서는 몇 년이 지난 것처럼 작동했음을 뜻한다. 목사의 의지와 헤스터의 의지, 그리고 그들 사이에서 자란 운명이 이러한 변화를 초래한 것이다. 마을은 이전과 다름없었다. 그러나 숲에서 돌아온 목사는 이전과 같지 않았다. 만약 친구들이 인사를 건넸다면 그는 이렇게 말했을지 모른다. 「난 당신들이 생각하는 그 사람이 아니오! 그 사람은 저기 숲에, 아무도 모르는 깊은 골짜기 우울한 개울가의 나무줄기 옆에다 버리고 왔소! 가서 그 목사를 찾아 보시오. 그 수척한 몸과 야원 뺨, 창백하고 음울하면서 고뇌의 주름이 잡힌 이마가 버려진 옷처럼 내동댕이쳐져 있지 않은지 알아들 보시오!」 그러면 친구들은 틀림없이 〈당신이 바로 그 사람이오!〉라며 그에게 맞설 테지만, 잘못 생각한 쪽은 그가 아니라 친구들이었을 것이다.

 딤스데일 목사가 집에 당도하기 전에 그의 내적 자아는 생각과 감정의 영역에서 일어난 변혁의 다른 증거들을 그에게 보여 주었다. 사실상 놀라움에 사로잡힌 이 불운한 목사에게 지금 전달되고 있는 충동은, 그 내면의 왕국에서 지배층과 도덕률이 완전히 바뀌었다는 말로밖에 설명할 수 없었다. 걸음을 옮길 때마다 그는 무의식적이면서 또한 의식적으로 뭔가 이상하고 난폭하고 나쁜 짓을 하고 싶다는 충동을 불쑥불쑥 느꼈다. 이 충동은 그것을 거역하려는 자아보다 더 뿌리 깊은 자아로부터 나오는 것이었다. 예컨대 그가 자기 교회의 집사들 중 한 명을 만났을 때 그러했다. 그 선량한 노인은 아버지와도 같은 애정과 원로로서의 특권 — 지긋한 나이와 올곧고 후덕한 성품, 그리고 교회 내에서의 지위 때문에 그런 특권을 행사할 자격이 충분했다 — 으로 목사에게 인사를 건넸다. 더불어 성직자로서나 개인으로서 목사가 받기에 합당한, 거의 숭배에 가까운 깊은 경의도 표했다. 연륜과 예지를 갖춘 위풍당당한 노인네가 어떻게 그와 같은 경의와 존경 — 사회적 지위가 더 낮고 타고난 재능이 뒤떨어지는 사람이 자신보다 우월한 사람에게나 보여 주는 경의와 존경 — 을 표할 수 있는지 이보다 더 아름답게 보여 준 예도 없었다. 그런데 이 훌륭한 백발 수염의 집사와 잠시 이야기를 나누는 동안 딤스데일 목사는 성찬에 관한 어떤 불경스러운 말이 자꾸만 떠올라 극도로 자제하고 또 자제하고서야 그 말을 삼갈 수 있었다. 그는 혀가 제멋대로 이런 끔찍한 말들을 지껄여 대고는 자신이 승낙하지도 않았는데 주인의 승낙을 받아 그렇게 한 것이라고 주장하지나 않을까 싶어 몹시도 떨었고, 얼굴도 백지장처럼 하얘졌다. 그러나 마음에 이런 공포가 자리함에도 불구하고, 만약 자신이 불경한 말을 했을 경우 이 신앙심 깊은 원로 집사가 얼마나 망연자실할까를 상상하노라니 자꾸만 웃음이 터지려 하지 않겠는가!

비슷한 일이 또 있었다. 바삐 거리를 걷던 딤스데일 목사는 자신의 교회에서 가장 나이가 많은 여신도를 만났다. 신앙심이 깊고 모범적인 노부인이었다. 이 가난하고 외로운 과부의 가슴은 비명이 새겨진 묘비로 가득한 묘지처럼 세상을 떠난 남편과 자식들, 오래전 죽은 친구들에 관한 추억으로 가득 차 있었다. 다른 사람 같았으면 견디기 힘든 슬픔이었을 그 모든 추억이 이 노부인처럼 독실한 영혼에게는 신성한 기쁨이 되다시피 했다. 그녀가 30년 넘게 줄기차게 마음의 양식으로 삼아 온 종교의 위안과 성경의 진리 덕분이었다. 딤스데일 목사의 신도가 된 뒤로 이 선량한 노부인에게 지상 최고의 위안 — 천상의 위안이 아니었다면 헛될 수도 있었을 위안 — 은 우연이건 의도적이건 목사를 만나 그 사랑스러운 입술에서 흘러나오는 따뜻하고 향기롭고 하늘의 숨결 같은 복음을 어두운 귀로 황홀하게 경청하며 기운을 얻는 것이었다. 그러나 이번에는 영혼의 무서운 적이 원하는 대로, 그 노부인의 귀에 입술을 갖다 대는 순간까지 딤스데일 목사의 머릿속에 성경 구절은 일체 떠오르지 않고 영생을 부정하는 짧지만 함축적이며 당시의 그로서는 반박할 수도 없는 주장만이 맴돌았다. 만약 그런 말을 속삭였다면 이 여신도는 독약을 주입당한 사람처럼 대번에 쓰러져 죽어 버렸을지도 모른다. 목사는 자신이 그때 무슨 말을 속삭였는지 나중에도 기억해 낼 수 없었다. 다행히 그의 말이 횡설수설하여 그 착한 과부에게 분명한 뜻이 전달되지 않았거나, 하느님이 알아서 그 뜻을 해석해 전달하셨던 것 같다. 확실한 것은 목사가 뒤를 돌아보았을 때 백지장같이 창백한 노부인의 주름투성이 얼굴 위에서 성스러운 도성의 광휘[107]와도 같은 거룩한 감사와 희열에 찬 표정을 보았다는 것이다.

세 번째 사례도 있었다. 노부인과 헤어진 뒤 목사는 자신의 신도들 가운데 가장 젊은 여신도를 만났다. 딤스데일 목사가 밤을 새운 그 이튿날인 안식일에 그의 설교를 듣고 새롭게 신자가 된 처녀였다. 그때 목사는 세상의 덧없는 향락 대신, 삶이 어두울수록 더욱 밝은 빛을 띠고 칠흑 같은 어둠을 종국에는 금빛으로 물들여 줄 천국의 희망을 찾으라고 설교했다. 그 처녀는 에덴동산에 피어 있는 백합처럼 곱고 순결했다. 그 처녀가 새하얀 휘장을 둘러친, 때 묻지 않은 마음의 성소에 그를 모셔 둔 채 종교에는 사랑의 온기를, 사랑에는 종교의 순정을 주고 있음을 목사는 잘 알고 있었다. 그날 오후 사탄은 그 가엾은 젊은 처녀를 어머니 곁에서 유인해 내 유혹에 단단히 빠진 이 남자, 아니면 — 차라리 이 표현이 더 낫지 않을까? — 길을 잃고 절망에 빠진 이 남자의 길에다 넌져 놓은 것이 분명하다. 그녀가 가까이 왔을 때 사탄은 목사더러 몸을 움츠리고서 조만간 검은 꽃을 피우고 검은 열매를 맺게 될

---

107 「요한의 묵시록」 21장 11절 참조. 〈그 도성은 하느님의 영광에 싸여 그 빛은 지극히 귀한 보석과 같았고 수정처럼 맑은 벽옥과 같았습니다.〉

악의 씨를 그녀의 여린 가슴에 떨어뜨리라고 속삭였다. 이 처녀가 목사를 얼마나 굳게 믿고 그가 이 순결한 영혼에 대한 자신의 영향력을 얼마나 크게 느꼈는지, 그가 사악한 시선을 한 번만 던져도 그 순결의 밭을 온통 메마르게 하고 말 한마디로 그 반대의 상황을 조성할 수도 있을 것 같았다. 그래서 그는 그 어느 때보다 안간힘을 써서 제네바 외투[108]로 얼굴을 가린 채 본 척도 않고 황급히 지나치면서 자신의 무례를 그 처녀가 알아서 참고 넘기게 했다. 그녀는 스스로의 양심 — 그녀의 호주머니나 반짇고리처럼 해가 되지 않는 것들로만 가득 차 있는 곳 — 을 구석구석 뒤지고 수없이 많은 잘못을 상상하며 자신을 질책했다. 가엾은 영혼이여! 이튿날 아침 그녀는 퉁퉁 부은 눈으로 집안일을 시작했다.

이 마지막 유혹을 뿌리친 승리를 축하할 새도 없이 목사는 또 다른 충동을, 더욱 우스꽝스럽고 앞선 것들만큼이나 오싹한 충동을 느꼈다. 차마 입 밖에 내기조차 낯 뜨거운 일인데, 말하자면 가던 길을 멈추고서 길에서 놀고 있는, 이제 갓 말을 시작한 청교도 아이들에게 아주 못된 말들을 가르쳐 주고 싶다는 충동이었다. 목사로서 무슨 어울리지 않는 짓이냐며 이 변덕을 겨우 물리친 그는 스패니시 메인에서 온 술 취한 뱃사람을 한 명 만났다. 지금껏 참으로 용감하게 온갖 유혹을 이겨 왔기 때문인지 불쌍한 딤스데일 목사는 타르투성이의 저 망나니와 악수도 나누고, 방탕한 뱃사람들이 입에 달고 사는 상스러운 농담도 하고, 익숙하고 뻔뻔스럽고 노골적이고 속이 후련해지도록 하늘을 모독하는 욕을 퍼붓고 싶어

---

108 *Geneva cloak*. 칼뱅파 목사가 설교할 때 입던 외투로 〈제네바 가운〉이라고도 했다. 스위스 제네바는 칼뱅파의 중심지였다.

지는 것이 아닌가! 그가 이 마지막 위기를 무사히 넘길 수 있었던 것은 남들보다 훌륭한 신념을 가졌기 때문이 아니라 어느 정도는 그의 타고난 품위 때문이었고, 더 중요하게는 성직자로서의 예법이 습관처럼 굳어져 있기 때문이었다.

〈이렇게까지 날 따라다니며 유혹하는 것이 무엇이란 말인가?〉 목사는 마침내 거리에 선 채 손으로 이마를 치며 속으로 외쳤다. 〈내가 미친 걸까? 아니면 악마에게 넘어간 것일까? 숲에서 악마와 계약을 맺고 내 피로 서명이라도 했단 말인가? 그 악마가 지금 그 못된 머리로 생각해 낼 수 있는 온갖 사악한 짓을 꺼내 놓으며 그 계약을 이행하라고 요구하는 것인가?〉

딤스데일 목사가 이렇게 자기반성을 하며 손으로 이마를 치고 있을 때 마녀라고 소문난 늙은 히빈스 부인이 지나갔다고 한다. 그녀의 풍채는 참으로 당당했다. 높다란 머리 장식에 화려한 벨벳 가운을 걸쳤으며 그 유명한 노란 풀을 먹여 빳빳이 세운 주름 칼라를 달고 있었는데, 이 풀을 먹이는 방법은 그녀의 각별한 친구였던 앤 터너[109]가 토머스 오버베리 경의 살해 혐의로 교수형을 당하기 전에 그녀에게 가르쳐 준 것이었다. 그 마녀가 목사의 생각을 읽은 것인지는 알 수 없지만, 갑자기 걸음을 멈추고서 그의 얼굴을 쏘아보며 교활한 미소를 짓더니, 원래는 목사들과 좀처럼 말을 섞으려 하지 않건만 그에게 말을 걸었다.

「그러고 보니 목사님, 숲에 다녀오시나 보군요.」 마녀는 높

---

109 Anne Turner(1576~1615). 몸집은 작지만 아름답고 음탕했던 여인으로, 토머스 오버베리 살해 사건 당시 프랜시스 부인의 부탁으로 독살 계획에 가담했던 사실이 탄로 나 교수형에 처해졌다.

다란 머리 장식을 끄덕여 보이며 말했다.「다음에는 제게 미리 살짝이라도 귀띔해 주세요. 목사님과 함께 가면 영광일 테니까요. 제 자랑은 아니지만, 제 말 한마디면 아무리 낯선 양반이라도 목사님이 아시는 숲속 악마한테서 극진한 환대를 받을 수 있답니다.」

「저, 부인……」 목사는 부인의 신분도 그렇고, 자신의 예의범절로도 그렇게밖에는 대처할 수 없어 정중히 인사하며 대답했다.「제 양심과 인격을 두고 말씀드리는데, 저는 부인이 무슨 말씀을 하시는 건지 도무지 모르겠군요! 저는 악마를 찾으러 숲에 간 것이 아니었습니다. 앞으로도 그런 것에게 잘 보이기 위해 숲을 찾는 일은 없을 것입니다. 제가 숲에 간 것은 신앙심 깊은 제 친구 엘리엇 전도사를 만나 그가 이도교로부터 구원해 낸 수많은 소중한 영혼과 함께 기뻐하기 위해서였습니다!」

「하하하!」 늙은 마녀는 높다란 머리 장식을 다시 끄덕여 보이며 깔깔깔 웃었다.「그래요, 그래요, 대낮에는 당연히 그렇게 얘기해야겠지요! 능구렁이처럼 잘도 시치미를 떼시는군요! 그러나 밤이 되면 숲에서 다른 얘기를 해보자고요!」

그녀는 노파 특유의 당당함으로 걸음을 옮겼는데, 종종 고개를 돌려 자신과 목사 사이의 은밀한 친분을 선선히 인정하듯 그에게 미소를 지어 보였다.

〈내가 악마에게 몸을 팔았단 말인가!〉 목사는 생각했다. 〈사람들 말이 옳다면, 노란 풀을 먹인 벨벳 옷을 입은 저 마녀가 자신의 군주이자 주인으로 선택했다는 그 악마에게 말인가!〉

가엾은 목사여! 사실 그는 그 비슷한 거래를 한 셈이었다! 지옥으로 갈 죄인 줄 알면서도 행복의 꿈에 현혹되어 난생처음 자진해서 그것에 몸을 맡겼으니. 그 죄의 독은 전염병처럼 빠르게 그의 도덕 체계 속으로 퍼졌고, 모든 선한 충동을 마비시키는 반면 악한 충동은 모조리 깨워 소생시켰다. 경멸, 냉소, 까닭 모를 악의, 이유 없이 악을 바라는 마음, 선하고 성스러운 것이면 뭐든 조롱하고 싶은 충동이 한꺼번에 깨어나 그를 흠칫 놀라게 하면서 다른 한편으로는 유혹했다. 늙은 히빈스 부인과의 만남도 — 그것이 실제 일어난 일이라면 — 목사가 악한 인간들과 타락한 영혼들의 세계를 공감하며 같이하고 있음을 보여 주는 것일 뿐이었다.

이때쯤 묘지 끄트머리에 있는 숙소에 다다른 목사는 층계를 급히 올라 서재로 피신했다. 그는 여기까지 오는 동안 자신을 끊임없이 몰아대던 기괴하고 악한 행동을 저질러 세상 사람들에게 처음으로 자신의 정체를 드러내는 일 없이 이 은신처에 당도하게 되어 무척이나 기뻤다. 익숙한 방으로 들어온 목사는 책이며 창문이며 벽난로며 벽에 걸린 태피스트리 등을 둘러보았는데, 숲속 골짜기에서 읍내를 거쳐 이곳까지 오는 동안 줄곧 그를 따라다니던 그 낯설음이 또 느껴졌다. 이 방에서 그는 공부도 하고 글도 썼다. 이 방에서 금식과 철야를 하다가 반쯤 죽다 살아나기도 했다. 이 방에서 기도에 힘썼다. 이 방에서 수만 가지 고통도 참아 냈다! 의미심장한 고대 히브리어로 쓰인, 모세와 예언자들과 온갖 것들로 그에게 말을 걸었던 신의 목소리가 가득 들어 있는 성경도 있지 않은가! 탁자 위에는 잉크 묻은 펜과 더불어 쓰다 만 설교 원고가 놓여 있었다. 이틀 전 신이 나서 쓰다가 생각이 끊겨 중단한 원고였다. 이 모든 일을 겪고 취임식 설교 원고를 여기까지 작성한 사람은 다름 아닌 야위고 얼굴 해쓱한 목사 자신이 아니던가! 그러나 지금 그는 낯선 기분에 잠긴 채 경멸과 동정과 얼마쯤은 부러운 호기심으로 예전의 자신을 바라보는 듯했다. 예전의 자아는 사라지고 없었다. 숲에서 돌아온 자는 다른 사람이었다. 예전의 순박했던 그로서는 결코 이해하지 못했던 숨은 신비를 알게 된 더 현명한 자였다. 얼마나 쓰라린 인식이던가!

이런 생각에 잠겨 있을 때 서재 문을 두드리는 소리가 들려 목사는 〈들어오십시오!〉 하고 말했다. 악령을 보게 될지도 모른다는 생각이 아예 없었던 것은 아니었다. 아니나 다를까! 들어온 사람은 로저 칠링워스 노인이었다. 목사는 한 손은 히브리어 성경 위에, 다른 한 손은 가슴 위에 얹고서 창백한 얼굴로 말없이 서 있었다.

「잘 다녀오셨습니까, 목사님.」 의사가 말했다. 「엘리엇 전도사님도 안녕하시던가요? 그런데 목사님, 안색이 파리합니다. 숲에 다녀오시느라 무척 힘드셨나 보죠. 취임식 설교를 하시려면 원기와 힘을 회복하셔야 할 텐데, 제 도움이 필요하지 않겠습니까?」

「아니요, 괜찮습니다.」 딤스데일 목사가 대답했다. 「오랫동안 서재에만 박혀 있다 밖으로 나가 성스러운 전도사님도 뵙고 시원한 공기도 마셨더니 한결 좋아졌습니다. 친절하신 선생님, 손수 지어 주시는 약이라 효험이 있다는 건 알지만, 이제 더 이상 선생님의 약은 필요하지 않을 것 같습니다.」

목사가 말하는 동안 로저 칠링워스는 환자를 대하는 의사답게 진지하고도 주의 깊은 태도로 목사를 바라보았다. 그러나 겉모습이 이러했어도 목사는 자신이 헤스터 프린을 만나고 온 사실을 늙은 의사가 알고 있거나 적어도 의심은 하고 있을 것이라 거의 확신했다. 그때 의사는 목사의 눈을 보고서 자신이 더 이상 그의 믿을 만한 친구가 아닌 철천지원수가 되었음을 알았다. 서로의 정체가 그만큼 알려졌다면 조금이나마 표현하게 되는 것이 당연하지 않을까. 그러나 이상하게도 말로 표현하기까지 오랜 시간이 걸리는 일도 종종 있는 것 같다. 두 사람이 어떤 화제를 회피하기로 했다면, 그 근처까지 갔다가도 언급하지 않고 물러나 어느 정도 안전을 유지하는 법이다. 그랬기에 목사는 로저 칠링워스가 서로에 대해 가지고 있는 진짜 생각을 분명한 말로 언급할 거라는 걱정은 하지 않았다. 그러나 의사는 예의 음험한 수법으로 그 비밀을 무섭게 파고들었다.

「보잘것없지만 오늘 밤은 제 의술의 도움을 받는 게 좋지 않겠습니까?」 그가 말했다. 「목사님, 진실로 취임식 연설을 위해 우리는 최선을 다해 당신을 튼튼하고 강건하게 만들어야 합니다. 주민들은 목사님에게 큰 기대를 하고 있습니다. 해가 바뀌면 목사님이 어디론가 가버리시지나 않을까 염려하면서 말이죠.」

「그래요, 저세상으로 갈지도……」 목사는 경건한 체념조로 대답했다. 「하늘이 더 좋은 세상을 허락해 주시기를. 사실 또 한 해라는 덧없는 사계절을 제 양 떼와 함께할 수 있을 것 같지는 않습니다! 그러나 선생님의 약에 대해서는, 고맙지만 현재의 제 몸 상태로는 필요 없습니다.」

「그렇다니 정말 기쁘군요.」 의사가 대답했다. 「오랫동안 제 약이 별무소용이더니만 이제야 효험이 나타나나 봅니다. 이 치료가 성공했다면 저로서도 기쁘고, 뉴잉글랜드의 주민들한테도 인사를 받을 자격이 생긴 거니까요!」

「진심으로 감사드립니다, 빈틈없는 벗이여.」 딤스데일 목사는 딱딱한 미소를 띠며 말했다. 「정말 감사드리고, 선생님의 은혜는 기도로밖에 갚아 드리지 못하겠습니다.」

「훌륭하신 분의 기도는 금덩이나 진배없지요!」 로저 칠링워스 노인이 물러가면서 대답했다. 「그럼요, 하느님 당신의 각인이 찍힌, 성지 예루살렘의 금화지요!」

홀로 남은 목사는 하인을 불러 식사를 부탁하고서 음식이 나오자마자 게걸스럽게 먹었다. 그런 다음 이미 썼던 취임식 설교 원고를 불 속에 던져 버리고 곧바로 새로 쓰기 시작했다. 그는 하늘의 계시라도 받은 듯 생각과 감정이 용솟음치는 대로 써나갔다. 하늘이 자신처럼 더러운 오르간으로 신탁의 웅장하고 장엄한 음악을 전하기로 결정하셨다는 사실이 그저 놀라울 따름이었다. 그러나 이 수수께끼가 저절로 풀리든 영원히 풀리지 않든 그대로 둔 채, 그는 무아경에 빠져 진지하고 급하게 써 내려갔다. 그렇게 밤이 날개 달린 말이 되어 목사를 태우고 질주한 듯 어느새 커튼 사이로 여명이 수줍게 얼굴을 들이밀었고, 마침내 아침 해가 떠올라 서재에 황금빛을 뿌리며 목사의 시린 눈을 스치고 지나갔다. 목사는 손가락 사이에 여전히 펜을 쥔 채 광대한 집필의 세계를 뒤로하고 앉아 있었다!

21
뉴잉글랜드 경축일

새 총독이 주민들의 손에서 공직을 넘겨받기로 되어 있는 그날 아침 헤스터 프린과 어린 펄은 일찍 장터로 나왔다. 장터에는 벌써부터 많은 장인(匠人)들과 다른 평범한 사람들로 북적거리고 있었다. 그들 중에는 사슴 가죽으로 만든 옷을 입어 보스턴이라는 작은 식민지를 둘러싼 숲속 부락에서 온 티를 역력히 드러내는 우악스러운 사람들도 제법 있었다.

지난 7년 동안 늘 그래 왔듯 이번 경축일에도 헤스터는 거친 회색 천으로 만든 옷을 입고 있었다. 옷감의 색깔 때문이라기보다 딱히 뭐라고 형언할 수 없는 특이한 양식으로 인해 그녀의 모습은 시야에서 사라지고 윤곽마저 없어지는 듯했다. 그러나 주홍 글자가 그녀를 이런 희미한 형체에서 되살려 글자 자체에서 뿜어져 나오는 도덕적 분위기 속에 노출시켰다. 마을 사람들에게 익숙해진 지 오래인 그녀의 얼굴은 그들이 늘 보던 대로 대리석처럼 차분했다. 가면 같기도 했고, 아니 그보다는 죽은 여인의 얼음장같이 고요해진 얼굴 같기도 했다. 헤스터의 얼굴이 이처럼 음산한 모습을 띠게 된 것은 그녀가 동정받을 자격이 없다는 점에서 죽은 것이나 진배없었고, 세상에 섞여 사는 듯하지만 사실은 세상을 등진 채 살고 있었기 때문이다.

그러나 이날만큼은, 이전에 볼 수 없었고 지금도 알아보기 힘들 만큼 흐릿한 어떤 표정이 그녀의 얼굴에 어려 있었는지 모른다. 비상한 관찰력을 지닌 사람이 아니고서는 그녀의 마음을 먼저 읽고 그에 따른 표정과 태도의 변화를 찾아낼 수 없었을 것이다. 그리고 그렇게 마음을 읽을 줄 아는 자라면, 대중의 시선을 숙명이자 고행이자 견뎌야 하는 엄격한 종교 같은 것으로 여기며 7년이라는 비참한 세월을 이겨 온 헤스터가 지금 그 오랜 동안의 고통을 일종의 승리로 바꾸기 위해 마지막으로 한 번 더 자진해서 그 시선에 맞닥뜨리고 있음을 알아차렸을 것이다. 사람들은 그녀를 희생자요, 평생의 노예라 생각했겠지만 헤스터는 그들에게 이렇게 말하고 싶었을지 모른다. 〈이 주홍 글자와 그 글자를 단 사람을 마지막으로 봐두라고요! 이제 조금 있으면 그녀는 당신들의 손길이 미치지 않는 곳에 있을 테니까! 몇 시간만 지나면 당신들이 그녀의 가슴에서 불타게 만든 글자가 저 신비의 바다 깊은 곳에 영원히 잠겨 버리고 말 테니까!〉 자신의 존재와 그토록 깊이 얽혀 있던 고통으로부터 해방되려는 그 순간 헤스터의 마음에 아쉬움 같은 것이 들었다 해도 인간 본성에 어긋나는 모순이라고만은 할 수 없을 것이다. 여자로 살아가는 동안 하루가 멀다 하고 맛본 쑥즙과 노회즙[110]을 마지막으로 숨도 쉬지 않고 쭉 들이켜고 싶은 욕망이 어찌 들지 않았겠는가? 이제부터 그녀의 입술에 바쳐질 인생의 술은 무늬가 새겨진 황금

---

110 인생의 고통을 쓴 맛에 비유한 것이다. 쑥즙과 노회즙 모두 맛이 쓰기로 유명하다.

잔에 따른, 실로 감칠맛 나고 향기롭고 원기를 돋우는 술일 것이다. 그런 술이 아니라면 가장 효험 있는 강장제를 마시듯 그녀가 구역질 날 만큼 맛보아야 했던 쓴맛의 잔재 때문에 나른한 권태가 느껴질 것이다.

펄은 환상적일 만큼 화려한 옷을 입고 있었다. 이처럼 환하고 눈부신 환영이 어두운 회색 형체의 자식이라고 짐작하기란 불가능할 정도였다. 또한 이 아이의 옷을 만드는 데 꼭 필요했을 화려하고도 섬세한 상상력이 헤스터의 소박한 옷에 그처럼 뚜렷한 특색을 부여한, 훨씬 더 어려웠을지 모를 작업을 이루어 낸 상상력과 같은 것이라 짐작하기도 불가능했을 것이다. 어린 펄에게 너무도 잘 어울리는 그 옷은 아이의 성격을 발산한 것이거나, 혹은 그것을 필연적으로 나타내고 명시한 것 같았다. 나비의 날개에서 오색찬란한 빛을 떼어 내거나 화사한 꽃잎에서 다채로운 아름다움을 떼어 낼 수 없듯, 펄에게서도 그 옷을 떼어 낼 수 없었다. 나비나 꽃의 경우와 마찬가지로 아이의 경우도 그랬다. 그 옷은 아이의 성격과 완전한 조화를 이루고 있었다. 게다가 이 경축일에 펄의 기분은 이상한 동요와 흥분에 휩싸여 있었는데, 마치 다채로운 심장 박동과 더불어 번뜩이고 반짝거리는 옷가슴의 다이아몬에서 뿜어져 나오는 빛과도 흡사했다. 아이들은 언제나 자신과 연결되어 있는 사람들의 동요에 감응한다. 어떤 성질의 것이건, 집안의 재난이나 임박한 변화에는 특히 더 민감한 법이다. 그랬기에 어미의 불안한 가슴에 달린 보석과도 같은 존재인 펄은 대리석같이 무표정한 헤스터의 이마에서 어느 누구도 발견하지 못한 감정을 생기 넘치는 기분으로 무심코 드러낸 것이었다.

이렇게 흥분에 넘쳐 펄은 엄마 곁에서 걷는다기보다는 새처럼 훨훨 날아다녔다. 그러다가 불쑥 거칠고 발음도 분명치 않고 때로는 귀청을 때리는 노래를 쉴 새 없이 불러 댔다. 장터에 도착했을 때 펄은 장터의 활기를 돋우는 분주함과 법석을 보고 한층 더 흥분했다. 왜냐하면 평상시 이곳은 마을의 장터라기보다 교회당 앞에 있는 널찍하고 쓸쓸한 잔디밭 같아 보였기 때문이다.

「와, 이게 어찌 된 거야, 엄마?」 아이가 소리쳤다. 「오늘은 사람들이 왜 일을 안 해? 온 세상이 노는 날인 거야? 저것 봐, 대장장이 아저씨야! 검댕 묻은 얼굴을 깨끗이 닦고, 주일에만 입는 옷을 입었어. 누가 친절하게 가르쳐만 주면 신나게 노실 것 같아! 간수 영감인 브랙켓 씨도 있어. 날 보고 고개를 끄덕이며 웃어 주네. 저 영감이 왜 저러는 거야, 엄마?」

「네가 갓난쟁이였을 때가 기억나서 그럴 거야, 애야.」 헤스터가 대답했다.

「에이, 그렇다고 날 보고 고개를 끄덕이고 웃을 것까진 없잖아. 시커멓고 험상궂고 눈도 못생긴 영감 주제에!」 펄이 말했다. 「인사하고 싶으면 엄마한테나 하지. 엄만 회색 옷에 주홍 글자를 달고 있으니까. 근데 엄마, 모르는 얼굴들이 진짜 많아, 인디언들도 있고 뱃사람들도 있어! 모두들 여기 장터엔 뭐하러 왔을까?」

「행렬이 지나가는 걸 구경하려고 기다리는 거란다.」 헤스터가 말했다. 「총독님이랑 치안 판사님들이 지나가실 거야. 목사님들이랑 높으신 분들이랑 훌륭하신 분들도 군악대랑 군인들을 앞세우고 오실 거야.」

「그럼 목사님도 오시는 거야?」 펄이 물었다. 「개울가에서 엄마가 날 목사님한테 데려갔던 그때처럼 목사님이 내게 두 손을 내밀어 주실까?」

「목사님도 오실 거야, 펄. 하지만 오늘은 네게 인사를 하지 않으실 거야. 너도 인사를 해서는 안 된단다.」 엄마가 대답했다.

「참 이상하고 슬픈 분이라니까!」 아이는 혼잣말하듯 말했다. 「저기 저 처형대에 같이 서 있었을 때처럼 캄캄한 밤중에는 우리를 불러 엄마 손도 잡아 주고 내 손도 잡아 주잖아. 늙은 나무들만 들을 수 있고 좁은 하늘만 볼 수 있는 깊은 숲에서는 이끼 더미 위에 앉아 엄마랑 얘기도 하잖아! 내 이마에 입맞춤도 해줘서 개울물에 씻어도 잘 지워지지가 않았잖아! 그런데 이렇게 햇빛이 밝고 사람들이 많이 있으면 우릴 모르는 척해. 우리도 그분을 모르는 척해야 하고! 손도 늘 가슴에 얹고 있는, 참 이상하고 슬픈 분이야!」

「조용히 못 하겠니, 펄! 넌 아직 이해하기 힘들어.」 엄마가 말했다. 「지금은 목사님 생각은 하지 말고 주위를 봐. 사람들 얼굴이 얼마나 즐거워 보이니? 행복한 시간을 보내려고 아이들은 학교에서, 어른들은 일터와 밭에서 와 있지 않니. 오늘부터 새로운 분이 사람들을 통치하게 될 거거든. 그래서 나라가 처음 세워졌을 때부터 인류가 관습처럼 그래 왔듯이 사람들이 흥겨워하고 기뻐하는 거란다. 마치 보잘것없는 낡은 세계를 뒤로하고 마침내 황금시대를 맞이하는 것처럼 말이다!」

헤스터의 말대로 사람들의 얼굴은 전에 볼 수 없던 명랑함으로 환히 빛났다. 1년 중 오늘 같은 축제일이면 — 이때도 이미 그랬고, 지난 2백 년 동안에도 줄곧 그랬듯 — 청교도들은 연약한 인간에게 허용되어도 좋을 만한 환락과 환희를 모두 모아 마음껏 즐겼다. 그것으로 일상의 먹구름을 걷어 내고, 하루뿐인 이 축제일만큼은 역경의 시대를 사는 대부분의 다른 공동체에서 볼 수 있는 정도 이상의 근엄한 표정은 짓지 않았다.

그러나 어쩌면 우리가 이 시대의 분위기와 풍속의 특징이라 할 수 있는 암울함을 과장해서 생각하는 것인지도 모르겠다. 지금 보스턴의 장터에 모여 있는 사람들은 태어날 때부터 청교도의 우울을 물려받은 이들이 아니었다. 그들은 엘리자베스 여왕 시대의 영광과 풍요를 누린 부모 밑에서 자란 영국 태생의 사람들이었다. 그 시대 영국의 생활상을 총체적으로 들여다보면, 유례를 찾아보기 힘들 만큼 위엄 있고 장엄하면서도 즐거웠던 것 같다. 만약 뉴잉글랜드 이주민들이 조상의 그런 취향을 그대로 따랐다면 모든 공식 행사를 큰 화톳불이며 연회며 화려한 구경거리며 행렬 같은 것으로 축하했을 것이다. 또한 장엄한 의식을 거행할 때도 엄숙한 분위기에 유쾌한 오락을 곁들이고, 경축일이면 온 나라 사람들이 입는 예복에 기괴하고도 화려한 수를 놓았을지도 모른다. 식민지 정치의 새해가 시작되는 이날[111]을 축하하는 오늘의 행사에서도 그런 노력의 흔적이 조금은 엿보였다. 비록 퇴색하고 몇 갑절 옅어지긴 했어도 그들이 자랑으로 여기는 옛 런던에서 볼 수 있었던 — 국왕의 대관식까지는 아니더라도 런던 시장 취임식[112]

---

111 총독의 취임일이었을 뿐 아니라 의회의 개회일이기도 하므로 이와 같이 언급한 것이다.

112 *Lord Mayor's Day*. 이날(11월 9일) 시장은 웨스터 사원에서 대법관으로부터 국왕이 내리는 인가를 받기 위해 행렬을 이끌고 왕복하게 되어 있는데, 〈로드 메이어 쇼*Lord Mayor's show*〉라고 부르는 이 행사는 엄숙하고 화려하기로 유명하다. 지금도 매년 11월 둘째 주 토요일에 런던에서 이 퍼레이드가 펼쳐진다.

정도라면 볼 수 있었던 — 호화로움을 우리 조상들이 치안 판사 연례 취임식과 관련하여 제정한 관례에서 희미하게나마 찾아볼 수 있을지 모른다. 미합중국의 조상들과 설립자들 — 정치가, 성직자, 군인 — 은 눈에 보이는 위엄과 권위를 갖추는 것이 자신들의 의무라 여겼다. 옛 양식을 따른 그러한 차림은 공적, 혹은 사회적 지명도를 드러내는 복장으로 간주되었다. 그런 인사들이 모두 나와 주민들이 보는 앞에서 행렬을 지어 나아가면 새로 수립한 정부의 단순한 뼈대에 위엄이 더해졌다.

따라서 다른 날 같았으면 사람들이 무슨 종교 의식을 치르듯 열심히 정진했을 온갖 고된 일을 이날만큼은 설렁설렁 해도 된다며 장려하지는 않더라도 은근히 묵인해 주었다. 그러나 사실 엘리자베스 시대나 제임스 시대의 영국이었다면 쉽게 눈에 띄었을 법한 재밋거리가 이곳엔 없었다. 어설픈 연극 공연도, 하프를 켜며 옛 노래를 부르는 음유 시인도, 음악에 맞춰 원숭이를 춤추게 하는 가수도, 요술을 부리는 척하는 마술사도 없었으며, 또한 누구나 즐겁게 공감할 수 있는 것에 호소하여 어쩌면 진부하지만 여전히 그 효력을 발휘하는 익살로 군중을 흥분시키는 어릿광대도 없었다. 익살과 관계된 일에 종사하는 자들은 엄격한 법만이 아니라 그 법을 지속시켜 주는 대중의 정서에도 준엄한 제지를 받았을 것이다. 그런네도 사람들의 이 정직한 얼굴은 비록 딱딱할시언정 환한 미소를 짓고 있었다. 또한 식민지 개척자들이 그 옛날 영국의 시골 장터나 마을의 잔디밭에서 구경하고 직접 해보기도 한 그런 경기도 아예 없었던 것은 아니다. 그들 자신에게 없어서는 안 될 용기와 용맹을 위해서라도 이 새로운 땅에서 그런 경기를 계속 이어 가는 것이 바람직하다고 여겼던 것이다. 장터 여기저기서 콘월식이니 데번식이니 하는 서로 다른 씨름판이 펼쳐지고 있는 풍경도 보였다. 어느 구석에서는 육척봉[113]으로 겨루는 친선 경기도 벌어지고 있었다. 사람들의 이목을 가장 사로잡은 것은, 앞서 몇 번이나 등장했던 그 처형대 위에서 호신술 사범 둘이 둥근 방패와 날이 넓은 칼로 시범을 보인 검술이었다. 그러나 이 시합이 마을 관리의 개입으로 중단되는 바람에 구경꾼들은 이만저만 실망한 게 아니었다. 그 관리는 마을의 신성한 장소들 중 하나를 그런 식으로 욕보여 법의 권위를 모독하는 짓을 용납할 생각이 없었던 것이다.

경축일을 즐긴다는 점에서는, 우리만큼 아주 먼 후손들에 견주어 이들이 더 낫다고 단정해도 과언이 아닐 것이다(즐거움을 삼가던 시절의 초기에 속한 사람들이자, 생전에 재미나게 놀 줄 알던 조상의 자손이었으니 말이다). 그들의 바로 다음 자손, 그러니까 초기 이주민의 다음 세대는 청교도 색을 가장 짙게 띠었는데, 그것이 국민의 얼굴을 얼마나 어둡게 물들여 놓았던지 이토록 긴 세월도 그 색을 지워 없애기에는 부족하다. 그러니 우리는 잊힌 유희의 기술을 다시 배워야 할 것이다.

장터에 펼쳐진 한 폭의 풍속화는 대체로 영국 이주민들의 우중충한 회색이나 갈색이나 검은색을 띠고 있었지만 간간이 다양한 빛깔도 끼어 있어 나름 활기찼다. 한 인디언 무리는 사슴 가죽에 기묘하게 수놓은 야만인 특유의 야단스러운 옷차림에 조개 구슬 허리띠를 둘렀으며 황토색 얼굴은 붉고

[113] 옛날 영국 농민들이 무기로 사용했던 양끝에 쇠를 댄 막대.

노랗게 칠하고 머리에는 깃털 장식을 꽂고 활과 화살과 석창으로 무장한 모습이었다. 이들은 청교도의 얼굴에서조차 찾아보기 힘든 완고하고도 굳은 표정으로 약간 멀찍이 떨어져서 있었다. 얼굴을 색칠한 이 야만인들이 비록 거칠다고는 하나 오늘 장터에서 가장 거칠어 보이는 자들은 따로 있었다. 그 특성은 취임식의 재미난 볼거리를 구경하기 위해 뭍에 내린, 스패니시 메인에서 온 선원들 가운데 몇몇 뱃사람들이 차지하는 편이 더 알맞을 것이다. 햇볕에 그을린 얼굴과 텁수룩한 수염 때문에 험상궂어 보이는 무법자들이었다. 통 넓고 길이가 짧은 바지는 종종 조악한 금색 버클이 달린 허리띠로 조였고, 언제나 기다란 칼을 차고 다녔으며, 때로는 쌍날 검을 차고 있기도 했다. 종려 잎으로 만든 챙 넓은 모자 밑에서는, 심지어 기분 좋고 즐거운 순간에도 동물적 사나움을 띠는 두 눈이 번쩍거렸다. 다른 사람들 같았으면 꼭 지키려 했을 행동 규범을 그자들은 아무런 두려움이나 망설임 없이 위반했다. 마을 관리가 코앞에 있어도 담배를 피워 댔는데, 이곳 주민이었으면 한 모금마다 1실링의 벌금을 물어야 했을 것이다. 주머니 병에 담아 온 포도주나 독한 술도 마음 내키는 대로 들이켜면서, 누가 입을 벌린 채 멍하니 보고 있으면 마셔 보라고 권하기까지 했다. 뱃사람들이 육지에서 멋대로 굴고 바다에 나가 훨씬 더한 짓을 해도 그냥 넘어갔던 것을 보면, 이 시대의 도덕이 엄격했다 해도 한편으로는 얼마나 취약했는지 분명히 알 수 있다. 오늘날 같았으면 당시의 뱃사람들은 자칫 해적으로 몰려 심문을 받았을 것이다. 가령 바다 동료들 중에서는 딱히 나쁜 축에 들지 않는 이들도 스페인 상선을 약탈하는 죄 — 우리 식으로 말하자면 — 를 범했을 것이 분명하고,

따라서 오늘날의 법정에 섰다면 모두 모가지가 잘리고 말았을 것이다.

그러나 그 시절의 바다는 저 좋을 대로 출렁이고 넘실거리며 거품을 일으키거나 아니면 폭풍우가 휘몰아치는 대로만 움직일 뿐 인간의 법에 좌우되는 일은 거의 없었다. 파도에 몸을 맡기던 해적도 원하기만 하면 그 일을 접고 뭍에서 성실하고 경건한 사람이 될 수 있었다. 또한 아무리 무도한 삶에 빠져 사는 해적이라 해도 그와 거래를 한다거나 어쩌다 어울리는 것까지 남사스럽게 여겨질 정도는 아니었다. 그랬기에 검정 외투에 풀을 먹인 띠를 두르고 고깔모자를 쓴 청교도 장로들도 이 유쾌한 뱃사람들의 소란과 무례한 행동을 보고 악의 없이 미소 지을 수 있었다. 또한 그랬기에 실로 평판 좋은 시민이자 의사인 늙은 로저 칠링워스가 수상한 배의 선장과 다정하게 이야기를 나누며 장터에 들어서는 것을 보고도 놀라거나 비난하는 이들이 없었다.

의상으로 보자면 선장은 그야말로 현란하고 호사스러운 풍채를 하고 있어 군중 속 어디에 있어도 단연 눈에 띄었다. 옷에 리본을 줄줄이 달고, 모자에는 금색 레이스에 금색 사슬도 두른 다음 깃털까지 꽂아 두었다. 옆구리에는 검을 찼고 이마에는 칼자국이 있었는데 머리를 단정히 빗은 품새가 상처를 숨기기보다는 오히려 드러내고 싶어 하는 것 같았다. 만약 육지 사람이 그런 복장과 그런 얼굴로 그처럼 의기양양한 태도를 보였다면 십중팔구 치안 판사 앞에서 엄중한 심문을 받고서 벌금형이나 금고형 아니면 차꼬에 차여 치욕을 당하는 형벌을 받았을 것이다. 그러나 이 선장에 대해 말하자면, 물고기에게 붙어 있는 번들거리는 비늘처럼 모든 것이 그의 성격에 부합하는 것으로 간주되었다.

의사와 헤어진 브리스틀행 선박의 선장은 장터를 어슬렁어슬렁 돌아다녔다. 그러다가 우연히 헤스터 프린이 서 있는 곳에 이르러 그녀를 알아보았는지 주저 없이 말을 건넸다. 헤스터가 서 있는 곳은 언제나 그렇듯 주위로 작은 — 일종의 마법의 원 같은 — 공간이 만들어졌는데, 사람들은 약간 거리를 둔 채 팔꿈치로 서로 밀치고 하면서도 누구 하나 감히 그 원에 발을 들여놓지도, 들여놓고 싶어 하지도 않았다. 그 공간은 주홍 글자의 운명을 진 여인을 감싼 도덕적 고독을 나타내는 강력한 상징이었다. 한편으로는 그녀 자신이 내성적이었기 때문에, 다른 한편으로는 그녀의 동포가 더 이상 몰인정하진 않더라도 본능적으로 거리를 두었기 때문에 생긴 원이었다. 그런 거리감이 이번에는 헤스터와 선장이 이야기를 나누어도 누가 엿들을 위험이 없도록 제구실을 톡톡히 해냈다. 헤스터 프린에 대한 사람들의 평판이 얼마나 달라졌는지, 만약 헤스터가 아닌 마을에서 가장 도덕성 높기로 이름난 부인이었어도 그런 자와 대화를 나누었다면 추문에 휩싸였을 것이다.

「그런데요, 부인……」 선장이 말했다. 「부인이 부탁하신 것 말고 침대를 하나 더 준비하라고 사환에게 얘기해야겠군요. 이번 항해에서 괴혈병이나 발진 티푸스 따위는 걱정하지 마세요! 원래 우리 배에 있던 의사에다 의사 한 분이 너 타세 되었으니 걱정할 건 약제나 환약뿐이죠. 다행히 스페인 배에서 사놓은 약들이 잔뜩 실려 있고요.」

「무슨 말씀을 하시는 거죠?」 헤스터는 필요 이상으로 놀란 표정으로 물었다. 「승객이 또 있다고 하셨나요?」

「아니, 모르셨습니까?」 선장이 소리쳤다. 「여기 계신 의사 양반이, 이름이 칠링워스라고 하던데, 부인과 함께 배를 타고 싶다고 하던데요? 이런, 알고 계신 줄 알았죠. 그 의사 말이 부인과 일행이라고, 부인이 말한 그 신사분과도 친한 벗이라고 하던데요. 이곳의 까다롭고 늙은 통치자들 때문에 위험에 처하게 된 그분 말입니다!」

「그 두 사람이 잘 아는 사이긴 하죠.」 헤스터는 극도로 당황했지만 침착한 태도로 대답했다. 「오랫동안 함께 살았으니까요.」

선장과 헤스터 프린 사이에는 더 이상 대화가 오가지 않았다. 그러나 이때 헤스터는 장터의 가장 구석진 곳에 서서 자신을 보며 웃고 있는 늙은 로저 칠링워스를 보았다. 사람들로 북적거리는 드넓은 광장을 가로질러, 군중의 온갖 말소리와 웃음소리와 잡다한 생각과 기분과 관심을 뚫고 은밀하고도 무시무시한 뜻을 전하는 미소였다.

22
행렬

헤스터 프린이 이런 예기치 못한 놀라운 사태를 어떻게 해결해야 할지 생각을 정리하고 방법을 강구할 새도 없이 군악대가 가까이 다가오는 소리가 들렸다. 치안 판사들과 시민들의 행렬이 교회당 쪽으로 오고 있다는 의미였다. 일찍이 확립되어 지금까지 지켜져 온 관례에 따라, 교회당에서는 딤스데일 목사가 취임 축하 설교를 하기로 되어 있었다.

이윽고 행렬의 선두가 모퉁이를 돌아 장터로 들어서며 천천히 위엄 있게 그 모습을 드러냈다. 맨 먼저 군악대가 나타났다. 다양한 악기들로 구성된 군악대는 서로 완벽하게 조율되지 않았는지 연주 솜씨가 별로였다. 그러나 북과 나팔의 화음이 군중에게 전달하고자 하는 큰 목적 — 그들의 눈앞을 지나가는 인생의 한 장면에 더욱 숭고하고 더욱 영웅적인 분위기를 부여하려는 목석 — 만큼은 달성하고 있었다. 처음에 어린 펄은 손뼉을 쳤지만 곧 아침부터 계속 자신을 흥분하게 만든 들뜬 동요에서 잠시 놓여났다. 그 아이는 조용히 응시했는데, 물 위를 둥둥 떠다니는 바닷새처럼 길게 일렁이는 군악 소리를 타고 높이 날아오르는 것만 같았다. 그러나 악대를 뒤따라 행렬의 의장대를 이루는 군대가 등장하면서 무기와 눈부신 갑옷이 햇빛에 반짝거리는 것을 보고는 다시 들뜬 기분으로 돌아왔다. 이 병사단[114] — 여전히 하나의 단체로 존재하고 있으며, 유서 깊은 명예를 간직한 채 대대손손 행진하고 있는 — 은 돈을 목적으로 구성된 용병이 아니었다. 이들은 군인 정신으로 충만하며, 성전 기사단[115]처럼 군사학을 배우고 가능한 한 평화롭게 전쟁 실습을 할 수 있는 일종의 문장원[116]을 설립하고자 하는 신사들이 대부분이었다. 당시 군인 기질이 얼마나 높은 평가를 받았는지는 부대원 개개인의 당당한 태도에서 엿볼 수 있었다. 실제로 몇몇 군인들은 북해 연안의 저지대와 다른 전쟁터에서 종군하여 군인으로서의 명성과 용위를 지닐 자격을 얻기도 했다. 게다가 번들번들한 철갑과 번쩍이는 투구 위로 깃털이 나부끼는 전체적인 의장 또한 오늘날의 군장으로는 따라잡을 수 없을 만큼 눈부셨다.

그러나 사려 깊은 구경꾼의 눈에는 호위대 바로 뒤를 따르는 고위직 관리들이 더욱 볼만했을 것이다. 그들은 겉으로 보이는 태도에서부터 위엄을 드러내, 군인들의 도도한 걸음걸이를 우스꽝스럽지는 않다 해도 저속하게 보이게 만들 정도였다. 이른바 재능보다 인격의 안정과 위엄을 더해 주는 요소

---

114 공식 명칭은 〈보스턴의 유서 깊은 포병 부대The Ancient and Honorable Artillery Company of Boston〉이다. 1638년 〈매사추세츠의 군대〉로 창설되었다.

115 Knights Templars. 1118년경 예루살렘에서 성묘객과 순례자를 보호하기 위해 조직된 승병단으로 이단으로 탄압받다가 1313년 해체되었다.

116 College of Arms. 왕실 및 귀족 가문들의 족보, 문장, 깃발, 무기, 군복 등을 만드는 곳이자 그러한 기술을 가진 장인들을 육성하는 곳이었다. 호손은 *arms*를 〈문장〉과 〈군사〉의 두 가지 의미로 쓰고 있다.

들을 훨씬 더 중시하던 시대였다. 당시 사람들은 존경의 마음을 세습적인 권리처럼 물려받았다. 그러나 후대에 와서는 그런 존경심이 남아 있기는 하되 극히 미미하여 공직자를 선출하고 평가할 때 큰 힘을 발휘하지 못한다. 이런 변화는 좋은 것일 수도 있고 나쁜 것일 수도 있는데, 어쩌면 두 가지 면 모두를 조금씩 가지고 있는지 모른다. 그 옛날 이 살풍경한 해안에 정착한 영국인들은 왕이며 귀족 신분이며 이런저런 대단한 지위를 버리고 왔지만 남을 존중할 줄 아는 마음과 그 필요성은 여전히 강하게 지니고 있어 노인의 백발과 주름진 이마라든가 오랜 세월의 시련을 견뎌 낸 고결함, 속이 꽉 찬 지혜와 쓰라린 경험, 영원할 것 같은 느낌을 주며 일반적으로 훌륭한 것으로 분류되는 엄숙하고 무게 있는 품성을 높이 샀다. 따라서 일찍이 시민들의 선택으로 권좌에 오른 초창기 정치가들 — 브래드스트리트,[117] 엔디코트,[118] 더들리,[119] 벨링햄 및 그들의 동료들 — 은 재능이 뛰어나지는 않았지만 대체로 지적인 활동보다 중후한 온건함으로 이름을 떨쳤다. 그들은 의연하고 자신감 넘쳤으며, 역경이나 위기에 처하면 사납게 몰아치는 파도에 맞서는 절벽처럼 나라의 안녕을 지켰다. 지

---

[117] Simon Bradstreet(1603~1697). 청교도 시인으로 알려진 앤 브래드스트리트Anne Bradstreet의 남편으로 매사추세츠 총독을 두 번 역임했다. 1630년 매사추세츠에 당도한 그는 각 식민지를 방어하기 위해 뉴잉글랜드 연합체를 결성해 대표 위원으로 일했다.

[118] John Endicott(1599~1665). 1630년에 존 윈스럽이 도착하기 전까지 매사추세츠 베이 식민지 총독을 지냈으며 세일럼 식민지의 초대 총독을 역임하기도 했다.

[119] Thomas Dudley(1576~1653). 앤 브래드스트리트의 아버지로 매사추세츠 총독을 역임했고 하버드 대학교 창설자 중 한 사람이었다. 당시 지도자들 중 가장 엄격한 청교도였다고 한다.

금 지적한 성격적 특징은 새 식민지 치안 판사들의 각진 얼굴과 큼직한 몸집에 잘 나타나 있었다. 타고난 위엄으로만 보자면, 현실 민주 국가의 이 선구자들이 상원에 임명되거나 왕의 사적 자문 기관인 추밀원으로 뽑혔어도 부끄러워할 필요가 없었을 것이다.

치안 판사들 뒤로는 오늘 경축일에 설교를 하기로 되어 있는 대단히 출중하고 젊은 목사가 따르고 있었다. 그 시대에는 목사라는 직업이 정치가보다 지적 능력을 발휘할 기회를 훨씬 더 많이 가졌다. 고차원적인 동기는 논외로 하더라도 성직은 그 사회에서 거의 숭배에 가까운 존경을 받았기 때문에 참으로 야심 찬 포부를 가진 사람도 그 일에 뛰어들게 할 만큼 강력한 유혹을 일으켰다. 인크리스 매더[120]의 예에서도 볼 수 있듯 심지어 정치권에도 성공한 목사의 힘이 미칠 정도였다.

지금 딤스데일 목사를 바라보는 사람들의 의견으로는, 목사가 뉴잉글랜드 해안에 첫발을 내디딘 이래 오늘의 행렬에서 보조를 맞추고 있는 걸음걸이와 태도에서 볼 수 있는 그런 박력을 보여 준 적은 일찍이 없었다고 한다. 발걸음은 여느 때와 달리 힘없지 않았다. 어깨도 구부정하지 않았으며, 손도 불길하게 가슴 위에 얹고 있지 않았다. 그러나 정직하게 평가하자면, 목사의 힘은 육체에서 나오는 것이 아닌 것 같았다. 어쩌면 천사의 도움에 의한 영적인 힘이었는지 모른다. 또 어쩌면 진지하고도 오래 지속되어 온 사색의 용광로에서만 증

---

120 Increase Mather(1639~1723). 미국 청도교 목사인 리처드 매더 Richard Mather의 아들로 그 역시 평생을 보스턴 노스 교회의 목사로 지냈다. 하버드 학장을 역임하기도 했고, 1688년에는 매사추세츠의 대표로 본국에 가서 새로운 칙허를 받아 오는 등 외교 활동을 펼치기도 했다.

류되는 강력한 강심제의 흥분이었는지 모른다. 그도 아니면, 귀청 떨어지는 시끄러운 음악에 고무된 그의 예민한 기질이 점점 솟아오르는 음파에 실려 하늘로 올라간 것인지 모른다. 그럼에도 표정은 어찌나 멍하던지, 딤스데일 목사가 음악을 듣고나 있는지 의문이 들 정도였다. 그의 몸은 전에 없이 씩씩하게 계속 전진하고 있었다. 그렇다면 그의 마음은 어디에 있었을까? 그만의 세계에 깊숙이 들어앉아 이제 곧 발표할 장중한 사상의 행렬을 정렬하느라 눈코 뜰 새 없이 바빴다. 그리하여 주위에서 무슨 일이 벌어지고 있는지 보지도 듣지도 못했으며, 아무것도 몰랐다. 그러나 정신의 힘이 허약한 몸을 들어 무거운 줄 모르고 데리고 다니면서 육체를 정신처럼 바꾸어 놓았다. 병적일 만큼 범상치 않은 지성을 가진 이들은 이따금 이와 같은 엄청난 힘을 발휘하곤 하는데, 그렇게 며칠을 살고 나면 다음 며칠 동안은 죽은 듯이 지내게 된다.

목사를 계속 응시하고 있던 헤스터 프린은 어디서 비롯된 것인지 알 수 없는 황량한 느낌이 덮쳐 오는 것을 느꼈다. 어쩐지 목사가 그녀의 세계와는 완전히 동떨어진, 그녀의 손길이 닿지 않는 곳에 있는 듯했다. 그녀는 그와 눈인사 정도는 나눌 필요가 있을 것이라 생각했다. 고독과 사랑과 고뇌의 작은 골짜기가 있던 어둑한 숲, 그리고 두 사람이 손을 잡고 나란히 앉아 우울하게 졸졸거리는 개울에 자신들의 슬프고도 걱정적인 이야기를 실어 보내던 이끼 낀 나무줄기를 떠올렸다. 그때 두 사람은 서로를 얼마나 깊이 이해했던가! 저이가 그때 그 사람이란 말인가? 지금은 거의 모르는 사람 같지 않은가! 그는 그야말로 다채로운 음악에 둘러싸여 위엄 있고 훌륭한 교부들과 당당히 지나가고 있었다. 그는 세속의 자리에서도 그녀의 손이 닿지 않는 곳에 있더니만, 그녀가 지금 바라보고 있는, 그녀가 공명하는 바 없는 아득한 사상의 세계에서는 더욱 더 손 닿지 않는 곳에 있지 않은가! 모든 것이 망상이며, 눈에 보이듯 생생한 꿈이었을 뿐 목사와 자신 사이에 진정한 유대란 있을 수 없다는 생각에 그녀는 풀이 죽고 말았다. 또한 목사가 두 사람의 세계를 그처럼 완전히 빠져나가 버릴 수 있었다는 사실을 용서할 수 없을 정도의 여심은 헤스터에게도 남아 있었다. 다가오는 운명의 무거운 발소리가 가까이, 더 가까이, 더 가까이 들리는 지금에 와서는 더더욱 용서할 수 없지 않겠는가! 게다가 그녀가 어둠 속을 더듬으며 차가운 두 손을 아무리 뻗어 보아도 그를 찾을 수 없었으니 말이다.

펄은 엄마의 그런 심경을 읽고 반응했거나, 아니면 목사의 주위를 감도는 서먹함과 알 수 없는 무언가를 느낀 듯했다. 행렬이 지나가는 내내 금방이라도 날아오르려는 새처럼 우왕좌왕하며 안절부절못하고 있었던 것이다. 행렬이 모두 사라졌을 때 아이는 헤스터의 얼굴을 쳐다보았다.

「엄마, 저분이 개울가에서 내게 입을 맞춰 준 그 목사님 맞아?」 아이가 물었다.

「입 다물어, 펄!」 아이 엄마는 작은 소리로 말했다. 「장터에서 아무 때나 숲에서 있었던 일을 이야기하면 안 돼.」

「아무래도 그 목사님 같지가 않아서 말이야. 정말 이상해 보였어.」 아이는 계속 말했다. 「안 그랬으면 달려가서 사람들 보는 앞에서 입을 맞춰 달라고 했을 거야. 늙은 나무들이 많은 어두운 숲에서 해줬던 것처럼 말이야. 그랬음 목사님이 뭐라고 하셨을까, 엄마? 손으로 가슴을 때리고 내게 눈살을 찌푸리며 저리 가라고 하셨을까?」

「그분이 무슨 말을 하겠니, 펄.」 헤스터가 대답했다. 「지금은 입 맞출 때가 아니라고, 장터에선 입을 맞추는 게 아니라고 하지 않았겠니? 어리석기도 하지. 네가 정말로 그런 소릴 하지 않아 다행이구나!」

딤스데일 목사에 대해 이들과 같으면서 조금 다른 감정을 표현한 이가 있었다. 오늘날 같았으면 미쳤다고 할 만큼 기이한 그 여자는 마을 사람들로서는 엄두도 못 냈을 법한 행동을 했다. 주홍 글자를 달고 있는 여인과 버젓이 이야기를 나누기 시작한 것이다. 그 사람은 바로 히빈스 부인으로, 세 겹 주름 칼라와 수놓은 가슴 장식에 화려한 벨벳 가운 차림으로 황금 손잡이가 달린 지팡이를 들고 행렬을 보러 나와 있었다. 이 노부인이 당시 성행하고 있던 모든 강령술에서 주연을 맡고 있다는 소문이 나 있던 터라(그래서 훗날 자신의 목숨을 잃는 대가를 치르게 되지만) 군중은 그녀에게 길을 비켜 주었다. 그 화려한 옷 주름 사이에 무슨 균이 들어 있기라도 한 듯 다들 옷깃을 스치는 것조차 두려워하는 것 같았다. 지금은 많은 이들이 헤스터 프린에게 호감을 갖고 있음에도 히빈스 부인이 그녀와 나란히 서 있자 공포가 갑절로 커져 사람들은 일제히 두 여인 주위에서 물러났다.

「산 사람치고 누가 상상이나 할 수 있으려나!」 노파가 헤스터에게 은밀히 속삭였다. 「저기 저 성스러운 사람이 말이우! 지상의 성자라고 사람들이 떠받들고, 정말로 그래 보여서 나도 그렇게밖에 말할 수 없는 저이가 말이지! 저기 행렬에 끼어 지나가는 저 사람을 보고, 얼마 전 서재를 박차고 나와 모르긴 해도 히브리어 성경 구절을 외면서 숲속을 산책하던 사람이라고 어느 누가 생각이나 하겠냐는 말이우! 아하! 우리는 그 이유를 알고 있지, 헤스터 프린! 그런데 정말이지, 같은 사람이라고 믿기가 힘들단 말이지. 누군가가 바이올린을 켜고 인디언 주술사나 라플란드[121]의 마법사가 우리랑 손을 잡고 춤을 췄을 때, 저 악대 뒤를 따르며 나처럼 춤추는 교인을 많이도 보았다우! 세상을 잘 아는 여자한테야 별일도 아니겠지만. 그러나 이 목사한테는야! 헤스터, 저 사람이 당신이 숲에서 만난 그 사람이라고 확실히 말할 수 있겠우?」

「부인, 무슨 말씀을 하시는지 전 모르겠네요.」 헤스터 프린은 히빈스 부인이 제정신이 아니라고 생각하며 대답했다. 그러나 너무나 많은 사람(그녀 자신을 포함하여)이 악마와 관계를 맺고 있다고 자신 있게 단언하는 부인을 보니 묘한 놀라움과 공포가 느껴졌다. 「저 같은 사람이 딤스데일 목사님처럼 학식 있고 경건하신 하느님의 심부름꾼을 깎아내리는 것은 외람된 일이지요!」

「에잇, 이 여자야, 에잇!」 노파는 헤스터에게 삿대질을 하며 소리쳤다. 「내가 숲을 얼마나 뻔질나게 드나드는데, 다른 누가 다녀간 것도 판단할 줄 모르다고 생각해? 말도 안 되지. 그들이 춤출 때 머리에 썼던 화환의 이파리가 하나도 남아 있지 않아도 난 다 안다고! 헤스터, 난 당신이 다녀간 것도 알아. 그 징표를 보았으니까. 밝은 데서는 누구나 볼 수 있고, 어두운 곳에서는 새빨간 불길처럼 타오르거든. 당신은 그 징표를 보란 듯이 달고 다니니 문제 될 게 전혀 없지. 하지만 목

---

[121] Lapland. 스칸디나비아 반도의 북부 지역을 일컫는 말로 지금의 스웨덴, 노르웨이, 핀란드 및 러시아의 일부가 여기에 속한다. 옛이야기에 바람이나 폭풍을 일으키는 마녀와 마법사가 살고 있는 지역으로 등장한다.

사는 어떨까! 귀 좀 빌려 줘봐, 말해 줄 테니! 딤스데일 목사처럼 말이야, 부하가 되겠다고 서명과 날인을 하고서도 그 유대 관계를 밝히기를 주저하면 말이야, 악마는 환한 대낮에 세상 사람들 눈앞에 그 징표가 드러나도록 명령하는 버릇이 있다고! 목사가 항상 손을 가슴에 얹고 감추려고 하는 게 무얼까? 으응, 헤스터 프린?」

「그게 뭔데요, 히빈스 할머니?」 어린 펄이 몹시 알고 싶은 듯 물었다. 「할머니는 보신 적이 있어요?」

「별거 아니란다, 아가!」 히빈스 노파는 펄에게 공손히 인사하며 대답했다. 「언젠가 네 눈으로 보게 될 거야. 그런데 애야, 네가 악마의 혈통을 이어받았다고들 하던데! 언제 날 좋은 밤에 나랑 같이 말을 타고 네 아버지를 만나러 가지 않으련? 그러면 목사님이 왜 가슴에 손을 얹고 있는지 알게 될 게다!」

그 수상한 노부인은 장터가 떠나갈 정도로 시끄럽게 웃어대며 그 자리를 떴다.

이때쯤 교회당에서는 개회 기도가 끝나고 딤스데일 목사가 설교를 시작하는 소리가 들렸다. 주체할 길 없는 감정이 헤스터를 교회당 가까이로 이끌었다. 그 성스러운 건물은 입추의 여지 없이 사람들로 꽉 들어차 그녀는 처형대 바로 옆에 자리를 잡았다. 목사 특유의 목소리가 분명치는 않지만 물 흐르듯 다양하게 넘실거리며 모든 설교를 실어다 줄 만큼 충분히 가까운 자리였다.

목사의 목소리는 그 자체로 값진 재주였다. 설교자의 말이 무슨 뜻인지 이해하지 못해도 그 어조와 억양만으로도 청중의 마음이 이리저리 동요될 정도였으니 말이다. 그 목소리는 마치 음악과 같아서, 어디에서 배웠든 모든 인간의 마음에 와

닿는 공통의 언어로 정열과, 비애와, 격하고 부드러운 감정을 토해 냈다. 교회당 벽이 가로막고 있어 소리는 비록 약했지만, 헤스터 프린은 알아듣고 못 알아듣고를 떠나 설교의 의미를 속속들이 받아들일 만큼 정말로 열심히 귀를 기울이며 마음 깊이 공감했다. 만약 그의 음성이 좀 더 또렷이 들렸다면 오히려 걸림돌이 되어 영적인 감각을 저해했을지 모른다. 지금 그녀의 귀엔 마치 바람이 쉬어 가기 위해 내려앉는 듯한 저음이 들려왔다. 그 저음은 감미로움과 박력을 더해 가며 점점 높아져 마침내는 두렵고도 장엄한 분위기가 가득한 음량으로 그녀를 휘감는 듯했다. 그러나 때때로 목소리가 위엄으로 가득 찬 순간에도 그 바탕에 깔려 있는 슬픔의 본질은 지워지지 않았다. 높고 낮은 괴로움의 표현 — 그것은 다시 말해 모두의 심금을 울리는 고통받는 인간의 읊조림이거나, 생각하기에 따라서는 비명이 아니겠는가! 때로는 이런 깊고도 팽팽한 비애가 적막한 고요를 뚫고 한숨 소리로 들리기도 했고, 거의 아무것도 들리지 않기도 했다. 그러나 목사의 목소리가 우렁찰 때에도, 어떻게 할 수 없을 만큼 솟구쳐 올랐을 때에도, 가장 웅대하고 힘차게 교회당을 울리며 단단한 벽을 뚫고 공기 중으로 퍼져 나갈 때에도, 목적을 가지고 열심히 귀를 기울이면 듣는 사람은 고통에 찬 울음소리를 감지할 수 있었을 것이다. 그 울음소리는 무엇이었을까? 슬픔과, 어쩌면 죄의식에 가득 찬 한 인간이 인류의 너그러운 마음을 향해 죄책감인지 슬픔인지 모를 비밀을 털어놓는 넋두리 아니겠는가! 매 순간 높낮이를 달리하며 결코 헛되지 않을 동정이나 용서를 구하는 넋두리 아니겠는가! 목사에게 아주 강력한 웅변력을 주고 있는 것은 바로 이 깊고 한결같은 저음이었다.

그러는 동안 헤스터는 처형대 발치에 돌부처처럼 서 있었다. 목사의 목소리가 그녀를 붙잡지 않았더라도 그녀가 생애 첫 치욕을 당한 그 장소가 어떤 불가항력을 발휘했을 것이다. 그때를 전후하여 헤스터는 자기 삶의 모든 활동 영역이 통일성을 부여하는 하나의 점처럼 이 장소와 연결되어 있다는 느낌을 품게 되었다. 그 느낌은, 하나의 사상이 되기에는 너무 막연했지만 그녀의 마음을 무겁게 짓누르고 있었다.

한편 어린 펄은 엄마의 곁을 떠나 장터를 제멋대로 돌아다니고 있었다. 아이는 자기만의 엉뚱하고 반짝이는 빛으로 음울한 군중의 마음을 밝혀 주었다. 마치 빛나는 깃털을 가진 새 한 마리가 무성한 잎들 사이로 숨바꼭질하듯 이리저리 날아다니면서 그 우중충한 나무를 밝혀 주는 듯했다. 아이는 물결치듯 움직이다가도 때로는 재빠르고 종잡을 수 없이 움직이기도 했다. 그것을 보면 아이의 기분이 얼마나 들떠 있고 유쾌한지 알 수 있었다. 게다가 오늘은 어머니의 동요에 영향을 받고 덩달아 마음이 흔들려 더욱 지칠 줄 모르고 신나게 뛰어다녔다. 펄은 자신의 분주하고 두서없는 호기심을 자극하는 것이 눈에 띄기만 하면 곧장 날아가 사람이건 물건이건 내키는 대로 제 것인 양 붙잡았다. 그러나 누군가 자신을 붙잡으려 하면 쌩하니 달아나 버렸다. 청교도들은 그런 모습을 보며 미소를 지으면서도 아이가 악마의 자손이라고들 했다. 아이의 자그마한 몸에서 뿜어져 나오고 움직일 때마다 번득이는, 형언할 수 없는 기이한 매력 때문이었다. 펄은 달려가서 야성적인 인디언의 얼굴을 쳐다보았다. 그러면 인디언은 자신보다 더 야성적인 아이를 알아보았다. 그래서일까, 비록 천성은 대범하지만 내성적인 면도 지니고 있던 펄은 얼른 뱃

사람들 틈으로 뛰어들었다. 인디언이 육지의 야만인이라면, 가무잡잡한 뱃사람들은 바다의 야만인이었다. 뱃사람들은 혹시 바다의 물거품이 어린 소녀의 모습을 띠고서 밤중에 뱃머리 밑에서 번쩍이는 해상 생물의 발광 정기를 받아 나타난 것이 아닌가 하는 감탄의 눈으로 펄을 신기하게 바라보았다.

이 뱃사람들 중 한 명 — 헤스터 프린과 이야기를 나누었던 선장 — 은 펄의 모습에 반해 와락 입을 맞출 생각으로 아이를 잡으려 했다. 그러나 곧 아이를 붙잡는 것이 나는 새를 잡는 것만큼이나 어렵다는 것을 깨닫고서 모자에 감아 놓은 금 사슬을 풀어 아이에게 던져 주었다. 펄은 얼른 그것을 자신의 목과 허리에 참으로 솜씨 좋게 감았는데, 일단 몸에 감기자 사슬은 마치 그 아이 몸의 일부처럼 보여 금 사슬이 없는 펄을 상상하기가 어려울 정도였다.

「저기 주홍 글자를 단 사람이 네 엄마지? 엄마한테 아저씨 말을 전해 주겠니?」 선장이 말했다.

「제 마음에 들면 전해 드릴게요.」 펄이 대꾸했다.

「그럼 이렇게 전해 다오.」 그가 말했다. 「얼굴이 검고 어깨가 구부정한 늙은 의사 양반이랑 다시 얘기를 했는데, 그분이 친구이자 네 엄마도 잘 아는 신사분과 함께 배에 타겠노라 했다고. 그러니 네 엄마는 너하고 엄마 자신만 챙기면 된다고 말이야. 이 말을 엄마한테 전해 주겠니, 꼬마 마녀야?」

「히빈스 할머니가요, 우리 아빠는 악마래요!」 펄은 장난스러운 미소를 지으며 소리쳤다. 「나한테 그런 나쁜 말 하면 우리 아빠한테 일러바칠 거예요. 그럼 아빠는 아저씨 배를 폭풍으로 쫓아 버릴걸요!」

아이는 장터를 갈지자로 지나쳐서 엄마에게 돌아와 선장

이 한 말을 전했다. 피할 수 없는 운명의 이 어둡고 무자비한 얼굴을 대면하자마자 헤스터의 강인하고 침착하고 꿋꿋한 불굴의 정신도 마침내 꺾이다시피 했다. 목사와 자신이 고통의 미궁을 빠져나갈 길이 열리려는 순간, 운명이란 것이 그 길의 한복판에서 무자비한 미소를 띠며 나타난 것이다.

선장의 전갈을 듣고 끔찍한 낭패감에 젖어 있던 헤스터는 또 한 번의 시련을 당해야 했다. 오늘 장터에는 인근 지역 사람들이 많이 와 있었는데, 그들 모두 그릇되고 과장된 이런저런 소문으로 무서운 것이 되어 버린 주홍 글자에 대해 이따금 말로만 들었지 실제로는 한 번도 본 적이 없었던 것이다. 그들은 다른 놀이를 모두 구경하고 나서, 무례하게도 헤스터 프린 주위로 마구 몰려들었다. 그러나 그렇듯 몰염치하게 모여들면서도 몇 미터 반경 안으로는 들어오지 못했다. 그 신비한 징표가 불러일으키는 반감의 원심력 때문에 얼마만큼의 거리를 둔 채 꼼짝 않고 서 있었다. 구경꾼들을 보고 있던 뱃사람들도 주홍 글자의 의미를 알고 있었기에 모여든 사람들 틈으로 볕에 그을린 무법자 같은 얼굴을 들이밀었다. 심지어 인디언들조차 차가운 그림자와도 같은 백인의 호기심에 이끌려 구경꾼들을 뚫고 들어와 새까만 뱀눈으로 헤스터의 가슴팍을 뚫어지게 보았다. 아마도 그들은 화려하게 수놓은 표지를 달고 있는 이 여인을 높은 인물쯤으로 생각했으리라. 급기야는 마을 사람들도 (남들이 흥미를 보이자 이 낡아 빠진 화제에 대한 흥미가 덩달아 되살아난 것인지) 그 주위로 어슬렁어슬렁 걸어왔다. 그 친숙한 치욕의 징표를 향한 예의 차가운 시선이 아마도 그 무엇보다 헤스터 프린을 괴롭게 했을 것이다. 헤스터는 7년 전 감옥 문을 나서는 자신을 보기 위해 기다리고 있던 아낙들의 얼굴을 알아보았다. 그들 중 단 한 사람, 가장 나이 어리고 유일하게 헤스터를 동정했던, 훗날 헤스터가 수의를 지어 주게 될 여자만 보이지 않았다. 헤스터가 불타는 듯한 주홍 글자를 이제 곧 내던져 버리기로 작정한 마지막 순간 그 글자는 이상하게도 더 큰 관심과 흥분을 불러일으킴으로써 그것을 단 이래 그 어느 때보다도 그녀의 가슴을 아프게 태웠다.

헤스터가 교묘하고도 잔혹한 판결에 영원히 발이 묶여 버린 듯한, 그 치욕스러운 마법의 원 안에 갇혀 있는 동안 훌륭한 목사는 성스러운 교단에서 자신들의 영혼을 속속들이 그의 뜻에 내맡긴 청중을 내려다보고 있었다. 교회당에 있는 성자 같은 목사! 장터에서 주홍 글자를 달고 있는 여인! 그 두 사람에게 똑같이 불타는 낙인이 찍혀 있다는 불경스러운 상상을 감히 어느 누가 했을까!

23
폭로

 부풀어 오르는 파도 위에 청중의 영혼을 한껏 올려놓았던 감동적인 목소리가 마침내 뚝 끊겼다. 그 순간 하느님의 말씀이 전해진 후 뒤따르는 정적만큼이나 깊은 정적이 찾아들었다. 그다음에는 웅성거림과 소리를 죽인 술렁임이 일었다. 마치 다른 사람의 내면세계로 이끌려 들어갔던 청중이 그 대단한 마력에서 풀려나 제정신으로 돌아오긴 했으나 여전히 경외감과 놀라움에 사로잡혀 있는 듯했다. 그러다가 순식간에 사람들이 교회당 밖으로 쏟아져 나오기 시작했다. 설교가 끝났으니 그들에게도 다른 공기가 필요했던 것이다. 목사가 불같은 말로 바꾸고 그의 사상이라는 짙은 향기로 가득 채워놓은 공기가 아닌, 자신들이 돌아온 천한 속세의 삶에 어울리는 공기 말이다.
 바깥공기를 쐬자 그들의 환희는 말이 되어 터져 나오기 시작했다. 거리와 장터 여기저기서 목사를 칭송하는 소리가 들끓었다. 설교를 들은 사람들은 말로 다 표현할 수 없다 해도 자신들이 아는 이야기를 서로에게 털어놓아야만 직성이 풀릴 기세였다. 그들의 이야기를 종합하자면, 오늘의 딤스데일 목사만큼 현명하고 고귀하고 거룩한 정신으로 설교하는 사람은 본 적이 없다고 했다. 또한 인간의 입을 빌려 표현된 영감 중 이 목사의 입을 통해 표현된 것만큼 생생했던 것도 없다고 했다. 말하자면 성령이 목사에게 임해 그를 사로잡고, 그의 앞에 놓인 설교 원고는 뒤로한 채 청중은 물론 목사 자신에게도 기적 같았을 법한 생각을 그에게 채워 넣는 것처럼 보였다는 것이다. 설교의 주제는 신과 인간 사회의 관계로, 특히 그들이 이곳 황야에서 일구고 있는 뉴잉글랜드와 관련된 것이었다고 한다. 설교가 끝날 무렵에는 마치 예언과도 같은 성령이 목사에게 임해, 이스라엘의 예언자들에게 그랬듯 목사로 하여금 그 목적을 따르지 않을 수 없게 만들었다고 한다. 다만 이스라엘의 선지자들이 자기 나라에 대한 심판과 파멸을 경고했다면 목사는 새로이 모인 그리스도의 백성들에게 숭고하고 영광스러운 운명을 예언했다는 점만이 달랐다. 그러나 그 설교의 서변에는 시종일관 이제 곧 세상을 떠날 사람이 으레 느끼는, 후회라고밖에는 해석할 수 없는 어떤 비애가 흘렀다고 한다. 그랬다. 그들이 너무도 사랑한 — 또한 그들 모두를 너무도 사랑하기에 하늘로 떠날 때 한숨짓지 않을 수 없는 — 목사는 때 이른 죽음을 예감했고, 이제 곧 그들을 눈물 흘리게 할 것이었다! 이 세상에 머물 시간이 얼마 남지 않았다는 생각이 그의 설교에 마지막 힘을 실어 주었을 것이다. 마치 하늘로 날아오르는 천사가 사람들 머리 위에 잠시 머물러 찬란한 날개 — 그림자이자 광채 — 를 흔들어 황금빛 진리를 소나기처럼 뿌려 주듯이 말이다.

그리하여 딤스데일 목사에게는 일찍이 없었고 앞으로도 없을 가장 찬란하고 승리에 가득 찬 인생의 시기가 찾아왔다. 대부분의 세상 사람들이 한참이 지나서야 깨닫게 되는 그런 시기가. 이 순간 목사는 가장 자랑스러운 최고의 자리에 우뚝 섰다. 성직자라는 직업만으로도 높은 지위로 통했던 뉴잉글랜드의 초창기에는 지성과 풍부한 학식과 탁월한 웅변과 고결함까지 갖추면 더욱 추앙받을 수 있었다. 딤스데일 목사가 취임 축하 설교를 끝내고 설교대 위에 놓인 받침 방석에 머리를 숙이던 그 순간이 바로 그와 같은 지위에 오른 때였다. 그동안 헤스터 프린은 처형대 옆에 서 있었고, 그녀의 가슴에선 주홍 글자가 줄곧 불타고 있지 않았던가!

뒤이어 요란한 악대 소리와 의장대의 정연한 발소리가 또다시 교회당 밖으로 울려 퍼졌다. 행렬은 이제 오늘의 의식을 마무리 짓기 위해 엄숙한 향연이 치러질 공회당으로 향할 예정이었다.

그리하여 다시 한 번, 사람들이 양쪽으로 줄지어 선 넓은 길로 덕망 있고 위엄 있는 장로들의 행렬이 들어서는 것이 보였다. 총독과 치안 판사들, 현명한 노인들, 성스러운 목사들, 그 밖의 유명 인사들이 군중 사이로 전진해 오자 군중은 공손히 양옆으로 물러섰다. 행렬이 장터에 들어서자 사람들이 열렬히 환호했다. 그 환호 — 당시 주민들은 통치자들에게 어린애와도 같은 충성심을 보였기에 그 소리가 더욱 힘 있고 컸으리라 — 는 아직까지 청중의 귀에 울려 퍼지고 있는 목사의 긴장된 웅변이 그들의 마음에 불을 붙여 그 감격이 서도 모르게 터져 나온 것 같았다. 모두가 속에서 그런 충동을 느꼈고, 동시에 옆 사람한테서도 느꼈다. 교회당 안에서는 간신히 억눌려 있던 그 충동이 밖으로 나오자마자 하늘을 찌를 듯이 터졌다. 사람도 많은 데다 극도로 고조된 감정이 서로 조화를 이루어서인지, 돌풍이나 천둥이나 포효하는 파도 소리를 내는 오르간 음색보다 더 인상 깊은 소리가 터져 나왔다. 심지어 엄청나게 부풀어 오른 많은 목소리도, 여러 마음을 하나의 큰 마음으로 만들어 내는 보편적인 충동에 의해 거대한 목소리로 한데 어우러졌다. 일찍이 뉴잉글랜드의 땅에서 그와 같은 함성이 솟구친 적이 있었던가! 뉴잉글랜드의 땅에서 형제들로부터 딤스데일 목사와 같은 존경을 받은 이는 없었다.

그렇다면 목사의 상태는 어떠했을까? 그의 머리 위로 찬란한 후광이 비치지는 않았을까? 성령으로 너무도 영적인 존재가 되고, 그를 숭배하는 자들 때문에 너무도 신격화된 그의 발이 행렬 속에서 지상의 흙을 밟고 있긴 했던 걸까?

군인들과 시(市) 장로들 행렬이 지나갔을 때 모두의 눈은 목사가 나타날 만한 지점 쪽으로 쏠렸다. 군중이 차례차례 목사에게 시선을 돌리면서, 환호성이 속삭임으로 잦아들었다. 그 모든 승리에도 목사는 실로 힘없고 창백해 보이지 않겠는가! 그 에너지 — 아니, 그것과 함께 천국에서 직접 가지고 온 성스러운 계시를 전할 때까지 그를 지탱해 준 영감이라고 해야겠지만 — 는 제 임무를 충실히 완수하고 사라져 버린 듯했다. 그들이 방금 전까지 목사의 뺨에서 본 붉은 빛은 타버린 잿더미 속에서 사그라지는 불꽃처럼 꺼지고 없었다. 그런 죽음의 빛을 띠고 있는 그의 얼굴은 도무지 산 사람의 것 같지 않았다. 너무도 힘없이, 그러나 넘어지지도 쓰러지지도 않고 비틀비틀 계속 걸어가는 그의 모습을 가리켜 생명을 가진 사람이라 하긴 힘들지 않겠는가!

동료 목사들 중 한 사람 — 그는 덕망 있는 존 윌슨 목사였다 — 이 지성과 감각이 썰물처럼 빠져나간 딤스데일 목사의 상태를 보고서 얼른 다가가 그를 부축하려 했다. 딤스데일 목사는 떨면서도 단호히 늙은 목사의 팔을 뿌리쳤다. 그런 움직임도 걷는 것이라 할 수 있다면, 목사는 어쨌거나 계속 걸었다. 그러나 그 걸음은 어서 와보라며 두 팔을 벌리고 있는 엄마를 향해 아장아장 걸어가는 아기의 움직임과 흡사했다. 이제는 걷는 건지 아닌지 눈에 잘 띄지도 않았지만 목사는 모든 서글픈 세월을 거슬러 오래전 헤스티 프린이 세상 사람들의 치욕의 시선과 마주해야 했던 그곳에 이르렀다. 익히 알고 있는 그곳, 비바람에 거무스름해진 처형대 맞은편이었다. 그런데 바로 그곳에 헤스터가 어린 펄의 손을 잡고 서 있지 않겠는가! 또한 그녀의 가슴에서 주홍 글자가 불타고 있지 않겠는가! 행렬은 장중하고 환희에 넘치는 행진곡에 맞추어 여전히 나아가고 있었지만 목사는 이곳에서 걸음을 멈췄다. 음악이 그를 계속 나아가게 하려 했지만 — 연회장으로! — 그는 이곳에서 걸음을 멈췄다.

벨링햄 총독은 아까부터 걱정스러운 눈으로 목사를 지켜보고 있었다. 딤스데일 목사의 상태로 보아 도와주지 않으면 쓰러지고 말겠다고 판단한 그는 마침내 행렬을 빠져나와 그를 부축하러 갔다. 그러나 영혼에서 영혼으로 전하는 막연한 암시를 순순히 따르지 않는 인간이었음에도 불구하고, 총독은 목사의 표정에서 물러서라는 뜻을 읽을 수 있었다. 한편 군중은 두려움과 놀라움에 차서 목사를 바라보았다. 목사의 허약한 몸도 그들의 눈에는 천상의 힘을 나타내는 또 다른 면일 뿐이었다. 또한 만약 목사가 그들의 눈앞에서 하늘로 올라가며 점점 흐릿해짐과 동시에 밝아져 마침내 천국의 빛 속으로 사라져 버린다 해도, 그처럼 성스러운 사람에게라면 일어날 수도 있는 기적으로 비쳤을 것이다.

목사는 처형대 쪽으로 고개를 돌리고 두 팔을 벌렸다.

「헤스터, 이리 오시오! 내 귀여운 펄도 이리 오렴!」 그가 말했다.

두 사람을 바라보는 목사의 표정은 송장 같았다. 그러나 그 속에는 부드러움과 이상한 승리감도 함께 담겨 있었다. 펄은 그 아이답게 새처럼 훌쩍 목사에게 달려가 두 팔로 그의 무릎을 껴안았다. 헤스터 프린은 자신의 의지와는 상관없이, 피할 수 없는 운명에 이끌린 듯 천천히 다가갔지만 목사에게 이르기 전에 걸음을 멈추어야 했다. 이 순간, 늙은 로저 칠링워스가 군중을 헤치고 나와 ― 아니, 그 표정이 어찌나 어둡고 불안하고 흉악한지 지옥에서 솟아나온 듯했다 ― 자신의 희생양이 이제 곧 하려는 행동을 막으려 들지 않는가! 어쨌거나 그 늙은이는 앞으로 달려들어 목사의 팔을 붙잡았다.

「미쳤소? 그만두시오! 무슨 짓을 하려는 거요?」 칠링워스는 작은 소리로 말했다. 「저 여인을 물러나게 하시오! 아이도 밀어내요! 그러면 모든 일이 잘될 거요! 당신의 명예에 먹칠을 하고 수치스럽게 죽는 짓은 하지 마시오! 난 아직 당신을 구할 수 있소! 당신의 성직에 오명을 씌우고 싶은 거요?」

「아하, 사탄이여! 너무 늦은 것 같구려!」 목사는 두려워하면서도 단호하게 그의 눈을 마주 보고 대답했다. 「당신의 힘도 이젠 전 같지 않소! 신의 도움으로 나는 이제 당신에게서 벗어날 거요!」

그는 다시 주홍 글자의 여인에게 손을 내밀었다.

「헤스터 프린.」 그는 마음을 찌르는 진심 어린 어투로 소리쳤다. 「내 무거운 죄와 비참한 고뇌로 인해 7년 전에 차마 하지 못했던 일을 이 마지막 순간에 할 수 있도록 내게 은총을 베풀어 주신 너무도 두렵고 자비로우신 하느님의 이름으로 말하노니, 지금 여기로 와서 당신의 힘을 내게 빌려 주오! 당신의 힘을 말이오, 헤스터. 그러나 그 힘을 하느님이 내게 허락하신 뜻에 맡겨 주오! 이 불쌍하고 상처 입은 늙은이는 지금 전력을 다해 그 뜻을 막고 있소! 악마의 힘까지 빌려서 말이오! 이리 와요, 헤스터, 어서! 나를 부축해 저기 처형대에 오르게 해주오!」

군중이 떠들썩거리기 시작했다. 목사 가까이 서 있던 고위층 사람들은 눈앞에서 벌어지고 있는 광경 — 머리에 즉각 떠오르는 설명을 받아들일 수도, 그렇다고 달리 상상할 수도 없는 광경 — 에 너무 놀라고 어안이 벙벙하여 곧 하늘이 행하시려는 듯한 심판을 조용히 관망할 뿐이었다. 그들은 목사가 헤스터의 어깨에 기댄 채 그녀의 부축을 받아 처형대로 다가가 층계를 오르는 모습을 지켜보았다. 그러는 동안에도 목사는 죄악으로 태어난 아이의 작은 손을 꼭 쥐고 있었다. 로저 칠링워스 노인도 이 죄악과 슬픔의 연극 — 그들 모두가 출연했기에 마지막 장면에 등장할 자격도 충분한 — 과 깊은 관련이 있는 사람으로서 그 뒤를 따랐다.

「당신이 온 세상을 샅샅이 뒤졌어도 숨을 곳은 없었을 거요. 높은 곳이든 낮은 곳이든 내 손을 벗어날 수 있는 곳은 없었을 거라고. 바로 이 처형대 말고는!」 늙은 의사는 악랄한 얼굴로 목사를 바라보며 말했다.

「날 이곳으로 인도해 주신 그분께 감사드리오!」 목사가 대답했다.

그는 몸을 부들부들 떨며 두 눈에 의심과 불안의 빛을 가득 담고 헤스터를 돌아보았지만, 그 입가에는 분명 여리게나마 미소가 어려 있었다.

「우리가 숲에서 꿈꾸던 계획보다 이 편이 더 낫지 않소?」 그가 나직하게 말했다.

「몰라요! 난 모르겠어요!」 그녀는 다급하게 대답했다. 「더 낫다고요? 그렇군요. 이렇게 우리 모두 죽겠군요, 어린 펄도 같이 말이죠!」

「당신과 펄은, 하느님의 뜻에 맡기도록 하겠소.」 목사가 말했다. 「하느님은 자비로우시지! 그분께서 내 눈앞에 분명히 보여 주신 뜻대로 하게 해주오. 헤스터, 나는 곧 죽을 사람이오. 그러니 어서 내 수치를 달게 받게 해주오!」

한 손으로는 헤스터 프린의 부축을 받고 다른 한 손으로는 어린 펄의 손을 잡고서 딤스데일 목사는 위엄 있고 훌륭한 통치자들과 그의 형제들인 경건한 목사들, 그리고 주민들에게로 몸을 돌렸다. 주민들의 커다란 가슴은 어떤 중대한 인생의 문제 — 죄로 가득 찼지만 번민과 회한으로도 가득 찬 인생의 문제 — 가 이제 곧 자신들에게 드러나게 될 것을 감지하고서 큰 충격에 휩싸이면서도 눈물겨운 연민으로 가슴이 벅차오르는 것을 느꼈다. 하느님의 법정에 자신의 죄를 세우기 위해 우뚝 일어났을 때, 정오를 조금 지난 태양이 목사를 비추어 그의 모습을 분명하게 드러냈다.

「뉴잉글랜드 주민 여러분!」 사람들의 머리 위로 목사의 목소리가 우렁차고 엄숙하고 위엄 있게 울려 퍼졌다. 그러나 그 목소리는 줄곧 떨렸고, 간간이 깊이를 헤아릴 수 없는 후회와 고뇌를 뚫고 나오려는 쇳소리가 섞여 들기도 했다. 「저를 사랑해 주신 여러분! 저를 성자처럼 여겨 주신 여러분! 여기 있는 저를, 이 세상의 죄인을 보아 주십시오! 마침내 — 정말이지 마침내! — 7년 전 섰어야 하는 이 자리에, 지금에야 섰습니다. 이곳에, 이 여인과 함께 섰습니다. 이 두려운 순간, 제가 여기로 기어오르던 힘보다 더 힘센 팔로 제가 쓰러져 엎어지지 않도록 저를 받쳐 주고 있는 이 여인과 말입니다. 헤스터가 달고 있는 주홍 글자를 보십시오! 여러분 모두는 이것을 보고 몸서리를 쳤습니다! 그녀가 어딜 가든 — 가련하게도 무거운 짐을 진 채 쉴 곳을 찾고 싶어 할 때도 — 주홍 글자는 그녀 주위로 두려움과 끔찍한 혐오라는 으스스한 빛을 발산했습니다. 그러나 여러분 속에 죄와 치욕의 낙인을 가진 자가 서 있었는데도 여러분은 몸서리를 치지 않았습니다!」

이 대목에서 목사는 비밀의 나머지 부분까지는 밝히지 못할 것 같아 보였다. 그러나 자신과 우위를 다투고 있는 육신의 허약함을, 또한 그보다는 마음의 나약함을 그는 물리쳤다. 그는 모든 도움을 뿌리치고 두 모녀 앞으로 힘차게 한 발을 떼었다.

「그 낙인은 이 남자에게도 찍혀 있었습니다!」 목사는 격렬하게, 모든 것을 거리낌 없이 털어놓을 듯 단호한 기세로 계속 말했다. 「하느님의 눈은 그것을 보셨습니다! 천사들은 언제나 그것을 손가락질했습니다! 악마도 그것을 잘 알고서 불타는 손가락을 갖다 대며 끊임없이 괴롭혔습니다! 그러나 그자는 사람들의 눈을 교묘히 피한 채 거짓된 태도로 여러분 곁을 지나다녔습니다. 마치 죄 많은 세상을 살기에는 너무도 순결하여 괴롭다는 듯, 천국의 형제들이 보고 싶어 슬프다는 듯 말이죠! 이제, 죽음에 임박해서야 그자는 여러분 앞에 섰습니다! 여러분께 헤스터의 주홍 글자를 다시 보아 달라고 합니다! 그 주홍 글자가 아무리 불가사의하고 무서워도 그자의 가슴에 찍힌 낙인의 그림자에 불과하며, 심지어 그 붉은 낙인조차 그의 가슴속을 태워 온 것의 징표에 지나지 않는다고 합니다! 죄인을 벌하시는 하느님의 심판을 의심하는 분이 여기 계십니까? 보십시오! 죄의 무서운 증거를!」

그는 앞가슴에 달려 있던 목사 띠를 확 뜯어냈다. 마침내 그것이 드러났다! 그러나 그것을 묘사한다는 것은 불경스러운 일이다. 순간 공포에 질린 대중의 눈이 이 무시무시한 기적에 집중되었다. 반면 목사는 고통이 절정에 이른 순간 승리를 거머쥔 사람처럼 승리감에 달뜬 얼굴로 서 있었다. 그런 다음 처형대 위로 쓰러져 버리지 않겠는가! 헤스터가 목사를 반쯤 일으켜 자신의 가슴으로 그의 머리를 받쳐 주었다. 로저 칠링워스 노인은 넋 나간 사람처럼 멍하고 둔한 표정으로 목사 곁에 무릎을 꿇었다.

「결국은 내게서 도망쳤군! 내게서 도망쳤어!」 칠링워스는 같은 말을 되풀이했다.

「하늘이 당신을 용서해 주시길! 당신 또한 큰 죄를 지었으니!」 목사가 말했다.

그는 꺼져 가는 눈을 돌려 여자와 아이를 응시했다.

「내 귀여운 펄.」 그는 힘없이 말했다. 그의 얼굴에는 깊은 안식에 빠져들고 있는 영혼과도 같은 상냥하고도 부드러운 미소가 깃들었다. 아니 그보다는, 모든 짐을 벗었으니 아이와 장난을 치며 놀고 싶어 하는 듯했다. 「사랑하는 펄, 이제는 내게 입 맞춰 주겠니? 저기, 숲에서는 맞춰 주려고 하지 않았지! 하지만 이제는 해주겠니?」

펄이 그의 입술에 입을 맞추었다. 그 순간 마법이 풀렸다. 이 야성적인 아이 또한 한 부분을 담당했던 그 비극의 위대한 장면이 아이의 측은지심을 깨운 것이다. 아버지의 뺨 위로 떨어진 아이의 눈물은 아이가 인간의 기쁨과 슬픔에 마음의 문을 열고 더 이상 이 세상과 다투지 않는 여인으로 자라겠다는 약속이었다. 어머니와 관련해서도, 고통의 사자(使者)라는 펄의 역할은 완수된 셈이었다.

「헤스터, 안녕히!」 목사가 말했다.

「우린 다시 못 만날까요?」 그녀는 그의 얼굴에 자신의 얼굴을 바싹 대고 속삭였다. 「저세상에서도 함께 지내지 못할까요? 정말, 정말로 이 모든 고통으로 우린 속죄를 했잖아요! 당신은 반짝이는 임종의 눈으로 저 먼 영원의 세계를 보고 있군요! 무엇이 보이는지 말해 주겠어요?」

「쉿, 헤스터, 쉿!」 그는 떨리는 목소리로 엄숙하게 말했다. 「우린 법을 거역했소! 그 죄가 여기 이렇게 무섭게 드러났소! 그 사실만은 잊지 말아 주오! 나는 두렵소! 두렵소! 어쩌면 우리가 하느님을 잊었을 때, 서로의 영혼을 존중하는 마음을 잃었을 때, 이미 그때부터 우리가 내세에서의 영원하고도 순결한 재회를 바란 것은 부질없었는지 모르오. 하느님께서는 모든 것을 알고 계시오. 자비로우신 분이시오! 무엇보다 내 고통으로 자비를 증명해 보이셨소.[122] 내 가슴에 불타는 이 고문 딱지를 지니고 다니게 하심으로써! 그 고문 딱지가 언제나 벌겋게 불타오르도록 저기 저 음험하고 무서운 늙은이를 보내 주심으로써! 모든 사람들 앞에서 치욕스럽되 당당한 죽음을 맞을 수 있도록 나를 여기로 데려와 주심으로써! 이런

122 고통이 하나님의 자비라는 것이 기독교의 근본 사상이다.

고통들 가운데 하나라도 없었다면 난 영원히 길을 잃고 말았을 거요! 하느님의 이름을 찬양하노라! 그분의 뜻이 이루어지길! 안녕히!」

 그 마지막 말이 목사의 스러져 가는 숨결에 섞여 나왔다. 그때까지 침묵을 지키고 있던 군중이 두려움과 놀라움에 찬 이상하고 나직한 소리를 내기 시작했다. 고인의 영혼을 쫓아 무겁게 굽이치는 이런 속삭임으로밖에는 그 두려움과 놀라움을 표현할 길이 없었으리라.

24
결말

 며칠 뒤, 앞서 등장한 장면에 대해 사람들이 생각을 정리하는 데 충분한 시간이 흐르고 나자, 처형대에서 목격한 일을 두고 이런저런 이야기가 오갔다.
 대부분의 구경꾼들은 불행한 목사의 가슴에서 헤스터 프린이 달고 있는 것과 똑같은 주홍 글자가 몸에 새겨져 있는 것을 보았다고 증언했다. 그 원인에 대한 설명도 분분했는데, 모든 것이 추측에 불과할 수밖에 없었다. 누구는 헤스터 프린이 그 치욕의 징표를 처음 달던 날 딤스데일 목사도 자신의 몸에 끔찍한 고문을 가해 속죄를 시작했으며, 그 후로도 온갖 부질없는 방법을 써서 속죄를 계속했다고 주장했다. 누구는 그 낙인이 오랫동안 드러나지 않고 있다가 유능한 마법사인 로저 칠링워스 노인의 마술과 독약에 의해 나타난 것이라고 했다. 또 어떤 이들 ── 목사의 특이한 감수성과 그의 정신이 육체에 미치는 놀라운 작용을 가장 잘 이해하는 사람들 ── 은 이 무서운 징표가 끊임없이 가슴을 파고드는 회한의 결과라고, 즉 가슴 깊은 곳에서부터 바깥쪽으로 살점이 뜯겨 그 글자가 눈에 보이게 드러남으로써 마침내 하느님의 무서운 심판이 증명된 것이라고들 수군거렸다. 이런 추측들 가운데 어느 것을 선택하는지는 독자들의 몫일 것이다. 이 불가사의한 징표에 대해 얻을 수 있는 모든 것을 제시했고 그 징표도 제 역할을 다한 만큼, 이제는 너무 골똘히 생각한 나머지 우리의 뇌리에 달갑지 않을 만큼 뚜렷이 박혀 버린 그 자국을 지우는 것이 좋겠다.

그런데 이상한 것은, 그 장면을 끝까지 지켜보았고 딤스데일 목사에게서 단 한 번도 눈을 뗀 적이 없다고 주장하는 몇몇 사람들이 목사의 가슴에는 갓난아이의 가슴처럼 아무런 표시가 없었다고 증언했다는 점이다. 그들의 말에 따르면, 목사는 숨을 거두면서 헤스터 프린에게 그토록 오랫동안 주홍글자를 달게 만든 그 죄와 자신의 관련성을 조금도 인정하지 않았으며 그런 암시조차 내비치지 않았다는 것이었다. 매우 존경할 만한 이 목격자들의 말에 의하면 목사가 임박한 죽음을 의식하고서, 또한 자신을 성자나 천사의 반열에 올려놓고 존경하는 대중을 의식하고서 타락한 여인의 품에 안겨 숨을 거둠으로써 인간의 정의란 아무리 잘 선택한 것일지라도 지극히 무의미할 수 있음을 세상 사람들에게 알리고자 했다는 것이다. 인류의 영혼을 위해 일생을 바친 뒤, 하느님의 눈으로 보면 우리 모두가 죄인이라는 위대하고도 애처로운 교훈을 교인들에게 심어 주기 위해 자신을 죽음을 하나의 우화로 만들었다는 것이다. 우리 가운데 가장 성스러운 자일지라도 천하를 내려다보는 하느님의 자비를 더욱 분명히 깨달을 수 있을 정도로만, 또한 야심차게 하늘을 우러러보고자 하는 착각에 불과한 인간의 공로를 더욱 철저히 거부할 정도로만 동료들보다 뛰어날 뿐임을 가르치려 했다는 것이다. 우리는 그토록 중요한 진실을 문제 삼기보다, 딤스데일 목사의 이야기를 둘러싼 이러한 해석을 두터운 우정의 한 예로만 받아들이는 것이 좋겠다. 주홍 글자를 비추는 한낮의 햇빛처럼 명백한 증거들로 인해 그가 얼마나 거짓되고 죄로 얼룩진 연약한 인간이었는지 입증되었음에도 불구하고 때때로 한 인물을 옹호하려는 그 벗들 — 특히 목사의 벗들 — 의 우정 말이다.

우리가 주로 의존한 근거 — 헤스터 프린을 직접 아는 사람들과 당시의 목격자들로부터 이야기를 전해 들은 사람들의 증언을 바탕으로 작성한 고문서 — 는 앞서 이야기한 견해를 확실히 증명해 준다. 이 가엾은 목사의 비참한 경험이 우리에게 각인시켜 주는 많은 교훈들 가운데 이것 하나만 말하고자 한다. 〈참되어라! 참되어라! 참되어라! 네 죄악 중의 죄는 아닐지라도, 그 죄악 중의 죄를 추측할 만한 어떠한 특징은 세상 사람들에게 거리낌 없이 내보여라!〉

딤스데일 목사가 세상을 뜬 뒤 로저 칠링워스로 알려진 노인의 모습과 태도에 일어난 변화만큼 눈에 띄는 것도 없었다. 그의 모든 기운과 정력 — 모든 생명력과 지력 — 이 단박에 그에게서 빠져나간 듯했다. 뿌리 뽑힌 잡초가 햇볕에 시들어 버리듯 칠링워스 또한 실제로 시들고 오그라들어 인간의 시야에 들어오지 않다시피 했다. 이 불행한 남자의 삶을 지탱해 준 원리는 복수를 계획하여 체계적으로 행하는 것이었다. 그 복수가 완전한 승리를 거두며 완수됨으로써 더 이상 악의 원리를 떠받쳐 줄 소재가 남지 않게 된 후, 다시 말해 이 세상에서 그가 할 만한 악마의 일거리가 없어진 후, 인간성을 상실한 인간에게 남는 것은 주인인 악마가 충분한 임무와 합당한 보수를 제공해 주는 곳으로 향하는 일뿐이었다. 그러나 로저 칠링워스를 비롯하여 그토록 오랫동안 우리 가까이 있던 이런 그림자 같은 존재들에게도 우리는 기꺼이 자비를 베풀고 싶다. 사랑과 증오가 본질적으로 동일한 것인가 하는 문제는 관찰하고 연구해 볼 만한 흥미로운 주제이다. 사랑과 증오가 가장 높은 단계에 이르면 극도의 친밀감과 마음의 이해를 요구하게 된다. 사랑과 증오는 한 인간으로 하여금 또 다른 인간에게 애정과 영적인 삶의 양식을 의존하게 만든다. 사랑과 증오는 그 상대가 없어지고 나면 죽도록 사랑하는 자나 죽도록 증오하는 자 모두를 쓸쓸하고 황폐하게 만든다. 따라서 철학적으로 곰곰이 생각해 보면, 사랑과 증오는 본질적으로 동일한 것 같다. 다만 하나는 천국의 광채 속에서 보이고, 다른 하나는 어스레하고 섬뜩한 불빛 속에서 보인다는 점이 다를 것이다. 비록 서로가 희생자이긴 했지만 이승에서 쌓인 증오와 반감이 영적 세계에서는 황금빛 사랑으로 변해 있는 것을 늙은 의사와 젊은 목사는 뜻밖에 알게 되었을지 모른다.

이런 논의는 여기서 그만 접고 독자들에게 전하고 싶은 것이 한 가지 있다. 그 사건이 있고 1년이 채 못 되어 로저 칠링워스 노인이 세상을 떠나면서 벨링햄 총독과 윌슨 목사의 집행 아래 이곳과 영국에 있는 상당한 재산을 헤스터 프린의 딸인 어린 펄에게 물려준다는 내용의 유언장을 작성했다는 것이다.

그리하여 펄은, 그때까지만 해도 몇몇 사람이 끈질기게 꼬마 요정이니 악마의 자손이니 했던 아이는 신세계에서 가장 부유한 상속자가 되었다. 이런 사정이 작용했겠지만, 세상 사람들이 그 아이를 보는 눈도 달라졌다. 만약 그 모녀가 이곳에 머물러 있었다면 어린 펄은 혼기에 이르러 자신의 야성적인 피를 가장 독실한 청교도의 혈통과 섞었을지 모른다. 그러나 의사가 죽고 얼마 안 있어 주홍 글자의 여인은 펄을 데리고 어디론가 사라졌다. 몇 해 동안 막연한 소식이 이따금 바다를 건너오곤 — 누군가의 이름 머리글자만 적힌 볼품없는 나뭇조각이 해변으로 떠밀려 오듯 — 했지만, 의심할 여지 없이 확실한 소식은 들려오지 않았다. 주홍 글자의 이야기는 점점 전설이 되어 갔다. 하지만 그 글자의 마력은 여전히 강력해 가엾은 목사가 숨을 거둔 처형대는 언제나 무시무시했고, 헤스터 프린이 살던 해변의 오두막도 마찬가지였다. 어느 날 오후 이 오두막 근처에서 놀고 있던 아이들은 회색 옷을 입은 키 큰 여자가 그 집 문으로 다가가는 것을 보았다. 그 긴 긴 세월 동안 한 번도 열린 적이 없던 문으로 말이다. 그런데 그녀가 자물쇠를 연 것인지, 아니면 나무와 자물쇠가 삭아서 그녀의 손이 닿자마자 떨어진 것인지, 아니면 그 모든 장애를 뚫고 그녀가 그림자처럼 미끄러져 들어간 것인지, 어쨌거나 그녀는 안으로 들어갔다.

문간에서 그녀는 걸음을 멈추고 고개를 반쯤 돌렸다. 아마도 혼자서, 그것도 너무도 달라진 모습으로 삶의 강렬한 한 페이지를 장식했던 그 집으로 들어간다 생각하니 견딜 수 없이 서글프고 쓸쓸했기 때문이었을 것이다. 그녀가 머뭇거린 시간은 한순간이었지만, 아이들이 그녀의 가슴에 달려 있는 주홍 글자를 볼 수 있을 만큼은 길었다.

그렇게 헤스터 프린은 돌아와 오랫동안 버려두었던 치욕을 다시 되찾았다! 그런데 어린 펄은 어디에 있었을까? 살아 있었다면 싱싱하고 발랄한 꽃다운 처녀가 되었을 것이다. 그 꼬마 요정이 결혼도 못 하고 때 이르게 죽었는지, 아니면 그

야성적이고 다채로운 성질이 부드러워지고 누그러져 여자로서 평온한 행복을 누리고 있는지는 아무도 몰랐고, 확실한 얘기를 들은 사람도 없었다. 그러나 주홍 글자의 이 은둔자가 남은 생애에 걸쳐 다른 나라에 살고 있는 누군가로부터 사랑과 관심을 받고 있다는 표시들이 나타났다. 영국의 문장학(紋章學)에는 알려져 있지 않은 문장의 봉인이 찍힌 편지들이 오곤 했다. 오두막 안에는, 헤스터가 절대 쓰지 않을 것 같지만 부자가 아니고서는 살 수 없고 사랑하는 사람이 아니고서는 생각해 낼 수 없는 그런 편안하면서도 고급스러운 물건들이 있었다. 또한 사랑하는 마음이 일 때마다 섬세한 손가락으로 공들여 만든 듯 보이는 소품이며, 자그마한 장식품이며, 두고두고 기억될 아름다운 기념품들도 있었다. 한번은 헤스터가 아기 옷에 수를 놓고 있는 모습이 목격된 적도 있었다. 상상력을 아낌없이 발휘한 금빛 찬란한 옷이어서 만일 갓난아이가 그런 옷을 입고 이 점잖은 사회에 나타났다가는 아마도 야단법석이 났을 것이다.

요컨대, 그 당시 남 얘기 좋아하는 사람들은 펄이 살아 있을 뿐 아니라 결혼해서 행복하게 지내고 있을 것이며, 어머니를 극진히 생각하고, 슬프고 외로운 어머니를 기꺼이 모시고 살고 싶어 할 것이라고 믿었다. 한 세기가 지나 조사를 했던 검사관 퓨 씨도 그렇게 믿었고, 최근에 그의 후임으로 들어온 사람들 중 한 명[123]도 마찬가지였다.

그러나 헤스터 프린에게는 펄이 가정을 꾸린 그 미지의 땅보다 이곳 뉴잉글랜드에 더욱 참된 삶이 있었다. 이곳에 그녀

---

[123] 조너선 퓨의 뒤를 이어 세일럼 세관 검사관으로 임명된 호손 자신을 가리킨다.

가 죄가 있었고, 이곳에 그녀의 슬픔이 있었으며, 이곳에 속죄할 것이 남아 있었다. 그랬기에 그녀는 돌아와, 그 엄격한 시대의 가장 혹독한 재판관일지라도 강요하지 않았을 테지만 우리가 앞서 그토록 우울하게 이야기한 그 징표를 자진해서 다시 단 것이었다. 이후로 그 징표는 그녀의 가슴을 결코 떠나지 않았다. 그러나 헤스터의 고되고 사려 깊고 헌신적인 삶이 이어지면서 주홍 글자는 세상의 멸시와 조소를 받는 낙인이 아니라, 슬픔을 공감하고 두려움과 존경의 마음으로 바라보게 되는 상징이 되었다. 또한 헤스터 프린이 이기적인 목적을 추구하지도 않았을뿐더러 털끝만치도 자신의 이익이나 쾌락을 바라며 살지도 않았기에 사람들은 자신들의 슬픔과 괴로움을 모두 가지고 와 엄청난 시련을 먼저 겪은 그녀에게 조언을 구했다. 여자들, 특히 상처 입거나 버림받거나 임자 있는 상대를 고르거나 실수로 죄를 범한 열애 때문에 끝없이 되풀이되는 시련을 겪고 있는 여자들이, 또는 아무도 존중해 주지도 찾아 주지도 않아 쓸쓸한 마음을 가눌 길 없는 여자들이 헤스터의 오두막을 찾아와 자신들이 왜 그렇게 불행해야 하는지, 어떻게 하면 좋을지를 묻지 않겠는가! 그러면 헤스터는 힘닿는 데까지 그들을 위로하고 조언해 주었다. 또한 하늘의 뜻에 따라 세상이 성숙하여 좀 더 밝은 시대가 오면 남녀의 관계가 상호 행복이라는 보다 탄탄한 터전 위에 설 수 있도록 새로운 진리가 밝혀질 것이라는 굳은 믿음으로 그들을 안심시켰다. 젊었을 적에 헤스터는 자신이 하늘의 명을 받은 예언자일지도 모른다는 헛된 망상을 품기도 했지만, 죄로 얼룩지고 수치로 고개 숙여야 하고 평생 슬픔의 짐까지 져야 하는 여자는 하늘의 불가사의한 진리를 전하는 사명을 맡을 수 없다는 사실을 오래전에 깨달았다. 앞으로 계시를 전할 천사요 사도는 분명 여자가 될 테지만, 고결하고 순결하고 아름다운 여자여야 할 것이다. 또한 암울한 슬픔을 통해 지혜로워진 것이 아니라 환희라는 천상의 매개를 통해 지혜로워진 여자여야 할 것이다. 그리고 그러한 목적을 이룬 인생이라는 진정한 시금석으로써 신성한 사랑이 어떻게 우리를 행복하게 만들어 주는지를 보여 주는 여자여야 할 것이다!

헤스터 프린은 그렇게 말하고 나서 슬픈 눈으로 주홍 글자를 내려다보았다. 그리고 여러 해가 흘러 훗날 킹스 채플이 세워질 곳과 인접한 묘지에, 오래되어 움푹 내려앉은 무덤 옆에 새로운 무덤이 생겼다. 죽어서도 두 사람의 유해는 합쳐질 권리가 없다는 듯 그 헌 무덤과 새 무덤 사이에는 간격이 있었다. 그러나 두 무덤의 묘비는 하나였다. 그들의 무덤 주위에는 가문(家紋)을 새겨 넣은 묘비들이 잔뜩 있었다. 그러나 석판 한 장으로 된 이 묘비에는 호기심 많은 연구자들이 아직까지도 그 의미를 몰라 난감해하는, 방패 모양 비슷한 무늬가 있었다. 그곳에 도안이 하나 새겨져 있었는데, 그 도안에 붙인 문장관의 글귀가 제명(題銘)이자 이제 곧 마무리 지을 전설의 간결한 설명이 될 수 있겠다. 그 글귀는 너무도 어둠침침했는데, 그늘보다 더 어둡고 끊임없이 이글거리는 한 점 빛으로 인해 간신히 눈에 띌 뿐이었다.

검은 바탕에 주홍 글자 A

역자 해설
가장 통속적인 것에서 피어난
가장 숭고한 이야기

1. 호손의 삶과 문학

너새니얼 호손Nathaniel Hawthorne은 1804년 7월 4일 보스턴의 작은 항구 도시 세일럼에서 태어났다. 한때 활기 넘치던 항구는 그가 나고 자랄 때는 황폐해져 있었다. 그리 내세울 것 없는 그 작은 시골 마을을 호손은 사랑했다. 그가 고향 마을에 강한 애착을 느낀 것은 그의 가문이 오랫동안 그 땅에 뿌리를 박고 살아왔기 때문이다. 영국에서 미국으로 건너온 최초의 선조 윌리엄 호손William Hathorne은 애국자와 박해자로 활동한 양면적인 인물이었다. 청교도적인 선과 악을 동시에 지닌 그는 퀘이커교도를 괴롭혔으며 그의 아들 존 호손John Hathorne 또한 마녀재판으로 악명 높았다. 호손은 이러한 선조들의 가혹 행위를 가문의 수치로 여겼을 뿐 아니라 후손들에게도 지워지지 않는 오점을 남겼다고 느꼈으며, 그런 죄의식은 호손의 일생과 창작 활동에 지대한 영향을 끼쳤다.

호손은 네 살 때 아버지를 여의었다. 남편을 잃은 어머니는 방 안에 틀어박혀 지내다시피 했다. 누나와 여동생은 고독을 즐겼고 호손 또한 내성적이고 병약한 아이였다. 호손의 식구들은 한집에 살면서도 함께 식사를 하지 않는 날이 많았고 말도 거의 섞지 않았다. 이런 집안 분위기에서 호손은 외롭게 자랐다. 어린 시절 그의 쓸쓸한 마음을 다독여 준 것은 책이었다. 그가 즐겨 읽은 책은 스펜서Edmund Spenser의 『페어리 퀸The Faerie Queene』, 제임스 톰슨James Thomson의 『나태의 성(城)The Castle of Indolence』, 존 버니언John Bunyan의 『천로역정The Pilgrim's Progress』, 셰익스피어William Shakespeare의 여러 작품들이었다. 그러나 호손에게도 소년 시절의 즐거운 한때가 있었다. 원시림에 둘러싸인 레이먼드의 호숫가 별장에서 호손은 낚시와 사냥과 독서를 즐겼다.

어릴 적부터 문학을 가까이 했지만 그가 작가가 되기로 마음먹은 것은 대학에 다닐 때였다. 학업 성적은 좋지 않았으나 그는 대학에서 필생의 귀중한 친구들을 얻었다. 14대 미국 대통령에 당선되는 프랭클린 피어스Franklin Pierce, 시인 헨리 워즈워스 롱펠로Henry Wadsworth Longfellow, 여행가 호레이쇼 브리지Horatio Bridge, 장차 연방 의원이 되는 조나단 실리Jonathan Cilley가 그들이었다. 그중에서도 브리지는 일찍이 호손의 재능을 알아보고 작가가 되도록 물심양면으로 그를 도왔다. 호손은 문학을 토론하고 시를 낭송하는 동아리 활동에도 참여했으며 짤막한 처녀 장편과 여러 단편소설도 쓰기 시작했다. 대학 졸업 후 호손은 12년 동안 세일럼에 있는 어머니의 집에서 고독과 명상과 독서에 몰두했다. 호손의 20대는 그렇게 지나갔다. 호손의 전기 작가들이 〈고독의 세월the years of solitude〉이라고 부른 이 기간 동안 호손은 많이 읽고 많이 쓰면서 작가로서의 밑거름을 다졌고 인간 내면에 깊은 관심을 가지게 되었다.

1942년 호손은 서른여덟이라는 적지 않은 나이에 결혼했다. 서른세 살에 만난 소피아 피바디Sophia Peabody는 그의 평생 반려자이자 소울메이트가 되어 주었다. 작가로서 평단과 세간의 인정을 받지 못해 괴로울 때면 그녀의 격려와 위로가 큰 힘이 되어 주곤 했다. 그는 아내를 〈엄밀한 의미에서 나의 고독한 동료〉라고 칭했다. 그러나 이상적인 결혼 생활이 경제적 궁핍까지 해결해 주는 것은 아니었다. 호손은 언제나 생계에 허덕였고 그 때문에 보스턴 세관의 계량사와 세일럼 세관의 검사관으로 일하기도 했다. 이 두 번의 공직 생활과 나중에 리버풀에서 미국 영사를 지낸 경험은 호손에게 작품을 쓸 시간을 내주지는 않았으나 창작의 다양한 소재를 발굴하게 해주었다.

호손이 어엿한 작가로서 미국 문단의 한자리를 차지하게 된 것은 그의 첫 단편집 『진부한 이야기들Twice-Told Tales』(1937)을 발표하면서부터였다. 당시 그의 나이 서른세 살 때였다. 청년 시절에 쓴 처녀 장편 『팬셔Fanshawe』가 평단의 외면을 받은 뒤로 호손은 12년 동안 단편에만 주력했다. 숱한 단편을 통해 다져진 그의 글쓰기는 1950년 『주홍 글자The Scarlet Letter』라는 걸작을 낳았고, 뒤이어 『일곱 박공의 집The House of Seven Gables』, 『블라이스데일 로맨스The Blithedale Romance』, 『대리석 목신The Marble Faun』까지 4대 장편을 탄생시켰다. 그러나 『대리석 목신』을 출간한 뒤로 호손의 체력과 창작력은 현저히 떨어졌다. 1864년 5월 19일 건강을 회복하기 위해 떠난 여행은 그를 영영 돌아오지 못할 저승길로 이끌었고, 결국 호손은 뉴햄프셔 주 플리머스의 한 여관방에서 향년 60세의 나이로 이승에서의 고단한 삶을 내려놓았다.

에머슨은 호손의 일생을 〈고통스러운 고독〉이었다고 말했다. 그의 말대로 호손은 평생 죄의식에 찬 고독한 삶을 이어 나갔고 그러한 성향은 그의 작품 세계에 고스란히 투영되었다. 호손은 인간의 운명이 지닌 검은 힘과 인간의 마음속에 있는 어두운 면을 작품 속에 담으려 애썼다. 장·단편을 가리지 않고 그의 작품 도처에 등장하는 것이 바로 죄와 악이다. 실제로 범한 죄이든 생각으로 지은 죄이든 죄의식은 호손의 최대 과제였다. 이런 주제 의식은 그가 청교도 사상에 물든 뉴잉글랜드 태생이라는 점, 그리고 초기 선조들의 가혹 행위가 남긴 수치심에서 비롯되었다. 선과 악, 죄의식이라는 주제를 전달하기 위해 호손이 사용한 문학 기법은 자신이 익히 알고 있는 도덕적 알레고리*allegory*였다. 알레고리는 추상적인 개념을 직접적으로 표현하지 않고 다른 구체적인 대상을 이용하여 표현하는 문학 형식으로, 호손이 어렸을 때부터 애독해 온 스펜서의 『페어리 퀸』과 존 버니언의 『천로역정』도 알레고리였다. 에드거 앨런 포Edgar Allan Poe는 호손이 방어력 없는 알레고리를 사용했다고 비난했지만, 호손은 전통적인 알레고리에 머물지 않고 등장인물들의 심리 상태를 치밀하게 그림으로써 현대 심리 소설의 면모를 보이기도 했다. 18세기 말과 19세기 초에 유행한 고딕 로맨스(소설)도 그의 작풍에 영향을 끼쳤다. 고딕 로맨스에 자주 등장하는 선조의 유령, 사악한 악한, 어둠과 공포의 분위기, 섬뜩한 인간의 이상 심리 등이 호손의 작품에도 종종 나타났다.

도덕적 알레고리와 고딕 로맨스와 함께 호손이 즐겨 사용한 또 하나의 문학 기법은 모호성 *ambiguity*이다. 『주홍 글자』의 서문 「세관The Custom House」에서 호손은 자신의 문학관인 로맨스를 가리켜 〈현실 세계와 동화의 나라 사이 어디쯤, 현실의 것과 상상의 것이 만나 서로의 성질에 물드는 중립 지대〉라고 비유한 바 있다. 미학적으로 보자면 중립 지대는 몽롱하게 점철된 사물의 세계일 테고, 윤리 도덕의 문제로 보자면 모호성과 애매함으로 나타날 것이다. 호손은 많은 작품에서 다양한 해석의 가능성을 열어 놓는 중립적 자세를 취하고 판단을 독자의 몫에 맡긴다. 그래서일까, 호손이 구사하는 문장을 보면 가정법 구문이 제법 눈에 띈다. 또한 〈했을지도 모른다〉, 〈아마도 그럴 것이다〉와 같은 어미가 달린 문장도 많은 편이다. 호손이 19세기 미국 작가들 중에서 가장 현대적인 작가로 여겨지는 것도 이 때문이다. 물론 보여 주는 것에 그치는 현대 소설과 달리, 호손의 문체가 작가의 주관적 논평이 적지 않게 개입되는 구식 소설의 틀을 벗어나지 못하고 있는 것은 사실이다. 그러나 모호성과 아이러니를 통한 해석의 다양성, 독자에게 해석의 참여권을 허용하는 개방성, 인간 소외를 심도 있게 다루는 심리적 접근은 호손 작품의 현대적 요소로 받아들여지고 있으며, 오늘날까지 그의 작품이 많은 비평가들과 독자들에게 사랑받는 이유이기도 하다.

2. 「세관」에 대하여

「세관」은 원래 『실험적이고 이상적인 스케치를 곁들인 옛 전설들*Old-Times Legends: Together with Sketches, Experimental* *and Ideal*』이라는 단편집 속에 『주홍 글자』와 함께 서문이 아닌 하나의 독립적인 자전적 에세이로 수록될 예정이었다. 그러나 출판업자 제임스 필즈James T. Fields는 작품집의 부피가 너무 커지는 것을 우려하여, 또한 『주홍 글자』를 하나의 완성된 장편으로 출간해도 손색이 없다고 여겨 이것을 『주홍 글자』의 서문으로 붙이자고 호손에게 제안했다. 그에 대한 답변으로 호손은 이 서문이 〈웅대한 저택으로 들어가는 현관〉 구실을 할 수 있겠다고 화답했다. 이 에세이를 읽어 보면 그 비유가 참으로 적절하다는 것을 느낄 수 있다.

「세관」은 뒤따르는 소설의 침울한 분위기와 달리 전반적으로 익살스럽고 풍자적인 내용이다. 『주홍 글자』를 먼저 읽은 사람이라면 같은 작가가 쓴 글이 맞는가 싶은 의구심을 느낄지 모른다. 그만큼 유쾌하고 재미있다. 애초에 호손이 이 글을 쓰게 된 동기에 대해서는, 정당한 이유 없이 세일럼 세관의 검사관직에서 자신을 해임시킨 정적에 대한 보복에 있었다고 보는 견해가 많다. 세관에 근무하면서 당파에 치우치지 않고 동료와 아랫사람을 공정하게 대해 왔다고 자부해 온 호손은 반대 당이라는 이유로 그런 공직자의 목을 가차 없이 자르는 처사를 마땅히 고발해야 한다고 느낀 듯하다. 그는 정적들을 〈단지 남을 해코지할 힘이 있다는 이유로 잔혹해지는 추악한 자들〉이라고 비판했다. 몇몇 비평가들은 「세관」을 작가 자신도 인정한 〈엄숙하고 음울한 양상〉을 띤 소설의 중압감을 조금이라도 덜어 주는 효과를 노린 작가적 장치로 보기도 한다. 실제로 이 에세이는 통통 튀는, 그러나 가볍지만은 않은 매력이 넘실거린다. 독수리에 빗댄 국가의 횡포라든가, 가혹 행위를 일삼은 조상들의 수치라던가, 공직자의 근무 태만과 비리 등을 호손은 은근하면서도 솔직하게 까발린다. 번역자가 가장 재미나게 읽은 대목은 호손이 세관에서 함께 일한 몇몇 동료들의 면면을 그린 부분이었다. 세관의 벽에 의자를 갖다 붙인 채 따스한 햇살을 이불 삼아 늙은 개처럼 낮잠을 즐기며 퇴근 시간만 손꼽아 기다리는 나이 지긋한 공직자들의 모습은 오늘날의 풍경과도 별반 다르지 않아 피식피식 웃음이 흘러나올 정도였다.

이 자전적 에세이에서 『주홍 글자』와 관련해 가장 눈여겨볼 대목은 소설의 탄생 배경이 아닌가 싶다. 전임 검사관 퓨 Jonathan Pue 씨의 기록을 토대로 『주홍 글자』를 썼다는 호손의 주장은, 소설이란 것이 허무맹랑한 이야기가 아니라 작가의 상상력이 덧칠된 실화일 수 있음을 내비친 것이다. 오늘날 출판계뿐 아니라 영화와 텔레비전 드라마에서 인기를 끌고 있는 팩션 *faction*을 호손이 이미 시도했다고도 볼 수 있다. 호손은 작가의 임무가 일상의 〈사소하고 지루한 사건들과 평범한 인물들에 숨어 있는 진정한 불멸의 가치〉를 찾아내는 것이라고 보았다. 그가 자신의 작풍(作風)을 설명하기 위해 강조하는 것이 그 유명한 〈로맨스론(論)〉이다. 호손은 『주홍 글자』를 소설이라 부르지 않고 〈로맨스〉라 칭했다. 두 번째 장편인 『일곱 박공의 집』 서문에서 그가 더욱 자세히 설명하고 있는 소설과 로맨스의 차이는 다음과 같다. 〈소설은 단지 가능한 것이 아니라 일상적이고 실제로 있을 법한 인간 경험의 과정을 충실히 그리는 것을 목표로 삼는다. 반면에 로맨스의 경우에는 (……) 어느 정도 작가 자신이 선택하고 창조해 낸 상황에서 인간의 마음의 진실을 제시할 권리를 지니는 것이다.〉

다시 말해 호손이 강조하는 로맨스의 세계는 「세관」에서 말하고 있듯 〈현실 세계와 동화의 나라 사이 어디쯤, 현실의 것과 상상의 것이 만나 서로의 성질에 물드는 중립 지대〉라 할 수 있다. 그러니까 「세관」은 소재를 발견하는 시점부터 현실성과 상상력을 가미하는 작가의 가능성을 보여 주는 에세이이며, 호손 자신이 비유해서 말했듯 『주홍 글자』라는 〈웅장한 저택으로 들어가는 현관 구실〉을 훌륭히 해낸 전주곡인 셈이다.

3. 『주홍 글자』

세일럼 세관에서 해임장을 받은 날 실의에 차서 집에 돌아온 호손에게 아내 소피아는 〈오, 그럼 이젠 책을 쓸 수 있겠네요〉라고 위로했다. 그녀의 말대로 호손은 그해 1949년 여름부터 『주홍 글자』를 쓰기 시작해 9개월 후인 1950년 2월 탈고했다. 마지막 몇 페이지를 아내에게 읽어 준 호손은 그녀의 반응을 보고 이 작품의 성공을 예감했다. 소피아가 마음이 아프고 머리가 지끈거린다며 자러 가겠다고 한 것이다. 작가들이 가지고 있던 일종의 미신이었겠지만, 안타깝게도 『주홍 글자』는 호손이 기대한 만큼의 상업적 성공을 안겨 주지는 않았다. 그러나 이 작품은 17세기 미국의 어둡고 준엄한 청교도 사회를 배경으로 죄지은 자의 고독한 심리를 치밀한 구성과 심오한 주제로 묘사하여 미국 문학의 고전의 반열에 오르게 된다. 헨리 제임스Henry James는 〈이제까지 미국에서 나온 적 없는 가장 훌륭하고 상상력 넘치는 작품〉이라며 찬사를 아끼지 않았고, D. H. 로런스David Herbert Lawrence 는 〈어떤 책도 이 소설만큼 심오하지도, 이중적이지도, 완전 하지도 않다〉라고 평했다. 실제로 이 작품은 미국 소설 문학의 전통을 확립하고 미국 문학을 세계 문학의 수준으로 끌어올린 걸작으로 평가받고 있다.

『주홍 글자』는 출간된 지 160여 년이 흐른 지금까지도 꾸준히 독자들과 비평가들의 사랑을 받고 있다. 그 까닭은 이 소설이 남녀 간의 아름답지만 비극적인 사랑이라는 멜로드라마적인 요소와 더불어 무수한 논의거리를 내포하고 있기 때문일 것이다. 또한 이 작품은 미국 식민지 초기 뉴잉글랜드의 사회상을 반영할 뿐 아니라 역사적으로 고증된 몇몇 사건과 인물들까지 등장시켜 역사 소설로 읽히기도 한다. 사실 줄거리만으로 『주홍 글자』를 보자면 오늘날의 아침 드라마에서 흔히 볼 수 있는 지극히 통속적인 이야기와 별반 다르지 않다. 교구민의 존경을 한 몸에 받는 수려한 용모의 젊은 목사와 젊고 아름다운 유부녀의 사랑, 그 사이에서 태어난 아이 그리고 복수에 열을 올리는 늙은 남편까지. 그런 까닭에 엄숙한 청교도들이나 보수적인 독자들은 이 작품의 도덕성을 문제 삼기도 했다. 심지어 금서로 지정해 달라고 요구하는 이들까지 있었다고 한다. 그러나 『주홍 글자』는 미국 건국과 함께 존재하는 도덕 문제에서부터 인간 존재의 보다 근본적인 딜레마에 이르기까지 광범위한 주제를 건드림으로써 단순한 통속 소설의 한계를 뛰어넘는다.

『주홍 글자』는 1642년부터 1649년까지 보스턴의 한 식민지 마을을 시간적·공간적 배경으로 삼는다. 이 무렵 청교도 사회는 인간의 모든 행동과 사고를 종교와 분리해서 사고할 수 없을 만큼 지극히 〈신 중심〉적이었다. 황폐한 땅에 새로운 지상 낙원을 건설해야 했던 만큼 엄격한 규율과 강력한 사회 질서도 요구되었다. 이런 분위기는 자연스레 경직되고 비인간적인 사고와 행동을 낳을 수밖에 없었다. 『주홍 글자』는 청교도 사상이 짙게 물들어 있는 어둡고 경직된 사회를 살아가는 인물들의 갈등에 초점이 맞춰져 있다.

『주홍 글자』를 논할 때 많은 비평가들이 이구동성으로 칭송하는 지점은 주제와 구성의 탁월성이다. 우선 호손은 자신이 전달하고자 하는 이야기를 치밀하고 완벽한 구성에 담아냈다. 이 작품은 환원적이고 유기적인 구조를 지니고 있다. 총 24장으로 구성된 이야기에는 초반(1~2장), 중반(3~12장), 말미(13~23장)에 처형대 장면이 균형 있게 등장하며, 첫 장에 등장하는 청교도의 어둡고 차가운 이미지인 묘지와 그것에 대조되는 아름다운 빨간 장미는 마지막 장에서 검은 묘비 위의 주홍 글자 〈A〉로 다시 돌아온다. 묘지와 빨간 장미 같은 대립되는 두 가지 힘의 충돌은 이 작품에 지속적으로 등장하는 상징적 장치이다. 빛과 어둠, 자연과 문명, 자유 의지와 결정론, 초월주의와 청교도주의, 가슴과 머리, 선과 악이 그것이다. 이런 장치들은 모두 이 작품의 주제와 밀접하게 관련되어 있다. 예컨대 첫 장에 지나가듯 등장하는 묘지와 감옥은 부정적인 가치를, 장미는 긍정적인 가치를 지니고 있기에 독자에게 처음부터 선과 악의 상호 관계를 보여 줄 것을 암시한다. 자연을 대변하는 숲의 경우, 청교도는 숲을 마귀들이 득실거리는 사악한 장소로 간주하며 도시를 선호하는 반면, 인디언들과 헤스터 프린은 숲속이나 바닷가에서 자연과 공존하며 산다. 따라서 숲은 청교도의 율법에 얽매어 있지 않은 자유로운 공간으로 해석될 수 있다.

그러나 이 작품에서 가장 중요한 주제는 단연 죄를 둘러싼 문제이다. 호손은 작품의 도입부를 여주인공이 죗값을 치르고 감옥 문을 나서는 장면에서 시작함으로써 초점을 정열의 과정이 아닌 정열의 결과에 맞추고 있다. 작품 초반에 호손이 〈인간의 연약함과 슬픔에 관한 이야기〉라고 말했듯, 그의 관심은 옳고 그른 도덕의 문제보다 죄(간통의 죄)가 빚어낸 영향 — 죄로 인한 소외와 고독, 죄를 숨기는 것의 고뇌와 고통, 타인의 죄를 파헤치려는 지성의 오만이 부른 비극 — 으로 기운다. 그리고 이 비극적인 이야기의 중심에는 매력적인 네 인물(헤스터 프린, 딤스데일 목사, 칠링워스 노인, 펄)이 포진해 있다. 일찍이 헨리 제임스는 〈등장인물의 행위가 이야기를 구성한다 Character is action, and action is plot〉라는 말로 이 작품의 우수성을 이야기한 바 있다. 여기서는 펄을 제외한 세 인물에 초점을 맞추고자 한다.

이 작품이 본질적으로 여주인공인 헤스터 프린의 이야기라는 데는 의심의 여지가 없어 보이지만 젊은 목사인 딤스데일의 정신적인 성장을 다룬 이야기라고 보는 견해도 있다. 딤스데일 목사는 이 작품에서 가장 복잡한 심리적 갈등을 겪는 인물이다. 그는 유부녀와 관계를 가짐으로써 간음하지 말라는 계명을 어겼다. 목회자로서 그는 교인들에게 죄를 짓지 말라, 죄를 지었으면 고백하고 신의 용서를 구하라고 설교하지만 정작 자신이 지은 죄에 대해서는 함구한다. 그 까닭에 대해 그는 칠링워스에게 〈하느님의 영광과 인간의 행복〉을 차마 저버릴 수 없는 심약한 마음 탓일 거라고 설명하지만, 달리 보면 그것은 자신이 가진 권세와 명예를 잃고 싶지 않은 자기애의 발로일 수 있다. 죄의 압박과 양심의 가책으로 끊임없이 스스로를 채찍질하면서도 그는 언제나 비겁함의 그늘에서 몸을 사린다. 그에게는 정욕의 죄만이 아니라 위선의 죄까지 덧칠되어 있는 것이다. 딤스데일이 그런 인물로 그려진 것은 이 작품의 비극성을 높이기 위한 작가의 설정일 것이다. 욕정에 이끌리는 것도, 사회적 지위를 버리지 못하는 것도 나약한 인간이기에 그럴 수 있지 않겠는가. 그러나 결국 오랫동안 숨겨 온 죄를 고백하고 죽음으로써 구원을 얻는 만큼 딤스데일은 행복한 인물이 아닌가 싶다.

그에 반해 칠링워스야말로 훨씬 비극적인 인물이라 볼 수 있다. 헤스터와 딤스데일이 저지른 죄가 정욕의 죄라면 칠링워스가 저지른 죄는 오만의 죄이다. 기독교에서는 폭식, 질투, 나태, 분노, 탐욕, 음욕, 오만을 7대 죄악으로 보며, 그중 오만은 용서받을 수 없는 죄로 치부한다. 오만은 신을 무시한 채 인간의 신성한 마음을 악의적으로 침범하는 지적 죄악이기 때문이다. 호손이 「이선 브랜드Ethan Brand」라는 단편에서 다룬 바 있는 지적 죄인의 모습은 칠링워스를 통해 더욱 확대되고 구체화된다. 타인의 생각과 감정을 함부로 헤집어 진단하는 버릇은 누구에게나 조금씩 있겠지만, 원하지도 않는데 타인의 속을 집요하게 파헤쳐 그를 파멸시키려는 행위는 인간애를 저버리는 죄악 중의 죄악임이 틀림없다. 그러나 스스로가 판 무덤이라 해도 칠링워스가 그런 악마와도 같은 모습으로 전락하게 된 데는 상황의 영향을 무시할 수 없다. 사실 부정의 죄를 저지른 아내를 다시 만나기 전까지 칠링워스는 나름 친절하고 깨끗하고 정직한 삶을 살아온 사람이었다. 그가 꿈꾼 삶은 소박한 행복이 흐르는 단란한 가정이었다. 그 꿈이 깨어지고 목사의 가슴 속을 캐기 시작하면서 그의 불행과 비극이 시작된다. 그랬기에 자신의 삶을 지탱해주던 것(복수)을 잃은 뒤로는 살아갈 기운마저 잃고 저승의 문을 두드리지 않았는가. 만약 그가 타인의 가슴이 아닌 자신의 가슴속을 들여다보고 스스로를 성찰했더라면 더 나은 삶을 영위할 수 있었을지 모른다. 호손이 인간성을 상실한 칠링워스에게 마지막에 자비를 베푼 것도 그 때문이리라. 호손은 작품 말미에 사랑과 증오가 동전의 양면과 같아서 〈그 상대가 없어지고 나면 죽도록 사랑하는 자나 죽도록 증오하는 자 모두를 쓸쓸하고 황폐하게 만든다〉고 말하며 늙은 의사와 젊은 목사가 저승에서는 화해의 손을 마주 잡고 있을지 모른다고 덧붙인다.

죄를 바라보는 호손의 관점은 헤스터 프린의 삶에서 더욱 확실해진다. 누구나 실수를 저지르고 죄를 범한다. 결함이 없는 완전무결한 삶은 있을 수 없다. 관건은 자신이 저지른 죄를 어떻게 받아들이고 다스리느냐 하는 것이다. 그렇다고 할 때 호손이 헤스터를 통해 보여 주는 죄의 성격은 전통적인 기독교의 관점과는 많이 다르다. 죄의 결과를 중시하는 기독교의 관점에서는 헤스터는 죽어 마땅하다. 청교도 의식으로 똘똘 뭉친 장터의 여자들도 그렇게 말하지 않았던가. 그러나 호손은 헤스터가 죄의식에 짓눌려 고개 숙인 채 살게 버려두지 않는다. 죄의 표식인 주홍 글자는 아이러니하게도 그녀가 청교도 사회의 배타성과 편협성에 맞서는 무기요, 딛고 일어서는 발판으로 작용한다. 주홍 글자는 헤스터에게 〈다른 여자들 같으면 감히 발을 들여 놓지 못할 곳으로 들어가게 해주는 통행증〉이자 진보적인 선생이다. 게다가 헤스터가 여성의 관점에서 새롭게 꿈꾸는 사회상은 대단히 혁명적이고, 오늘날의 관점으로 보자면 실로 페미니즘적이다.

우선은 사회의 전 구조가 뒤집히고 새로 건설되어야 한다. 그런 다음 여성이 공평하고 적절하다고 할 만한 지위를 떠맡을 수 있기 위해서는, 남성의 천성 자체나 대대로 전해 내려오면서 천성에 가까워진 습성이 본질적으로 수정되어야 한다. 마지막으로, 다른 모든 난관을 제거했더라도 여성 스스로가 훨씬 크게 변모하지 않는다면 이런 앞선 개혁들을 이용할 수 없을 것이다. (본문 206면)

호손의 이런 여성관과 세계관은 남편을 잃은 홀어미로 세 자녀를 키우며 사회의 모멸과 무관심을 이겨 낸 어머니와, 아내이자 정신적 동료로 자신을 격려해 준 소피아의 이미지에서 비롯되지 않았나 싶다. 세상을 지배하는 것은 남자이지만 그 남자를 지배하는 것은 여자라는 말도 있듯이, 호손은 앞으로의 세상은 가부장적 질서에 좌우되는 편협한 사회가 아니라 여자를 통해 하늘의 계시가 전해지는 자유롭고 평등한 사회로 나아가게 될 것이라고 말한다. 그 사회는, 헤스터에게서 볼 수 있듯 개인이 타자에게 손을 내미는 따스한 사회이다.

마지막 장에서 헤스터는 연어가 자신이 태어난 하천으로 다시 돌아오듯 인간으로서의 기쁨과 슬픔을 모두 맛보았던 바닷가 오두막으로 돌아와 치욕의 징표를 다시 달고 상처로 얼룩진 가슴을 지닌 여자들을 위로하며 여생을 보낸다. 그리하여 헤스터는 작품 초반 〈간음*adultery*〉을 행한 비천한 여인에서 남을 도울 줄 아는 〈능력 있는*able*〉 여자로, 마침내는 자비로운 〈천사*angel*〉로 등극하게 된다. 헤스터가 마을의 음지를 찾아다니며 선행을 베풀고 보스턴으로 귀환하여 고통받는 이들을 다시 보듬어 안은 것은 자신의 죄를 통해 타인의 아픔과 고뇌를 들여다볼 수 있게 된 덕분이다. 그녀에게 죄는 청교도가 생각하는 것처럼 죽음을 부르는 길이 아니라 인간을 더욱 깊이 이해할 수 있는 요소로 작용한다. 이 작품이 상처가 그 사람을 구원의 길로 인도한다고 보는 〈복된 죄*Felix Culpa*〉의 관점에서 읽히는 것도 그런 까닭에서이다. 헤스터는 이 세상에 존재하는, 남모르게 눈물 흘리는 이들을 절망의 나락으로 떨어지지 않게 붙잡아 주는 뜨거운 손이다. 그런 손길을 기다리는 음지는 그 시대만이 아니라 오늘날에도 무수히 존재한다. 부디 이 소설을 읽는 독자들이 세상의 온갖 멸시와 배척을 당하고서도 소중한 인간성을 저버리지 않은 헤스터의 그 힘을 얻기를 바란다. 비단 고전만이 아니라 문학이 언제든 유효할 수 있는 것도 바로 그런 힘 때문일 테니.

4. 번역을 마치며

『주홍 글자』 번역 의뢰를 받았을 때 맨 먼저 떠오르는 사람이 있었다. 내가 지금 걷고 있는 이 길을 먼저 걸으셨던 고(故) 장영희 선생님이었다. 대학원 시절 선생님께 수업을 들었던 기억이 떠올라 나는 오랫동안 주인의 손길에 거부당한 채 책꽂이에 꽂혀 있던 『주홍 글자』를 펼쳐 들었다. 여러 페이지에 가지각색의 형광펜으로 그인 밑줄과 함께 선생님께서 불러 주신 설명이 적혀 있었다. 10년도 지난 일이라 솔직히 내가 적어 놓은 글인데도 낯설기 그지없었다. 그런데 참으로 신기했던 것은, 보통 사람들보다 한 옥타브쯤 높은 선생님의 그 또랑또랑한 목소리는 어제 들은 것인 양 생생하게 기억이 났던 것이다. 내가 번역을 한다고 했을 때 선생님은 조금 의아해하셨던 것 같다. 내가 딱히 공부를 잘하지도, 글 쓰는 재주를 가진 것도 아니었기 때문이다. 나는 쑥스럽기도 하고, 그게 뭐냐고 타박이라도 맞을까 봐 번역한 책을 단 한 권도 선생님께 드리지 않았다. 빛바랜 책을 한 장 한 장 넘기고 있을 때 어디선가 선생님의 목소리가 들리는 듯했다. 〈얘, 영미야, 한번 해봐.〉 나는 그냥 그 느낌을 따르기로 했다. 번역을 마친 지금, 나는 그 목소리를 따르길 정말 잘했다고 느낀다. 그러지 않았다면 호손의 외로움과 작가로서의 고뇌, 또 다른 일면인 유머러스함과 재치, 무엇보다 그의 작품이 지닌 우수성과 현대성을 모르고 지나갈 뻔하지 않았던가. 사랑까지는 아니지만 나는 호손을 좋아하게 되었다. 그의 문체는 참으로 아름다웠다. 호손이 〈심혈을 기울여〉 『주홍 글자』를 썼던 것처럼 나 또한 그렇게 번역을 했다. 호손이 작품을 쓴 기간보다 내 번역 기간이 훨씬 더 길었다. 무엇이든 공들인 만큼 결과물이 나온다는 것을 이번에 더욱 절실히 깨달았다. 비록 오랜 시간이 걸렸지만 나는 자신 있게 이 번역본을 장영희 선생님의 영전에 바친다. 어쩌면 선생님은 이미 호손을 만났을지도 모르겠다.

곽영미

너새니얼 호손 연보

1804년 출생 7월 4일 미국 매사추세츠 주 세일럼Salem에서 선장인 너새니얼 호손Nathaniel Hathorne과 엘리자베스 매닝 호손Elizabeth Manning Hathorne의 1남 2녀 중 외아들로 태어남. 그의 오랜 선조들은 대대로 영국 남부에 살던 미천한 자작농이었으나 윌리엄 호손William Hathorne(1607~1681) 대에 이르러 신대륙으로 옮겨 옴. 1대 조상인 윌리엄 호손은 세일럼 역사에서 치안 판사로 이름을 날렸고 그의 아들 존 호손John Hathorne은 마녀재판으로 악명 높았음. 이를 부끄럽게 여겨 호손은 나중에 자신의 성을 Hawthorne으로 바꿈.

1808년 4세 3월 선장이었던 아버지가 항해 도중 황열병으로 사망함. 누이동생 마리아 루이저Maria Louisa 태어남. 미망인이 된 어머니는 가진 재산이 얼마 없어 세 자녀(호손의 2년 연상 누이 엘리자베스Elizabeth까지)를 데리고 친정인 매닝가(家)로 들어감. 매닝가는 대를 이어 내려오는 대장장이 집안이었고 세일럼과 보스턴 사이를 왕복하는 역마차 회사도 경영하여 재정적으로 유복한 편이었음.

1813년 9세 11월 학교에서 공놀이를 하다가 발을 크게 다쳐 3년간 막대기를 짚고 다님. 이 기간 동안 담임 교사 조지프 에머슨 우스터Joseph Emerson Worcester에게 집에서 개인 지도를 받으며 기초 영어를 다지고 독서 습관을 들임. 스펜서Edmund Spenser의 『페어리 퀸*The Faerie Queene*』, 제임스 톰슨James Thomson의 『나태의 성(城)*The Castle of*

Indolence』, 존 버니언John Bunyan의 『천로역정*The Pilgrim's Progress*』, 셰익스피어William Shakespeare의 극을 애독함.

1816년 12세 외가인 매닝가가 소유한 레이먼드Raymond의 가족 별장을 자주 방문하여 사냥과 낚시와 스케이트를 즐김. 레이먼드는 세바고 호(湖)를 마주 보는 원시림에 둘러싸인 시골 마을이었음.

1818년 14세 10월 온 가족이 레이먼드로 이사함. 이곳에서 사는 동안 호손은 건강을 완전히 회복함. 맑은 날에는 낚시와 사냥을 즐기고 비 오는 날엔 독서로 소일함. 훗날 이 시절을 호손은 다음과 같이 회상함. 〈참으로 즐거운 나날들이었다. 당시 그곳은 원시림이 무성한 개척지가 대부분이었다.〉

1819년 15세 7월 학교 교육을 보충하기 위해 세일럼으로 돌아와 외가에서 학교에 다님. 레이먼드에 남은 어머니와 누이들이 그리워 향수병에 걸림. 어머니에게 다음과 같은 편지를 씀. 〈사냥하는 것 외엔 할 일이 없는 그곳으로 얼마나 돌아가고 싶은지 모른답니다! 내 인생의 가장 행복했던 나날들이 가버렸어요.〉

1820년 16세 대학 입시 준비를 위해 벤저민 올리버Benjamin Oliver에게 라틴어 개인 교습을 받음. 7월과 8월에 동생 루이저와 함께 마을 신문 「스펙테이터The Spectator」를 발행하여 가족에게 배포함. 손으로 직접 쓴 이 신문에는 젊은 작가의 풋풋한 유머 감각이 돋보이는 에세이, 시, 뉴스가 수록되어 있음. 이 기간 동안 외가의 역마차 회사에서 경리 일을 보기도 함.

1821년 17세 10월 삼촌 로버트 매닝Robert Manning의 권유로 메인 주 브런즈윅Brunswick에 있는 보든 대학에 입학. 하버드 대학 대신 그 시골 대학을 택한 것은 레이먼드에서 거리가 가깝다는 것과 한 학기 등록금이 비교적 저렴하여 큰 부담이 되지 않았기 때문. 후에 14대 미국 대통령에 당선되는 프랭클린 피어스Franklin Pierce, 시인 헨리 워즈워스 롱펠로Henry Wadsworth Longfellow, 여행가 호레이쇼 브리지 Horatio Bridge, 장차 연방 의원이 되는 조나단 실리Jonathan Cilley가 동창이었음. 브리지는 일찍이 호손의 재능을 알아보고 작가가 되도록 밀어 주었다고 함. 진보적인 교내 문학 동아리 아테네 학회Athenean Society 회원으로 활동함. 짤막한 처녀 장편 『팬셔Fanshawe』와 「내 고향의 일곱 가지 이야기Seven Tales of My Native Land」를 비롯한 여러 단편소설을 쓰기 시작함. 훗날 호손은 대학 시절을 다음과 같이 회고함. 〈나는 게으른 대학생이었다. 학교 규칙과 획일적인 교육 방식을 무시했다. 나는 그리스어 어원을 캐거나 테베 사람들에 관해 배우기보다 나 자신의 상상력을 키우는 쪽을 택했다.〉

1825년 21세 9월 보든 대학 졸업. 세일럼의 외가로 돌아와 12년간 취직도 하지 않고 독서와 창작에 몰두하는 작가 수업을 시작함. 이 시기를 호손의 전기 작가들은 〈고독의 세월the years of solitude〉이라고 부름. 호손 자신은 이 시기를 다음과 같이 회상함. 〈그곳에서 고독하게 보낸 10여 년 동안 마을 사람들 중 내 존재를 알고 있는 자가 스무 명이나 되었을까 의심스럽다.〉

1828년 24세 첫 장편소설 『팬셔』를 보스턴에서 익명으로 자비 출판하지만 마음에 들지 않아 모조리 회수하여 폐기 처분함. 외숙 새뮤얼 매닝 Samuel Manning과 함께 뉴헤이븐을 여행함.

1830년 26세 세일럼의 일간지 「가제트Gazette」에 처음으로 단편 「세 언덕의 분지The Hollow of the Three Hills」를 발표함. 장편보다 단편에 더 재능이 있음을 깨닫고 1850년 『주홍 글자The Scarlet Letter』가 나오기 전까지 단편만 계속 씀. 1937년까지 새뮤얼 굿리치Samuel Goodrich가 발행하는 연간지 『토큰The Token』에 스물두 편의 단편을 익명으로 발표.

1834년 30세 단편집으로 계획한 『이야기꾼The Story Teller』의 원고를 완성함. 그러나 이 책은 출판되지 못했으며 원고 자체도 사라져 버림.

1836년 32세 3월부터 8월까지 굿리치의 의뢰로 『유익하고 즐거운 지식의 미국 잡지The American Magazine of Useful and Entertaining Knowledge』의 편집자로 일함. 호손이 이 일을 한 것은 경제적인 이유 때문이었으며, 이 잡지는 오늘날 『다이제스트Digest』의 선구가 됨. 이 기간 동안 시인 토머스 그린 페선던Thomas Green Fessenden과 보스턴에서 하숙을 함.

1837년 33세 굿리치가 발행하는 아동물 시리즈의 하나인『피터 팔리의 만국사*Peter Parley's Universal History*』를 집필. 3월 처음으로 그의 이름을 내건 단편집『진부한 이야기들*Twice-Told Tales*』출간. 굿리치가 출판했지만 호레이쇼 브리지가 250달러의 보증금을 내주어서 햇빛을 볼 수 있었음. 시인 롱펠로가 호손의 부탁을 받고 매우 호의적인 서평을 씀. 독자층은 넓지 않았으나 반응이 좋은 편이어서 어엿한 작가로서 미국 문단의 한자리를 차지하게 됨. 11월 세일럼 치과 의사의 딸인 소피아 피바디Sophia Peabody를 처음 만남.

1838년 34세 『민주주의 리뷰*Union Democracy Review*』에 일련의 단편소설 발표. 7~9월 노스애덤스 등 뉴잉글랜드 지방을 두루 돌아다님.

1839년 35세 1월 엘리자베스 피바디Elizabeth Peabody의 주선으로 보스턴 세관의 계량사로 취직하여 2년간 근무. 이 기간 동안은 창작을 거의 못 했고 소피아에게 보낸 편지와 그가 기록한 일지*journals*만이 그가 쓴 글의 전부임. 1839년 3월부터 1842년 7월 결혼할 때까지 소피아에게 보낸 편지 중 현존하는 것만도 102통(약 7만 단어)임. 소피아 피바디와 약혼. 단편집『얌전한 아이*The Gentle Boy*』출간.

1840년 36세 어린이와 젊은 독자를 위해 집필한 뉴잉글랜드 역사 이야기『할아버지의 의자*Granderfather's Chair*』출간.

1841년 37세 1월 보스턴 세관을 그만두고 세일럼으로 돌아옴. 4~11월 조지 리플리George Ripley를 중심으로 한 초월주의자들이 일종의 유토피아 건설을 실험하기 위해 매사추세츠 주 웨스트록스베리에 만든 공동체 농장〈브룩 농장Brook Farm〉에 합류함. 손수 거름을 나르고 감자와 완두콩도 심으며 소젖을 짜기도 함. 그러나 노동과 창작을 양립시켜 보려던 그의 뜻이 빗나가자 미련 없이 그곳을 떠남. 이때의 경험을 바탕으로 후에『블라이스데일 로맨스*The Blithedale Romance*』(1952)를 씀. 어린이를 위한 스케치『유명한 노인들*Famous Old People*』,『자유의 나무*Liberty Tree*』등 출간.

1842년 38세 1월『진부한 이야기들』두 권의 증보판으로 출간. 에드거 앨런 포Edgar Allan Poe는 호손을 〈진정한 천재 작가〉라고 칭하며 그의 작품을 높이 평가하는 서평을 씀. 7월 소피아와 결혼하여 매사추세츠 주 콩코드의 〈옛 목사관Old Manse〉을 임대하여 신혼살림을 차림. 에머슨Ralph Waldo Emerson 가족이 거주한 곳이자 그의 유명한 『자연론Nature』이 잉태된 곳임. 이상적인 결혼 생활을 영위함. 오전에는 서재에서 잡지 원고를 집필하고, 오후에는 도서관에서 독서를 했으며, 저녁을 먹고 나서는 서재에서 소피아와 함께 셰익스피어, 밀턴John Milton 등의 고전을 낭독함. 호손은 소피아를 〈엄밀한 의미에서 나의 고독한 동료〉라고 칭함. 에머슨, 헨리 데이빗 소로Henry David Thoreau, 엘러리 채닝Ellery Channing, 마거릿 풀러Margaret Fuller, 루이자 메이 올컷Louisa May Alcott 등 초월주의자들과 친교를 맺음.

1843년 39세 경제적 형편 때문에 친구인 호레이쇼에게 봉급 생활로 돌아가고 싶다고 호소함. 〈이런 어려움이 닥치면 때때로 세관에서 정기적으로 받던 봉급이 그리워 한숨이 절로 난다네.〉

1844년 40세 3월 맏딸 유나Una Hawthorne가 태어남.

1845년 41세 10월 콩코드를 떠나 세일럼으로 돌아옴. 옛 목사관에서 보냈던 4년간의 신혼 생활의 환희를 일지에 기록함.

1846년 42세 4월 피어스를 비롯한 동창생들의 힘으로 민주당의 제임스 포크James Knox Polk 대통령에 의해 세일럼 세관의 수입품 검사관으로 임명됨. 6월 아들 줄리언Julian Hawthorne 태어남. 단편 소설과 스케치들을 묶은 두 번째 단편집 『옛 목사관의 이끼Mosses from an Old Manse』 출간. 이 단편집은 호손이 그때까지 추구해 온 〈심리 로맨스를 위해 인간의 공통 본성을 파고든〉 작품으로, 호손은 이러한 파고들기를 통해 인간성의 기본적인 진상(眞相)이나 변태상(變態相)을 꼬집음. 문단의 호평을 받았으나 포는 우화와 독창성 면에서 전작인 『진부한 이야기들』보다 떨어진다며 불만을 표시함. 호손 자신도 이 작품의 서문에서 앞으로 이보다 좀 더 나은 단편집을 내지 못할 바엔 내지 않겠다고 다짐함.

1847년 43세 세관에 취직한 뒤 세일럼의 몰 스트리트Mall Street에 있는 3층 집으로 이사함. 소망대로 월급쟁이가 되어 경제적 궁핍은 면했으나 업무량이 많지 않았음에도 창작에 몰두하지 못함. 이때의 심경을 롱펠로에게 다음과 같이 전함. 〈펜을 다시 잡아 보려 애쓰고 있다네. (……) 혼자 앉아 있거나 혼자 걸을 때면 이야기를 꿈꾸는 나를 발견한다네. 그러나 세관에 있으면 내가 꿈꾼 모든 것들이 수포로 돌아간다네. 글을 쓸 수 있다면 더 행복할 텐데 말일세.〉

1848년 44세 세일럼 라이시엄Salem Lyceum 극장의 통신 서기로 임명됨. 에머슨, 소로, 동물학자 루이스 애거시즈Louis Agassiz, 시어도어 파커Theodore Parker 등을 연사로 초청.

1849년 45세 6월 1848년에 휘그당의 재커리 테일러Zachary Taylor 대통령이 당선되자 세관에서 해임됨. 이에 대한 분풀이로 『주홍 글자』의 서문인 「세관The Custom House」에서 정적(政敵)들을 비판함. 7월 어머니 사망. 〈내 인생의 가장 암울한 시간〉이라고 말할 만큼 큰 충격에 빠져 병상에 드러눕기까지 함. 9월 『주홍 글자』 집필 시작. 하루에 9시간씩 집필하는 날이 많았고, 이전에 없었던 속도와 목적 의식을 가지고 착실히 써나감.

1850년 46세 3월 『주홍 글자』 출간. 열흘 만에 초판 매진. 5월 가족을 데리고 매사추세츠 주 레녹스Lenox 근처에 있는 작은 농가로 이사함. 8월 레녹스에서 멀지 않은 피츠필드Pittsfield에 살고 있던 허먼 멜빌 Herman Melville을 만나 친해짐. 멜빌은 호손을 만나기 전부터 그를 찬양하며 〈나를 사로잡은 것은 호손의 어둠〉이라고 말했고 그 어둠을 자신의 작품 속에 표현하고 싶어 했음. 호손을 직접 만난 뒤로는 그에게 더욱 깊은 영향을 받아 거의 탈고된 『모비 딕Moby Dick』을 다시 고쳐 출간한 뒤 책머리에 〈그의 천재성을 기리는 표시로 이 책을 너새니얼 호손에게 헌정한다〉라고 씀.

1851년 47세 4월 장편소설 『일곱 박공의 집The House of the Seven Gables』 출간. 전작인 『주홍 글자』보다 약간 더 길지만 인물 묘사보다는 배경과 주제에 초점을 맞춤. 「세관」에서 언급한 〈로맨스론〉을 다시 강조하고 부연한 「서문Preface」으로 유명. 『눈 인형과 다른 진부한 이야기들The Snow-Image and Other Twice-Told Tales』 출간. 이 책의 서문에 편지 형식으로 자신의 재능을 인정하고 작가가 되도록 물심양면으로 밀어 준 브리지에게 감사의 말을 전함. 〈오늘날 내가 작가가 될 수 있었던 것은 자네 덕이네. 자네의 그 믿음이 어디서 비롯되었는지 모를 일일세.〉 『소년 소녀를 위한 기적의 책*A Wonder-Book for Girls and Boys*』 출간. 5월 둘째 딸 로즈Rose Hawthorne 태어남. 11월 매사추세츠 주 보스턴 근교 웨스트뉴턴West Newton으로 이사함. 작은 농가에서 살던 때를 호손은 이렇게 고백함. 〈버크셔가 지긋지긋했다. (……) 이곳에 사는 동안 내내 노곤하고 기운이 없었다.〉

1852년 48세 7월 브룩 농장에서의 체험을 되살린 장편소설 『블라이스데일 로맨스』 출간. 9월 동창생 피어스가 대통령 후보에 지명되어 선거용 전기 『프랭클린 피어스 생애*The Life of Franklin Pierce*』를 집필, 출간. 반대 당인 휘그계 신문은 이 전기를 〈호손의 최신 로맨스〉라고 비꼼. 콩코드에 있는 올컷의 집을 구입하여 〈웨이사이드(길갓집)*The Wayside*〉라고 이름 지음.

1853년 49세 어린이를 위한 고전 신화를 묶은 단편집 『탱글우드 이야기*Tanglewood Tales*』 출간. 7월 피어스 대통령에 의해 영국 리버풀 영사에 임명되어 영국으로 옮겨 감. 4년간 영국에 머무는 동안 겪고 관찰한 것을 『영국 인상기*The English Notebook*』에 자세히 기록. 이 기간의 경험이 그에게 새로운 주제인 〈home-coming〉을 마련해 줌.

1854년 50세 『옛 목사관의 이끼』 재판 출간.

1856년 52세 11월 허먼 멜빌이 성지 순례 여행길에 그의 집에 들러 묵고 감. 일지에 그와의 만남을 이렇게 기록함. 〈그는 천성이 매우 고결하고, 우리 중 누구보다 불후의 명성을 받을 만한 가치가 있다.〉

1857년 53세 8월 새 대통령 제임스 뷰캐넌James Buchanan 정부가 들어서 영사직을 사임.

1858년 54세 1월 가족을 이끌고 런던을 떠나 파리, 마르세유, 제네바 등지를 거쳐 로마에 도착. 5~10월 피렌체에 거주하면서 영국 시인 로버트 브라우닝Robert Browning 부부를 만나 사귐. 10월 명승지를 여행하다 로마로 돌아옴. 장녀 유나가 열병에 걸려 몇 주 동안 근심과 이방인으로서의 고독에 사로잡힘.

1859년 55세　5월 로마를 떠나 영국 런던으로 돌아감. 로마에서 본 보르게제Borghese 가문의 미술품 중 하나인 프락시텔레스Praxiteles 의 목신상(像)에서 영감을 얻어 새 장편을 구상함.

1860년 56세　3월 『대리석 목신 The Marble Faun』 출간. 영국에서는 이보다 한 달 앞서 『변형 Transformation』이라는 제목으로 출간되었음. 6월 귀국하여 콩코드의 웨이사이드로 돌아옴. 가을부터 『애틀랜틱 먼슬리 The Atlantic Monthly』에 「영국 인상기」를 연재하여 호평을 받음.

1861년 57세　『그림쇼 박사의 비밀 Dr. Grimshawe's Secret』, 『조상의 발자국 The Ancestral Footstep』, 『셉티미어스 펠튼 Septimius Felton』, 『돌리버 로맨스 The Dolliver Romance』를 집필하기 시작하지만 모두 미완성으로 끝남. 체력과 창작력이 현저히 떨어짐.

1862년 58세　3~4월, 워싱턴에 가서 친구 브리지를 방문함. 매사추세츠 주의 대표로 에이브러햄 링컨Abraham Lincoln 대통령과 다른 유명인들을 만남. 7월 『애틀랜틱 먼슬리』에 「주로 전쟁 문제에 관하여Chiefly About War Matters」 발표.

1863년 59세　9월 『영국 인상기』를 바탕으로 쓴 『우리의 고향 Our Old Home』 출간. 이 책을 친구 프랭클린 피어스에게 헌정하여 책의 판매 부수가 뚝 떨어짐.

1864년 60세　5월 19일 건강을 회복하기 위해 피어스와 함께 여행을 떠났다가 뉴햄프셔 주 플리머스의 한 여관방에서 사망함. 5월 23일 오늘날 〈작가들의 능선Authors' Ridge〉으로 알려져 있는 콩코드의 슬리피 할로우 묘지Sleepy Hollow에 묻힘. 롱펠로, 에머슨, 홈스Oliver Wendell Holmes, 올컷, 로웰James Russell Lowell 등 뉴잉글랜드의 저명한 문인들이 장례식에 참석함. 클라크John Bates Clark 목사는 장례식 설교에서 〈호손은 예수처럼 모든 죄인의 벗이었다〉고 말함. 에머슨은 그의 장례식을 다음과 같이 기록함. 〈더 이상 견딜 수 없는 고통스러운 고독으로 그가 죽었기에 나는 이 사건에 비극적인 요소가 있다고 생각했다.〉

열린책들 세계문학 202 주홍 글자

옮긴이 곽영미 1969년 경남 마산에서 태어나 서강대학교 영어영문학과와 동 대학원을 졸업하였다. 현재 전문 번역가로 활동 중이다. 옮긴 책으로 『강철군화』, 『야성이 부르는 소리』, 『셜록 홈스 걸작선』, 『엘머의 모험』, 『블루 하이웨이』, 『걸어다니는 부엉이들』, 『세상에 못 갈 곳은 없다』, 『아담의 배꼽』, 『블랙박스』, 『쌍둥이 별』, 『19분』, 『잭 런던 단편선』, 『코끼리의 무덤은 없다』 등이 있다.

지은이 너새니얼 호손 **옮긴이** 곽영미 **발행인** 홍예빈·홍유진
발행처 주식회사 열린책들 **주소** 경기도 파주시 문발로 253 파주출판도시
전화 031-955-4000 **팩스** 031-955-4004 **홈페이지** www.openbooks.co.kr
Copyright (C) 주식회사 열린책들, 2012, *Printed in Korea.*
ISBN 978-89-329-1202-8 04840 **ISBN** 978-89-329-1499-2 (세트)
발행일 2012년 4월 25일 세계문학판 1쇄 2022년 4월 30일 세계문학판 5쇄

이 도서의 국립중앙도서관 출판예정도서목록(CIP)은 서지정보유통지원시스템 홈페이지(http://seoji.nl.go.kr)와 국가자료공동목록시스템(http://www.nl.go.kr/kolisnet)에서 이용하실 수 있습니다.(CIP제어번호:CIP2012001766)

열린책들 세계문학
Open Books World Literature

001 **죄와 벌** 표도르 도스또예프스끼 장편소설 | 홍대화 옮김 | 전2권 | 각 408, 512면

003 **최초의 인간** 알베르 카뮈 장편소설 | 김화영 옮김 | 392면

004 **소설** 제임스 미치너 장편소설 | 윤희기 옮김 | 전2권 | 각 280, 368면

006 **개를 데리고 다니는 부인** 안똔 체호프 소설선집 | 오종우 옮김 | 368면

007 **우주 만화** 이탈로 칼비노 단편집 | 김운찬 옮김 | 416면

008 **댈러웨이 부인** 버지니아 울프 장편소설 | 최애리 옮김 | 296면

009 **어머니** 막심 고리끼 장편소설 | 최윤락 옮김 | 544면

010 **변신** 프란츠 카프카 중단편집 | 홍성광 옮김 | 464면

011 **전도서에 바치는 장미** 로저 젤라즈니 중단편집 | 김상훈 옮김 | 432면

012 **대위의 딸** 알렉산드르 뿌쉬낀 장편소설 | 석영중 옮김 | 240면

013 **바다의 침묵** 베르코르 소설선집 | 이상해 옮김 | 256면

014 **원수들, 사랑 이야기** 아이작 싱어 장편소설 | 김진준 옮김 | 320면

015 **백치** 표도르 도스또예프스끼 장편소설 | 김근식 옮김 | 전2권 | 각 504, 528면

017 **1984년** 조지 오웰 장편소설 | 박경서 옮김 | 392면

019 **이상한 나라의 앨리스** 루이스 캐럴 환상동화 | 머빈 피크 그림 | 최용준 옮김 | 336면

020 **베네치아에서의 죽음** 토마스 만 중단편집 | 홍성광 옮김 | 432면

021 **그리스인 조르바** 니코스 카잔차키스 장편소설 | 이윤기 옮김 | 488면

022 **벚꽃 동산** 안똔 체호프 희곡선집 | 오종우 옮김 | 336면

023 **연애 소설 읽는 노인** 루이스 세풀베다 장편소설 | 정창 옮김 | 192면

024 **젊은 사자들** 어윈 쇼 장편소설 | 정영문 옮김 | 전2권 | 각 416, 408면

026 **젊은 베르테르의 슬픔** 요한 볼프강 폰 괴테 장편소설 | 김인순 옮김 | 240면

027 **시라노** 에드몽 로스탕 희곡 | 이상해 옮김 | 256면

028 **전망 좋은 방** E. M. 포스터 장편소설 | 고정아 옮김 | 352면

029 **까라마조프 씨네 형제들** 표도르 도스또예프스끼 장편소설 | 이대우 옮김 | 전3권 | 각 496, 496, 460면

032 **프랑스 중위의 여자** 존 파울즈 장편소설 | 김석희 옮김 | 전2권 | 각 344면

034 **소립자** 미셸 우엘벡 장편소설 | 이세욱 옮김 | 448면

035 **영혼의 자서전** 니코스 카잔차키스 자서전 | 안정효 옮김 | 전2권 | 각 352, 408면

037 **우리들** 예브게니 자먀찐 장편소설 | 석영중 옮김 | 320면

038 **뉴욕 3부작** 폴 오스터 장편소설 | 황보석 옮김 | 480면

039 **닥터 지바고** 보리스 파스테르나크 장편소설 | 홍대화 옮김 | 전2권 | 각 480, 592면

041 **고리오 영감** 오노레 드 발자크 장편소설 | 임희근 옮김 | 456면

042 **뿌리** 알렉스 헤일리 장편소설 | 안정효 옮김 | 전2권 | 각 400, 448면

044 **백년보다 긴 하루** 친기즈 아이뜨마또프 장편소설 | 황보석 옮김 | 560면

045 **최후의 세계** 크리스토프 란스마이어 장편소설 | 장희권 옮김 | 264면

046 **추운 나라에서 돌아온 스파이** 존 르카레 장편소설 | 김석희 옮김 | 368면

047 **산도칸 – 몸프라쳄의 호랑이** 에밀리오 살가리 장편소설 | 유향란 옮김 | 428면

048 **기적의 시대** 보리슬라프 페키치 장편소설 | 이윤기 옮김 | 560면

049 **그리고 죽음** 짐 크레이스 장편소설 | 김석희 옮김 | 224면

050 **세설** 다니자키 준이치로 장편소설 | 송태욱 옮김 | 전2권 | 각 480면

052 **세상이 끝날 때까지 아직 10억 년** 스뜨루가츠끼 형제 장편소설 | 석영중 옮김 | 224면

053 **동물 농장** 조지 오웰 장편소설 | 박경서 옮김 | 208면

054 **캉디드 혹은 낙관주의** 볼테르 장편소설 | 이봉지 옮김 | 232면

055 **도적 떼** 프리드리히 폰 실러 희곡 | 김인순 옮김 | 264면

056 **플로베르의 앵무새** 줄리언 반스 장편소설 | 신재실 옮김 | 320면

057 **악령** 표도르 도스또예프스끼 장편소설 | 박혜경 옮김 | 전3권 | 각 328, 408, 528면

060 **의심스러운 싸움** 존 스타인벡 장편소설 | 윤희기 옮김 | 340면

061 **몽유병자들** 헤르만 브로흐 장편소설 | 김경연 옮김 | 전2권 | 각 568, 544면

063 **몰타의 매** 대실 해밋 장편소설 | 고정아 옮김 | 304면

064 **마야꼬프스끼 선집** 블라지미르 마야꼬프스끼 선집 | 석영중 옮김 | 384면

065 **드라큘라** 브램 스토커 장편소설 | 이세욱 옮김 | 전2권 | 각 340, 344면

067 **서부 전선 이상 없다** 에리히 마리아 레마르크 장편소설 | 홍성광 옮김 | 336면

068 **적과 흑** 스탕달 장편소설 | 임미경 옮김 | 전2권 | 각 432, 368면

070 **지상에서 영원으로** 제임스 존스 장편소설 | 이종인 옮김 | 전3권 | 각 396, 380, 496면

073 **파우스트** 요한 볼프강 폰 괴테 희곡 | 김인순 옮김 | 568면

074 **쾌걸 조로** 존스턴 매컬리 장편소설 | 김훈 옮김 | 316면

075 **거장과 마르가리따** 미하일 불가꼬프 장편소설 | 홍대화 옮김 | 전2권 | 각 364, 328면

077 **순수의 시대** 이디스 워튼 장편소설 | 고정아 옮김 | 448면

078 **검의 대가** 아르투로 페레스 레베르테 장편소설 | 김수진 옮김 | 384면

079 **예브게니 오네긴** 알렉산드르 뿌쉬낀 운문소설 | 석영중 옮김 | 328면

080 **장미의 이름** 움베르토 에코 장편소설 | 이윤기 옮김 | 전2권 | 각 440, 448면

082 **향수** 파트리크 쥐스킨트 장편소설 | 강명순 옮김 | 384면

083 **여자를 안다는 것** 아모스 오즈 장편소설 | 최창모 옮김 | 280면

084 **나는 고양이로소이다** 나쓰메 소세키 장편소설 | 김난주 옮김 | 544면

085 **웃는 남자** 빅토르 위고 장편소설 | 이형식 옮김 | 전2권 | 각 472, 496면

087 **아웃 오브 아프리카** 카렌 블릭센 장편소설 | 민승남 옮김 | 480면

088 **무엇을 할 것인가** 니꼴라이 체르니셰프스끼 장편소설 | 서정록 옮김 | 전2권 | 각 360, 404면

090 **도나 플로르와 그녀의 두 남편** 조르지 아마두 장편소설 | 오숙은 옮김 | 전2권 | 각 408, 308면

092 **미사고의 숲** 로버트 홀드스톡 장편소설 | 김상훈 옮김 | 424면

093 **신곡** 단테 알리기에리 장편서사시 | 김운찬 옮김 | 전3권 | 각 292, 296, 328면

096 **교수** 샬럿 브론테 장편소설 | 배미영 옮김 | 368면

097 **노름꾼** 표도르 도스또예프스끼 장편소설 | 이재필 옮김 | 320면

098 **하워즈 엔드** E. M. 포스터 장편소설 | 고정아 옮김 | 512면

099 **최후의 유혹** 니코스 카잔차키스 장편소설 | 안정효 옮김 | 전2권 | 각 408면

101 **키리냐가** 마이크 레스닉 장편소설 | 최용준 옮김 | 464면

102 **바스커빌가의 개** 아서 코넌 도일 장편소설 | 조영학 옮김 | 264면

103 **버마 시절** 조지 오웰 장편소설 | 박경서 옮김 | 408면

104 **10 1/2장으로 쓴 세계 역사** 줄리언 반스 장편소설 | 신재실 옮김 | 464면

105 **죽음의 집의 기록** 표도르 도스또예프스끼 장편소설 | 이덕형 옮김 | 528면

106 **소유** 앤토니어 수전 바이어트 장편소설 | 윤희기 옮김 | 전2권 | 각 440, 488면

108 **미성년** 표도르 도스또예프스끼 장편소설 | 이상룡 옮김 | 전2권 | 각 512, 544면

110 **성 앙투안느의 유혹** 귀스타브 플로베르 희곡소설 | 김용은 옮김 | 584면

111 **밤으로의 긴 여로** 유진 오닐 희곡 | 강유나 옮김 | 240면

112 **마법사** 존 파울즈 장편소설 | 정영문 옮김 | 전2권 | 각 512, 552면

114 **스쩨빤치꼬보 마을 사람들** 표도르 도스또예프스끼 장편소설 | 변현태 옮김 | 416면

115 **플랑드르 거장의 그림** 아르투로 페레스 레베르테 장편소설 | 정창 옮김 | 512면

116 **분신** 표도르 도스또예프스끼 장편소설 | 석영중 옮김 | 288면

117 **가난한 사람들** 표도르 도스또예프스끼 장편소설 | 석영중 옮김 | 256면

118 **인형의 집** 헨리크 입센 희곡 | 김창화 옮김 | 272면

119 **영원한 남편** 표도르 도스또예프스끼 장편소설 | 정명자 외 옮김 | 448면

120 **알코올** 기욤 아폴리네르 시집 | 황현산 옮김 | 352면

121 **지하로부터의 수기** 표도르 도스또예프스끼 장편소설 | 계동준 옮김 | 256면

122 **어느 작가의 오후** 페터 한트케 중편소설 | 홍성광 옮김 | 160면

123 **아저씨의 꿈** 표도르 도스또예프스끼 장편소설 | 박종소 옮김 | 312면

124 **네또츠까 네즈바노바** 표도르 도스또예프스끼 장편소설 | 박재만 옮김 | 316면

125 **곤두박질** 마이클 프레인 장편소설 | 최용준 옮김 | 528면

126 **백야 외** 표도르 도스또예프스끼 소설선집 | 석영중 외 옮김 | 408면

127 **살라미나의 병사들** 하비에르 세르카스 장편소설 | 김창민 옮김 | 304면

128 **뻬쩨르부르그 연대기 외** 표도르 도스또예프스끼 소설선집 | 이항재 옮김 | 296면

129 **상처받은 사람들** 표도르 도스또예프스끼 장편소설 | 윤우섭 옮김 | 전2권 | 각 296, 392면

131 **악어 외** 표도르 도스또예프스끼 소설선집 | 박혜경 외 옮김 | 312면

132 **허클베리 핀의 모험** 마크 트웨인 장편소설 | 윤교찬 옮김 | 416면

133 **부활** 레프 똘스또이 장편소설 | 이대우 옮김 | 전2권 | 각 308, 416면

135 **보물섬** 로버트 루이스 스티븐슨 장편소설 | 머빈 피크 그림 | 최용준 옮김 | 360면

136 **천일야화** 앙투안 갈랑 엮음 | 임호경 옮김 | 전6권 | 각 336, 328, 372, 392, 344, 320면

142 **아버지와 아들** 이반 뚜르게네프 장편소설 | 이상원 옮김 | 328면

143 **오만과 편견** 제인 오스틴 장편소설 | 원유경 옮김 | 480면

144 **천로 역정** 존 버니언 우화소설 | 이동일 옮김 | 432면

145 **대주교에게 죽음이 오다** 윌라 캐더 장편소설 | 윤명옥 옮김 | 352면

146 **권력과 영광** 그레이엄 그린 장편소설 | 김연수 옮김 | 384면

147 **80일간의 세계 일주** 쥘 베른 장편소설 | 고정아 옮김 | 352면

148 **바람과 함께 사라지다** 마거릿 미첼 장편소설 | 안정효 옮김 | 전3권 | 각 616, 640, 640면

151 **기탄잘리** 라빈드라나트 타고르 시집 | 장경렬 옮김 | 224면

152 **도리언 그레이의 초상** 오스카 와일드 장편소설 | 윤희기 옮김 | 384면

153 **레우코와의 대화** 체사레 파베세 희곡소설 | 김운찬 옮김 | 280면

154 **햄릿** 윌리엄 셰익스피어 희곡 | 박우수 옮김 | 256면

155 **맥베스** 윌리엄 셰익스피어 희곡 | 권오숙 옮김 | 176면

156 **아들과 연인** 데이비드 허버트 로런스 장편소설 | 최희섭 옮김 | 전2권 | 각 464, 432면

158 **그리고 아무 말도 하지 않았다** 하인리히 뵐 장편소설 | 홍성광 옮김 | 272면

159 **미덕의 불운** 싸드 장편소설 | 이형식 옮김 | 248면

160 **프랑켄슈타인** 메리 W. 셸리 장편소설 | 오숙은 옮김 | 320면

161 **위대한 개츠비** 프랜시스 스콧 피츠제럴드 장편소설 | 한애경 옮김 | 280면

162 **아Q정전** 루쉰 중단편집 | 김태성 옮김 | 320면

163 **로빈슨 크루소** 대니얼 디포 장편소설 | 류경희 옮김 | 456면

164 **타임머신** 허버트 조지 웰스 소설선집 | 김석희 옮김 | 304면

165 **제인 에어** 샬럿 브론테 장편소설 | 이미선 옮김 | 전2권 | 각 392, 384면

167 **풀잎** 월트 휘트먼 시집 | 허현숙 옮김 | 280면

168 **표류자들의 집** 기예르모 로살레스 장편소설 | 최유정 옮김 | 216면

169 **배빗** 싱클레어 루이스 장편소설 | 이종인 옮김 | 520면

170 **이토록 긴 편지** 마리아마 바 장편소설 | 백선희 옮김 | 192면

171 **느릅나무 아래 욕망** 유진 오닐 희곡 | 손동호 옮김 | 168면

172 **이방인** 알베르 카뮈 장편소설 | 김예령 옮김 | 208면

173 **미라마르** 나기브 마푸즈 장편소설 | 허진 옮김 | 288면

174 **지킬 박사와 하이드 씨** 로버트 루이스 스티븐슨 소설선집 | 조영학 옮김 | 320면

175 **루진** 이반 뚜르게네프 장편소설 | 이항재 옮김 | 264면

176 **피그말리온** 조지 버나드 쇼 희곡 | 김소임 옮김 | 256면

177 **목로주점** 에밀 졸라 장편소설 | 유기환 옮김 | 전2권 | 각 336면

179 **엠마** 제인 오스틴 장편소설 | 이미애 옮김 | 전2권 | 각 336, 360면

181 **비숍 살인 사건** S. S. 밴 다인 장편소설 | 최인자 옮김 | 464면

182 **우신예찬** 에라스무스 풍자문 | 김남우 옮김 | 296면

183 **하자르 사전** 밀로라드 파비치 장편소설 | 신현철 옮김 | 488면

184 **테스** 토머스 하디 장편소설 | 김문숙 옮김 | 전2권 | 각 392, 336면

186 **투명 인간** 허버트 조지 웰스 장편소설 | 김석희 옮김 | 288면

187 **93년** 빅토르 위고 장편소설 | 이형식 옮김 | 전2권 | 각 288, 360면

189 **젊은 예술가의 초상** 제임스 조이스 장편소설 | 성은애 옮김 | 384면

190 **소네트집** 윌리엄 셰익스피어 연작시집 | 박우수 옮김 | 200면

191 **메뚜기의 날** 너새니얼 웨스트 장편소설 | 김진준 옮김 | 280면

192 **나사의 회전** 헨리 제임스 중편소설 | 이승은 옮김 | 256면

193 **오셀로** 윌리엄 셰익스피어 희곡 | 권오숙 옮김 | 216면

194 **소송** 프란츠 카프카 장편소설 | 김재혁 옮김 | 376면

195 **나의 안토니아** 윌라 캐더 장편소설 | 전경자 옮김 | 368면

196 **자성록** 마르쿠스 아우렐리우스 명상록 | 박민수 옮김 | 240면

197 **오레스테이아** 아이스킬로스 비극 | 두행숙 옮김 | 336면

198 **노인과 바다** 어니스트 헤밍웨이 소설선집 | 이종인 옮김 | 320면

199 **무기여 잘 있거라** 어니스트 헤밍웨이 장편소설 | 이종인 옮김 | 464면

200 **서푼짜리 오페라** 베르톨트 브레히트 희곡선집 | 이은희 옮김 | 320면

201 **리어 왕** 윌리엄 셰익스피어 희곡 | 박우수 옮김 | 224면

202 **주홍 글자** 너새니얼 호손 장편소설 | 곽영미 옮김 | 360면

203 **모히칸족의 최후** 제임스 페니모어 쿠퍼 장편소설 | 이나경 옮김 | 512면

204 **곤충 극장** 카렐 차페크 희곡선집 | 김선형 옮김 | 360면

205 **누구를 위하여 종은 울리나** 어니스트 헤밍웨이 장편소설 | 이종인 옮김 | 전2권 | 각 416, 400면

207 **타르튀프** 몰리에르 희곡선집 | 신은영 옮김 | 416면

208 **유토피아** 토머스 모어 소설 | 전경자 옮김 | 288면

209 **인간과 초인** 조지 버나드 쇼 희곡 | 이후지 옮김 | 320면

210 **페드로와 이폴리트** 장 라신 희곡 | 신정아 옮김 | 200면

211 **말테의 수기** 라이너 마리아 릴케 장편소설 | 안문영 옮김 | 320면

212 **등대로** 버지니아 울프 장편소설 | 최애리 옮김 | 328면

213 **개의 심장** 미하일 불가꼬프 중편소설집 | 정연호 옮김 | 352면

214 **모비 딕** 허먼 멜빌 장편소설 | 강수정 옮김 | 전2권 | 각 464, 488면

216 **더블린 사람들** 제임스 조이스 단편소설집 | 이강훈 옮김 | 336면

217 **마의 산** 토마스 만 장편소설 | 윤순식 옮김 | 전3권 | 각 496, 488, 512면

220 **비극의 탄생** 프리드리히 니체 | 김남우 옮김 | 320면

221 **위대한 유산** 찰스 디킨스 장편소설 | 류경희 옮김 | 전2권 | 각 432, 448면

223 **사람은 무엇으로 사는가** 레프 똘스또이 소설선집 | 윤새라 옮김 | 464면

224 **자살 클럽** 로버트 루이스 스티븐슨 소설선집 | 임종기 옮김 | 272면

225 **채털리 부인의 연인** 데이비드 허버트 로런스 장편소설 | 이미선 옮김 | 전2권 | 각 336, 328면

227 **데미안** 헤르만 헤세 장편소설 | 김인순 옮김 | 264면

228 **두이노의 비가** 라이너 마리아 릴케 시 선집 | 손재준 옮김 | 504면

229 **페스트** 알베르 카뮈 장편소설 | 최윤주 옮김 | 432면

230 **여인의 초상** 헨리 제임스 장편소설 | 정상준 옮김 | 전2권 | 각 520, 544면

232 **성** 프란츠 카프카 장편소설 | 이재황 옮김 | 560면

233 **차라투스트라는 이렇게 말했다** 프리드리히 니체 산문시 | 김인순 옮김 | 464면

234 **노래의 책** 하인리히 하이네 시집 | 이재영 옮김 | 384면

235 **변신 이야기** 오비디우스 서사시 | 이종인 옮김 | 632면

236 **안나 까레니나** 레프 똘스또이 장편소설 | 이명현 옮김 | 전2권 | 각 800, 736면

238 **이반 일리치의 죽음 · 광인의 수기** 레프 똘스또이 중단편집 | 석영중 · 정지원 옮김 | 232면

239 **수레바퀴 아래서** 헤르만 헤세 장편소설 | 강명순 옮김 | 272면

240 **피터 팬** J. M. 배리 장편소설 | 최용준 옮김 | 272면

241 **정글 북** 러디어드 키플링 중단편집 | 오숙은 옮김 | 272면

242 **한여름 밤의 꿈** 윌리엄 셰익스피어 희곡 | 박우수 옮김 | 160면

243 **좁은 문** 앙드레 지드 장편소설 | 김화영 옮김 | 264면

244 **모리스** E. M. 포스터 장편소설 | 고정아 옮김 | 408면

245 **브라운 신부의 순진** 길버트 키스 체스터턴 단편집 | 이상원 옮김 | 336면

246 **각성** 케이트 쇼팽 장편소설 | 한애경 옮김 | 272면

247 **뷔히너 전집** 게오르크 뷔히너 지음 | 박종대 옮김 | 400면

248 **디미트리오스의 가면** 에릭 앰블러 장편소설 | 최용준 옮김 | 424면

249 **베르가모의 페스트 외** 옌스 페테르 야콥센 중단편 전집 | 박종대 옮김 | 208면

250 **폭풍우** 윌리엄 셰익스피어 희곡 | 박우수 옮김 | 176면

251 **어셴든, 영국 정보부 요원** 서머싯 몸 연작 소설집 | 이민아 옮김 | 416면

252 **기나긴 이별** 레이먼드 챈들러 장편소설 | 김진준 옮김 | 600면

253 **인도로 가는 길** E. M. 포스터 장편소설 | 민승남 옮김 | 552면

254 **올랜도** 버지니아 울프 장편소설 | 이미애 옮김 | 376면

255 **시지프 신화** 알베르 카뮈 지음 | 박언주 옮김 | 264면

256 **조지 오웰 산문선** 조지 오웰 지음 | 허진 옮김 | 424면

257 **로미오와 줄리엣** 윌리엄 셰익스피어 희곡 | 도해자 옮김 | 200면

258 **수용소군도** 알렉산드르 솔제니찐 기록문학 | 김학수 옮김 | 전6권 | 각 460면 내외

264 **스웨덴 기사** 레오 페루츠 장편소설 | 강명순 옮김 | 336면

265 **유리 열쇠** 대실 해밋 장편소설 | 홍성영 옮김 | 328면

266 **로드 짐** 조지프 콘래드 장편소설 | 최용준 옮김 | 608면

267 **푸코의 진자** 움베르토 에코 장편소설 | 이윤기 옮김 | 전3권 | 각 392, 384, 416면

270 **공포로의 여행** 에릭 앰블러 장편소설 | 최용준 옮김 | 376면

271 **심판의 날의 거장** 레오 페루츠 장편소설 | 신동화 옮김 | 264면

272 **에드거 앨런 포 단편선** 에드거 앨런 포 지음 | 김석희 옮김 | 392면

273 **수전노 외** 몰리에르 희곡선집 | 신정아 옮김 | 424면

274 **모파상 단편선** 기 드 모파상 지음 | 임미경 옮김 | 400면
275 **평범한 인생** 카렐 차페크 장편소설 | 송순섭 옮김 | 280면
276 **마음** 나쓰메 소세키 장편소설 | 양윤옥 옮김 | 344면

각 권 8,800~15,800원